漢阿波多語料文獻整理與研究第一輯 01

心靈的明燈

—中國化漢阿波多語料文獻轉寫、翻譯與校注

Sirāj al-Qulūb: Transliteration, Translation and
Annotation of Sinicized Multi-language Corpuses
Literature Written in Chinese, Arabic and Persian

馬　強　Ma Qiang
郭景芳　Guo Jingfang

蘭臺出版社

▶目　錄

凡例

　　1.為便於學界閱讀漢阿波多語料文獻，筆者意將《心靈的明燈》作為整理範本，整理時按照手稿文字逐字逐句轉寫成漢語，即直接轉寫文本文字。轉寫阿拉伯語和波斯語詞彙時，先做漢字轉音並用底線標識，再寫出講授時的釋義，用（　）括注；再將原阿拉伯語或波斯語文字寫出，用［　］括注。如：<u>凱斯</u>（人）［كس］。大致上讀底線文字和沒有標識的文字相當於是讀寫本文字，而讀圓括號中的文字和沒有標識的文字相當於是讀講本文字。如《心靈的明燈》首句寫本為「<u>希拉主裡固錄必</u>［سِرَاجُ الْقُلُوب］的 <u>艾臥裡</u>［اول］<u>巴布</u>［باب］」，講本是「《心靈的明燈》的第一門」或者「希拉主裡固錄必的第一門」。本次轉寫將寫本和講本結合，目的在於讀者按照多語料文字認字和斷句，培養閱讀能力，以達到自己能夠釋讀文本的要求。

　　2.對民間熟知的阿拉伯語和波斯語詞彙，以及地名、人名等專屬名詞，轉寫時不做括注進行釋義，只括注出其阿拉伯文或波斯文原文。如 ：<u>阿拉乎</u>［الله］、<u>呼羅珊</u>［خراسان］、<u>阿丹</u>［آدم］。

　　3.將本抄本同波斯文抄本、印本和已故曾任教鄭州北大寺的杜淑真阿訇所藏抄本進行了校訂。波斯文原抄本稱為「波抄本」，波斯文印本稱為「波印本」，杜淑真阿訇藏本稱之為「杜藏本」。個別地方參考了楊潔藏本，簡稱「楊藏本」。

　　4.對手稿冗字、脫字做頁下註腳，並說明「此處衍某字，未錄」，或「此處脫某字，未補」，無特殊情況不錄入文本，以便同原文對照。

　　5.手稿中使用的同音字表示另外意義的情況，整理時做頁下註腳，說明「某字表示某字的音」。

　　6.對手稿中使用的簡略表達，轉寫時根據文意寫出，主要包括提及各位先知的名字時，文本標注了「عــم」，其意為「聖人爾來伊黑賽倆目」（願真主賜予其平安）。

　　7.手稿中指示代詞「印（這）［اين］」和「昂（那個）［آن］」一詞之後一般不再疊加量詞，轉寫時根據後文名詞疊加不同的量詞。手稿中的人稱代詞「維（他）〔وی〕」指代所有第三人稱，轉寫時根據內容分別寫作「他」、「她」或「它」，以便讀者理解文意。

　　8.對手稿中引用的《古蘭經》文通過查閱予以校對或訂正，並在原文後括注章節目錄，以便查閱。無特殊情況，對手稿中引用的經訓贊詞等不轉寫漢字讀音。

　　9.對手稿中因書寫習慣造成的別字予以訂正。如將「كوش」改為「گوش」，將「ﺑﻨﺪ」改為「بنده」。

　　10.手稿中的個別河南方言用中文拼音予以注音。如：尾巴（讀音：yī ba）。根據內容對整理的文本進行了標點和分段。

中文拼音與消經拼音發音對照表

說明：《心靈的明燈》共使用了 29 個消經字母，按照音序排列如下：

[ا]、[ا]、[ب]、[پ]、[ت]、[ج]、[خ]、[چ]、[د]、[ژ]、[ز]、[س]、[ش]、
[ص]、[ط]、[ع]、[غ]、[ف]、[ق]、[ک]、[گ]、[ي]、[ل]、[م]、[ن]、[و]、[ى]、
[ء]、[ه]或[ھ]。此外，還使用了漢字「七」做拼音。

項目	項目							
聲母	b ب	p پ	m م	f ف	d د	t طت	n ن	l ل
	g ق	k ك	h خ	j ز گ ي	q 七 ک	x ه س	zh ج	ch چ
	sh ش	r ژ	z ز	c ژ	s ص س	y ى	w و	
單韻母	a ء ا		o ۏ		e غ		i ۍ ى	u ُو	ü وَّ
複韻母	[ai]=[ئى][اى][غَىْ]				[ei]=[ۍ]			
	[ui]=[وِ]				[ao]=[ۏ][غَوْ]			
	[ou]=[وْ]				[iu]=[يُو]			
	[ie]=[ىَ]				[üe]=[ىَ]			
	[er]=[عَ][عَ][عَاً]				[an]=[غَاً][ءً][اً]			
	[en]=[ْۏ]				[in]=[ۍِ][ۍ]			
	[un][ün]=[وِّ]				[ang]=[اَن]			
	[eng]=[غِ][ۍ]				[ing]=[ۍ][يِ][ۍ]			
	[ong]=[وّْ]							
整體認讀音節	[zhi]=[ج]				[chi]=[چ]			
	[shi]=[ش]				[zi]=[ژ]			
	[ci]=[ژِ]				[si]=[س]			
	[yi]=[ء]				[wu]=[ء]			
	[yu]=[وَ]				[ye]=[ىَ]			
	[yue]=[يُوَ]				[yuan]=[يُوَاً]			
	[yin]=[ءِ]				[yun]=[يُوّ]			
	[ying]=[ءِ]							

整理緣起與說明

一、中國化的漢阿波多語料文獻

（一）多語料文獻是文明匯通的實物載體

習近平總書記在 2014 年 3 月 27 日聯合國教科文組織總部演講時指出，文明交流互鑒是推動人類文明進步和世界和平發展的重要動力。近年來，習近平總書記在 2015 年的博鰲亞洲論壇、2019 年的亞洲文明對話大會等多次重申這一思想，而且提及元代回回人賽典赤‧贍思丁和明代的鄭和在宣揚中國文化、融通多種文明方面的貢獻。

中國文化的整合性、融通性體現在中國文化對外來文明的吸收、接納和改造等諸多方面。中國民間（主要在回族中保存）迄今收藏，但不為大眾瞭解的包含了漢語、阿拉伯語、波斯語等多種語言的多語料文獻，就是在中國文化土壤中阿拉伯、波斯文化同中國文化融合共生的文本。這些多語料文獻可以簡單分為宗教文本和世俗文本，其中宗教文本主要包括經訓、教義、教法、女學典籍、勸善故事、蒙學雜學等。世俗文本主要有信函、記事、藥方、日記、賬務、打油詩、大字報、海報、密函、請帖，以及記錄吹「杜阿」和治療疑難雜症的方法等。其中有關宗教內容的文本既是中國化了的本土文獻，也是「多元一體」的中華民族的文化遺產，是中國文明和伊斯蘭文明融合匯通、交映成輝的表徵，對世界文明之間的相融和共生都有重要的示範意義。

（二）多語料文獻與消經文字

回族中存在的這種多語料文獻，學界通常稱之為小兒錦、消經或小經（文獻）。這種稱謂有一定的道理，但也有很多值得討論之處。尤為以往忽略不論之點是消經文字和消經文本不一樣。簡單來說，消經文字是注解阿拉伯文和波斯文的拼音文字，這種文字是以阿拉伯文字母為基礎，同時借用了波斯文、維吾爾文字母，並自創了形似阿拉伯文的字母轉寫漢語的拼音文字；而消經文本是用這種文字，結合阿拉伯語、波斯語等詞彙撰寫、著譯、注釋的資料典籍。不同民族創作的多語料文本中，除了用消經字母作為拼音轉寫的漢語詞彙外，還有阿拉伯語、波斯語、東鄉語、撒拉語、維吾爾語等詞彙，不一而足。

關於消經字母，學界有 36 個、40 個左右等說法，最新的研究認為共有 43 個。[①]拋開字母數量的區域性差異不論，消經文字就是指以這些字母拼寫的漢語詞彙。根據以

---

① 阿‧伊布拉黑麥‧陳元龍：《新發現的回族「消經」文字母及拼寫形式》，《西北民族研究》2018 年第 3 期。

上解釋，本文認為消經文字不包括阿拉伯語和波斯語詞彙，但作為多語料文本，其中又夾雜了大量阿拉伯語和波斯語詞彙。這一將文字與文本分開來看的視角，同虎隆近年來對中國現存伊斯蘭手稿的研究觀點一致。他認為當前中國的伊斯蘭手稿有阿拉伯文與波斯文雙語，波斯文、阿拉伯文雙語，阿拉伯文與消經雙語，波斯文、阿拉伯文與消經三語，阿拉伯文、波斯文、消經與漢語四語的手稿。正是基於以上認識，筆者覺得將這種文獻稱作漢阿波多語料文獻有助於更好地理解文獻的語言結構和中國化特色。

（三）國內外有關多語料文獻的研究情況

學界對於多語料文獻語言和構詞的研究已有較多著述，韓中義、楊占武、劉迎勝、丁旭、陳元龍、敏春芳、馬君花等都有過研究[1]。對單個文本做過深入閱讀和語言學方面研究的當屬劉迎勝、韓中義、敏春芳、閆進芳、馬強和楊敘等人，他們對《中阿雙解字典》、《胡門家傳史》、《侯塞尼大辭典》、撒拉語小兒錦文獻《誠信》、馬振武《古蘭經》譯本、杜淑真《勸善故事》藏本等做過專題研究[2]。然而，除劉迎勝、韓中義、馬強和楊敘的研究參考過中原地區的多語料文獻，敏春芳參考的是河北方言的文獻外，其他學者的參考文獻主要是流傳於西北的文獻，其文本特點為文字主要是消經文字和阿拉伯語，波斯語明顯少於中原地區的多語料文獻。

二、整理緣起

回族在中華民族大家庭中傳承了中國文化和中國特色的伊斯蘭文化，回族民間至今保存的漢阿波多語料文獻，是中國文化對外來的阿拉伯、波斯文化揉合，將大量阿拉伯文和波斯文文獻中國化的結果。改革開放以來，隨著國家義務教育制度的逐步落實，回族的受教育水準得到很大提高，依賴阿拉伯語、波斯語和消經文字等轉寫漢語的多語料文獻在人

---

[1] 韓中義，《小經拼寫體系及其流派初探》，《西北第二民族學院學報》2005 年第 3 期；韓中義，《小經文獻與語言學相關問題初探》，《西北民族研究》2007 年第 1 期。楊占武，《回族語言文化》，寧夏人民出版社，2010 年。劉迎勝：《小兒錦研究》全三冊，蘭州大學出版社，2013 年。丁旭，《西安回族方言》，中國文史出版社，2016 年。阿‧伊布拉黑麥‧陳元龍，《新發現的回族「消經」文字母及拼寫形式》，《西北民族研究》2018 年第 3 期。敏春芳，《從語序類型分析經堂語的來源及其性質》，《西北民族研究》2016 年第 4 期。馬君花，《回族小兒錦拼音及其相關問題》，《北方民族大學學報》2017 年第 5 期；馬君花，《小兒錦拼音外來詞使用狀況研究》，《北方民族大學學報》2018 年第 5 期。

[2] 韓中義、唐淑珍，《另一種宗教史——小經文獻〈胡門家傳史〉與漢文著述比較略探》，周偉洲編《西北民族論叢》第十輯，社會科學文獻出版社，2014 年；韓中義，《民間文獻〈中阿雙解字典〉研究》，周偉洲編《西北民族論叢》第十二宮輯，社會科學文獻出版社，2015 年；韓中義，《消經〈侯塞尼大辭典〉研究》，周偉洲編《西北民族論叢》第十三輯，社會科學文獻出版社，2016 年；韓中義、馬吉德，《撒拉語小兒錦文獻〈誠信(chin thin)〉專題研究》，劉迎勝編《元史及民族與邊疆研究集刊》第 33 輯，上海古籍出版社，2017 年。馬振武，《古蘭經》（經堂語、阿拉伯文、小兒錦對照本），宗教文化出版社，1996 年。閆進芳，《小兒錦〈侯賽尼大詞典〉研究》，中央民族大學碩士學位論文，2016 年。馬強、楊敘，《漢阿波多語料文獻〈勸善故事〉構詞研究》，《中國穆斯林》2020 年第 4 期。

們生活中已經逐漸淡出，這些具有鮮明中國化特色，能展示中國文明包容性和融匯性的手抄本文獻零零散散保存在民間，被人們遺忘，急需進行搶救、保護、整理和研究。

2016 年 11 月，筆者在開封東大寺女寺調研時，郭景芳阿訇向筆者展示了已故禹俊卿（1909-1987 年）女阿訇的手抄典籍《心靈的明燈》（阿拉伯文：سِرَاج الْقُلُوب，以下簡稱《明燈》）。閱讀後發現，此文本同筆者以往讀過的甘肅和青海等地的多語料文本最大的不同在於其中夾雜著大量波斯語詞匯，甚至波斯語詞匯可能超過了阿拉伯語詞彙，對於那些只注重一種第二語言研習的人來說，這種用阿拉伯語和波斯語字母為基礎來轉寫漢語，又夾雜了大量波斯語和阿拉伯語雙語詞匯的文本已經很難讀懂了。這種漢阿波三種語言交匯的文本，可以說是中國的文化遺產，是中國文明融合性和中外文明交匯的實物見證，對語言學、語文學、手稿學、宗教學、民族學、歷史學、文獻學等學科而言都有一定的學術價值。

改革開放以來，隨著國家推行義務教育，對少數民族和少數民族地區給予了很多政策性扶持。九年義務教育制度除改變了回族生活地區人們的整體文化水準之外，也對傳統的清真寺經堂教育產生了一定的影響。隨著漢字書寫能力的普及，迄今為止，已經很少有人使用消經文字記錄講經內容、注解生僻詞彙、批註閱讀材料了。漢語成為習經者進行筆記和注解的首選文字，阿拉伯語水準較高者，甚至完全用阿拉伯語進行記錄。特別是對波斯語的研習，在絕大多數清真寺中已經停止。因此，漢阿波三語的多語料文獻在民間的創作、研習和傳承業已停頓。基於此，筆者認為這種文本已經是十分珍貴的文獻，因此當即決定進行搜集和研究。

根據幾年來研究團隊對現有的多語料文獻保存者的訪談和文本的收集，筆者發現大多手抄本形成於 20 世紀八十年代，且主要集中在河南、河北和山東地區。原因是這些地區的女寺中使用的女學五經因其特殊性，無法從國外或西北其他地區獲得印刷本，因此，改革開放以來清真寺經堂教育重新興起之時，此類典籍完全依賴研習者自身傳承。在電子印刷尚未普及，經濟亦為拮据的時代，抄經成為當時大多數女寺學員的必修功課。20 世紀九十年代以來，隨著油印、影印、電子印刷的不斷發展，這一時期出現的多語料文獻已經多為印刷品，因閱讀群體相對廣泛，有一定的需求量，因此出現了蠟板刻印本、手抄複印本和電腦排版印刷本三種類型，且以複印的手抄本居多。河南的鄭州北大寺、孟州市桑坡張寺、濟源縣城下街寺等都曾組織印刷過少量女學五經供婦女使用。

21 世紀以來，多語料文本的抄寫基本停頓，甚至隨著講授人員的減少，已經無人組織小規模印刷。2010 年之後，女學五經已經鮮有人專門講授，多語料撰寫、編譯的勸善典籍只是女寺阿訇在宣講教義時的參考書，成為特殊職業群體的專業語言和文字，稍有漢語閱讀能力的人不會使用，也不學習這種文字。筆者深感這種夾雜了幾種文字的多語料文

本行將淡出人們的視野，對已有文本如果不進行規範的學術釋讀，未專門從事過專業培養和訓練的人已經很難通覽其梗概。有鑑於此，我們決定先期對《明燈》進行轉寫和釋讀，以期為後人能夠讀懂類似文本留下較為適用的範本，並做一點轉寫規範方面的探索性工作。

三、《明燈》使用的消經字母

有學者認為消經字母的組成為：

（1）阿拉伯字母 28 個

ا، ب، ت، ث، ج، ح، خ، د، ذ، ر، ز، س، ش، ص، ض، ط، ظ، ع، غ، ف، ق، ك، ل، م، ه، و، ى

（2）波斯語字母 4 個

پ، چ، ژ، گ

（3）突厥語字母

（4）回族自己的字母。[1]

上文沒有列出突厥語字母和自造字母。根據筆者對多語料文本的閱讀，發現多語料文本中突厥語字母共有6個（پ、چ、ژ、گ、ڭ、ۋ），其中有四個同波斯語重複，因此突厥語特有字母有2個（ڭ、ۋ）。

自造字母有ض、ڭ、غ。

陳元龍認為消經轉寫字母一共有 43 個。[2]它們是：

ا، ب، پ، ت، ٿ، ث، ج، چ، ح، خ، څ، د، ذ، ڎ، ر، ز، ژ، ڙ، س، ش، ص، ض، ط، ظ، ع، غ، ڠ، ف، ق، ک، گ، ڬ، ل، م، ن، ه، و، ۆ، ى七。

而《明燈》使用的字母共有 29 個，且沒有自創字母。它們是：

آ، ا، ب، پ، ت، ج، خ، چ، د، ز، ژ، س، ش، ص، ط، ع، غ، ف، ق، ک或ڭ، ک、گ، ل، م، ن، و، ى، ء، 或ه。此外，還使用了漢字「七」做拼音。

《明燈》的轉寫以阿拉伯語字母為底本，構成中文拼音的聲母和韻母。對波斯語字母的引入，主要解決拼音中 ch（چ）、g（گ）、p（پ）、r（ژ）、eng（ڭ）的發音問題。《明燈》沒有使用突厥語特有字母ۋ、ڭ和自造字母中的ٿ、ض、غ等，但使用了表示聲母的 j（ک或ي），這些可以說是河南發現的多語料文獻同西北多語料文獻在發音上的不同之處。

---

① 漢尼・阿德勒，《回族語言與波斯語的關係辨析》，《回族研究》2012 年第 1 期。
② 阿・伊布拉黑麥・陳元龍，《新發現的回族「消經」文字母及拼寫形式》，《西北民族研究》2018 年第 3 期。

2011 年，僅德黑蘭的克塔布徹（کتابچه）出版社就已經再版 14 次。其內容在第 44 章之後又加了〈穆薩在圖爾山上與主的對話〉〈前定的知識〉等 23 章內容，總共為 67 章。從內容方面看有比較明顯的伊朗特色和什葉派特點，由於伊朗是以詩歌著稱的國度，在《明燈》的印刷版中，許多章節都用波斯語詩文對內容進行了總結。而什葉派特色體現在第五章〈造化天堂〉中，印刷版內容中，每個天堂門上除了寫著「萬物非主，唯有真主」即清真言外，還增加了「阿裡是真主的臥裡」這樣具有鮮明什葉派色彩的語句，並且省略了「穆罕默德是真主的使者」這一重要的做證先知身份的言辭。

六、《明燈》的多語料抄本和藏本

　　根據筆者收集到的《明燈》多語料抄本和藏本，初譯者尚不能確定。下述各種抄本或藏本中，除楊潔的藏本外，其他藏本內容基本沒有差別。根據楊潔藏本的語言特點，可能是各種本子中最早的抄本，共有 45 章。今整理的禹俊卿抄本是否參考了楊潔藏本亦無法判定。

1.禹俊卿抄本

　　抄本為黑色塑膠硬皮筆記本，按照單頁計算，頁面尺寸大小為長 20.3 釐米，寬 16 釐米，內頁對開，共 176 個頁面。每個單頁墨框高 17.8 釐米，寬 16 釐米。每頁有 12、13、14 行不等。抄本共分 30 門，內容以講解宇宙造化、天堂地獄、聖人天仙、前人典故等為主。文字似鋼筆書寫，碳素墨水。各門內容長短不一，開頭結尾有固定的套話和格式。

　　據現抄本收藏者開封東大寺女寺的郭景芳阿訇記憶，該抄本是已故禹俊卿（1909-1987年）阿訇編譯和抄寫的，抄寫時間不詳。根據禹俊卿的關門弟子，時任（2017年）孟州桑坡清真女寺的郭東平阿訇辨認，該抄本字跡是禹俊卿筆體無疑。

　　禹俊卿，河南武陟縣小麻村人，曾任開封草市街清真女寺阿訇。因其丈夫名叫盧清齋，因此民間習慣以其丈夫姓氏稱之為盧氏，並尊稱為盧阿訇或盧奶。禹俊卿是家中獨女，其母親一直在焦作市博愛縣博愛西關清真女寺當阿訇。禹自幼受到家庭薰陶，專心於經學。據言其 15 歲成家，16 歲就開始坐位當阿訇了。其丈夫盧清齋是河南經堂教育趙派創始人趙永清的弟子，兼通阿拉伯語和波斯語，據口傳為了方便女人學習經典，他將原波斯文的五本女人經都做過多語料翻譯，其中《否足》的漢譯名為《得道歸真》。

　　除了《明燈》外，禹俊卿還將著名的勸善典籍《伊熱沙德》轉寫為多語料文獻，該典籍以勸鑒人認主、求知、信仰、講究道德、維護禮儀、寬容忍耐、扶危濟困、謙虛低調等為主要內容。

2.杜淑真藏本

　　2013 年 5 月 1 日，時在陝西師範大學讀書的馬超赴鄭州北大女寺訪談杜淑真阿訇時，

有一位鄉老在杜阿訇屋中拿出一本《明燈》抄本的複印本。經同禹俊卿抄本對照，該抄本字體、筆跡、版式、頁數、行數等，都同禹俊卿本完全不同，因此確定該本為另一個手抄本，抄寫者和抄寫時間不詳。複印本以黃色紙封面，A4複印紙對開，共158頁，每頁12行。字跡似為蘸水筆書寫，抄本應為有格子的筆記本。此抄本與禹俊卿抄本的最大不同是起首泰斯米之後有兩行簡短的贊主贊聖詞，意思為「讚美真主，調養眾世界的主，善果屬於敬畏者，願歌頌與祝安降臨于安拉的使者穆罕默德及其全體追隨者！」兩個抄本中有個別字詞有不一致的情況，特別在是否使用波斯語和阿拉伯語表達方面有細微差別，能夠看出抄寫者的抄寫習慣不太一樣。

杜淑真（1924-2014年），生於河南阿訇世家，生前為鄭州北大清真女寺阿訇。其祖父杜雲淖為開封東大寺四掌教之一，也是前述趙永清阿訇的啟蒙老師。其父杜青和，是趙永清的高足。杜淑真幼時在父親教導下學習，後到開封王家胡同女寺師從馬廣慶和胡王氏等阿訇學習，先後求學約14年。杜淑真懂波斯語、阿拉伯語，尤其擅長波斯語。據言其曾跟隨馬廣慶學習《米爾薩德》《心靈的明燈》等典籍。杜淑真在西安、開封、鄭州等地開學50餘年，為河南的女學和女寺培養了一些女阿訇。

3.巴秀芝抄本

該抄本現保存在開封東大寺女寺郭景芳阿訇處，為白色軟皮筆記本，前面是一本波斯文和消經簡明注解的《凡蘇裡》，後面為《明燈》，可能抄寫於上世紀八十年代。《明燈》只抄至第23門「解明法老的受淹」，共86頁，每頁13行。

巴秀芝（？-2004年），開封人，生於阿訇世家，其父為已故開封東大寺的巴四師傅。巴秀芝自幼在清真寺跟女阿訇學習，婚後參加了工作。20世紀八十年代退休後再次進入清真寺學習並教學，曾跟隨禹俊卿學習。曾在西安建國巷清真西寺女寺、開封王家胡同女寺等處開學。

4.丁贊玲藏本

抄本為22開硬皮筆記本，254個頁面，每頁7行。

丁贊玲，1946年生，桑坡人，曾跟隨丁懷良和白本敬學習。該藏本來自丁贊玲婆家姨姨白紹榮，白生前曾在桑坡的老女寺、白女寺、張寺、西女寺等任教。

5.趙玲藏本

抄本為B5白色紙，151頁，每頁分為兩欄，共302欄，每欄8行。從書法看應為女性初學者抄寫。抄寫時間約為20世紀九十年代。

趙玲，1950年生，開封善義堂女寺阿訇，藏本來自開封已故李桂芳鄉老，李生前曾說此抄本是她曾經當過阿訇的一位娘家姨送給她的。

6.楊慧敏抄本

抄本為 22 開硬皮筆記本，雙頁對開，共 156 頁，每頁 12 行。

楊慧敏，1980 年生，該抄本約 1997 年受時任武陟縣勝利街清真寺的巴老女阿訇（1920年生）委託抄寫，抄寫者為巴阿訇孫女。楊慧敏現居住在鄭州，抄本保存在鄭州本人處。該抄本第三十門，即全本最長的一章有關只熱只斯的故事未抄完。抄本的用字、口氣、文字與禹俊卿本基本一致，由此判定兩者之間應該有某種關係。

7. 楊潔藏本

抄本長 26 釐米，寬 20 釐米，紙板皮，草紙，藍色布包。內頁文字高 18.5 釐米，寬 13.5 釐米。共 170 個頁面，每頁 15、16、17、18、19 行不等，雙頁對開。紅黑雙色並分大字和小字書寫，對開頁面中右面一頁有左面一頁的照字，個別頁面有邊注。該藏本共 45 章，使用的波斯語詞彙比上述抄本或藏本多。

楊潔，1976 年生於北京，祖籍河北大廠回族自治縣夏墊鎮南寺頭村，2020 年在北京大興采育鎮采育清真寺開學。該抄本是楊潔在河北臨西縣八裡圈清真寺做阿訇時，于 2007 年探望山東臨清女寺楊恩榮（1925-2007 年）阿訇時所借。楊恩榮為河北大名營鎮人，沒有兄弟姐妹，從小在大名府念經，婚後丈夫做生意未回，她在 28 歲就帶著孩子在臨清女寺當了阿訇。據其弟子山東濟南清真女寺馬玉璽阿訇回憶，楊恩榮阿訇沒有太多典籍，改革開放以後她們求學時主要靠借本子抄寫，該藏本可能是在臨清做阿訇的郭朝元從他的老家大名縣借來，也可能是她師姐榮書芳所借。

七、禹抄本與其他抄本和印刷本的比較

禹抄本與其他抄本、藏本、印刷本章節對照表

章號	禹俊卿抄本	楊潔藏本（抄本）	倫敦藏本（抄本）	波斯文印刷本（2011 年版）
1	解明造化世界	同左	同左	同左
2	解明造化頭一物	同左	同左	同左
3	解明七層地天	同左	同左	同左
4	解明造化地	同左	同左	同左
5	解明天堂的本質	同左	同左	同左
6	解明火獄的本質	同左	同左	同左
7	解明天上的那個飛禽	同左	同左	阿熱世下的創造物
8	解明圖巴的樹	同左	同左	同左
9	解明稱秤盤	同左	同左	同左

10	解明隨拉推的橋	同左	同左	同左
11	解明阿熱世和庫熱西	同左	同左	同左
12	解明擔阿熱世的天仙	同左	同左	同左
13	解明一些聖人	同左	同左	同左
14	解明取命天仙的本質	同左	同左	同左
15	解明門克熱和乃克熱的屬性	同左	同左	同左
16	解明拜依圖裡麥阿目熱	同左	同左	同左
17	解明嘎夫山	同左	同左	同左
18	解明伊斯拉菲裡吹號	同左	毀壞世界	解明在最後的光陰毀壞世界
19	解明念開端章	同左	解明伊斯拉菲裡	解明伊斯拉菲裡
20	解明天門有鎖	同左	同左	同左
21	解明尤努斯	解明寧靜的墳墓	同左	解明開端章
22	解明沒有父的五樣是何人	同左	解明無父母的五人	解明寧靜的墳墓
23	解明法老的受淹	同左	解明法老的受淹	解明無父母的五人
24	解明坍塌這個世界	同左	解明薩利曼的忠告	解明法老的受淹
25	解明蘇萊曼的屬性	同左	解明一些飛禽叫喚	解明薩利曼的忠告
26	解明一些飛禽叫喚	同左	解明修今世的頭一個房	解明一些飛禽叫喚
27	解明修今世的頭一個房	同左	解明法老的高塔	解明修今世的頭一個房
28	解明法老的高塔	同左	解明爾薩聖人的席面	解明世界最高塔
29	解明爾薩聖人下席面	同左	解明大海	解明爾薩聖人的席面
30	解明只熱只斯的典故	解明大海的本質	解明只熱只斯	解明大海的本質
31		解明只熱只斯的典故	解明四十歲的父親和一百二十歲的兒子	解明只熱只斯
32		解明四十歲的父親和一百二十歲的兒子	解明穆薩的拐杖	解明先知阿澤爾
33		解明穆薩的拐杖	解明先知們的品德	解明穆薩的拐杖

34		解明先知祖裡克菲裡	解明活著的先知	解明先知祖裡克菲裡
35		解明活著的先知	解明肚腹裡孩子的話	解明活著的先知
36		解明母親肚腹裡孩子的話	解明帶去天上的先知	解明孩子的話
37		解明拿在天上的先知	解明穆薩的杖擊	解明帶到天上的先知
38		解明穆薩的杖擊	解明先知們被復活	解明穆薩的杖擊
39		解明先知們轉的活	解明熱斯的同伴	解明先知們被復活
40		解明熱斯的同伴	解明烏赫都德的同伴	解明熱斯的同伴
41		解明烏赫都德的同伴	解明舒達德的爭論	解明烏赫都德的同伴
42		解明舒達德的爭論	解明達烏德聖人的信函	解明舒達德造天堂
43		解明達烏德聖人的信函	解明薩利曼先知的墳墓	解明達烏德聖人的信函
44		解明薩利曼先知的墳墓	解明布魯蓋	解明布魯蓋和他到薩利曼先知的墳墓
45		解明布魯蓋		
備註：印刷本增加的 23 章與本文討論無關，故章節名稱此處不錄。				

　　國外波斯語抄本為 43 或 44 章。其中 24 章是關於天地創造等信仰學的問答，18 章是關於先知事蹟的問答，1 章是「解明開端章」，最後是「解明布魯蓋」的故事。各種波斯語抄本內容基本一致，只是有些章目順序發生了變化。楊潔藏本為 45 章，多出的一章為《解明寧靜的墳墓》。波斯語抄本中存在波斯語和阿拉伯語語法和詞彙混用的現象，這一現象在波斯被阿拉伯帝國征服之後就開始出現，延續至今，尤其在宗教性著述中比較常見。

　　《明燈》前十七章國內多語料藏本和國外波斯語藏本目錄和內容一致，從第十八章開始，有些章目對應不一致。國內多語料藏本收錄了「解明開端章」，而國外波斯語版本中並未收錄。國內藏本的內容是從波斯語翻譯而來，並在翻譯基礎上進行了一些加工和創作，文本內容大意保持一致，一些詞彙在翻譯過程中選擇了比較符合中國語境的本土詞彙。例如出現了「皇王」、「官帽」等詞彙。

　　國外波斯語版比較簡潔凝練，很多細節和過程都沒有表達出來。但國內多語料抄本的故事敘述完整，內容更加豐滿，細節比較清晰。如第 22 章敘述創造阿丹的過程，波斯語抄本和印刷版都十分簡練，但禹抄本增加了用四方土造化阿丹、給阿丹吹入靈魂、天仙抬著阿丹的龍床遊覽天堂等內容，都比波斯語版本更加詳細。

　　國外波斯語版本中數字通常比較大，而國內的多語料藏本中數字就會減少。比如第23章法老被淹的故事中，在表述穆薩的民眾時多語料抄本中提到的數字是兩千人，而波斯語本中，海水分開十二道，每道有五萬人，也就是跟隨穆薩的民眾共有六十萬之眾。

　　禹抄本在使用波斯語數位時並未按照波斯語計數習慣，比如表達數字11時，並非用波斯語數字「ㄚ孜旦（یازده）」，而是用「十（ده）」和「一（یک）」組合來表示11。11到20之間的數字表達都使用波斯語1到10的數字，但以中國人計數方式來表達。序數詞11到20之間的表達也是如此。但楊潔藏本都使用了波斯語數位。

　　國外波斯語本和中國多語料抄本也存在一些差異。如第5章《造化天堂》中，波斯語本中「在每個天堂門上寫著清真言」一句，禹抄本中譯為「人們把清真言寫在每兩扇門上」，明確了主語。第23章法老被淹的故事中，穆薩擊打海水的時間也存在差異。國外波斯語本中，擊打發生在未過大海之時，也就是穆薩帶領民眾來到大海邊，看見海水擋道，他做了祈禱後用自己的拐杖擊打大海，而後大海分出十二條道路供其率領民眾通過。但在禹抄本中，穆薩率眾來到大海跟前做了祈禱，海水就分出了十二條道路，而擊打海水的動作出現在海中行進時因人們彼此看不見，穆薩才擊打海水，海中出現光亮以便人們通行。

八、多語料文本的詞彙問題

　　《明燈》除了用消經拼音拼寫漢語外，還包括阿拉伯語、波斯語和自造的漢語經堂語詞彙。

　　根據詞性分類，《明燈》所使用外來語詞彙和固定表達大致可分為11個大類，包括名詞（427個）、動詞（21個）、數詞（18個）、形容詞（17個）、連詞（9個）、代詞（5個）、介詞（3個）、方位詞（2個）、量詞（2個）、副詞（1個）。其中名詞占絕對多數，總共有505個外來詞（組）或短語。

　　筆者對《明燈》使用的外來語名詞進行了二次分類，共分宗教術語（121個）、地名（65個）、其他普通名詞（52個）、人名（48個）、動物名（27個）、專屬名詞（24個）、天仙名（16個）、身體部位（14個）、時間與星期名（12個）、婚姻家庭（10個）、自然地理（10個）、地獄名（8個）、天堂名（8個）、天空名（7個）、地的名字（5個）等15個小類。加上63個經堂語造詞，總體上分為11大類，共568個詞彙（固定表達）。

　　上述分類說明，多語料文獻中的阿拉伯語和波斯語借詞主要是名詞，說明在譯著勸善典籍的過程中，譯著者對經堂教育中經常使用的阿拉伯語和波斯語名詞借詞一般不做翻譯，特別是宗教術語和詞彙。這些詞彙，有些在民間流行，但有一部分對普通穆斯林而言仍是生詞，只有對長期在經堂教育中接受薰陶的人而言才是熟詞。

　　《明燈》同西北流行的勸善典籍最大的不同是波斯語借詞多，超過整個借詞總量的三分之二，特別是動詞、形容詞、數詞、代詞、連詞、方位詞、量詞等波斯語詞匯的大量使用，有別於西北的勸善典籍。

　　《明燈》使用的連詞、代詞、方位詞、數詞、量詞和副詞基本全部為波斯語詞匯。名詞中表示地名、身體部位、婚姻家庭、自然地理和時間日期的詞彙，大多為波斯語詞匯。連詞全部為波斯語，這也是唯一涉及的虛詞，因此也可以說《明燈》涉及的虛詞借詞全部為波斯語。

　　借用最多的名詞，按照本書附件分類，即便不包括宗教術語也有 306 個。其中涉及宗教部分的詞彙是阿拉伯語和波斯語的共用詞彙，從詞源上多屬於阿拉伯語，但業已成為波斯語詞匯的一部分。這些詞彙也是回族社區中至今流行的詞彙。專屬名詞、地名、人名、天堂、火獄、天仙、動物等名詞，阿拉伯語和波斯語一樣，只是個別詞彙發音稍有不同。其他普通名詞共 52 個，其中專屬波斯語的 17 個，另外 35 個詞彙基本是阿拉伯語和波斯語的共用詞彙。

　　動詞和形容詞中，大部分為波斯語詞匯，有少量阿拉伯語詞彙，這些阿拉伯語詞彙也通常是波斯語的共用詞彙。如多語料文章出現的 21 個動詞中，有艾目熱（命令）［أمر］、咢夫（害怕）［خوف］、格薩熱（拘住、圍住）［قصر］、革特裡（殺）［قتل］、賽米爾（聽）［سمعة］、宰辦哈（宰）［ذبح］、脫阿提（順從）［طاعت］、阿旦（轉回）［عاد］、耶阿來目（知道）［يعلم］、艾乃阿目（回賞）［أنعام］、格布雜（取、抓住）［قبض］等 11 個詞彙波斯語和阿拉伯語共用，但另外 9 個詞彙為波斯語。

　　根據胡振華先生和劉迎勝先生對「四夷館本」《回回館雜字》和《回回館譯語》的研究，較早的「四夷館本」收錄波斯語 777 條，較晚的「四夷館本」增補 233 條，共 1010 條波斯語詞匯。共分天文、地理、時令、人物、人事、身體、宮室、鳥獸、花木、器用、衣服、飲食、珍寶、聲色、文史、方隅、數目、通用等 18 門。《明燈》中與之相同的詞彙及其分佈情況如下：

　　（1）天文門：天、月、風、雨、雷、光、上天、世界。47 條中有 8 個相同。

　　（2）地理門：海、水、地、井、關口、白勒黑、敵米石（大馬士革）、密思兒（埃及）、虎剌桑（呼羅珊）、撒馬爾罕。70 條中有 10 個相同。

　　（3）時令門：月、早、申、未、戌、亥。48 條中有 6 個相同。

　　（4）人物門：君、父、母、妻、朋、女、神、鬼、婢、我、你、他。73 條中 12 個相同。

（5）人事門：見、事、貧、誇、夢、歎、罪、能。108 條中有 8 個相同。

（6）身體門：頭、面、耳、口、牙、心、手、足、言、命、行、形、血、身、疾病、膝。59 條中有 16 個相同。

（7）宮室門：寺、房、地獄。31 條中有 3 個相同。

（8）鳥獸門：馬、牛、魚、鴨、蛇。61 條中有 5 個相同。

（9）花木門：53 條中未出現相同詞彙。

（10）器用門：61 條中未出現相同詞彙。

（11）衣服門：35 條中未出現相同詞彙。

（12）飲食門：饌。39 條中有 1 個相同。

（13）珍寶門：金、寶貝、銀錢。28 條中有 3 個相同。

（14）聲色門：紅、白、黑。17 條中有 3 個相同。

（15）文史門：經、篇。17 條中有 2 個相同。

（16）方隅門：24 條中未出現相同詞彙。

（17）數目門：一、二、三、四、五、六、七、八、九、十、千。30 條中有 11 個相同。

（18）通用門：長、若、完、因、安、乾淨、號、殺、夜。209 條中有 9 個相同。

　　根據統計，《明燈》共有 97 個詞彙同「四夷館本」《回回館雜字》和《回回館譯語》中的詞彙相同。相同詞彙主要是常用名詞，說明《明燈》在轉寫為多語料文獻的過程中保留了與人們日常生活相關的波斯語詞彙，對譯者而言，這些詞耳熟能詳，無需翻譯成漢語就明白其意義。從文化傳承而言，上述詞彙雖然在《回回館雜字》和《回回館譯語》中有記錄，但根據今日多語料文獻中保留的詞彙，部分波斯語詞彙不僅在元代與漢語進行了書面化的對譯，而且也保留在回族先民的日常口語中，特別是經堂教育中波斯語典籍的講授，使部分詞彙成為經堂教育的熟詞，從而通過宣講教義和闡釋典籍，走向更為民間化的傳承方式。但另一值得重視的現象是，《回回館雜字》和《回回館譯語》中的波斯語詞彙主要涉及世俗生活領域，而《明燈》作為宗教勸善典籍，其中有大量宗教術語和詞彙，這些詞彙恰恰是《回回館雜字》和《回回館譯語》未專門羅列的詞彙。

九、多語料文本的中國文化特徵

　　語言的變化直接體現了多語料文獻鮮明的中國化過程，也就是波斯語典籍經中國學者的消解，從波斯語向包含了漢語、阿拉伯語和波斯語的多語料文獻轉變。

儘管其書寫仍採用了以阿拉伯語和波斯語為基礎的字母，但以消經拼音文字，結合回族經堂教育中的阿拉伯語和波斯語熟詞翻譯的作品，已經完全是漢語的語言結構和表述方式。

《明燈》譯著過程中，使用了很多具有中國特色的詞彙，比如皇王、絲綿的盔甲、金雙玲、龍床、官帽等。在波斯語抄本中只有「床」「帽」等詞彙，譯者增加了「龍」「官」這樣十分具有中國文化特色的修飾語。波斯語版本中提到的給阿丹佩戴戒指的內容，由於中國文化中沒有戴戒指的習俗，缺乏中國文化象徵意義，因而禹抄本也就省略了這些內容。在第二十二章有關造化人祖阿丹的表述中，運用了具有中國神話特色的詞彙，如用「四方」土造化阿丹，其實波斯語並沒有提到「四方」的概念。

在量詞方面，禹俊卿抄本把波斯語計量單位直接轉換成中國人熟悉的計量單位。例如在薩裡哈的故事中，禹抄本提到駱駝的一根肋骨到另一肋骨的距離是 120 尺，而波斯文抄本是 20 蓋斯。蓋斯是古波斯的長度單位，20 蓋斯大約等於 60 英尺即 54.8 尺左右，這種轉換雖然在數量上產生了分歧，但會讓中國人更直觀、更容易理解文本。

禹抄本使用了大量經堂語詞彙。從文字來源的角度觀察可分為「原創型」和「沿用發展型」。漢字屬於「原創型」文字，即獨立發展起來的文字。[13]經堂語由於是融合了漢語、阿拉伯語和波斯語的一種混合語言，屬於「沿用發展型」語言，其融合過程不僅是中國文化開放和包容的體現，也是外來詞彙本土化的過程，體現了中國文化「化外」的能力。例如「看守」「招認」「交還」「受裝修的」「無有數的」等經堂詞彙的使用，也有經堂語八大語氣詞「與、那、著、的、把、達、是、上」的使用。

內容方面，最為典型的是在清真言之後對「阿裡是真主的臥裡」一語的省略，以符合中國伊斯蘭教的遜尼派宗教環境。《明燈》的波斯語藏本，儘管都是薩法維王朝（1502-1736年）時期什葉派已經成為波斯國教的時代背景下寫就，卻沒有十分明顯的什葉派特色。但在伊朗庫姆藏本第 28 頁就有「阿裡是真主的臥裡」一語，伊朗的《明燈》印刷本第 5 章、第 17 章等處也出現了此句。國外波斯語版第 17 章中在講述創造噶夫山的時候，引用了阿裡的箴言，從中也反映了波斯語版的什葉派痕跡，這一點在禹抄本中隻字未提，顯然有意做了回避，可見波斯語宣教文本在中國化的過程中，經中國學者之手進行了「遜尼化」的處理。

結語

宗教文本的中國化是宗教中國化的核心內容之一，如果從文本的角度觀察伊斯蘭教的

---

⑬ 劉迎勝，《「小經」文字產生的背景——關於「回族漢語」》，《西北民族研究》，2003 年第 3 期。

中國化，大致可以分為譯和著兩種。如果說進入經堂教育正式教材的「賽百格」典籍的翻譯講究不增不減，要忠實于原文，特別是《古蘭經》的翻譯更是字斟句酌，千錘百煉才能獲得信眾的認可，而著的過程不必拘泥於文字，可以發揮之處較多。明末清初以來興起於江南地區，流布於全國的以儒詮經活動造就的大量著述，就是用當時的主流文化來闡釋伊斯蘭教的典籍，在話語、形式、內容、思想等多方面為日後伊斯蘭教的中國化奠定了基礎。除了譯和著之外，還有一些作品介於其間，可以說是有譯有著，邊譯邊著，以符合中國人的閱讀習慣、思維方式和話語體系。流傳於回族民間，被小傳統的女學和普通穆斯林大眾傳抄、散藏、閱讀、口傳的勸善故事，以多語料的文本載體形態，展現了阿拉伯文和波斯文典籍中國化的過程和階段性特點，為世人留下了文明交融進程中豐富多彩的一面。

心靈的明燈

奉至仁至慈的真主之名

سراج القلوب اول باب

باب ﹗ يكم ... نقڤ خدا شنه وكيد ... اول شنا جكيا كار رنيك كفت

قوم خداى در زكى يعم ليا نڤ ڤڤا ايد شه كيا نا وصيف ...

تها خود دا بلا تك خداى در لحا لبيا يعم ليا زڤ ڤڤا ايد شه كيا

خداى در اول جي يعم رشت يك شب تا ا اخر ت جمع د يعم ز

خداى در دو شمب د يعم ز پشت د وقت زڤ ڤڤا د تي يات

ماه در سه شمب د يعم ز زڤ ڤڤا د ي بي ے شمان مو

زمين در جهار شب د يعم ز زڤ ڤڤا د شه كيا د بعم جر

ڤ د دريا ليا د ي ے خلق د در دريا ليا زڤ ڤڤا د ليت هزار

نوعه حوان در اهمات ﹗ بالا زڤ ڤڤا د ليت هزار نده د زمين

بالا زڤ ڤڤا د ليت هزار نده يند زڤ ڤڤا د ي ے شنا د زمين

بالا ﹗ ج ے در اهمات ﹗ ﹗ ي ے ﹗ ي ے كا مر در كف جو في خداى

در جهار شب د يعم ز هيات قدا د ي ے كيا مي د ر ع ے ے

第一門　解明造化世界

希拉主裡固錄必〔سِرَاجُ الْقُلُوب〕的艾臥裡（第一）〔اول〕巴布（門）〔باب〕巴布（门）〔باب〕艾臥里（第一）〔اول〕。

解明造化世界。

你把這件卡熱（事情）〔كار〕表古夫特（說）〔گفت〕給我們。

胡大〔خدای〕代熱（在）〔در〕幾遙目（日）〔يوم〕裡邊造化印（這個）〔اين〕世界，它的雖凡提（屬性）〔صفة〕艾斯特（是）〔است〕什麼？

回答：白到乃凱（你應當知道）〔بدانکه〕，胡大〔خدای〕代熱（在）〔در〕六遙目（日）〔يوم〕裡邊造化印（這個）〔اين〕世界。胡大〔خدای〕代熱（在）〔در〕艾臥裡（頭）〔اول〕①一遙目（日）〔يوم〕艾斯特（是）〔است〕耶克閃白（星期天）〔يك شب〕，它的阿黑熱（臨尾，讀音：lín yi）〔اخر〕艾斯特（是）〔است〕主麻（星期五）〔جمعة〕的遙目（日）〔يوم〕子。胡大〔خدای〕代熱（在）〔در〕杜閃白（星期一）〔دوشب〕的遙目（日子）〔يوم〕撇失尼（晌禮）〔بشين〕的沃格提（時候）〔وقت〕造化了太陽麻海（月亮）〔ماه〕。代熱（在）〔در〕斜閃白（星期二）〔سهشنبه〕的遙目（日子）〔يوم〕造化了一些②阿斯瑪尼（天）〔آسمان〕臥（與）〔و〕一③贊米尼（地）〔زمين〕。代熱（在）〔در〕查閃白（星期三）〔چهارشنبه〕的遙目（日子）〔يوم〕，造化了世界的有命之物臥（與）〔و〕達熱亞（海）〔دريا〕裡邊的一些赫萊格（被造物）〔خلق〕。代熱（在）〔در〕達熱亞（海）〔دريا〕裡邊造化了六漢雜熱（千）〔هزار〕塯阿（樣）〔نوعة〕哈瓦尼（動物）〔حيوان〕，代熱（在）〔در〕阿斯瑪尼（天）〔آسمان〕巴拉（上）〔بالا〕造化了六漢雜熱（千）〔هزار〕塯阿（樣）〔نوعة〕，代熱（在）〔در〕贊米尼（地）〔زمين〕巴拉（上）〔بالا〕造化了六漢雜熱（千）〔هزار〕塯阿（樣）〔نوعة〕。又造化了一些山代熱（在）〔در〕贊米尼（地）〔زمين〕巴拉（上）〔بالا〕穩定。代熱（在）〔در〕阿斯瑪尼（天）〔آسمان〕巴拉（上）〔بالا〕，一些飛禽它們代熱（在）〔در〕空中飛。胡大〔خدای〕代熱（在）〔در〕查閃白（星期三）〔چهارشنبه〕的遙目（日）〔يوم〕子降管了世界。維（他）〔وی〕代熱（在）〔در〕一些

---

① 「艾臥裡」本意為「第一」，消經在某些地方口語化為「頭」，此處釋讀為「頭」。下同，不再注釋。
② 此處衍「些」字，未錄。
③ 此處脫「些」字，未補。

خلقت بار نك پيدا رزق ومد چد حق بر پيد د ربا ابعوى بار بر سے تمام

يا كبيد شق لبيا بر اصد خلاك كند وقدر فيها اقعاتها فى

ار بعد ايام سقواى للسايلين اتت د بن بار خلاى كند

مد درجها ر لبيا ج درك بر خلقد د رزق حج سے كبيد كرد

كى ابا د بر شن تقد رخط مان نك بر نام د رزق د رفد ضد

كم بالا ع داپا بد دعا شن خط ما د ر بح شب د بير ز

رزق فما جنت م جنت لبيا د ساپا د تر و جنت لبيا د نعد نيد

نعمة م رزق خداى بر ساپا ساپا نام د رجمه و بسر ز نى

احمر د لد جدان نند عا قما كى جنت لبيا دى بر كبيد كو م

كاليد جر مد د رجمه د بدم رزق خدا شوكبيد د ى زمد مكاباط

وكبى جد ايد تمام ببر د خلاى كند لقد خلقنا السموات و

الارص و ما بينهما فى ستة ايام بعد بد د رليقد بوم

٢

赫萊格（被造物）〔خلق〕巴拉（上）〔بالا〕分配雷孜給（給養）〔رزق〕，維（他）〔وی〕定奪一些達熱亞（海）〔دریا〕阿布（水）〔اب〕，維（他）〔وی〕把一些坦瑪目（全）〔تمام〕①眼叫順②裡邊。因為胡大〔خدای〕古夫特（說）〔گفت〕：

（41:10）〔وَقَدَّرَ فِيهَا أَقْوَاتَهَا فِي أَرْبَعَةِ أَيَّامٍ سَوَاءً لِّلسَّائِلِينَ〕

阿耶提（經文）〔آية〕的麥爾尼（意思）〔معنی〕艾斯特（是）〔است〕胡大〔خدای〕古夫特（說）〔گفت〕：「維（他）〔وی〕代熱（在）〔در〕車哈熱（四）〔چهار〕③裡邊定奪一些赫萊格（被造物）〔خلق〕的雷孜給（給養）〔رزق〕，一些求祈的坎斯（人）〔کس〕一般的因受坦格迪熱（定然）〔تقدیر〕。」胡大〔خدای〕分配他們的雷孜給（給養）〔رزق〕，代熱（在）〔در〕各個活物巴拉（上）〔بالا〕一點不短少。胡大〔خدای〕代熱（在）〔در〕盤閃白（星期四）〔پنجشنبه〕的遙目（日）〔یوم〕子造化哲乃提（天堂）〔جنت〕臥（與）〔و〕哲乃提（天堂）〔جنت〕裡邊的仙杜合坦熱（女）〔دختر〕，臥（與）〔و〕哲乃提（天堂）〔جنت〕裡邊的堖阿（樣）〔نوعة〕堖阿（樣）〔نوعة〕的尼阿麥提（恩典）〔نعمة〕，臥（與）〔و〕造化一些天仙。他們代熱（在）〔در〕主麻（星期五）〔جمعة〕的遙目（日）〔یوم〕子抬阿丹〔آدم〕的龍床遊玩，觀看哲乃提（天堂）〔جنت〕裡邊的一些躋棄臥（和）〔و〕禁止。維（他）〔وی〕代熱（在）〔در〕主麻（星期五）〔جمعة〕的遙目（日）〔یوم〕子造化世界的一總，維（他）〔وی〕把世界轉成坦瑪目（全）〔تمام〕美的。

胡大〔خدای〕古夫特（說）〔گفت〕：

（50:38）〔وَلَقَدْ خَلَقْنَا ٱلسَّمَاوَاتِ وَٱلْأَرْضَ وَمَا بَيْنَهُمَا فِي سِتَّةِ أَيَّامٍ〕

麥爾尼（意思）〔معنی〕艾斯特（是）〔است〕：曼（我）〔من〕代熱（在）〔در〕六遙目〔日〕〔یوم〕

---

① 「全」表示「泉」的音。
② 疑「順」為誤寫，應為「水」。
③ 此處應脫「日」字，未補。

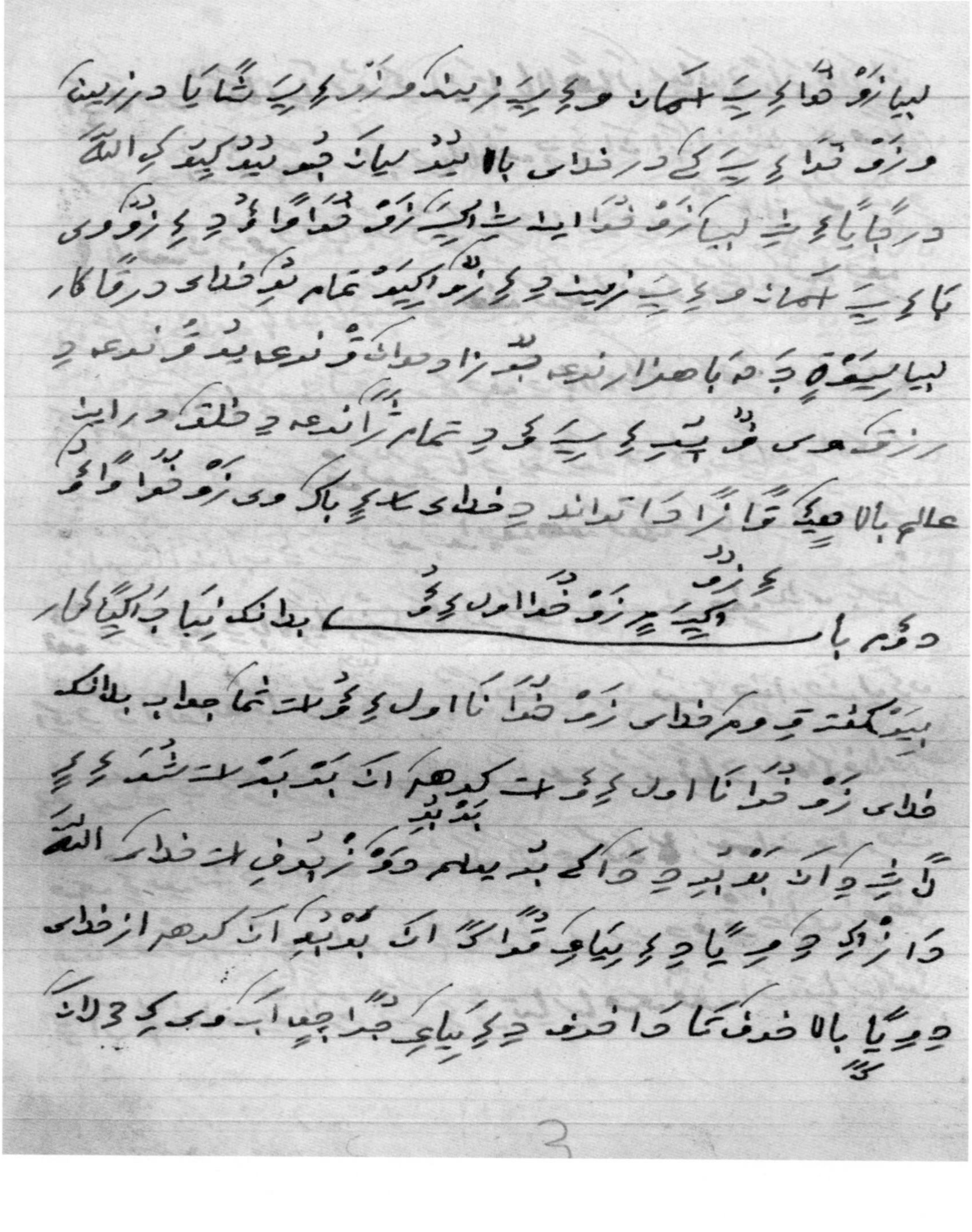

裡邊造化一些阿斯瑪尼（天）〔آسمان〕臥（和）〔و〕一些贊米尼（地）〔زمین〕，臥（與）〔و〕造一些山壓代熱（在）〔در〕贊米尼（地）〔زمین〕①，臥（並）〔و〕造化一些坎斯（人）〔كس〕，代熱（在）〔در〕胡大〔خدای〕巴拉（上）〔بالا〕沒有襄助，沒有求祈。安拉乎〔الله〕代熱（在）〔در〕眨眼一時裡邊造化印（這個）〔این〕世界，造化萬物的一總。維（他）〔وی〕把一些阿斯瑪尼（天）〔آسمان〕臥（和）〔و〕一些贊米尼（地）〔زمین〕的一總叫坦瑪目（全）〔تمام〕美。胡大〔خدای〕代熱（在）〔در〕幹卡熱（事情）〔كار〕裡邊消停著。單（十）〔ده〕八漢雜熱（千）〔هزار〕塯阿（樣）〔نوعة〕眾紮迪（生）〔زاد〕哈瓦尼（動物）〔حیوان〕，各塯阿（樣）〔نوعة〕有各塯阿（樣）〔نوعة〕的雷孜給（給養）〔رزق〕。維（他）〔وی〕分配一些物的坦瑪目（全）〔تمام〕然，塯阿（樣）〔نوعة〕②的赫萊格（受造物）〔خلق〕代熱（在）〔در〕印（這個）〔این〕阿來（世界）〔عالم〕巴拉（上）〔بالا〕顯。

　　感贊大吐窪德（能）〔تواند〕的胡大〔خدای〕清龐克（淨）〔پاك〕，維（他）〔وی〕造化萬物一總。

第二門　解明造化頭一物

道目（第二）[دوم] 巴布（門）[باب] 解明造化艾臥裡（頭）[اول] 一物。

　　白到乃凱（你應當知道）〔بدانكه〕，你把這件卡熱（事情）〔كار〕表古夫特（說）〔گفت〕給我們。胡大〔خدای〕造化那艾臥裡（頭）〔اول〕一物艾斯特（是）〔است〕什麼呢？

　　哲瓦布（回答）〔جواب〕：白到乃凱（你應當知道）〔بدانكه〕，胡大〔خدای〕造化那艾臥裡（頭）〔اول〕一物艾斯特（是）〔است〕高海熱（寶貝）〔گوهر〕，昂（那個）〔آن〕寶貝艾斯特（是）〔است〕屬於銀藍石的。昂（那個）〔آن〕寶貝的大，坎斯（人）〔كس〕不耶阿來目（知）〔یعلم〕道，只除非艾斯特（是）〔است〕胡大〔خدای〕。阿拉乎〔الله〕打自己的威嚴的一面兒觀看昂（那個）〔آن〕寶貝，昂（那個）〔آن〕高海熱（寶貝）〔گوهر〕艾孜（從）〔از〕胡大〔خدای〕的威嚴巴拉（上）〔بالا〕嗚夫（害怕）〔خوف〕，它打嗚夫（害怕）〔خوف〕的一面兒轉成阿布（水）〔آب〕。維（他）〔وی〕起了浪，

---

① 此處應脫「上」字，未補。
② 此處應脫「樣」字，未補。

4

阿布（水）〔آب〕來代熱（在）〔در〕動彈裡邊，霧氣艾孜（從）〔از〕它巴拉（上）〔بالا〕顯了，像了煙，白氣來。昂（那個）〔آن〕霧氣的沫子，飄代熱（在）〔در〕阿布（水）〔آب〕的巴拉（上）〔بالا〕①，如此著昂（那個）〔آن〕阿布（水）〔آب〕艾孜（從）〔از〕胡大〔خدای〕的威嚴巴拉（上）〔بالا〕晃動、打顫、不穩定，直至給亞買提（複生）〔قیامت〕的遙目（日）〔يوم〕子。

它艾斯特（是）〔است〕空中的昂（那個）〔آن〕煙。筍買（然後）〔ثم〕胡大〔خدای〕把昂（那個）〔آن〕煙轉成哈夫特（七）〔هفت〕塊兒，把每一塊兒轉成一層阿斯瑪尼（天）〔آسمان〕，把一層擺代熱（在）〔در〕一層的巴拉（上）〔بالا〕邊。代熱（在）〔در〕一層離一層的中間有坎斯（人）〔کس〕，印（這）〔این〕一個空兒，它的遙遠艾斯特（是）〔است〕五百年的拉海（路）〔راه〕徑。胡大〔خدای〕把昂（那個）〔آن〕阿布（水）〔آب〕的沫子又轉成哈夫特（七）〔هفت〕塊兒，把每一塊兒擺代熱（在）〔در〕一層的巴拉（上）〔بالا〕邊，直至於它又轉成哈夫特（七）〔هفت〕層。胡大〔خدای〕憑著自己的大吐窪德（能）〔تواند〕，把每一層又轉成了艾熱兒（地面）〔ارض〕。每一層艾熱兒（地面）〔ارض〕離一層有坎斯（人）〔کس〕。這一個空兒，它的遙遠艾斯特（是）〔است〕五百年的拉海（路）〔راه〕徑。

胡大〔خدای〕古夫特（說）〔گفت〕：「維（他）〔وی〕隱昧曼（我）〔من〕的昂（那個）〔آن〕坎斯（人）〔کس〕，豈沒有看見這件卡熱（事情）〔کار〕？阿斯瑪尼（天）〔آسمان〕臥（與）〔و〕艾熱兒（地面）〔ارض〕，維（他）〔وی〕叨（兩）〔دو〕個艾斯特（是）〔است〕爭納目（名）〔نام〕的，筍買（然後）〔ثم〕又分離它叨（兩）〔دو〕個。」胡大〔خدای〕造化了阿布（水）〔آب〕，筍買（然後）〔ثم〕胡大〔خدای〕又造化一個天仙，維（他）〔وی〕吩咐昂（那個）〔آن〕天仙，叫

---

① 　此處應脫「上」字，未補。

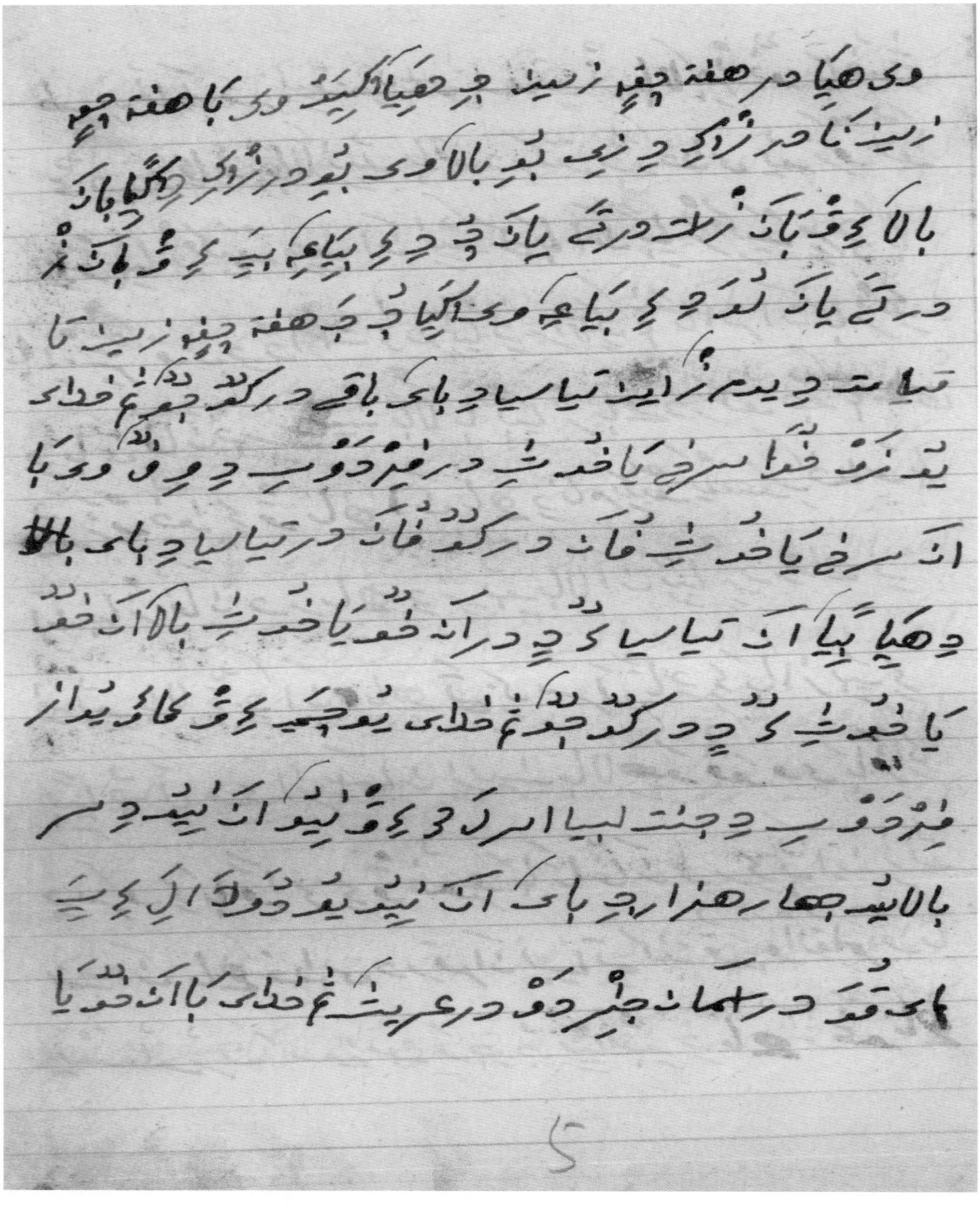

（他）〔وی〕下代熱（在）〔در〕哈夫特（七）〔هفت〕層贊米尼（地）〔زمین〕之下，叫維（他）〔وی〕把哈夫特（七）〔هفت〕層贊米尼（地）〔زمین〕拿代熱（在）〔در〕自己的脊背巴拉（上）〔بالا〕，維（他）〔وی〕背代熱（在）〔در〕自己的肩膀巴拉（上）〔بالا〕。一個膀子艾斯特（是）〔است〕代熱（在）〔در〕太陽出的一邊兒，別一個膀子代熱（在）〔در〕太陽落的一邊兒。維（他）〔وی〕夾住這哈夫特（七）〔هفت〕層贊米尼（地）〔زمین〕塔（直到）〔تا〕給亞買提（複生）〔قیامت〕的遙目（日）〔یوم〕子。

印（這個）〔این〕天仙的耙（腳）〔پای〕巴給（停）〔باقی〕代熱（在）〔در〕空中，筍買（然後）〔ثم〕胡大〔خدای〕又造化蘇熱合（紅）〔سرخ〕鴉鶻石代熱（在）〔در〕菲熱道斯〔فردوس〕的位分，維（他）〔وی〕把昂（那個）〔آن〕蘇熱合（紅）〔سرخ〕鴉鶻石放代熱（在）〔در〕庫房，代熱（在）〔در〕天仙的耙（腳）〔پای〕的下邊。昂（那個）〔آن〕天仙穩定代熱（在）〔در〕昂（那個）紅鴉鶻石巴拉（上）〔بالا〕，昂（那個）〔آن〕紅鴉鶻石穩定代熱（在）〔در〕空中。

筍買（然後）〔ثم〕胡大〔خدای〕又差一個尕吾（牛）〔گاو〕，又艾孜（從）〔از〕菲熱道斯〔فردوس〕的哲乃提（天堂）〔جنت〕裡邊艾目熱（命令）〔امر〕來了一個牛，昂（那個）〔آن〕牛的薩熱（頭）〔سر〕巴拉（上）〔بالا〕有車哈熱（四）〔چهار〕漢雜熱（千）〔هزار〕只耙（腳）〔پای〕①。昂（那個）〔آن〕牛有多大哩？一些耙（蹄子）〔پای〕過代熱（在）〔در〕阿斯瑪尼（天）〔آسمان〕直至到代熱（在）〔در〕阿熱世〔عرش〕。

筍買（然後）〔ثم〕胡大〔خدای〕把昂（那個）〔آن〕紅鴉

---

① 「腳」表示「角」的音。

6

鷦石放代熱（在）〔در〕牛的①兩蹄子巴拉（上）〔بالا〕，直至紅鴉鷦石穩定代熱（在）〔در〕孕吾（牛）〔گاو〕巴拉（上）〔بالا〕。牛巴給（停）〔باقی〕代熱（在）〔در〕空中，胡大〔خدای〕又造化一個鞭子，教訓昂（那個）〔آن〕牛，坎斯（人）〔کس〕把昂（那個）〔آن〕鞭子叫名了巴亞伊目替孜〔با یا إمتیز〕，它的大艾斯特（是）〔است〕五畢（十）〔ده〕年的拉海（路）〔راه〕徑。筍買（然後）〔ثم〕維（他）〔وی〕艾目熱（命令）〔امر〕昂（那個）〔آن〕②把自己的耙（蹄子）〔پای〕放代熱（在）〔در〕贊米尼（地）〔زمین〕巴拉（上）〔بالا〕，把鞭子巴給（留）〔باقی〕代熱（在）〔در〕空中。筍買（然後）〔ثم〕胡大〔خدای〕又造化一個麻黑（魚）〔ماهی〕，昂（那個）〔آن〕麻黑（魚）〔ماهی〕的納目（名字）〔نام〕叫耶勒乎尼〔یلهون〕。胡大〔خدای〕把昂（那個）〔آن〕鞭子放代熱（在）〔در〕麻黑（魚）〔ماهی〕的脊背巴拉（上）〔بالا〕，昂（那個）〔آن〕鞭子代熱（在）〔در〕麻黑（魚）〔ماهی〕的脊背巴拉（上）〔بالا〕穩定，昂（那個）〔آن〕麻黑（魚）〔ماهی〕抬起薩熱（頭）〔سر〕來，它的尾巴（讀音：yī ba）艾孜（從）〔از〕別一邊出來。它艾孜（從）〔از〕阿斯瑪尼（天）〔آسمان〕贊米尼（地）〔زمین〕巴拉（上）〔بالا〕越過，它把自己的薩熱（頭）〔سر〕臥（與）〔و〕尾巴（讀音：yī ba）挽了一個環兒，把它放代熱（在）〔در〕一處，印（這）〔این〕就艾斯特（是）〔است〕昂（那個）〔آن〕麻黑（魚）〔ماهی〕。胡大〔خدای〕代熱（在）〔در〕古熱阿尼（《古蘭經》）〔قرآن〕裡邊提古夫特（說）〔گفت〕過：

〔وَالْقَلَمِ وَمَا يَسْطُرُونَ〕。（68:1）

麥爾尼（意思）〔معنی〕艾斯特（是）〔است〕：我指著先輩的麻黑（魚）〔ماهی〕臥（與）〔و〕鼇麻黑（魚）〔ماهی〕

---

① 此處手稿刪除了「耙宜（腳）〔پای〕」，未錄。
② 此處應脫「牛」字，未補。

غا شِكار بند چر حفِ قلم چرسوكند ودى سيَ درا كر دريَ كتاب
لبيا كے چقواك ج اكلَيا كَا ريك يعَم عيِسى عمر ورى وراك خطاى
بالا زنَ دعاركَ عمركت اى بار خدا با اقَ با باك باه
طقَ زنسَ دراك باه هيَا قوَ ايَ دنيا دروى دربَ
نقَ بالا واك باه هيَا قند اكيَ راك كَ كَ نو خطاى ال
را كَ اى عيِسى باَ تمَ ودر خقواك اكيَ لبيا تمَ رفتَ در دريَ
ياعِ بالا نَوعيِسى حقُ در دريَ ياعِ بالا ومى ديداكيَ ى نيَ
باه ومى وسرَ از دريا لبيا جاءَ كَ ومى كاك جَ هيَاك ماماك
بالا هِى وسى غَ ج اكلَيا كَا ومى از قوَ تَ راَيا دَا امَ ع
كعتَ هُ هقُ زنَ مد حَ يدَم و ومى هُ ايسَ حَ يدَم كَو تاه
سَ يدَم عيِسى عمر زنَ نيَ ديداكيَ ومى درومَكاه
كَ باَ نَو عيِسى عمر جاكك لحِ كَ باكك دنَ كَ قوَاك ديداكيَ
كَ وتنَ خَ نيَ كَ اكيَا ومى د درومَكاه كَ باَ عيِسى عمر كَ

٧

發誓。「曼（我）〔من〕指著乾蘭（筆）〔قلم〕著蘇甘得（發誓）〔سوگند〕臥（與）〔و〕維（他）〔وی〕寫的昂（那個）〔آن〕。」

代熱（在）〔در〕一些克塔布（經典）〔كتاب〕裡邊坎斯（人）〔كس〕傳來這件卡熱（事情）〔كار〕，耶克（一）〔یک〕遙目（日）〔یوم〕，爾薩〔عیسی〕聖人爾來伊黑賽倆目〔عم〕維（他）〔وی〕往胡大〔خدای〕巴拉（上）〔بالا〕做杜阿（祈禱）〔دعاء〕，爾薩〔عیسی〕聖人爾來伊黑賽倆目〔عم〕古夫特（說）〔گفت〕：「哎！巴熱胡大〔بارخدای〕呀！圖（你）〔تو〕把昂（那個）〔آن〕麻黑（魚）〔ماهی〕，馱贊米尼（地）〔زمین〕的昂（那個）〔آن〕麻黑（魚）〔ماهی〕顯給我，印（這個）〔این〕頓亞（今世）〔دنیا〕代熱（在）〔در〕維（他）〔وی〕的脊背巴拉（上）〔بالا〕的昂（那個）〔آن〕麻黑（魚）〔ماهی〕顯給我，叫曼（我）〔من〕看一看。」

筍買（然後）〔ثم〕胡大〔خدای〕艾目熱（命令）〔امر〕來了：「哎！爾薩〔عیسی〕呀！圖（你）〔تو〕行代熱（在）〔در〕荒郊裡邊，圖（你）〔تو〕熱夫特（去）〔رفت〕代熱（在）〔در〕達熱亞（海）〔دریا〕沿兒巴拉（上）〔بالا〕。」筍買（然後）〔ثم〕爾薩〔عیسی〕到代熱（在）〔در〕達熱亞（海）〔دریا〕沿兒巴拉（上）〔بالا〕，維（他）〔وی〕迪德（看）〔دید〕見一條麻黑（魚）〔ماهی〕，它的薩熱（頭）〔سر〕艾孜（從）〔از〕達熱亞（海）〔دریا〕裡邊出阿曼德（來）〔آمد〕，維（他）〔وی〕忙著向阿斯瑪尼（天）〔آسمان〕巴拉（上）〔بالا〕行，維（他）〔وی〕按這件卡熱（事情）〔كار〕，維（他）〔وی〕艾孜（從）〔از〕弓射箭的那堖阿（樣）〔نوعة〕的快，行哈夫特（七）〔هفت〕遭。維（他）〔وی〕一遙目（日）〔یوم〕臥（和）〔و〕維（他）〔وی〕行，別一遙目（日）〔یوم〕臥（和）〔و〕維（他）〔وی〕行，三遙目（日）〔یوم〕，爾薩〔عیسی〕聖人爾來伊黑賽倆目〔عم〕總沒有迪德（看）〔دید〕見維（他）〔وی〕的薩熱（頭）〔سر〕臥（和）〔و〕維（他）〔وی〕的尾巴（讀音：yī ba）。筍買（然後）〔ثم〕爾薩〔عیسی〕聖人爾來伊黑賽倆目〔عم〕站起來，立起耙（腳）〔پای〕來等待，光迪德（看）〔دید〕見維（他）〔وی〕的坦恩（身）〔تن〕，還沒有迪德（看）〔دید〕見維（他）〔وی〕的薩熱（頭）〔سر〕臥（與）〔و〕它的尾巴（讀音：yī ba）。爾薩〔عیسی〕聖人爾來伊黑賽倆目〔عم〕抬起

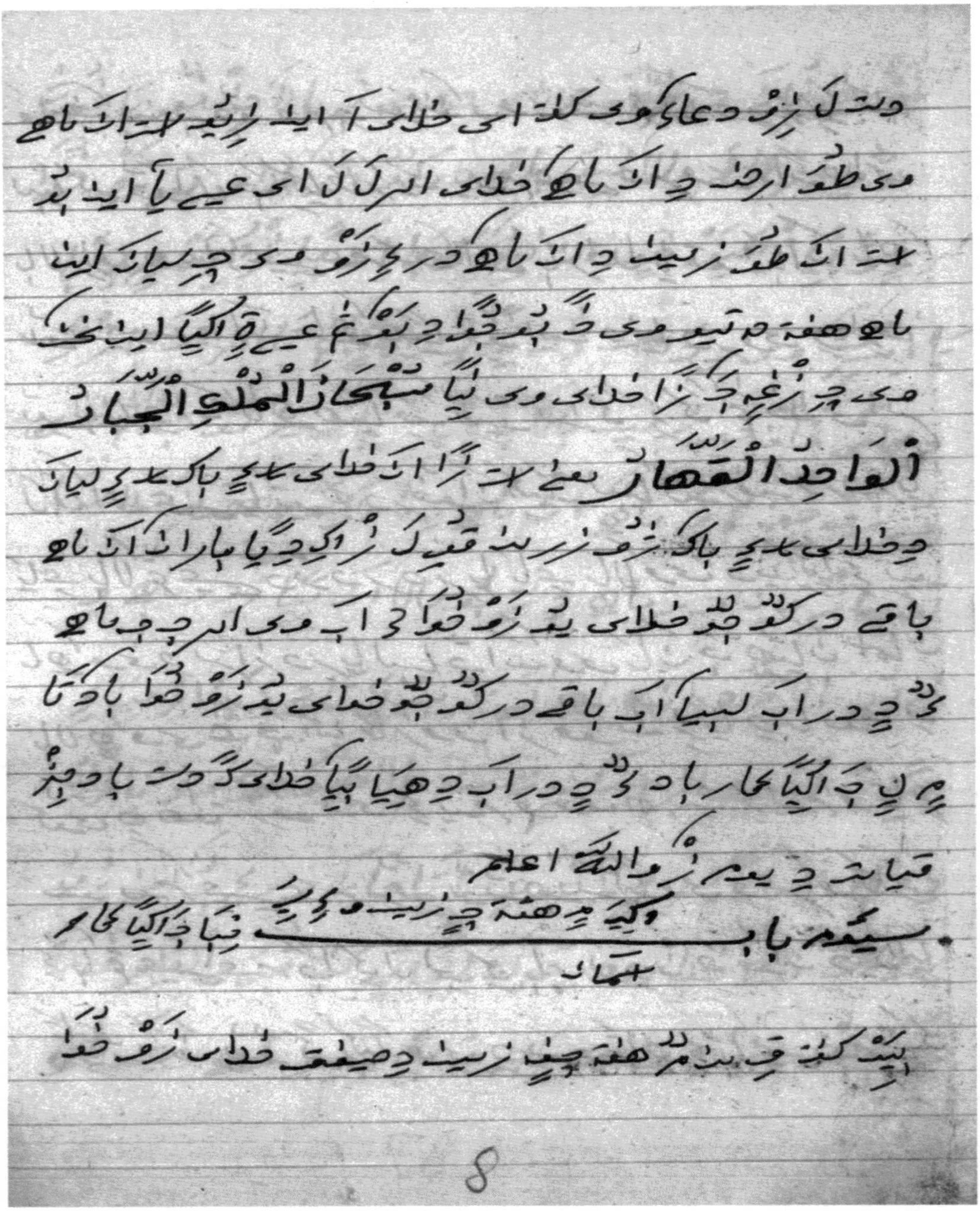

سُبْحَانَ الْمَلِكِ الْجَبَّارِ

الْوَاحِدِ الْقَهَّارِ

وَاللَّهُ أَعْلَم

　　麥爾尼（意思）〔معنى〕艾斯特（是）〔است〕：贊昂（那個）〔آن〕胡大〔خدای〕清龐克（淨）〔پاک〕，維（他）〔وی〕調養一些天仙臥（與）〔و〕一些魯哈（靈魂）〔روح〕的胡大〔خدای〕清龐克（淨）〔پاک〕。維（他）〔وی〕們的至強的納目（名）〔نام〕目艾斯特（是）〔است〕陶亞依裡〔تويائل〕。

　　第盤志（五）〔پنج〕層阿斯瑪尼（天）〔آسمان〕艾斯特（是）〔است〕屬於蘇熱合（紅）〔سرخ〕贊熱（金）〔زر〕子的，維（它）〔وی〕的納目（名字）〔نام〕艾斯特（是）〔است〕戴裡威〔دلوی〕。印（這層）〔این〕阿斯瑪尼（天）〔آسمان〕巴拉（上）〔بالا〕的天仙一總念泰斯比哈（贊詞）〔تسبيح〕，他們念的艾斯特（是）〔است〕：

　　　〔سبحان خالق النور سبحان ذي حمد〕[1]。

　　麥爾尼（意思）〔معنى〕艾斯特（是）〔است〕：贊造化努爾（光亮）〔نور〕的胡大〔خدای〕清龐克（淨）〔پاک〕，贊維（他）〔وی〕清龐克（淨）〔پاک〕臥（與）〔و〕誇讚維（他）〔وی〕。維（他）〔وی〕們的至強的名納目（名）〔نام〕目艾斯特（是）〔است〕艾哈托阿耶德〔احطايد〕。

　　第六層阿斯瑪尼（天）〔آسمان〕艾斯特（是）〔است〕屬於奧妙的，印（這個）〔این〕阿斯瑪尼（天）〔آسمان〕巴拉（上）〔بالا〕的天仙，他們一總務忙泰斯比哈（贊詞）〔تسبيح〕，維（他）〔وی〕們贊胡大〔خدای〕，維（他）〔وی〕們念：

　　　〔سبحان ربى كل شىء〕。

　　麥爾尼（意思）〔معنى〕艾斯特（是）〔است〕：贊調養但是[2]物的胡大〔خدای〕清龐克（淨）〔پاک〕。維（他）〔وی〕們的至強的納目（名）〔نام〕目艾斯特（是）〔است〕魯阿依德〔رعائد〕。

　　第哈夫特（七）〔هفت〕層阿斯瑪尼（天）〔آسمان〕艾斯特（是）〔است〕屬於空龐克（淨）〔پاک〕的，印（這層）〔این〕阿斯瑪尼（天）〔آسمان〕巴拉（上）〔بالا〕的天仙維（他）〔وی〕們的泰斯比哈（贊詞）〔تسبيح〕艾斯特（是）〔است〕：〔سبحان الله عدد خلقه وهذا كلماته〕[3]。

　　麥爾尼（意思）〔معنى〕艾斯特（是）〔است〕：贊昂（那個）〔آن〕胡大〔خدای〕

　　清龐克（淨）〔پاک〕，維（他）〔وی〕數赫萊格（受造物）〔خلق〕的數兒，臥（與）〔و〕維（他）〔وی〕的一些受

---

① 手稿贊詞抄寫有誤，今據波印本修訂。
② 此處「但是」意為「任何」、「每個」。
③ 手稿贊詞抄寫有誤，今據波印本修訂。

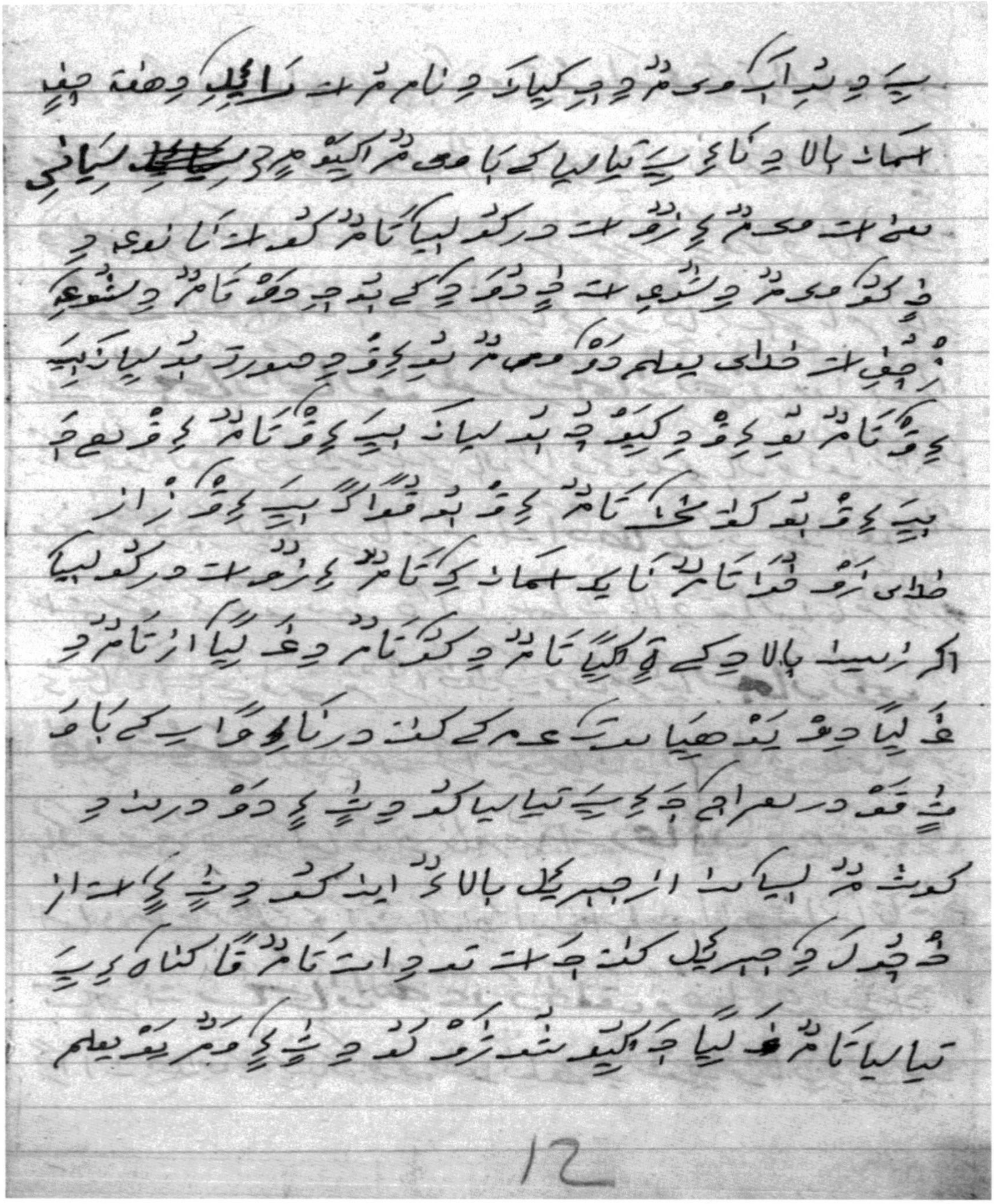

12

寫的墨阿布（水）〔آب〕。維（他）〔وی〕們的至強的納目（名）〔نام〕目艾斯特（是）〔است〕拉伊德〔رائد〕。

　　第哈夫特（七）〔هفت〕層阿斯瑪尼（天）〔آسمان〕巴拉（上）〔بالا〕的那一些天仙，坎斯（人）〔کس〕把維（他）〔وی〕們叫名了西亞尼〔سیانی〕，麥爾尼（意思）〔معنی〕艾斯特（是）〔است〕維（他）〔وی〕們一總艾斯特（是）〔است〕代熱（在）〔در〕哭裡邊。他們哭艾斯特（是）〔است〕那塩阿（樣）〔نوعة〕的狠哭，維（他）〔وی〕的數兒艾斯特（是）〔است〕很多的，坎斯（人）〔کس〕不知道維（他）〔وی〕們的數兒，只除非艾斯特（是）〔است〕胡大〔خدای〕耶阿來目（知）〔یعلم〕道。維（他）〔وی〕們每一個的蘇熱提〔صورت〕不像別一個，他們每一個的竅處不像別一個。維（他）〔وی〕們一個曼阿（同）〔مع〕著別一個不古夫特（說）〔گفت〕蘇窄（話）〔سخن〕，他們一個不觀看別一個。自艾孜（從）〔از〕胡大〔خدای〕造化他們的那耶克（一）〔یک〕阿斯瑪尼（天）〔آسمان〕起，他們一總艾斯特（是）〔است〕代熱（在）〔در〕哭裡邊。艾甘熱（要是）〔اگر〕贊米尼（地）〔زمین〕巴拉（上）〔بالا〕的坎斯（人）〔کس〕聽見他們的哭，他們的哀憐，艾孜（從）〔از〕他們的哀憐都要嚇毛提（無常）〔موت〕。聖人爾來伊黑賽倆目〔کس عم〕古夫特（說）〔گفت〕：代熱（在）〔در〕那一晚夕，坎斯（人）〔کس〕把我升高代熱（在）〔در〕米爾拉直（登霄）〔معراج〕著，一些天仙哭的聲音到代熱（在）〔در〕曼（我）〔من〕的古世（耳）〔گوش〕門裡邊，我艾孜（從）〔از〕哲布熱依裡〔جبرئیل〕巴拉（上）〔بالا〕問：「印（這個）〔این〕哭的聲音艾斯特（是）〔است〕艾孜（從）〔از〕何處來的？」哲布熱依裡〔جبرئیل〕古夫特（說）〔گفت〕：「印（這）〔این〕艾斯特（是）〔است〕圖（你）〔تو〕的穩麥提（教生）〔أمت〕，他們幹古那海（罪）〔گناه〕，一些天仙他們哀憐著求恕饒哭的聲音。」

　　我們要耶阿來目（知）〔یعلم〕

道，哈夫特（七）〔هفت〕層阿斯瑪尼（天）〔آسمان〕巴拉（上）〔بالا〕的天仙，班拉依（因為）〔برای〕我們幹古那海（罪）〔گناه〕，維（他）〔وی〕們喂夫（害怕）〔خوف〕，維（他）〔وی〕們哭。班拉依（因為）〔برای〕我們為班代（僕人）〔بنده〕穆民（信士）〔مؤمن〕違犯胡大〔خدای〕的艾目熱（命令）〔امر〕，要幹古那海（罪）〔گناه〕，一些天仙喂夫（害怕）〔خوف〕，他們哭著給我們求恕饒，索尋脫離，我們要艾孜（從）〔از〕這一些天仙的哭巴拉（上）〔بالا〕拿坦凡克熱（參悟）〔تفکر〕，拿臥爾茲（勸）〔وعظ〕解。

艾布胡熱依熱〔أبوهریر〕艾孜（從）〔از〕聖人爾來伊黑賽倆目〔عم〕巴拉（上）〔بالا〕傳來這件卡熱（事情）〔کار〕，胡大〔خدای〕造化這哈夫特（七）〔هفت〕①，一層艾斯特（是）〔است〕代熱（在）〔در〕一層的巴拉（上）〔بالا〕邊，一層離一層的中間有坎斯（人）〔کس〕。這一個空兒，維（他）〔وی〕的遙遠艾斯特（是）〔است〕五百年的拉海（路）〔راه〕徑。胡大〔خدای〕代熱（在）〔در〕哈夫特（七）〔هفت〕層阿斯瑪尼（天）〔آسمان〕巴拉（上）〔بالا〕造化一個達熱亞（海）〔دریا〕，代熱（在）〔در〕維（它）〔وی〕的巴拉（上）〔بالا〕邊有受掌管的天仙，他們念泰斯比哈（贊詞）〔تسبیح〕，我們承古夫特（說）〔گفت〕那如此的達熱亞（海）〔دریا〕艾斯特（是）〔است〕三漢雜熱（千）〔هزار〕年的拉海（路）〔راه〕徑的羅量。胡大〔خدای〕代熱（在）〔در〕那一座達熱亞（海）〔دریا〕裡邊造化一個天仙，維（他）〔وی〕贊胡大〔خدای〕，念泰斯比哈（贊詞）〔تسبیح〕。班拉依（因為）〔برای〕海阿布（水）〔آب〕一定淹不住維（他）〔وی〕的踝骨。

感贊調養世界的胡大〔خدای〕清龐克（淨）〔پاک〕，維（他）〔وی〕造化哈夫特（七）〔هفت〕層阿斯瑪尼（天）〔آسمان〕的昂（那個）〔آن〕胡大〔خدای〕清龐克（淨）〔پاک〕。

---

① 　此處脫「層天」二字，未補。

جھار باب ۔۔۔۔۔۔۔ اکیتے جہ نزوے قعا ازیید

ہیے کلے مفکترر خلای نزوے قعا صفے جیغو ازیید است تمام ارحد دوام

زو است تمام نو جھ جید ازیید لیپا دوکی است نزوے جواب پدا اندازو

قومز جو وید عبداللہ پا لا جیعاد جب الگا قعا خلای نزوے قعا صفے

جیغو ازیید دو جو نزوے نتر و جیغو جی۔۔۔ دو صیا پیا دو دیعے جہ جید الگا

یدک جو لو جو گدیع عا دیعے قیوا است دو بلیا کو بلیا دو راہ دیکی او دی

ازیید است جہ جید جہ قعا خلای نزوے قعا حکم جیغو ازیید است

باد دو جہ قعا خلای کا بید یعی دو باد باقی جرد دگر جیغو ازیید

لیپا پنجہ خلای دو یعے دو قا را تعید یاک بے الگا و خلط عالی

پاک وی لے لیا و نا ییڈ دو آست وی جیے در دنیا بالا پرای

خلای پنجہ نا عی بے جیقو باد دیاک عاد و دیجے یے قعم است در

اخر و نہ ازیاست لیپا عاد دو جمعہ مر نامر قا گنا دو رستیعمر جیعہ

ارحد لیپا است کے جہ جہ قعا خلای نزوے قعا ازیا وی یک نامر دو

رومی سیاک دو مہر دو رومی نامر دو دھان سیاک دو قید دو

دھان نامر دو پاک سیاک دو لیے دو پاک نامر دو کوت دو

۱٤

第四門　解明造化地

車哈熱（四）〔چهار〕巴布（門）〔باب〕解明造化贊米尼（地）〔زمين〕。

你把這件卡熱（事情）〔كار〕表古夫特（說）〔گفت〕給我們。胡大〔خداى〕造化哈夫特（七）〔هفت〕層贊米尼（地）〔زمين〕艾斯特（是）〔است〕什麼？艾熱兌（地面）〔ارض〕的納目（名）〔نام〕字艾斯特（是）〔است〕什麼？每一層贊米尼（地）〔زمين〕裡邊的坎斯（人）〔كس〕艾斯特（是）〔است〕如何？

哲瓦布（回答）〔جواب〕：白到乃凱（你應當知道）〔بدانكه〕，艾孜（從）〔از〕海目宰〔همز〕的沃來子（兒子）〔ولد〕阿布頓拉希〔عبدالله〕巴拉（上）〔بالا〕傳來這件卡熱（事情）〔كار〕。胡大〔خداى〕造化哈夫特（七）〔هفت〕層贊米尼（地）〔زمين〕的一總，每一層離一層的下邊，代熱（在）〔در〕維（它）〔وى〕的中間有坎斯（人）〔كس〕，這一個空兒，它的遙遠艾斯特（是）〔است〕五百年的拉海（路）〔راه〕徑。

艾臥裡（第一）〔اول〕[1]贊米尼（地）〔زمين〕艾斯特（是）〔است〕坎斯（人）〔كس〕的住處。

胡大〔خداى〕造化叨目（第二）〔دوم〕層贊米尼（地）〔زمين〕艾斯特（是）〔است〕巴德（風）〔باد〕的住處，胡大〔خداى〕把不曼阿（同）〔مع〕[2]的巴德（風）〔باد〕巴給（留）〔باقى〕代熱（在）〔در〕叨目（第二）〔دوم〕層贊米尼（地）〔زمين〕裡邊，憑著胡大〔خداى〕的要為。感贊調養世界的胡大〔خداى〕清龐克（淨）〔پاک〕，維（他）〔وى〕羅量他要的昂（那個）〔آن〕，維（他）〔وى〕差代熱（在）〔در〕的頓亞（今世）〔دنيا〕巴拉（上）〔بالا〕，班拉依（因為）〔براى〕胡大〔خداى〕憑著那一些凶巴德（風）〔باد〕傷阿德〔عاد〕的一些高目（民眾）〔قوم〕，艾斯特（是）〔است〕代熱（在）〔در〕阿黑熱（臨尾，讀音：lín yi）〔آخر〕的贊瑪尼（光陰）〔زمان〕裡邊，[3]阿德〔عاد〕的高目（民眾）〔قوم〕，他們幹古那海（罪）〔گناه〕。

代熱（在）〔در〕掃目（第三）〔سوم〕層艾熱兌（地面）〔ارض〕裡邊艾斯特（是）〔است〕坎斯（人）〔كس〕的住處，胡大〔خداى〕造化那一些坎斯（人）〔كس〕，他們的茹奕（面容）〔روى〕像了我們的茹奕（面容）〔روى〕，他們的達航（嘴）〔دهان〕像了狗的達航（嘴）〔دهان〕，他們的耙（腳）〔پاى〕像了牛的耙（蹄子）〔پاى〕，他們的古世（耳）〔گوش〕朵

---

① 此處脫「層」字，未補。
② 此處用了「一同」、「同著」的「同」音。
③ 此處應脫「因為」二字，未補。

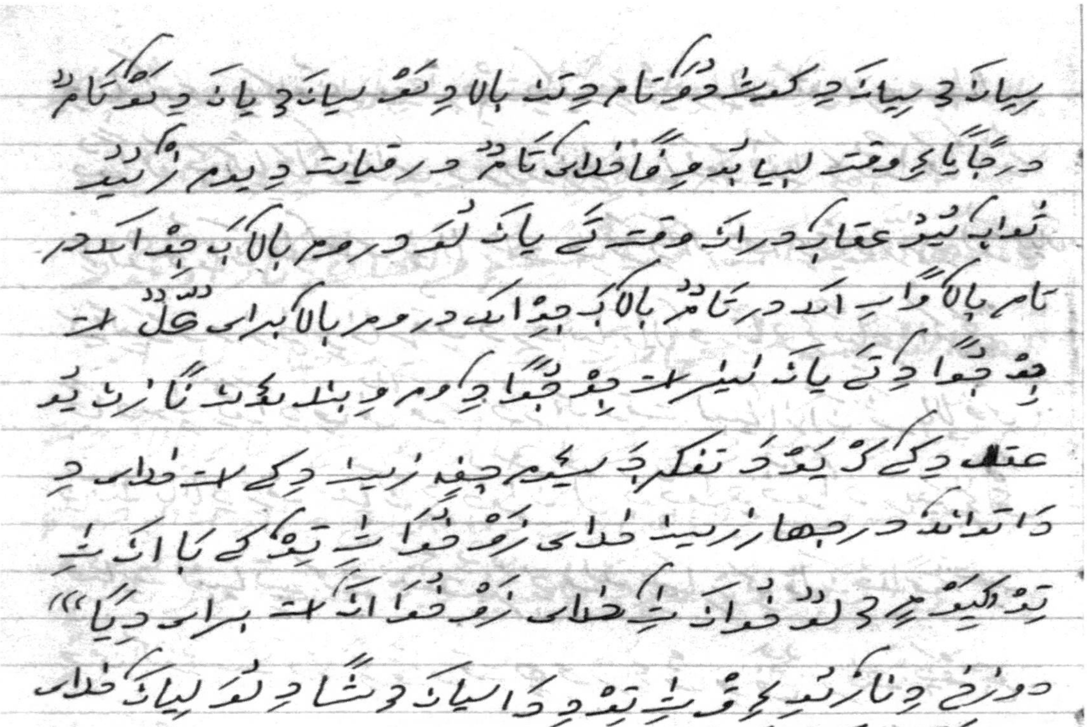

15

像了象的<u>古世</u>（耳）〔گوش〕朵，他們的<u>坦恩</u>（身）〔تن〕<u>巴拉</u>（上）〔بالا〕的毛像了羊的毛。他們<u>代熱</u>（在）〔در〕眨眼一<u>沃格提</u>（時）〔وقت〕裡邊不違犯<u>胡大</u>〔خدای〕，他們<u>代熱</u>（在）〔در〕<u>給亞買提</u>（複生）〔قیامت〕的<u>遙目</u>（日）〔یوم〕子沒有<u>賽瓦布</u>（回賜）〔ثواب〕，也沒有<u>爾雜布</u>（懲罰）〔عذاب〕。<u>代熱</u>（在）〔در〕<u>昂</u>（那個）〔آن〕<u>沃格提</u>（時候）〔وقت〕，太陽落<u>代熱</u>（在）〔در〕我們<u>巴拉</u>（上）〔بالا〕，白晝<u>阿曼德</u>（來）〔آمد〕<u>代熱</u>（在）〔در〕他們<u>巴拉</u>（上）〔بالا〕，晚夕<u>阿曼德</u>（來）〔آمد〕<u>代熱</u>（在）〔در〕他們<u>巴拉</u>（上）〔بالا〕，白晝<u>阿曼德</u>（來）〔آمد〕<u>代熱</u>（在）〔در〕我們<u>巴拉</u>（上）〔بالا〕。<u>班拉依</u>（因為）〔برای〕<u>昆錄</u>（所有）〔کل〕<u>艾斯特</u>（是）〔است〕周轉的，太陽<u>尼孜</u>（也）〔نیز〕<u>艾斯特</u>（是）〔است〕周轉的，我們為<u>班代</u>（僕人）〔بنده〕<u>穆民</u>（信士）〔مؤمن〕男<u>贊恩</u>（女）〔زن〕有<u>阿格裡</u>（智力）〔عقل〕的<u>坎斯</u>（人）〔کس〕，可要得<u>坦凡克熱</u>（參悟）〔تفکر〕，這<u>掃目</u>（第三）〔سوم〕層<u>贊米尼</u>（地）〔زمین〕的<u>坎斯</u>（人）〔کس〕<u>艾斯特</u>（是）〔است〕<u>胡大</u>〔خدای〕的大<u>吐窪德</u>（能）〔تواند〕。

　　<u>代熱</u>（在）〔در〕<u>車哈熱</u>（四）〔چهار〕層<u>贊米尼</u>（地）〔زمین〕，<u>胡大</u>〔خدای〕造化石頭，<u>坎斯</u>（人）〔کس〕把<u>昂</u>（那個）〔آن〕石頭叫名了龍黃石。<u>胡大</u>〔خدای〕造化<u>昂</u>（那個）〔آن〕<u>艾斯特</u>（是）〔است〕<u>班拉依</u>（因為）〔برای〕點<u>多災海</u>（火獄）〔دوزخ〕的<u>納熱</u>（火）〔نار〕。每一個石頭的大像了山的羅量。<u>胡大</u>〔خدای〕<u>古夫特</u>（說）〔گفت〕：

　　〔فَٱتَّقُوا۟ ٱلنَّارَ ٱلَّتِی وَقُودُهَا ٱلنَّاسُ وَٱلْحِجَارَةُ〕。　（2:24）

　　<u>麥爾尼</u>（意思）〔معنی〕<u>艾斯特</u>（是）〔است〕：「哎！他們歸信的那一些<u>坎斯</u>（人）〔کس〕哪！你們<u>艾孜</u>（從）〔از〕<u>多災海</u>（火獄）〔دوزخ〕的<u>納熱</u>（火）〔نار〕<u>巴拉</u>（上）〔بالا〕看<u>達斯提</u>（手）〔دست〕①你們的本<u>坦恩</u>（身）〔تن〕，<u>臥</u>（與）〔و〕你們的家下的<u>坎斯</u>（人）〔کس〕。」<u>胡大</u>〔خدای〕<u>古夫特</u>（說）〔گفت〕：「哎！他們<u>艾斯特</u>（是）〔است〕<u>阿丹</u>〔آدم〕的子孫呀！你們<u>咢夫</u>（害怕）〔خوف〕點<u>多災海</u>（火獄）〔دوزخ〕的<u>納熱</u>（火）〔نار〕<u>艾斯特</u>（是）〔است〕憑著<u>坎斯</u>（人）〔کس〕<u>臥</u>（和）〔و〕石頭。」

　　<u>阿耶提</u>（經文）〔آیة〕的<u>法熱西</u>（波斯語）〔پارس〕②<u>艾斯特</u>（是）〔است〕：「哎！<u>阿丹</u>〔آدم〕的子孫呀！<u>胡大</u>〔خدای〕造化龍黃石<u>艾斯特</u>（是）〔است〕<u>班拉依</u>（因為）多災海（火獄）〔دوزخ〕的引<u>納熱</u>（火）〔نار〕柴，點<u>多災海</u>（火獄）〔دوزخ〕

---

①　「手」表示「守」的音。
②　手稿筆誤，應為「麥爾尼（意思）〔معنی〕」，未改。

16

的納熱（火）〔نار〕，維（他）〔وى〕的氣味兒艾斯特（是）〔است〕至臭的。有一個雷哇耶提（傳說）〔روايت〕，坎斯（人）〔كس〕艾孜（從）〔از〕聖人爾來伊黑賽倆目〔عم〕巴拉（上）〔بالا〕傳來這件卡熱（事情）〔كار〕，胡大〔خداى〕代熱（在）〔در〕多災海（火獄）〔دوزخ〕裡邊造化一①川窪屬於龍黃石，維（它）〔وى〕的納熱（火）〔نار〕艾斯特（是）〔است〕炙熱的。艾甘熱（要是）〔اگر〕憑著一個丹熱目（銀錢）〔درم〕的羅量，坎斯（人）〔كس〕叫多災海（火獄）〔دوزخ〕的納熱（火）〔نار〕歸代熱（在）〔در〕頓亞（今世）〔دنيا〕巴拉（上）〔بالا〕，代熱（在）〔در〕它的一邊兒，艾甘熱（要是）〔اگر〕坎斯（人）〔كس〕站代熱（在）〔در〕很遠的位份，維（他）〔وى〕代熱（在）〔در〕及沃格提（時）〔وقت〕裡邊，艾孜（從）〔از〕昂（那個）〔آن〕熱巴拉（上）〔بالا〕維（他）〔وى〕的坦恩（身）〔تن〕巴拉（上）〔بالا〕的肉像了黃蠟著轉的化。

　　代熱（在）〔در〕別一個黑卡耶提（故事）〔حكايت〕裡邊提古夫特（說）〔گفت〕，曼蘇爾〔منصر〕的沃來子（兒子）〔ولد〕艾瑪熱〔عمار〕祈望胡大〔خداى〕熱哈曼提（慈憫）〔رحمة〕。維（他）〔وى〕古夫特（說）〔گفت〕：「曼（我）〔من〕代熱（在）〔در〕一個沃格提（時候）〔وقت〕行代熱（在）〔در〕一個位份，熱夫特（去）〔رفت〕朝哈志（朝觀）〔حج〕，曼（我）〔من〕到代熱（在）〔در〕庫法〔كوف〕的城堡裡邊，那艾斯特（是）黑夜的晚夕，曼（我）〔من〕聽見哭的聲音到曼（我）〔من〕的古世（耳）〔گوش〕巴布（門）〔باب〕裡邊。曼（我）〔من〕古夫特（說）〔گفت〕：「印（這）〔اين〕哭的聲音艾斯特（是）〔است〕艾孜（從）〔از〕哪裡阿曼德（來）〔آمد〕的？印（這）〔اين〕艾斯特（是）〔است〕如何的？曼（我）〔من〕往胡大〔خداى〕訴機②。」他古夫特（說）〔گفت〕：「哎！胡大〔خداى〕啊！沒有過夜著，曼（我）〔من〕幹了沒有艾目熱（命令）〔امر〕的卡熱（事情）〔كار〕，曼（我）〔من〕往圖（你）〔تو〕巴拉（上）〔بالا〕求救度，何坎斯（人）〔كس〕艾孜（從）〔از〕圖（你）〔تو〕的爾雜布（懲罰）〔عذاب〕

---

① 此處脫「個」字，未補。
② 訴機：秘密祈禱、秘密禱告。

يَا أَيُّهَا الَّذِينَ آمَنُوا قُوا أَنْفُسَكُمْ وَأَهْلِيكُمْ نَارًا وَقُودُ

هَا النَّاسُ وَالْحِجَارَةُ

巴拉（上）〔بالا〕吐窪德（能）〔تواند〕給脫離，只除非艾斯特（是）〔است〕圖（你）〔تو〕。艾甘熱（要是）〔اگر〕圖（你）〔تو〕不給脫離，曼（我）〔من〕尋代熱（在）〔در〕何處求救度。」艾瑪熱〔عمار〕古夫特（說）〔گفت〕：「艾甘熱（要是）〔اگر〕曼（我）〔من〕聽見印（這個）〔این〕訴機，曼（我）〔من〕念一段阿耶提（經文）〔آیة〕：

（66:6）〔يَا أَيُّهَا الَّذِينَ آمَنُوا قُوا أَنْفُسَكُمْ وَأَهْلِيكُمْ نَارًا وَقُودُهَا النَّاسُ وَالْحِجَارَةُ〕

阿耶提（經文）〔آیة〕的麥爾尼（意思）〔معنی〕艾斯特（是）〔است〕，胡大〔خدای〕古夫特（說）〔گفت〕：「哎！他們歸信的那一些坎斯（人）〔کس〕呀！你們艾孜（從）〔از〕多災海（火獄）〔دوزخ〕的納熱（火）〔نار〕巴拉（上）〔بالا〕看達斯提（手）〔دست〕[1]你們的本坦恩（身）〔تن〕臥（和）〔و〕你們的家下的坎斯（人）〔کس〕，點多災海（火獄）〔دوزخ〕的納熱（火）〔نار〕艾斯特（是）〔است〕警化你們的。」

曼（我）〔من〕觀看直至到清晨，憑著探望阿曼德（來）〔آمد〕代熱（在）〔در〕一個房子的巴布（門）〔باب〕口，迪德（看）〔دید〕見一個老贊恩（婦人）〔زن〕，維（她）〔وی〕哀憐啼哭著把一個者納茲（屍體）〔جنازة〕[2]放代熱（在）〔در〕昂（那個）〔آن〕位份，一些坎斯（人）〔کس〕搬埋[3]他。曼（我）〔من〕艾孜（從）〔از〕老贊恩（婦人）〔زن〕巴拉（上）〔بالا〕問，古夫特（說）〔گفت〕：「什麼卡熱（事情）〔کار〕遇代熱（在）〔در〕圖（你）〔تو〕巴拉（上）〔بالا〕？」老贊恩（婦人）〔زن〕古夫特（說）〔گفت〕：「我的沃來子（兒子）〔ولد〕毛提（無常）〔موت〕了。」曼（我）〔من〕古夫特（說）〔گفت〕：「維（他）〔وی〕艾斯特（是）〔است〕什麼別麻爾（病）〔بیمار〕？」老贊恩（婦人）〔زن〕古夫特（說）〔گفت〕：「維（他）〔وی〕沒有別麻爾（病）〔بیمار〕，維（他）〔وی〕往胡大〔خدای〕巴拉（上）〔بالا〕訴機，維（他）〔وی〕聽念驚駭的阿耶提（經文）〔آیة〕，一個聲音，維（他）〔وی〕艾孜（從）〔از〕胡大〔خدای〕巴拉（上）〔بالا〕咢夫（害怕）〔خوف〕，憑著印（這個）〔این〕賽白布（因由）〔سبب〕維（他）〔وی〕毛提（無常）〔موت〕了。」曼（我）〔من〕古夫特（說）〔گفت〕：「唉！曼（我）〔من〕傷了印（這位）〔این〕君子，如贊熱（金）〔زر〕[4]曼（我）〔من〕歸來自己的言巴拉恩（雨）〔باران〕[5]。」

代熱（在）〔در〕第盤志（五）〔پنج〕層贊米尼（地）〔زمین〕裡邊有一些蠍子，

---

① 「手」表示「守」的音。
② 「者納茲」本意為殯禮，此處指屍體、埋體。
③ 手稿此處衍「與」字，未錄。「搬埋」應為「殯埋」。
④ 「金」表示「今」的音。
⑤ 「雨」表示「語」的音。

18

他們的尾巴（讀音：yī ba）艾斯特（是）〔است〕尖的。胡大〔خدای〕把三百六單（十）〔ده〕份毒安放代熱（在）〔در〕每一個毒尾（讀音：yī）巴拉（上）〔بالا〕，一些坎斯（人）〔کس〕的薑（生命）〔جان〕的一總，艾孜（從）〔از〕昂（那個）〔آن〕毒的臭氣巴拉（上）〔بالا〕轉的毛提（無常）〔موت〕。艾甘熱（要是）〔اگر〕昂（那個）〔آن〕毒的一總一點兒掉代熱（在）〔در〕頓亞（今世）〔دنیا〕巴拉（上）〔بالا〕，頓亞（今世）〔دنیا〕巴拉（上）〔بالا〕的坎斯（人）〔کس〕憑著昂（那個）〔آن〕毒都轉的毛提（無常）〔موت〕。

代熱（在）〔در〕盤志（五）〔پنج〕層贊米尼（地）〔زمین〕裡邊還有一些蟒，胡大〔خدای〕造化一些蟒艾斯特（是）〔است〕班拉依（因為）〔برای〕罪刑一些住多災海（火獄）〔دوزخ〕的坎斯（人）〔کس〕。每一個蟒的大像了駱駝的那坆阿（樣）〔نوعة〕，維（他）〔وی〕比一架山來還威嚴，艾甘熱（要是）〔اگر〕胡大〔خدای〕給那一些達航（口）〔دهان〕①喚，它們的每一個阿曼德（來）〔آمد〕代熱（在）〔در〕頓亞（今世）〔دنیا〕巴拉（上）〔بالا〕，那一些蟒憑著它們的牙一包它們下嘴唇，一些山的一總艾孜（從）〔از〕本位兒巴拉（上）〔بالا〕拔起。代熱（在）〔در〕一些住多災海（火獄）〔دوزخ〕的迪德（看）〔دید〕見那一些蟒，他們打吘夫（害怕）〔خوف〕的一面兒，他們的竅處一總，一個艾孜（從）〔از〕別一個巴拉（上）〔بالا〕分離。

代熱（在）第六層贊米尼（地）〔زمین〕

---

① 「口」在此處表音而不表意，與後面的「喚」組成經堂語的熟詞「口喚」，意為「允許、准許」。

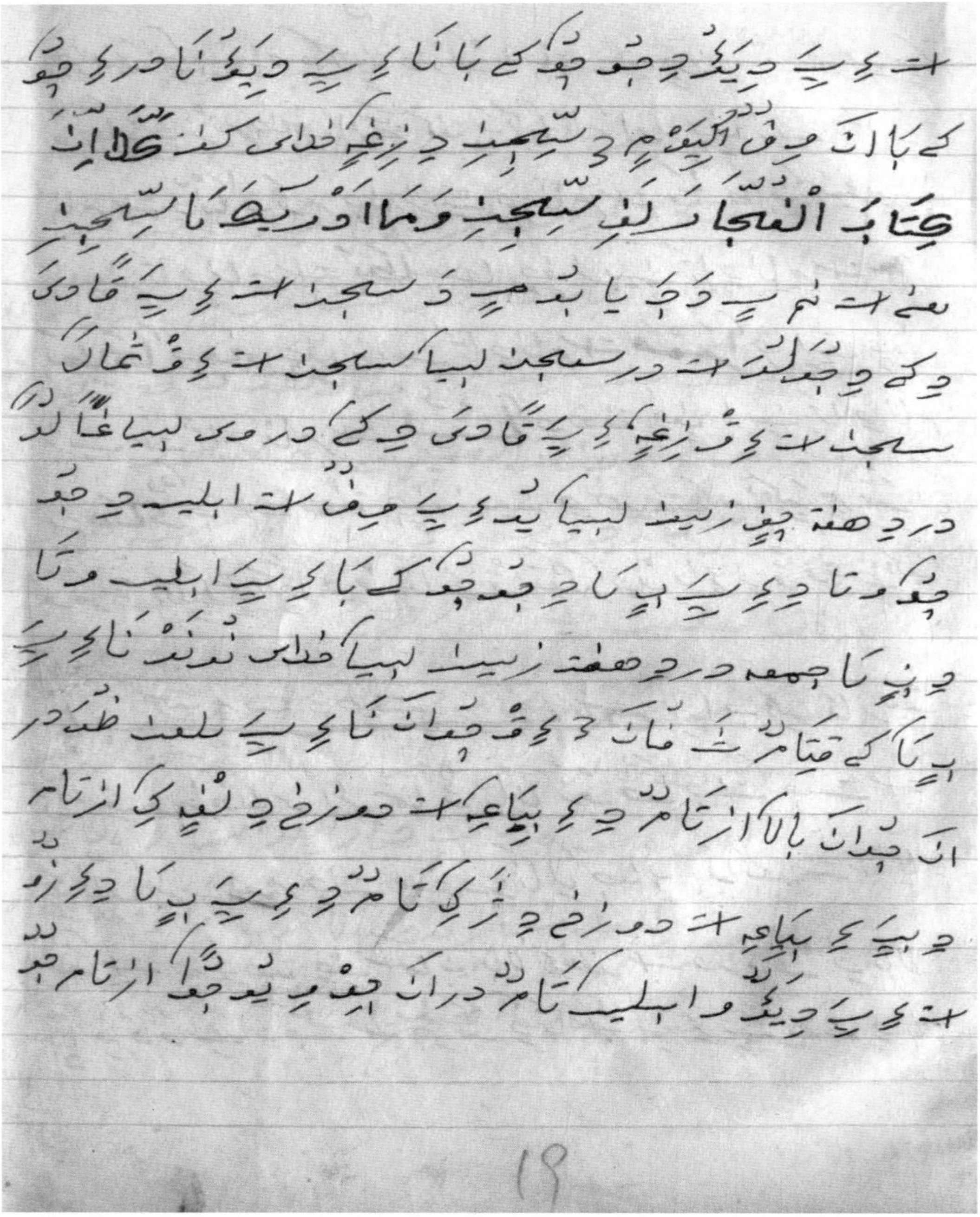

كِتَابُ الْفَضَائِلِ لِلْمَسَاجِدِ وَمَا أُدْرِكَ بِالْمَسَاجِد

<u>艾斯特</u>（是）〔است〕一些<u>迪妖</u>（鬼怪）〔ديو〕的住處，<u>坎斯</u>（人）〔كس〕把那一些<u>迪妖</u>（鬼怪）〔ديو〕拿<u>代熱</u>（在）〔در〕一處，<u>坎斯</u>（人）〔كس〕把那位分叫名了<u>辛只尼</u>〔سجين〕的井。<u>胡大</u>〔خدای〕<u>古夫特</u>（說）〔گفت〕：

〔كَلَّا إِنَّ كِتَابَ الْفُجَّارِ لَفِي سِجِّينٍ وَمَا أَدْرَاكَ مَا سِجِّينٌ〕（88:7-8）

<u>麥爾尼</u>（意思）〔معنی〕<u>艾斯特</u>（是）〔است〕：你們醒得著<u>牙</u>（或是）〔یا〕不醒得，<u>辛只尼</u>〔سجین〕<u>艾斯特</u>（是）〔است〕一些幹歹的<u>坎斯</u>（人）〔كس〕的著落，<u>艾斯特</u>（是）〔است〕<u>代熱</u>（在）〔در〕<u>辛只尼</u>〔سجین〕裡邊。<u>辛只尼</u>〔سجین〕<u>艾斯特</u>（是）〔است〕一個什麼來？<u>辛只尼</u>〔سجین〕<u>艾斯特</u>（是）〔است〕一個井，一些幹歹的<u>坎斯</u>（人）〔كس〕<u>代熱</u>（在）〔در〕<u>維</u>（它）〔وی〕裡邊安落。

<u>代熱</u>（在）〔در〕第<u>哈夫特</u>（七）〔هفت〕層<u>贊米尼</u>（地）〔زمين〕裡邊，有一些位分<u>艾斯特</u>（是）〔است〕<u>伊布裡斯</u>（魔鬼）〔ابليس〕的住處<u>臥</u>（和）〔و〕他的一些兵馬的住處。<u>坎斯</u>（人）〔كس〕把一些<u>伊布裡斯</u>（魔鬼）〔ابليس〕<u>臥</u>（和）〔و〕他的兵馬<u>哲穆阿</u>（聚）〔جمعة〕<u>代熱</u>（在）〔در〕第<u>哈夫特</u>（七）〔هفت〕[1]<u>贊米尼</u>（地）〔زمين〕裡邊。<u>胡大</u>〔خدای〕怒惱那一些兵馬，<u>坎斯</u>（人）〔كس〕給他們設放了一個床，那一些<u>買裡阿尼</u>〔ملعون〕[2]<u>坐代熱</u>（在）〔در〕<u>昂</u>（那個）〔آن〕<u>床巴拉</u>（上）〔بالا〕，<u>代熱</u>（在）〔در〕他們的一邊兒<u>艾斯特</u>（是）〔است〕<u>多災海</u>（火獄）〔دوزخ〕的冷氣，<u>代熱</u>（在）〔در〕他們的別一邊兒<u>艾斯特</u>（是）〔است〕<u>多災海</u>（火獄）〔دوزخ〕的熱氣。他們的一些兵馬的一總<u>艾斯特</u>（是）〔است〕一些<u>迪妖</u>（鬼怪）〔ديو〕<u>臥</u>（與）〔و〕<u>伊布裡斯</u>（魔鬼）〔ابليس〕。他們<u>代熱</u>（在）〔در〕<u>昂</u>（那個）〔آن〕周圍游轉，<u>艾孜</u>（從）〔از〕他們中

---

① 　此處脫「層」字，未補。
② 　手稿筆誤，應為「麥裡歐尼（惡魔）〔ملعون〕」，已改。

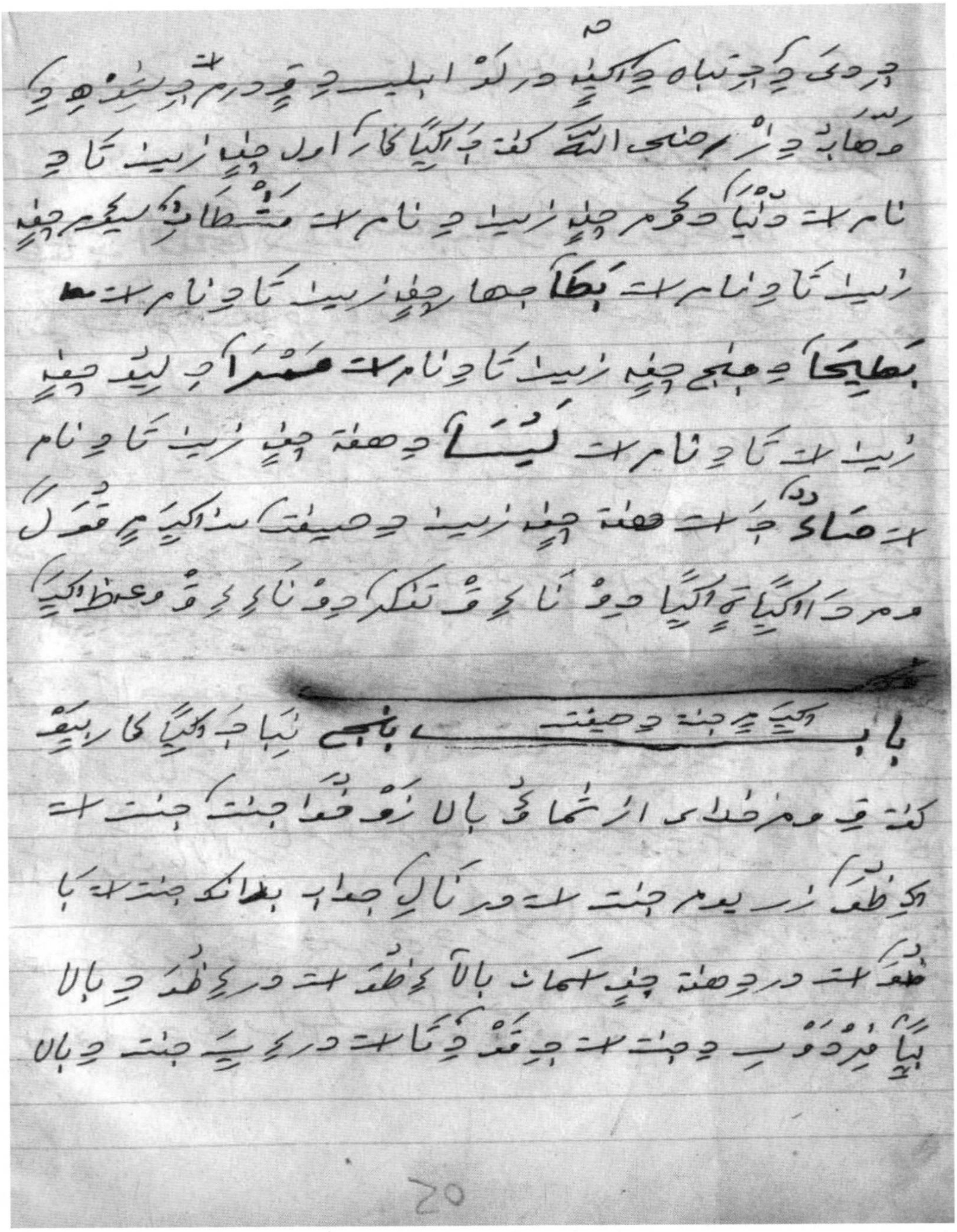

至歹的，至坦巴黑（壞）〔تباه〕的，進代熱（在）〔در〕老伊布裡斯（魔鬼）〔ابليس〕的跟丹熱目（錢）〔درم〕①艾斯特（是）〔است〕至受喜愛的。

宛哈布〔وهاب〕的子熱兌耶拉乎（願真主喜悅他）〔رضي الله〕古夫特（說）〔گفت〕：「這件卡熱（事情）〔كار〕，艾臥裡（第一）〔اول〕層贊米尼（地）〔زمين〕，它的納目（名字）〔نام〕艾斯特（是）〔است〕頓亞〔دنيا〕。叨目（第二）〔دوم〕層贊

米尼（地）〔زمين〕的納目（名字）〔نام〕艾斯特（是）〔است〕篩依託尼〔شيطان〕。掃目（第三）〔سوم〕層贊米尼（地）〔زمين〕，它的納目（名字）〔نام〕艾斯特（是）〔است〕班托〔بطا〕。車哈熱（四）〔چهار〕層贊米尼（地）〔زمين〕，它的納目（名字）〔نام〕艾斯特（是）〔است〕班推哈〔بطيحا〕。第盤志（五）〔پنج〕層贊米尼（地）〔زمين〕，它的納目（名字）〔نام〕艾斯特（是）〔است〕歐目拉〔عمرا〕。第六層贊米尼（地）〔زمين〕艾斯特（是）〔است〕，它的納目（名字）〔نام〕艾斯特（是）〔است〕蘭尤薩〔ليسا〕。第哈夫特（七）〔هفت〕層贊米尼（地）〔زمين〕，它的納目（名字）〔نام〕艾斯特（是）〔است〕薩溫〔صاء〕。

這艾斯特（是）〔است〕哈夫特（七）〔هفت〕層贊米尼（地）〔زمين〕的雖凡提（屬性）〔صفة〕，曼（我）〔من〕解明過了，我們大家聽見都拿一個坦凡克熱（參悟）〔تفكر〕，都拿一②個臥爾茲（勸）〔وعظ〕解。

第五門　解明天堂的本質

巴布（門）〔باب〕盤志（五）〔پنج〕解明哲乃提（天堂）〔جنت〕的雖凡提（屬性）〔صفة〕。

你把這件卡熱（事情）〔كار〕表古夫特（說）〔گفت〕給我們。胡大〔خداي〕艾孜（從）〔از〕什麼物巴拉（上）〔بالا〕造化哲乃提（天堂）〔جنت〕？哲乃提（天堂）〔جنت〕艾斯特（是）〔است〕幾座？贊熱（金）〔زر〕③遙目（日）〔يوم〕哲乃提（天堂）〔جنت〕艾斯特（是）〔است〕代熱（在）〔در〕哪裡？

哲瓦布（回答）〔جواب〕：白到乃凱（你應當知道）〔بدانكه〕，哲乃提（天堂）〔جنت〕艾斯特（是）〔است〕八座，艾斯特（是）〔است〕代熱（在）〔در〕第哈夫特（七）〔هفت〕層阿斯瑪尼（天）〔آسمان〕巴拉（上）〔بالا〕，一座艾斯特（是）〔است〕代熱（在）〔در〕一座的巴拉（上）〔بالا〕邊。菲熱道斯〔فردوس〕的哲乃提（天堂）〔جنت〕艾斯特（是）〔است〕至高的，它艾斯特（是）〔است〕代熱（在）〔در〕一些哲乃提（天堂）〔جنت〕的巴拉（上）〔بالا〕邊，維（他）〔وى〕高過一些哲乃提（天堂）〔جنت〕的坦瑪目（全）〔تمام〕然。代熱（在）〔در〕每一座哲乃提（天堂）〔جنت〕巴拉（上）

---

① 量詞，表示重量。
② 此處衍「一」字，未錄。
③ 「金」表示「今」音。

بیٹا ہوی قَقْ قف کریے جلت دِ تمام شُد اور یعنے ظَقْ جلت جا بلا
پَت نام کے یا اول ظَقْ جلت کلیقے م 3 دَارُ السَلام کے یا دَکُرم
ظَقْ جلت کلیقے م 3 دَارُ القَرار کے یا سیکم ظَقْ جلت کلیقے م
3 دَارُ الخَلد کے یا جَها ظَقْ جلت کلیقے م 3 جِنَاتُ المَاوِی
کے یا دبنج ظَقْ جلت کلیقے م 3 جِنَاتُ العَدَنْ کے یا ولید
ظَقْ جلت کلیقے م 3 جِنَاتُ النَعِیم کے یا دِ صنة ظَقْ جلت
کلیقے م 3 جِنَاتُ المَفردوسْ کے یا دِ ظَقْ جلت کلیقے
م 3 جِنَاتُ العَلِیَن خنلاس الربے د ح قْ جموبقہ بالارض
خفاد دِ بعی ظَقْ جلت مَهَاب دح ولد نقسِم اور واک ظَاس
رصة میں کلتِ ظنلاس از سرح یا ظَق شِت بالا رض ظَقْ دِ شَت
ے ظَق جلت نا اہل ظَق جلت دَارُ القَرار از دح لگا شِت

بالا رض ظَق خَقا دِ جِنَاتُ العَدَنْ از تدر بالا رض قَقا دِ جِنَاتُ المَاوِی
ار بے یے بالا رض ظَقْ دِ جِنَاتُ الخَلد از ظَاک زر بالا رض قَقا

邊，<u>維</u>（他）〔وى〕高過一些<u>哲乃提</u>（天堂）〔جنت〕的<u>坦瑪目</u>（全）〔تمام〕然。<u>代熱</u>（在）〔در〕每一座<u>哲乃提</u>（天堂）〔جنت〕<u>巴拉</u>（上）〔بالا〕有<u>納目</u>（名字）〔نام〕。

　　<u>坎斯</u>（人們）〔كس〕把<u>艾臥裡</u>（第一）〔اول〕座<u>哲乃提</u>（天堂）〔جنت〕叫名了<u>達魯賽倆目</u>〔دارالسلام〕。<u>坎斯</u>（人們）〔كس〕把<u>叨目</u>（第二）〔دوم〕座<u>哲乃提</u>（天堂）〔جنت〕叫名了<u>達魯蓋拉勒</u>〔دارالقرار〕。<u>坎斯</u>（人們）〔كس〕把<u>掃目</u>（第三）〔سوم〕座<u>哲乃提</u>（天堂）〔جنت〕叫名了<u>達魯赫裡迪</u>〔دارالخلد〕。<u>坎斯</u>（人們）〔كس〕把<u>車哈熱</u>（四）〔چهار〕座<u>哲乃提</u>（天堂）〔جنت〕叫名了<u>占納圖裡買厄瓦</u>〔جنات المؤوى〕。<u>坎斯</u>（人們）〔كس〕把第<u>盤志</u>（五）〔پنج〕座<u>哲乃提</u>（天堂）〔جنت〕叫名了<u>占納圖裡阿德尼</u>〔جنات العدن〕。<u>坎斯</u>（人們）〔كس〕把第六座<u>哲乃提</u>（天堂）〔جنت〕叫名了<u>占納圖裡乃爾目</u>〔جنات النعم〕。<u>坎斯</u>（人們）〔كس〕把第<u>哈夫特</u>（七）〔هفت〕座<u>哲乃提</u>（天堂）〔جنت〕叫名了<u>占納圖裡斐熱道斯</u>〔جنات الفردوس〕。<u>坎斯</u>（人們）〔كس〕把第八座<u>哲乃提</u>（天堂）〔جنت〕叫名了<u>占納圖里爾裡尼</u>〔جنات العلين〕。<u>胡大</u>〔خداى〕<u>艾孜</u>（從）〔از〕別的一個珠寶<u>巴拉</u>（上）〔بالا〕造化了每一座<u>哲乃提</u>（天堂）〔جنت〕。

　　<u>瓦哈布</u>〔وهاب〕的<u>沃來子</u>（兒子）〔ولد〕<u>穆阿希熱</u>〔معسر〕，祈望<u>胡大</u>〔خداى〕<u>熱哈曼提</u>（慈憫）〔رحمة〕<u>維</u>（他）〔وى〕，<u>古夫特</u>（說）〔گفت〕：“<u>胡大</u>〔خداى〕<u>艾孜</u>（從）〔از〕<u>蘇熱合</u>（紅）〔سرخ〕<u>鴉鶻石巴拉</u>（上）〔بالا〕造化了每一座<u>哲乃提</u>（天堂）〔جنت〕，那<u>艾臥錄</u>（第一）〔اول〕座<u>哲乃提</u>（天堂）〔جنت〕<u>艾斯特</u>（是）〔است〕<u>達魯蓋拉勒</u>〔دارالقرار〕。<u>艾孜</u>（從）〔از〕銀藍石<u>巴拉</u>（上）〔بالا〕造化了<u>占納圖裡阿德尼</u>〔جنات العدن〕。<u>艾孜</u>（從）〔از〕<u>努爾</u>（光）〔نور〕<u>巴拉</u>（上）〔بالا〕造化了<u>占納圖裡買厄瓦</u>〔جنات المؤوى〕。<u>艾孜</u>（從）〔از〕白銀<u>巴拉</u>（上）〔بالا〕造化了<u>占納圖裡赫裡迪</u>〔جنات الخلد〕。<u>艾孜</u>（從）〔از〕<u>黃贊熱</u>（金）〔زر〕<u>巴拉</u>（上）〔بالا〕

22

轉成灰塵，筍買（然後）〔ثم〕那一些坎斯（人）〔كس〕代熱（在）〔در〕他們的歸落之處艾斯特（是）〔است〕他們的世界，艾斯特（是）〔است〕他們的遙目（日）〔يوم〕子。」

哎！調養我們的胡大〔خداى〕啊！我們只往圖（你）〔تو〕巴拉（上）〔بالا〕求護苫，我們班拉依（因為）〔براى〕多災海（火獄）〔دوزخ〕的納熱（火）〔نار〕的熱巴拉（上）〔بالا〕往圖（你）〔تو〕巴拉（上）〔بالا〕求救度，憑著圖（你）〔تو〕的百尼阿麥提（恩）〔نعمة〕臥（和）〔و〕圖（你）〔تو〕的熱哈曼提（慈憫）〔رحمة〕恕饒我們。

宛拉乎艾阿來目（真主至知）〔والله أعلم〕

第七門　解明天上的那個飛禽

巴布（門）〔باب〕哈夫特（第七）〔هفت〕解明阿斯瑪尼（天）〔آسمان〕巴拉（上）〔بالا〕的昂（那個）〔آن〕飛禽。

你把這件卡熱（事情）〔كار〕表古夫特（說）〔گفت〕給我們。胡大〔خداى〕代熱（在）〔در〕第哈夫特（七）〔هفت〕層阿斯瑪尼（天）〔آسمان〕造化昂（那個）〔آن〕飛禽，維（它）〔وى〕的雖凡提（屬性）〔صفة〕艾斯特（是）〔است〕如何？

哲瓦布（回答）〔جواب〕：白到乃凱（你應當知道）〔بدانكه〕，艾布胡熱依熱〔أبو هريرة〕艾孜（從）〔از〕聖人爾來伊黑賽倆目〔كس عم〕巴拉（上）〔بالا〕傳來這件卡熱（事情）〔كار〕，維（他）〔وى〕古夫特（說）〔گفت〕：「胡大〔خداى〕代熱（在）〔در〕阿熱世〔عرش〕的下邊造化一個阿薩（棍）〔عصا〕，昂（那個）〔آن〕拐棍像了一根大柱子，屬於努爾（光）〔نور〕的柱子。代熱（在）〔در〕昂（那個）〔آن〕努爾（光）〔نور〕的柱子的薩熱（頭）〔سر〕巴拉（上）〔بالا〕，造化了一個飛禽，代熱（在）〔در〕昂（那個）〔آن〕飛禽，維（它）〔وى〕的眼艾斯特（是）〔است〕紅鴉鶻石的，維（它）〔وى〕的蘇熱提（樣子）〔صورت〕代熱（在）〔در〕世界巴拉（上）〔بالا〕的坎斯（人）〔كس〕沒有迪德（見）〔ديد〕過。代熱（在）〔در〕昂（那個）〔آن〕

كل شيء هالك إلا وجهه وحده الله احد القهار لا اله

27

飛禽的坦恩（身）〔تن〕巴拉（上）〔بالا〕有車哈熱（四）〔چهار〕百漢雜熱（千）〔هزار〕只翅膀，代熱（在）〔در〕每一個膀子巴拉（上）〔بالا〕有哈夫特（七）〔هفت〕百漢雜熱（千）〔هزار〕根麟毛，屬於冰片鑲的。維（它）〔وى〕的薩熱（頭）〔سر〕艾斯特（是）〔است〕白珠子的。代熱（在）〔در〕每一根麟毛巴拉（上）〔بالا〕有三行哈熱夫（字）〔حرف〕。艾臥裡（第一）〔اول〕行哈熱夫（字）〔حرف〕艾斯特（是）〔است〕泰斯米（奉名詞）〔تسمية〕。叨目（第二）〔دوم〕行哈熱夫（字）〔حرف〕艾斯特（是）〔است〕討黑德（認主獨一）〔توحيد〕。掃目（第三）〔سوم〕行哈熱夫（字）〔حرف〕艾斯特（是）〔است〕：

〔كُلُّ شَيْءٍ هَالِكٌ إِلَّا وَجْهَهُ وَهُوَ الْوَاحِدُ الْقَهَّارُ〕①

麥爾尼（意思）〔معنى〕艾斯特（是）〔است〕：「但是物艾斯特（是）〔است〕朽坦巴黑（壞）〔تباه〕的，只除非艾斯特（是）〔است〕胡大〔خداى〕的紮體（本質）〔ذات〕，胡大〔خداي〕艾斯特（是）〔است〕獨耶克（一）〔يک〕的。」

昂（那個）〔آن〕飛禽的高艾斯特（是）〔است〕如此的，維（它）〔وى〕的薩熱（頭）〔سر〕艾斯特（是）〔است〕代熱（在）〔در〕阿熱世〔عرش〕巴拉（上）〔بالا〕，維（它）〔وى〕的爪子艾斯特（是）〔است〕代熱（在）〔در〕第哈夫特（七）〔هفت〕層贊米尼（地）〔زمين〕之下。印（這個）〔اين〕飛禽代熱（在）〔در〕每遙目（日）〔يوم〕裡邊，維（它）〔وى〕的膀子要一動，一些珍珠、瑪瑙、冰片、麝香艾孜（從）〔از〕維（它）〔وى〕巴拉（上）〔بالا〕下來，就像了下巴拉恩（雨）〔باران〕。印（這個）〔اين〕飛禽維（它）〔وى〕要張開達航（口）〔دهان〕，一些香氣充滿阿斯瑪尼（天）〔آسمان〕贊米尼（地）〔زمين〕。一些仙童仙杜合坦熱（女）〔دختر〕聞見香氣，他們把薩熱（頭）〔سر〕艾孜（從）〔از〕窗戶上探出來，他們的坦恩（身體）〔تن〕代熱（在）〔در〕頓亞（今世）〔دنيا〕巴拉（上）〔بالا〕，每一遙目（日）〔يوم〕裡邊

---

① 此處文字與波印本有出入，未改。

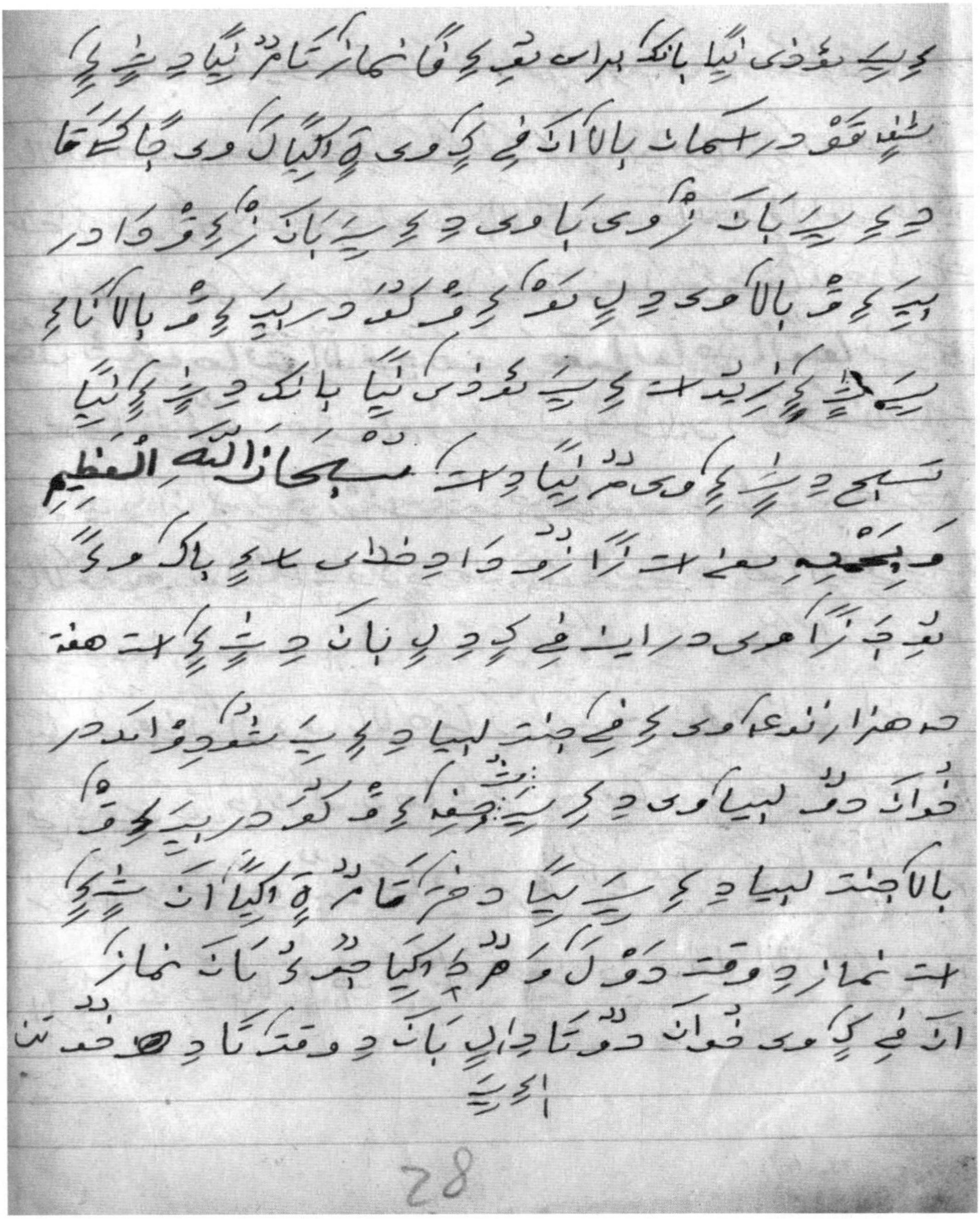

سُبْحَانَ اللَّهِ الْعَظِيم

一些穆安津（宣禮員）〔مؤذن〕念邦克（宣禮詞）〔بانگ〕，班拉依（因為）〔برای〕每一番乃麻子（禮拜）〔نماز〕他們念的聲音升高代熱（在）〔در〕阿斯瑪尼（天）〔آسمان〕巴拉（上）〔بالا〕。昂（那個）〔آن〕飛禽維（它）〔وی〕聽見了，維（它）〔وی〕展開它的一些膀子，維（它）〔وی〕把維（它）〔وی〕的一些膀子一個搭代熱（在）〔در〕別一個巴拉（上）〔بالا〕，維（它）〔وی〕的麟毛一個捆代熱（在）〔در〕別一個巴拉（上）〔بالا〕，那一些聲音就艾斯特（是）〔است〕一些穆安津（宣禮員）〔مؤذن〕念邦克（宣禮詞）〔بانگ〕的聲音，念泰斯比哈（贊詞）〔تسبیح〕的聲音。維（它）〔وی〕們念的艾斯特（是）〔است〕：

〔سبحان الله العظيم وبحمده〕。

麥爾尼（意思）〔معنى〕艾斯特（是）〔است〕：「贊尊大的胡大〔خدای〕清龐克（淨）〔پاک〕，我暗昧著贊維（他）〔وی〕。」代熱（在）〔در〕印（這）〔این〕飛禽的麟膀的聲音艾斯特（是）〔است〕哈夫特（七）〔هفت〕單（十）〔ده〕漢雜熱（千）〔هزار〕壏阿（樣）〔نوعة〕。維（它）〔وی〕一飛，哲乃提（天堂）〔جنت〕裡邊的一些樹都阿曼德（來）〔آمد〕代熱（在）〔در〕晃動裡邊。維（它）〔وی〕的一些樹枝一個擴代熱（在）〔در〕別一個巴拉（上）〔بالا〕。哲乃提（天堂）〔جنت〕裡邊的一些仙杜合坦熱（女）〔دختر〕，她們聽見昂（那個）〔آن〕聲音，艾斯特（是）〔است〕乃麻子（禮拜）〔نماز〕的沃格提（時候）〔وقت〕到了，我們的家畜務忙乃麻子（禮拜）〔نماز〕。昂（那個）〔آن〕飛禽維（它）〔وی〕晃動它的一些麟膀的沃格提（時候）〔وقت〕，它的渾[1]

---

[1]　此處應脫「身」字，未補。

دوست بندے کہ دے دوامی کی دے بعد دنیا دے آخرت دے واں ہے پنجم طلای
دی تعالیٰ اللہ انکے فی مے کہ اسی کہ اسے پارطلا یا تندی دے بخ سے بلند وہی ہم
در دنیا بالا جو بات سلام بعد تمام دے ہرامی تندا کیف فوا تندا حق
حق اکیف فوا تندا واسیم طلای ہیت واں فی کہ کہ
وصیت علی اللہ علی انظر علیہم یا الرحمت سنے بات طلای
کہ سے بایا جد اکیا کاردست بالا دید و واجب در سے دیم لیبا
سے پانچ سند رحمت دی یا فوا کہ عہد واست کہ بچ بے اکیگانی
یو فو کے نا و خر نو شفا خدای یک فوا کہ لی زبدہ دو زخ دی
نا در وست بالا رزق حرام مم کہ اکیبذ خدا نمار و ثبات یے
دور دی اکیے خدای دے تہ در دو شیء ہ والله اعلم
با ب کہیے سے طف با دیشم ہشتم کیا جد اکیا کار
بیت کہ قمیم طف با دیشمہ کعوشردی جدا کاوا صد رتا
نمارہی و حیت ست ٹرف جہاب بالک طلای دی
چیت دے باب شفا نوف فا انا ست در عریت جر حیا فو فوا

都艾斯特（是）〔است〕不穩定的。飛禽①本艾斯特（是）〔است〕無知的，昂（那個）〔آن〕艾斯特（是）〔است〕憑著胡大〔خداى〕大吐窪德（能）〔تواند〕。昂（那個）〔آن〕飛禽古夫特（說）〔گفت〕：「哎！巴熱胡大〔بارخداى〕呀！圖（你）〔تو〕的一些班代（僕人）〔بنده〕，維（他）〔وى〕們代熱（在）〔در〕頓亞（今世）〔دنيا〕巴拉（上）〔بالا〕務忙親奔圖（你）〔تو〕，他們班拉依（因為）〔براى〕圖（你）〔تو〕交還圖（你）〔تو〕的哈給（責任）〔حقّ〕，交還圖（你）〔تو〕的艾目熱（命令）〔امر〕。笱買（然後）〔ثم〕胡大〔خداى〕曉臥（與）〔و〕②昂（那個）〔آن〕飛禽古夫特（說）〔گفت〕：

〔وجبت على الله على انظر عليهم بالرحمت〕③

麥爾尼（意思）〔معنى〕艾斯特（是）〔است〕：胡大〔خداى〕古夫特（說）〔گفت〕："曼（我）〔من〕把這件卡熱（事情）〔كار〕代熱（在）〔در〕曼（我）〔من〕巴拉（上）〔بالا〕迪德（看）〔ديد〕的瓦直布（當然）〔واجب〕，代熱（在）〔در〕每遙目（日）〔يوم〕裡邊曼（我）〔من〕憑著曼（我）〔من〕的熱哈曼提（慈憫）〔رحمة〕的眼，觀迪德（看）〔ديد〕穆罕默德〔محمد〕的穩麥提（教生）〔أمت〕五次，不缺哪一個坎斯（人）〔كس〕。"男杜合坦熱（女）〔دختر〕老少，胡大〔خداى〕要觀迪德（看）〔ديد〕一遭，多災海（火獄）〔دوزخ〕的納熱（火）〔نار〕代熱（在）〔در〕維（他）〔وى〕巴拉（上）〔بالا〕做哈拉目（非法）〔حرام〕。我們看交還換乃麻子（禮拜）〔نماز〕的賽瓦布（回賜）〔ثواب〕有多大，近胡大〔خداى〕的跟丹熱目（錢）〔درم〕④多受喜。

宛拉乎艾阿來目（真主至知）〔والله أعلم〕

第八門　解明圖巴的樹

巴布（門）〔باب〕罕世吐目（第八）〔هشتم〕解明圖巴〔طوبا〕的樹。

你把這件卡熱（事情）〔كار〕表古夫特（說）〔گفت〕給我們。圖巴〔طوبا〕的樹臥（與）〔و〕考賽熱〔كوثر〕的池塘，它的蘇熱提（樣子）〔صورت〕艾斯特（是）〔است〕什麼？維（它）〔وى〕的雖凡提（屬性）〔صفة〕艾斯特（是）〔است〕⑤什麼？

哲瓦布（回答）〔جواب〕：白到乃凱（你應當知道）〔بدانكه〕，胡大〔خداى〕代熱（在）〔در〕哲乃提（天堂）〔جنت〕的巴布（門）〔باب〕首造化昂（那個）〔آن〕樹，代熱（在）〔در〕阿熱世〔عرش〕之下造化

---

① 此處衍「的」字，未錄。
② 「與」表示「諭」的音。
③ 本句不是《古蘭經》文，楊藏本為〔قد وجبت ان أنظر عليهم بالرحمة〕
④ 「錢」表示「前」的音。
⑤ 此處衍「是」字，未錄。

اِنَّا اَعْطَيْنَاكَ الْكَوْثَرَ سورة

۳۰

了一個池塘，筍買（然後）〔ثم〕胡大〔خداي〕下降：〔إِنَّا أَعْطَيْنَاكَ الْكَوْثَرَ〕（108:1）的蘇熱（章）〔سورة〕①。

阿耶提（經文）〔آية〕麥爾尼（意思）〔معنی〕艾斯特（是）〔است〕：胡大〔خداي〕古夫特（說）〔گفت〕：「的實，曼（我）〔من〕把考賽熱（仙池）〔كوثر〕恩賞給你們。」印（這個）〔این〕池塘的寬大有多大來？維（它）〔وی〕艾斯特（是）〔است〕三百個費熱賽恩格〔فرسنگ〕②，每一個〔فرسنگ〕艾斯特（是）〔است〕三百里的拉海（路）〔راه〕徑，我們計算維（它）〔وی〕的寬大，臥（與）〔و〕維（它）〔وی〕的阿布（水）〔آب〕艾斯特（是）〔است〕艾孜（從）〔ز〕阿熱世（經）〔عرش〕之下流到菲熱道斯〔فردوس〕的哲乃提（天堂）〔جنت〕裡邊，艾孜（從）〔ز〕菲熱道斯〔فردوس〕的哲乃提（天堂）〔جنت〕裡邊流出阿曼德（來）〔آمد〕，流到昂（那個）〔آن〕池塘裡邊。維（它）〔وی〕流的昂（那個）〔آن〕快，坎瑪（就）〔كما〕像了飛禽飛的昂（那個）〔آن〕堖阿（樣）〔نوعة〕。

但是坎斯（人）〔كس〕，維（他）〔وی〕飲了昂（那個）〔آن〕池塘的阿布（水）〔آب〕，一定維（他）〔وی〕不受傷，他不渴亢。昂（那個）〔آن〕阿布（水）〔آب〕比奶來至白。它的香，它的美味艾斯特（是）〔است〕無比。但是坎斯（人）〔كس〕，他飲了昂（那個）〔آن〕阿布（水）〔آب〕，一定維（他）〔وی〕沒有別麻爾（病）〔بيمار〕，維（他）〔وی〕不毛提（無常）〔موت〕，維（他）〔وی〕得住聖人爾來伊黑賽倆目〔عـم〕的舍凡阿提（說情）〔شفاعة〕，維（他）〔وی〕艾斯特（是）〔است〕進哲乃提（天堂）〔جنت〕的坎斯（人）〔كس〕之數。昂（那個）〔آن〕池塘，坎斯（人）〔كس〕表古夫特（說）〔گفت〕維（它）〔وی〕的數兒，它是屬於紅鴉鶻石、紅贊熱（金）〔زر〕子的。維（它）〔وی〕的轉圈兒的槽艾斯特（是）〔است〕屬於

---

① 　此處衍「的」字，未錄。
② 　長度量詞，一「費賽恩格」相對於 6.24 公里。

لتد جو دادر اک جرماک دجند هو لدحر پاله کی تام ح
صورتکت سیاک د زایه کید درا کجرماک دسیاعداک لید
ح په مراد شوعه سیاک د سپه دقوا دتقیاشت د یمرو
لد ددوقد حسیکی دوه هیا درعرشد دراشا جباعه
مرجهم کنت می ارشد دیتاک تاک حا که ات دان اول
حف کمی بلتت دطقد دیکی جه بلت کوتردح بیاک کنه گا
حدرکف طوبا دشوف طی د رسیت دبا بلو اقدضوا د
حکه میه الیقه ملف با مس حداشان اندعد کشق جبت
بت دور وا گر قدتی کسی فی چشلار تا ارایت حپو چنطط
بال تعاند دقدر اک جعو بال دراک شقه بال لید حساله
درتا جز دهپالید ح ستیا لیاتام ازااضاما ایا تسح کمبا
سیاک دسپه دشوعه اک شد داز عم لیمه جقتا جاح
جله لید سیاک د لد بای جعتا لد الیه جنا اندعد اک شد زحم
دلید هیاک جت با طلف جلتا لد لود قئیمه دکالت زحم

綠翠的。代熱（在）〔در〕昂（那個）〔آن〕池塘的周圍有一些飛禽，它們的蘇熱提（樣子）〔صورت〕艾斯特（是）〔است〕像了贊熱（金）〔زر〕錠，定代熱（在）〔در〕昂（那個）〔آن〕池塘的邊兒巴拉（上）〔بالا〕。有一些碗的數兒像了星星，端代熱（在）〔در〕給亞買提（複生）〔قیامت〕的遙目（日）〔یوم〕子有的沃格提（時候）〔وقت〕，一些坎斯（人）〔کس〕都顯代熱（在）〔در〕阿熱世（عرش）打算場兒。我們的聖人爾來伊黑賽倆目〔عـم〕古夫特（說）〔گفت〕：「維（他）〔وی〕艾孜（從）〔از〕曼（我）〔من〕的池塘塘飲阿布（水）〔آب〕的那艾臥裡（頭）〔اول〕一個坎斯（人）〔کس〕，維（他）〔وی〕艾斯特（是）〔است〕得脫離的坎斯（人）〔کس〕。」這艾斯特（是）〔است〕考賽熱〔کوثر〕的池塘。

　　古夫特（說）〔گفت〕完了代熱（在）〔در〕①古夫特（說）〔گفت〕圖巴〔طوبا〕的樹。胡大〔خدای〕代熱（在）〔در〕哲乃提（天堂）〔جنت〕的巴布（門）〔باب〕首造化了一棵名叫圖巴〔طوبا〕②，維（他）〔وی〕的大艾斯特（是）〔است〕那塯阿（樣）〔نوعة〕的。樹的坦恩（身）〔تن〕艾斯特（是）〔است〕贊熱（金）〔زر〕的，艾甘熱（要是）〔اگر〕一個飛禽，維（它）〔وی〕飛一漢雜熱（千）〔هزار〕，它艾孜（從）〔از〕印（這個）〔این〕枝兒瑪裡（財）〔مال〕③吐窪德（能）〔تواند〕到代熱（在）〔در〕昂（那）〔آن〕枝兒巴拉（上）〔بالا〕。代熱（在）〔در〕昂（那個）〔آن〕樹巴拉（上）〔بالا〕有一些葉兒，代熱（在）〔در〕它之下有一些天仙，他們贊胡大〔خدای〕，念泰斯比哈（贊詞）〔تسبیح〕，坎瑪（就）〔کما〕像了星星的數兒。昂（那個）〔آن〕樹的籽兒臥（和）〔و〕葉兒照滿了哲乃提（天堂）〔جنت〕，就像了太陽照滿世界的那塯阿（樣）〔نوعة〕。昂（那個）〔آن〕樹枝兒臥（和）〔و〕葉兒向著八座哲乃提（天堂）〔جنت〕。維（它）〔وی〕的每一個葉兒的大艾斯特（是）〔است〕如此

---

① 「在」表示「再」的音。
② 此處脫「的樹」兩字，未補。
③ 「財」表示「才」的音。

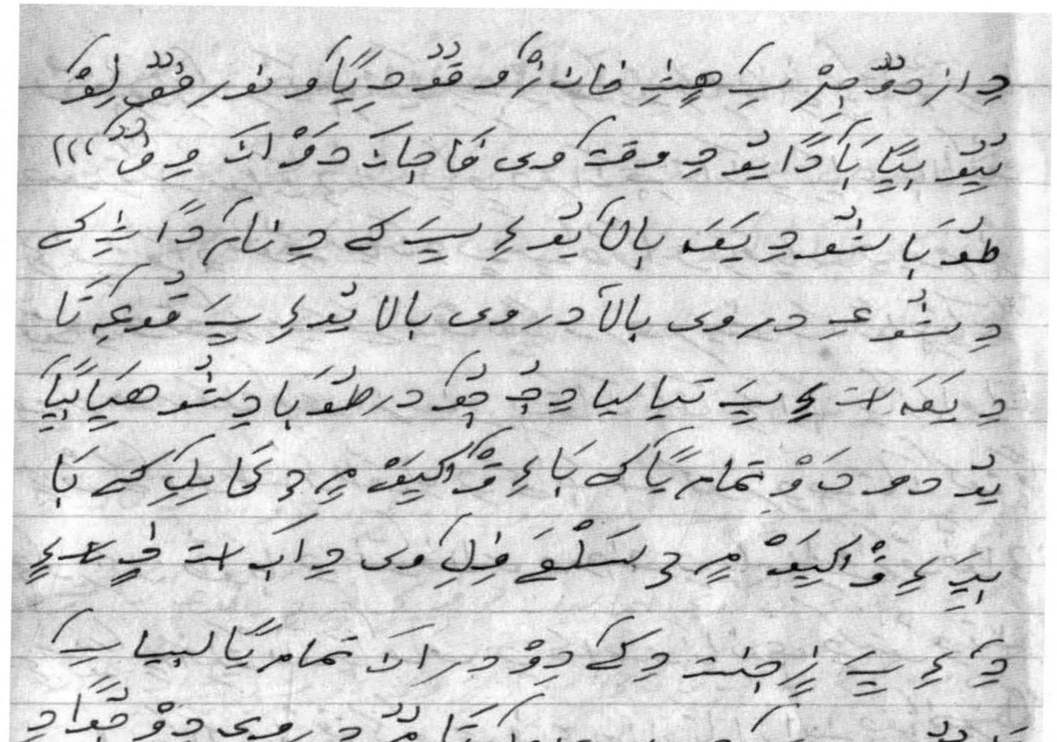

的，艾孜（從）〔از〕東直至西，信是房子臥（和）〔و〕宮殿臥（與）〔و〕努爾（亮）〔نور〕風樓沒有便罷，但有的沃格提（時候）〔وقت〕，維（它）〔وی〕發長到昂（那個）〔آن〕位份。圖巴〔طوبا〕樹的葉兒巴拉（上）〔بالا〕有一些坎斯（人）〔كس〕的納目（名字）〔نام〕。但是坎斯（人）〔كس〕的數兒代熱（在）〔در〕維（它）〔وی〕巴拉（上）〔بالا〕。代熱（在）〔در〕維（它）〔وی〕巴拉（上）〔بالا〕有一些果兒，維（它）〔وی〕的葉兒艾斯特（是）〔است〕一些天仙的住處。代熱（在）〔در〕圖巴〔طوبا〕的樹下邊，有叨（兩）〔دو〕道坦瑪目（全）〔تمام〕[①]眼，坎斯（人）〔كس〕把一個叫名了卡米里〔كامل〕，坎斯（人）〔كس〕把別一個叫名了賽裡爾菲力〔سلع فل〕，維（它）〔وی〕的阿布（水）〔آب〕艾斯特（是）〔است〕很清的。一些進哲乃提（天堂）〔جنت〕的坎斯（人）〔كس〕都代熱（在）〔در〕昂（那個）〔آن〕坦瑪目（全）〔تمام〕[②]眼裡邊洗他們的茹奕（面容）〔روی〕。代熱（在）〔در〕洗班爾代（後）〔بعد〕，他們的茹奕（面容）〔روی〕都轉的賽皮迪（白）〔سپید〕了，都轉的努爾（光）〔نور〕亮了。一些天仙迎接他們，一些天仙給他們古夫特（說）〔گفت〕賽倆目〔سلام〕，一些天仙叫一些穆民（信士）〔مؤمن〕騎代熱（在）〔در〕阿斯伯（馬）〔اسب〕巴拉（上）〔بالا〕，他們行代熱（在）〔در〕白雲巴拉（上）〔بالا〕，不知把（腳）〔پای〕[③]著進代熱（在）〔در〕哲乃提（天堂）〔جنت〕裡邊。他們到代熱（在）〔در〕一個位份，坎斯（人）〔كس〕把昂（那個）〔آن〕位份叫名了蘇給裡哲納尼〔سق الجنانی〕。代熱（在）〔در〕昂（那個）〔آن〕位份裡邊艾斯特（是）〔است〕

---

① 「全」表示「泉」的音。
② 「全」表示「泉」的音。
③ 「腳」表示「覺」的音。

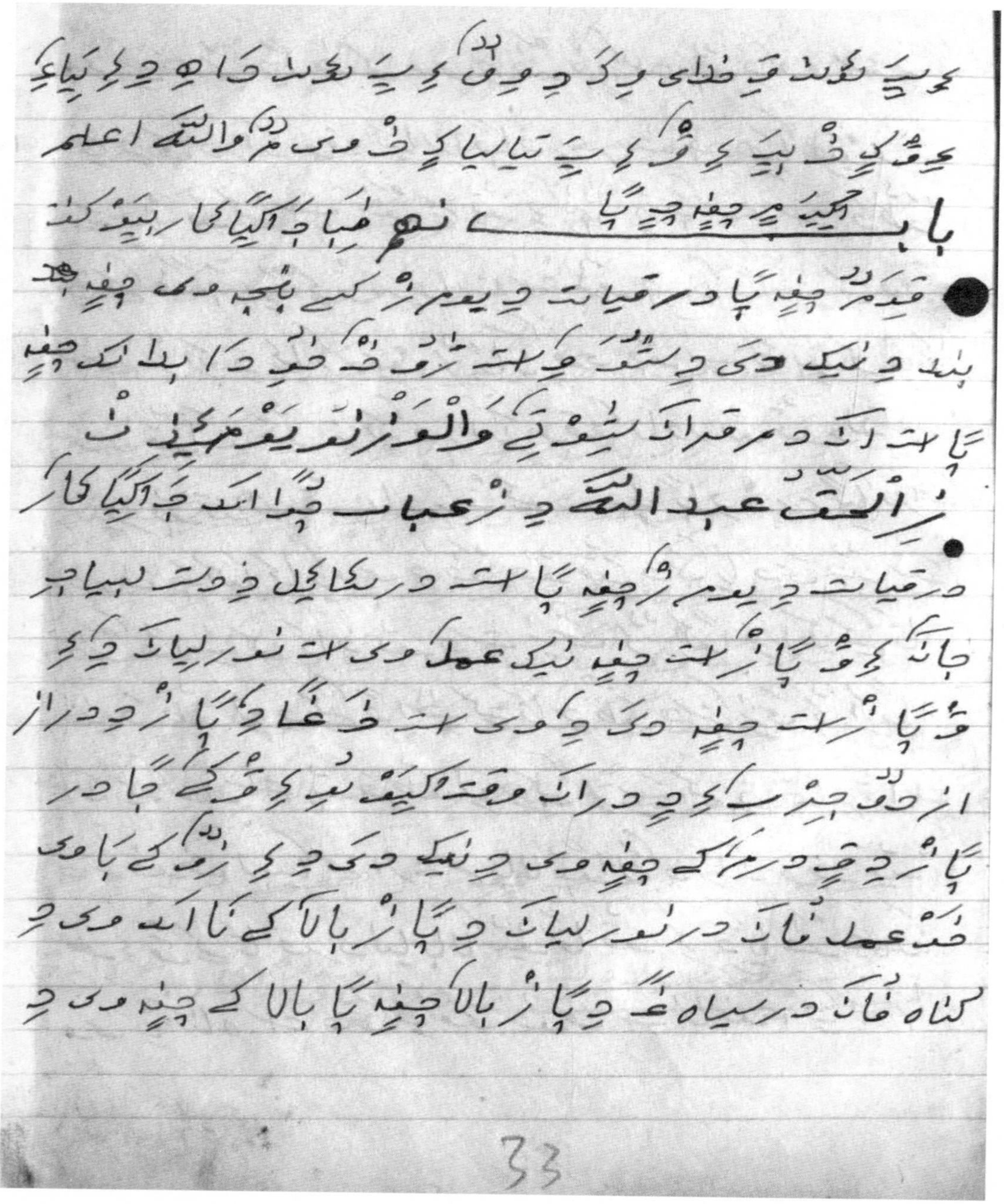

一些<u>穆民</u>（信士）〔مؤمن〕給<u>胡大</u>〔خداي〕為客的位份，一些<u>穆民</u>（信士）〔مؤمن〕打喜的一面兒，一個慶賀別一個，一些天仙慶賀<u>維</u>（他）〔وى〕們。

<u>宛拉乎艾阿來目</u>（真主至知）〔والله أعلم〕

第九門　解明稱秤盤

<u>巴布</u>（門）〔باب〕<u>諾乎目</u>（第九）〔نهم〕解明稱秤盤。

　　你把這件<u>卡熱</u>（事情）〔كار〕表<u>古夫特</u>（說）〔گفت〕給我們。稱盤<u>代熱</u>（在）〔در〕給<u>亞買提</u>（複生）〔قيامت〕的<u>遙目</u>（日）〔يوم〕子，<u>坎斯</u>（人）〔كس〕憑著<u>維</u>（它）〔وى〕稱<u>班代</u>（僕人）〔بنده〕的<u>尼克</u>（好）〔نيک〕歹的所為<u>艾斯特</u>（是）〔است〕如何？

　　回答：<u>白到乃凱</u>（你應當知道）〔بدانكه〕，秤盤<u>艾斯特</u>（是）〔است〕<u>昂</u>（那個）〔آن〕<u>代熱</u>（在）〔در〕<u>古熱阿尼</u>（《古蘭經》）〔قرآن〕受提：

〔وَالْوَزْنُ يَوْمَئِذٍ الْحَقُّ〕（7:8）。

　　<u>阿布頓拉希</u>〔عبدالله〕的子<u>安巴斯</u>〔عباس〕傳<u>阿曼德</u>（來）〔آمد〕這件<u>卡熱</u>（事情）〔كار〕，<u>代熱</u>（在）〔در〕給<u>亞買提</u>（複生）〔قيامت〕的<u>遙目</u>（日）〔يوم〕子，秤盤<u>艾斯特</u>（是）〔است〕<u>代熱</u>（在）〔در〕<u>米卡依裡</u>〔مكائيل〕的<u>達斯提</u>（手）〔دست〕裡邊執掌，一個盤子<u>艾斯特</u>（是）〔است〕稱<u>尼克</u>（好）〔نيک〕<u>爾麥裡</u>（功修）〔عمل〕，<u>維</u>（它）〔وى〕<u>艾斯特</u>（是）〔است〕<u>努爾</u>（光）〔نور〕亮的。一個盤子<u>艾斯特</u>（是）〔است〕稱歹的，<u>維</u>（它）〔وى〕<u>艾斯特</u>（是）〔است〕黑暗的。盤子的<u>迪拉孜</u>（長）〔دراز〕<u>艾孜</u>（從）〔از〕東至西，一定<u>代熱</u>（在）〔در〕<u>昂</u>（那個）〔آن〕<u>沃格提</u>（時候）〔وقت〕叫每一個<u>坎斯</u>（人）〔كس〕站<u>代熱</u>（在）〔در〕盤子的跟<u>丹熱目</u>（錢）〔درم〕[1]，<u>坎斯</u>（人）〔كس〕稱<u>維</u>（他）〔وى〕的<u>尼克</u>（好）〔نيک〕歹的一總。<u>坎斯</u>（人）〔كس〕把<u>維</u>（他）〔وى〕[2]好<u>爾麥裡</u>（功修）〔عمل〕放<u>代熱</u>（在）〔در〕<u>努爾</u>（光）〔نور〕亮的盤子<u>巴拉</u>（上）〔بالا〕，<u>坎斯</u>（人）〔كس〕拿<u>阿曼德</u>（來）〔آمد〕<u>維</u>（他）〔وى〕的<u>古那海</u>（罪）〔گناه〕放<u>代熱</u>（在）〔در〕<u>賽亞黑</u>（黑）〔سياه〕暗的盤子<u>巴拉</u>（上）〔بالا〕，稱盤<u>巴拉</u>（上）〔بالا〕<u>坎斯</u>（人）〔كس〕稱<u>維</u>（他）〔وى〕的

---

[1] 「錢」表示「前」的音。
[2] 此處脫「的」字，未補。

ھر بچے دکی دا شتے کی مدی و حصّہ چفظ است جتّہ جا مدی است خط قطع
لی دے کی در اک وقت تیا ایسا چا در عربیت حجر حیّا ھیئہ مدنہ
کے حجر فعد کی است حصّہ مدی یقینن دنیا ج جا مدی است ڈطفول
جے کی غ حبیبی کیوٹر روایت است تنو جر و دگا شے کی مدی
بنجھ تراکہ دے کا رشیف کیا ان مدی بعد سے کا بیے کی دے کال
مدی قعان فعد ترا کہ در اک وقت یا در یہ قد ولد عزیز
تیز بعد تعالاللہ قعد یا در ک کے در جفیا جا دے حر گیا بلا ا
خعف حبّہ کیا کال زمدی و حصّہ حصّہ قعد دکی یا دکی جفہ قعد
قعد دا شے کے کتاب یقینہ است زین کی ایکا جر ا اک کے کتا
شے دا ظفول دے کی ڈ ا ے کے کتا جہ طفل دا شتہ ارنی کی ایکا جر
ا اک کے مدی است بعد ڈ طفول دے کی مر بے کے جہ تمام زا ان
در خعف لبیا کی الرعم یا نیچا ای د را اک وقت یئہ
جہ کیوق کیا کا در دنیا یا انبیئہ کا قعد کی دنیا ش عملی
مدی دے کال است دفّہ جہ مدی خعف است ا انبعہ کی کے یا

一些歹。但是坎斯（人）〔کس〕維（他）〔وی〕的好秤艾斯特（是）〔است〕重的，維（他）〔وی〕艾斯特（是）〔است〕得脫離的坎斯（人）〔کس〕。代熱（在）〔در〕昂（那個）〔آن〕沃格提（時候）〔وقت〕，天仙站代熱（在）〔در〕阿熱世〔عرش〕之下喊「某坎斯（人）〔کس〕之子某坎斯（人）〔کس〕艾斯特（是）〔است〕好命運的。你們聽著，維（他）〔وی〕艾斯特（是）〔است〕得脫離的坎斯（人）〔کس〕。」

按著別一個雷哇耶提（傳說）〔روایت〕艾斯特（是）〔است〕如此的，但是坎斯（人）〔کس〕，維（他）〔وی〕憑著自己的卡熱（事情）〔کار〕受務忙，維（他）〔وی〕不醒得別坎斯（人）〔کس〕的卡熱（事情）〔کار〕。維（他）〔وی〕光顧自己，代熱（在）〔در〕昂（那個）〔آن〕沃格提（時候）〔وقت〕，瑪達熱（母親）〔مادر〕不顧沃來子（兒子）〔ولد〕，兒子尼孜（也）〔نیز〕不吐窪德（能）〔تواند〕顧瑪達熱（母親）〔مادر〕。各坎斯（人）〔کس〕代熱（在）〔در〕秤盤的丹熱目（錢）〔درم〕①邊，班拉依（因為）〔برای〕咢夫（害怕）〔خوف〕這件卡熱（事情）〔کار〕，維（他）〔وی〕的好重過歹，牙（或）〔یا〕歹重過好。

但是坎斯（人）〔کس〕，他的右達斯提（手）〔دست〕接文卷的昂（那個）〔آن〕坎斯（人）〔کس〕，維（他）〔وی〕艾斯特（是）〔است〕得脫離的坎斯（人）〔کس〕。但是坎斯（人）〔کس〕，維（他）〔وی〕的左達斯提（手）〔دست〕接文卷的昂（那個）〔آن〕坎斯（人）〔کس〕，維（他）〔وی〕艾斯特（是）〔است〕不得脫離的坎斯（人）〔کس〕。一些坎斯（人）〔کس〕的坦瑪目（全）〔تمام〕然艾斯特（是）〔است〕代熱（在）〔در〕咢夫（害怕）〔خوف〕裡邊。

坎斯（人）〔کس〕艾孜（從）〔از〕聖人爾來伊黑賽倆目〔عـم〕巴拉（上）〔بالا〕傳來：代熱（在）〔در〕昂（那個）〔آن〕沃格提（時候）〔وقت〕，有一個坎斯（人）〔کس〕他代熱（在）〔در〕頓亞（今世）〔دنیا〕巴拉（上）〔بالا〕沒有幹過一點好爾麥裡（功修）〔عمل〕，維（他）〔وی〕的古那海（罪）〔گناه〕艾斯特（是）〔است〕多的，維（他）〔وی〕咢夫（害怕）〔خوف〕艾斯特（是）〔است〕那堖阿（樣）〔نوعة〕的，坎斯（人）〔کس〕把

---

① 「錢」表示「前」的音。

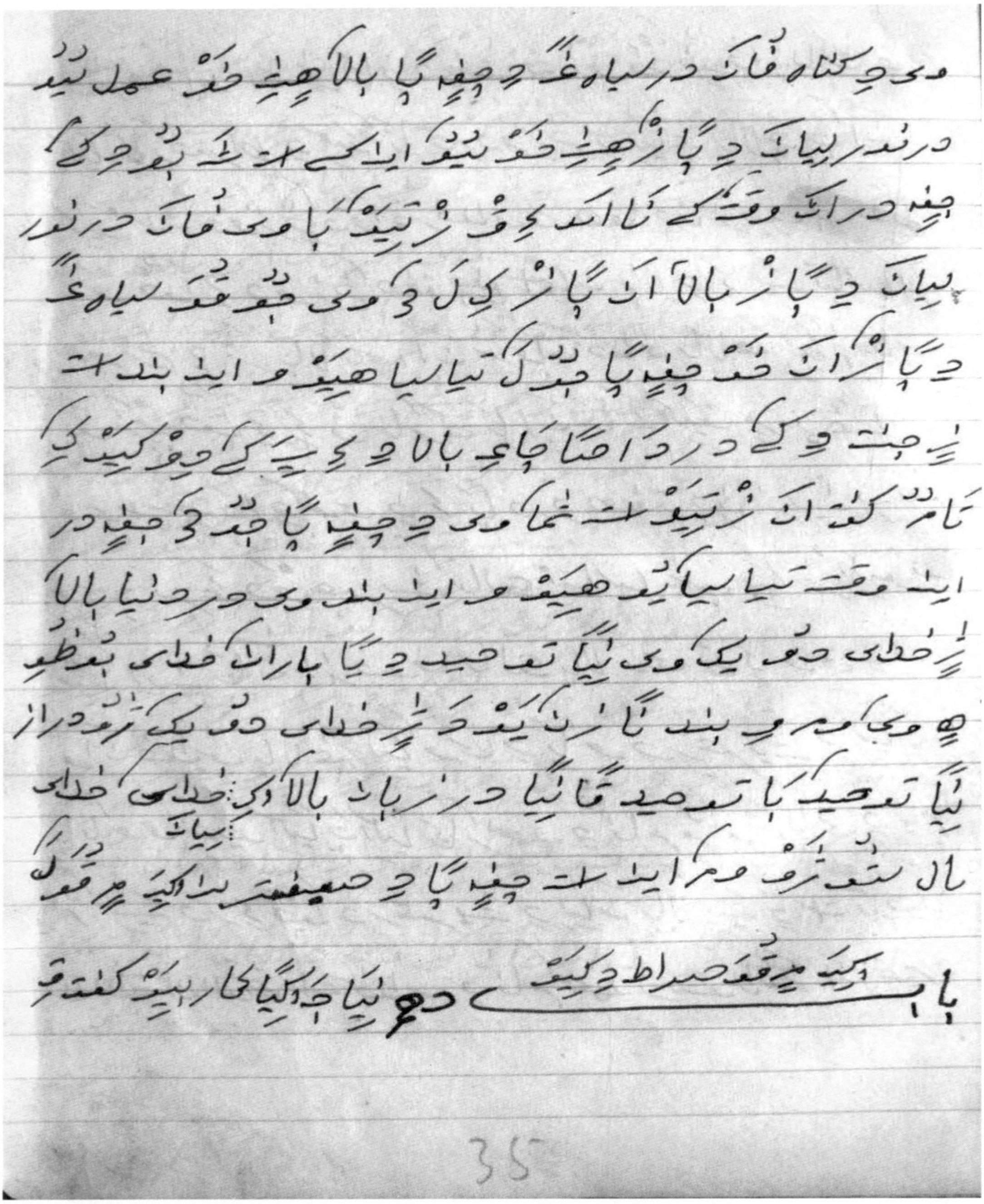

35

維（他）〔وی〕的古那海（罪）〔گناه〕放代熱（在）〔در〕賽亞黑（黑）〔سیاه〕暗的秤盤巴拉（上）〔بالا〕。信是好爾麥裡（功修）〔عمل〕沒有代熱（在）〔در〕努爾（光）〔نور〕亮的盤子，信是好沒有，印（這）〔این〕坎斯（人）〔کس〕艾斯特（是）〔است〕折本的坎斯（人）〔کس〕。正代熱（在）〔در〕昂（那個）〔آن〕沃格提（時候）〔وقت〕，坎斯（人）〔کس〕拿阿曼德（來）〔آمد〕一個紙條，把維（他）〔وی〕放代熱（在）〔در〕努爾（光）〔نور〕亮的盤子巴拉（上）〔بالا〕，昂（那個）〔آن〕盤子起來了，維（他）〔وی〕重過賽亞黑（黑）〔سیاه〕暗的盤子。

昂（那個）〔آن〕好秤盤重了，天仙曉臥（與）〔و〕①，印（這個）〔این〕班代（僕人）〔بنده〕艾斯特（是）〔است〕進天堂的坎斯（人）〔کس〕。代熱（在）〔در〕打算場兒巴拉（上）〔بالا〕的一些坎斯（人）〔کس〕都躔蹊，他們古夫特（說）〔گفت〕：「昂（那個）〔آن〕紙條艾斯特（是）〔است〕什麼？維（他）〔وی〕的稱秤盤重了？」正代熱（在）〔در〕印（這個）〔این〕沃格提（時候）〔وقت〕，天仙又曉臥（與）〔و〕②印（這個）〔این〕班代（僕人）〔بنده〕，維（他）〔وی〕代熱（在）〔در〕頓亞（今世）〔دنیا〕巴拉（上）〔بالا〕認胡大〔خدای〕獨耶克（一）〔یک〕，維（他）〔وی〕念討黑德（認主獨一）〔توحید〕的言巴拉恩（雨）〔باران〕③，胡大〔خدای〕不罪刑維（他）〔وی〕。維（他）〔وی〕為班代（僕人）〔بنده〕男贊恩（女）〔زن〕要得認胡大〔خدای〕獨耶克（一）〔یک〕，如迪拉孜（長）〔دراز〕④念討黑德（認主獨一）〔توحید〕，把討黑德（認主獨一）〔توحید〕感念代熱（在）〔در〕贊巴尼（舌肉）〔زبان〕巴拉（上）〔بالا〕。記想胡大〔خدای〕，胡大〔خدای〕瑪裡（財）〔مال〕⑤恕饒我們。

印（這）〔این〕艾斯特（是）〔است〕秤盤的雖凡提（屬性）〔صفه〕，曼（我）〔من〕解明過了。

第十門　解明隨拉推的橋

巴布（門）〔باب〕且胡目（第十）〔دهم〕解明隨拉推〔صراط〕的橋。
你把這件卡熱（事情）〔کار〕表古夫特（說）〔گفت〕給

---

① 「與」表示「諭」的音。
② 「與」表示「諭」的音。
③ 「雨」表示「語」的音。
④ 「長」表示「常」的音。
⑤ 「財」表示「才」的音。

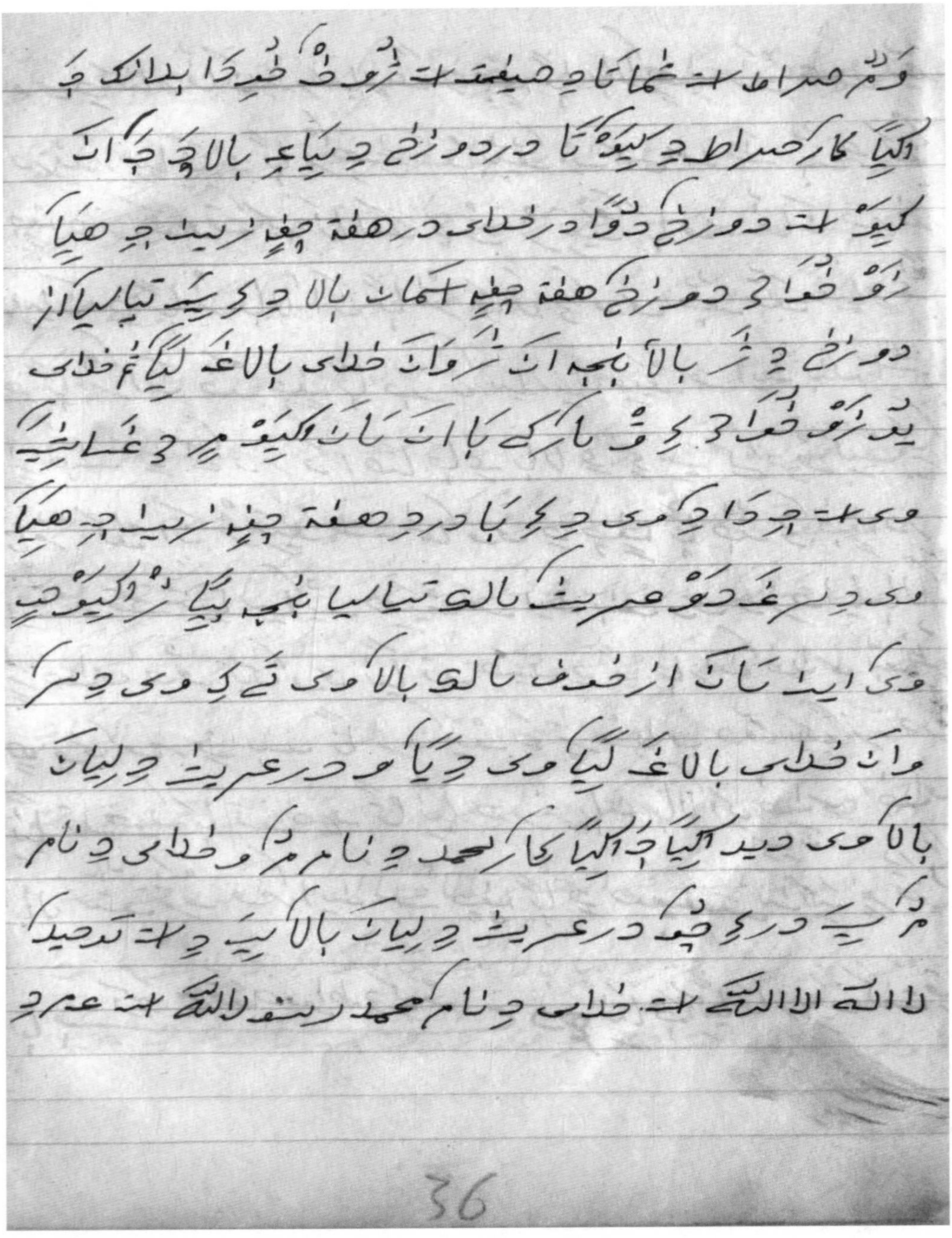

我們。隨拉推〔صراط〕艾斯特（是）〔است〕什麼？維（它）〔وى〕的雖凡提（屬性）〔صفة〕艾斯特（是）〔است〕如何？

　　回答：白到乃凱（你應當知道）〔بدانكه〕這件卡熱（事情）〔كار〕，隨拉推〔صراط〕的橋它代熱（在）〔در〕多災海（火獄）〔دوزخ〕的面兒巴拉（上）〔بالا〕，扯著昂（那個）〔آن〕橋艾斯特（是）〔است〕多災海（火獄）〔دوزخ〕。端代熱（在）〔در〕胡大〔خداى〕代熱（在）〔در〕哈夫特（七）〔هفت〕層贊米尼（地）〔زمين〕之下造化了多災海（火獄）〔دوزخ〕。哈夫特（七）〔هفت〕層阿斯瑪尼（天）〔آسمان〕巴拉（上）〔بالا〕的一些天仙，艾孜（從）〔از〕多災海（火獄）〔دوزخ〕的熱巴拉（上）〔بالا〕，憑著昂（那個）〔آن〕熱往胡大〔خداى〕巴拉（上）〔بالا〕哀憐。筍買（然後）〔ثم〕胡大〔خداى〕又造化了一個麻熱（蟒）〔مار〕，坎斯（人）〔كس〕把昂（那個）〔آن〕蟒叫名了餓阿獅〔غاشى〕。維（它）〔وى〕艾斯特（是）〔است〕至大的，維（它）〔وى〕的尾巴（讀音：yī ba）代熱（在）〔در〕第哈夫特（七）〔هفت〕層贊米尼（地）〔زمين〕之下，維（它）〔وى〕的薩熱（頭）〔سر〕挨到阿熱世〔عرش〕，馬利克〔مالك〕天仙憑著鞭子教訓維（它）〔وى〕。印（這個）〔اين〕蟒艾孜（從）〔از〕嗚夫（害怕）〔خوف〕馬利克〔مالك〕巴拉（上）〔بالا〕，維（它）〔وى〕抬起維（它）〔وى〕的薩熱（頭）〔سر〕，往胡大〔خداى〕巴拉（上）〔بالا〕哀憐。維（它）〔وى〕的眼臥（與）〔و〕①代熱（在）〔در〕阿熱世〔عرش〕的梁巴拉（上）〔بالا〕，維（它）〔وى〕迪德（看）〔ديد〕見這件卡熱（事情）〔كار〕，穆罕默德〔محمد〕的納目（名）〔نام〕目臥（與）〔و〕胡大〔خداى〕的納目（名）〔نام〕目寫代熱（在）〔در〕一處。代熱（在）〔در〕阿熱世〔عرش〕的梁巴拉（上）〔بالا〕寫的艾斯特（是）〔است〕討黑德（認主獨一）〔توحيد〕。〔لا إله الا الله〕艾斯特（是）〔است〕胡大〔خداى〕的納目（名字）〔نام〕，〔محمد رسول الله〕艾斯特（是）〔است〕聖人爾來伊黑賽倆目〔عـم〕的

---

① 「與」表示「遇」的音。

納目（名字）〔نام〕。昂（那個）〔آن〕餓阿獅〔غاشی〕就耶阿來目（知）〔یعلم〕道印（這）〔این〕受揀選的班代（僕人）〔بنده〕艾斯特（是）〔است〕尊貴的，維（他）〔وی〕的納目（名）〔نام〕目曼阿（同）〔مع〕著胡大〔خدای〕的納目（名）〔نام〕目代熱（在）〔در〕一處一般著。

昂（那個）〔آن〕麻熱（蟒）〔مار〕古夫特（說）〔گفت〕：「哎！胡大〔خدای〕啊！圖（你）〔تو〕憑著圖（你）〔تو〕的尊貴的納目（名）〔نام〕目代熱（在）〔در〕一處的昂（那個）〔آن〕欽差，饒過曼（我）〔من〕的古那海（罪）〔گناه〕。」

筍買（然後）〔ثم〕胡大〔خدای〕的艾目熱（命令）〔امر〕來了：「哎！馬利克〔مالک〕啊！圖（你）〔تو〕耶阿來目（知）〔یعلم〕道這件卡熱（事情）〔کار〕，曼（我）〔من〕恕過維（他）〔وی〕，班拉依（因為）〔برای〕維（他）〔وی〕把舍凡阿提（說情）〔شفاعة〕拿代熱（在）〔در〕曼（我）〔من〕巴拉（上）〔بالا〕，信是物臥（與）〔و〕信是坎斯（人）〔کس〕近曼（我）〔من〕的跟丹熱目（錢）〔درم〕①沒有比維（他）〔وی〕至受喜。」憑著我們的聖人爾來伊黑賽倆目〔عـم〕的尊貴，把我們尼孜（也）〔نیز〕叫尊貴了。

胡大〔خدای〕古夫特（說）〔گفت〕：「曼（我）〔من〕給他達航（口）〔دهان〕喚，叫維（它）〔وی〕代熱（在）〔در〕一年裡邊出叼（兩）〔دو〕口氣，一口熱氣，一口冷氣。如贊熱（金）〔زر〕②夏阿斯瑪尼（天）〔آسمان〕的熱，昂（那）〔آن〕艾斯特（是）〔است〕多災海（火獄）〔دوزخ〕的熱氣；如贊熱（金）〔زر〕③冬阿斯瑪尼（天）〔آسمان〕的冷氣，昂（那）〔آن〕艾斯特（是）〔است〕多災海（火獄）〔دوزخ〕的冷氣。」

端代熱（在）〔در〕給亞買提（複生）〔قیامت〕的遙目（日）〔یوم〕子有的沃格提（時候）〔وقت〕，坎斯（人）〔کس〕把昂（那個）〔آن〕麻熱（蟒）〔مار〕的鬍鬚艾孜（從）〔از〕維（它）〔وی〕的下達航（嘴）〔دهان〕唇扯代熱（在）〔در〕巴拉（上）〔بالا〕達航（嘴）〔دهان〕唇，昂（那個）〔آن〕麻熱（蟒）〔مار〕張開維（它）〔وی〕的達航（嘴）〔دهان〕就艾斯特（是）〔است〕多災海（火獄）〔دوزخ〕，

---

① 「錢」表示「前」的音。
② 「金」表示「今」的音。
③ 「金」表示「今」的音。

維（它）〔وى〕的下邊艾斯特（是）〔است〕多災海（火獄）〔دوزخ〕，維（它）〔وى〕的巴拉（上）〔بالا〕邊艾斯特（是）〔است〕隨拉推〔صراط〕的橋。

　　昂（那個）〔آن〕艾斯特（是）〔است〕那瑙阿（樣）〔نوعة〕的，一些坎斯（人）〔كس〕的一總都要過代熱（在）〔در〕它巴拉（上）〔بالا〕，一些穆民（信士）〔مؤمن〕臥（和）〔و〕一些卡非爾（外教人）〔كافر〕一同都得過。隨拉推〔صراط〕的橋艾斯特（是）〔است〕三漢雜熱（千）〔هزار〕年的拉海（路）〔راه〕徑。隨拉推〔صراط〕的橋細似牛毛，快似鋼刀，維（它）〔وى〕的拉海（路）〔راه〕徑艾斯特（是）〔است〕很遙遠的，艾斯特（是）〔است〕三漢雜熱（千）〔هزار〕年的拉海（路）〔راه〕徑。巴拉（上）〔بالا〕一漢雜熱（千）〔هزار〕年，下一漢雜熱（千）〔هزار〕年，中一漢雜熱（千）〔هزار〕年，各個坎斯（人）〔كس〕免不了過印（這個）〔اين〕橋，我們有阿格裡（理智）〔عقل〕的男贊恩（女）〔زن〕都耶阿來目（知）〔يعلم〕道有印（這個）〔اين〕橋。我們各個都脫不過去，都繞不過去。哪一個坎斯（人）〔كس〕掉下橋了，就掉代熱（在）〔در〕多災海（火獄）〔دوزخ〕裡邊。我們要坦凡克熱（參悟）〔تفكر〕，代熱（在）〔در〕頓亞（今世）〔دنيا〕巴拉（上）〔بالا〕沒有銀丹熱目（錢）〔درم〕，艾斯特（是）〔است〕凡給熱（窮）〔فقير〕的。代熱（在）〔در〕阿黑熱提（後世）〔آخرة〕裡邊沒有爾麥裡（功修）〔عمل〕艾斯特（是）〔است〕很凡給熱（窮）〔فقير〕的，艾斯特（是）〔است〕很疑難的，艾斯特（是）〔است〕很落魄的。一些天仙站代熱（在）〔در〕橋口，他們各個達斯提（手）〔دست〕裡邊拿的艾斯特（是）〔است〕納熱（火）〔نار〕棍，把一些沒有伊瑪尼（信仰）〔ايمان〕的坎斯（人）〔كس〕打代熱（在）〔در〕多災海（火獄）〔دوزخ〕裡邊。我們聖人爾來伊黑賽倆目〔عم〕站代熱（在）〔در〕

橋達航（口）〔دهان〕，念的艾斯特（是）〔است〕「穩麥提（教生）〔أمت〕、穩麥提（教生）〔أمت〕、穩麥提（教生）〔أمت〕。」一些熱合曼提（慈憫）〔رحمة〕的天仙臥（和）〔و〕哲布熱依萊〔جبرئيل〕瓦給爾（遇）〔واقع〕①米卡依萊〔مكايل〕叨（兩）〔دو〕位天仙站代熱（在）〔در〕橋的一邊，念的艾斯特（是）〔است〕：

〔اللهم سلم اللهم سلم〕

「哎！胡大〔خداى〕啊！圖（你）〔تو〕給我們賽倆麥提（平安）〔سلامة〕。」

我們的聖人爾來伊黑賽倆目〔عم〕曼阿（同）〔مع〕著一些天仙一同往胡大〔خداى〕巴拉（上）〔بالا〕求祈，一些穆民（信士）〔مؤمن〕的男贊恩（女）〔زن〕平安著過去，我們各個坎斯（人）〔كس〕都得過隨拉推〔صراط〕的橋。代熱（在）〔در〕過隨拉推〔صراط〕的橋都得拿坦凡克熱（參悟）〔تفكر〕，拿臥爾茲（勸）〔وعظ〕解。

一些穆民（信士）〔مؤمن〕，他們憑著②龐克（淨）〔پاك〕清廉③爾麥裡（功修）〔عمل〕，羅量他們的爾麥裡（功修）〔عمل〕著過。但是坎斯（人）〔كس〕，維（他）〔وى〕的爾麥裡（功修）〔عمل〕爾巴代提（功課）〔عبادة〕艾斯特（是）〔است〕多的，他至快著過。

但是坎斯（人）〔كس〕，他的爾麥裡（功修）〔عمل〕艾斯特（是）〔است〕少的，維（他）〔وى〕艾斯特（是）〔است〕慢慢著過。一夥坎斯（人）〔كس〕他們如此著像了閃電。一夥坎斯（人）〔كس〕像了巴德（風）〔باد〕，刮一陣巴德（風）〔باد〕的那塥阿（樣）〔نوعة〕就過去了。一夥坎斯（人）〔كس〕快阿斯伯（馬）〔اسب〕著過，一夥坎斯（人）〔كس〕像了瘸子著過。一夥坎斯（人）〔كس〕像了代熱（在）〔در〕阿布（水）〔آب〕的面兒巴拉（上）〔بالا〕過，一夥坎斯（人）〔كس〕像了行船著。一夥坎斯（人）〔كس〕像了憑著紮塥（膝蓋）〔زانو〕跪著過，一夥坎斯（人）〔كس〕憑著

---

① 「遇」表示「與」的音。
② 此處脫「清」字，未補。
③ 此處脫「的」字，未補。

دوم

有一些仙鳥，它們對聲叫喚著贊胡大〔خدای〕。這一些坎斯（人）〔كس〕他們禁言了，他們不吐窪德（能）〔تواند〕代熱（在）〔در〕①古夫特（說）〔گفت〕蘇罕（話）〔سخن〕了。阿拉乎〔الله〕艾斯特（是）〔است〕至知一些坎斯（人）〔كس〕的迪麗（心）〔دل〕的胡大〔خدای〕。胡大〔خدای〕古夫特（說）〔گفت〕：「哎！一些班代（僕人）〔بنده〕呀！你們的哈裡（時境）〔حال〕艾斯特（是）〔است〕如何的？」他們古夫特（說）〔گفت〕：「我們不敢要多過②約會了，班拉依（因為）〔برای〕我們祈討多次，我們不要了。」

筍買（然後）〔ثم〕胡大〔خدای〕的艾目熱（命令）〔امر〕來了：「哎！曼（我）〔من〕的班代（僕人）〔بنده〕呀！你們求祈什麼？」班代（僕人）〔بنده〕聽見胡大〔خدای〕的曉臥（與）〔و〕③，他們古夫特（說）〔گفت〕：「哎！胡大〔خدای〕啊！我們迪德（看）〔دید〕見塯阿（樣）〔نوعة〕塯阿（樣）〔نوعة〕的尼阿麥提（恩典）〔نعمة〕，等等的熱哈曼提（慈憫）〔رحمة〕，臥（與）〔و〕迪德（看）〔دید〕見受裝修的那一些好位份，雖然我們不敢古夫特（說）〔گفت〕，班拉依（因為）〔برای〕我們的蘇甘得（發誓）〔سوگند〕多了，因此我們止住言巴拉恩（雨）〔باران〕④。」

胡大〔خدای〕的艾目熱（命令）〔امر〕又來了：「哎！曼（我）〔من〕的班代（僕人）〔بنده〕呀！你們羅量你們要的昂（那個）〔آن〕使得夠⑤，曼（我）〔من〕把多的尼阿麥提（恩典）〔نعمة〕給給你們，維（它）〔وی〕艾斯特（是）〔است〕比頓亞（今世）〔دنيا〕多過叨（兩）〔دو〕棱⑥。」班代（僕人）〔بنده〕古夫特（說）〔گفت〕：「哎！胡大〔خدای〕啊！我們艾孜（從）〔از〕圖（你）〔تو〕的尼阿麥提（恩典）〔نعمة〕巴拉（上）〔بالا〕知足。」

筍買（然後）〔ثم〕胡大〔خدای〕的艾目熱（命令）〔امر〕又來了，叫一些天仙行代熱（在）〔در〕一些班代（僕人）〔بنده〕⑦的位份，艾目熱（命令）〔امر〕他們，不計

---

① 「在」表示「再」的音。
② 「多過」應為「過多」。
③ 「與」表示「諭」的音。
④ 「雨」表示「語」的音。
⑤ 使得夠：是否滿足。
⑥ 杜藏本為「兩倍」。
⑦ 此處衍「一些班代」四字，未錄。

يبغۇ ئانا ۋەزگە جنتكام پىرە جكلىنقە ئام جكىمەچقا بالاسىئا ئكىدكى جانا
سىئا ئندكا پابندام دىسىئا بنكىا درئام دىووف كىسكىئانيا يا بى
جى ئام دكۇ درائك ھوھ ئسى ئام ديكگىا د ئاك قند دىئا د حرۇ
ز حر كبىا ئار ايك قند دىئا دكۇ ئاك قند دىئا ئست حجدزا ئىئا د
باه ئكى والله اعلم
وكتب بي عريت وكرد

<hr/>

با پارده سبا جى كىا كار
يبغۇ كةق ومرخلاى ئارتمابال ئوق قمقا عريت وكرد
تاد ئوق كا ئ ترۇ خمق قمد كا بلانك خلاى ئارزۇئك د
ئوور بال ئوق خماد عريت وكرد كى جى ترۇ كا ئا ترۇ
جى ۇ ھمقا جى ئما ئ وھمقا جى ئايبا ئ دركد ۇ در د
سبا ئايكا سبا ئ د بائ ئكا ئاب قا ئ درحق بال كى پا كىا
جى ھمقا جىو ئايا وھمقا جى ئما ئ سبا ئ كى ئاب
قا ئ درحق ز بال عريت د ترۇ قا ئ است ئوحر حكى ىيام

要那一座哲乃提（天堂）〔جنت〕他們進，直至叫他們穿巴拉（上）〔بالا〕仙衣，戴巴拉（上）〔بالا〕仙帽，把布拉格〔براق〕的仙阿斯伯（馬）〔اسب〕牽代熱（在）〔در〕他們的位份。一些天仙曼阿（同）〔مع〕著他們到代熱（在）〔در〕昂（那個）〔آن〕位份，比他們迪德（看）〔ديد〕見的昂（那個）〔آن〕宮殿的一總來至強。艾孜（從）〔از〕印（這個）〔اين〕宮殿到昂（那個）〔آن〕宮殿艾斯特（是）〔است〕一漢雜熱（千）〔هزار〕年的拉海（路）〔راه〕徑。

宛拉乎艾阿來目（真主至知）〔والله أعلم〕

第十一門　解明阿熱世和庫熱西

巴布（門）〔باب〕丫孜旦胡目（第十一）〔يازدهم〕解明阿熱世〔عرش〕臥（和）〔و〕庫熱西〔كرس〕。

你把這件卡熱（事情）〔كار〕表古夫特（說）〔گفت〕給我們。胡大〔خداى〕艾孜（從）〔از〕什麼巴拉（上）〔بالا〕造化阿熱世〔عرش〕臥（和）〔و〕庫熱西〔كرس〕？他的尊大艾斯特（是）〔است〕如何？

回答：白到乃凱（你應當知道）〔بدانكه〕，胡大〔خداي〕艾孜（從）〔از〕自己的努爾（光）〔نور〕巴拉（上）〔بالا〕造化了阿熱世〔عرش〕臥（與）〔و〕庫熱西〔كرس〕，維（他）〔وى〕的尊大艾斯特（是）〔است〕如此的：哈夫特（七）〔هفت〕層阿斯瑪尼（天）〔آسمان〕臥（與）〔و〕哈夫特（七）〔هفت〕層贊米尼（地）〔زمين〕艾斯特（是）〔است〕代熱（在）〔در〕庫熱西〔كرس〕的丹熱目（錢）〔درم〕[①]邊，就像了把一碗阿布（水）〔آب〕放代熱（在）〔در〕桌子巴拉（上）〔بالا〕一般。

解明這哈夫特（七）〔هفت〕層贊米尼（地）〔زمين〕臥（與）〔و〕哈夫特（七）〔هفت〕層阿斯瑪尼（天）〔آسمان〕，比像了一碗阿布（水）〔آب〕，放代熱（在）〔در〕桌子巴拉（上）〔بالا〕。阿熱世〔عرش〕的尊大艾斯特（是）〔است〕如此的。

圖（你）〔تو〕耶阿來目（知）〔يعلم〕

---

① 「錢」表示「前」的音。

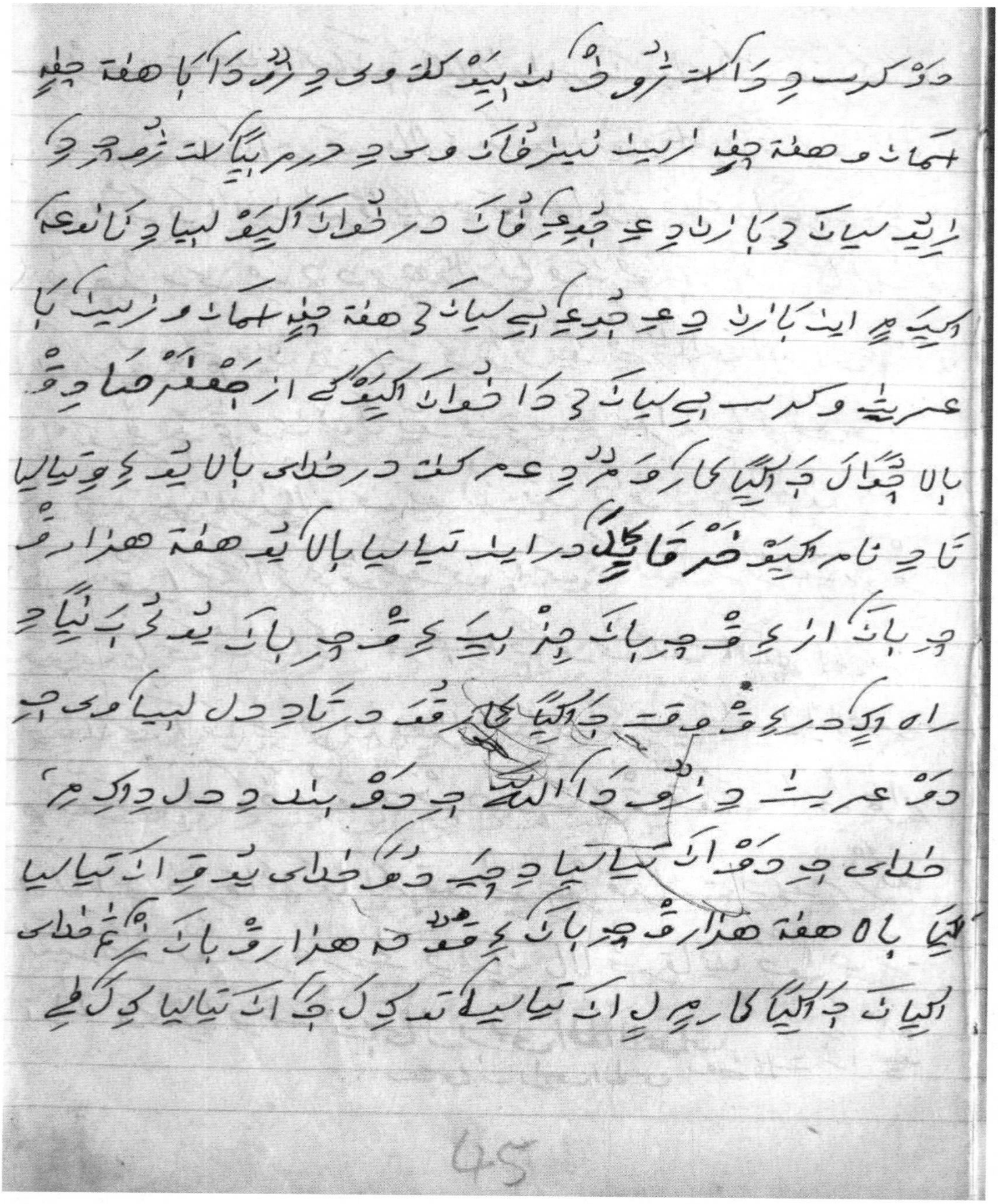

45

道庫熱西〔کرس〕的大艾斯特（是）〔است〕如何？曼（我）〔من〕表古夫特（說）〔گفت〕它的尊大。

　把哈夫特（七）〔هفت〕層阿斯瑪尼（天）〔آسمان〕臥（與）〔و〕哈夫特（七）〔هفت〕層贊米尼（地）〔زمین〕尼孜（也）〔نیز〕 放[1]維（它）〔وی〕的丹熱目（錢）〔درم〕[2]邊艾斯特（是）〔است〕如此的，就像了把贊恩（女人）〔زن〕的耳墜兒放代熱（在）〔در〕荒郊裡邊的那塨阿（樣）〔نوعة〕。解明印（這個）〔این〕把贊恩（女人）〔زن〕的耳墜兒比像了哈夫特（七）〔هفت〕層阿斯瑪尼（天）〔آسمان〕臥（與）〔و〕哈夫特（七）〔هفت〕層贊米尼（地）〔زمین〕，把阿熱世〔عرش〕臥（與）〔و〕庫熱西〔کرس〕比像了大荒郊。

　坎斯（人）〔کس〕艾孜（從）〔از〕哲阿凡熱薩迪格〔جعفرصادق〕巴拉（上）〔بالا〕傳來這件卡熱（事情）〔کار〕。我們的聖人爾來伊黑賽倆目〔عم〕古夫特（說）〔گفت〕：代熱（在）〔در〕胡大〔خدای〕巴拉（上）〔بالا〕有一個天仙，他的名叫赫熱尕依萊〔خرقائل〕。代熱（在）〔در〕印（這個）〔این〕天仙巴拉（上）〔بالا〕有哈夫特（七）〔هفت〕漢雜熱（千）〔هزار〕個翅膀，艾孜（從）〔از〕一個翅膀直至別一個翅膀有五百年的拉海（路）〔راه〕徑，代熱（在）〔در〕一個沃格提（時候）〔وقت〕，這件卡熱（事情）〔کار〕過代熱（在）〔در〕他的迪麗（心）〔دل〕裡邊。維（他）〔وی〕知道阿熱世〔عرش〕的尊大，阿拉乎〔الله〕知道班代（僕人）〔بنده〕的心的機密，胡大〔خدای〕知道昂（那個）〔آن〕天仙的翅多，胡大〔خدای〕又給昂（那個）〔آن〕天仙加巴拉（上）〔بالا〕哈夫特（七）〔هفت〕漢雜熱（千）〔هزار〕個翅膀，一共單（十）〔ده〕漢雜熱（千）〔هزار〕個膀子。笋買（然後）〔ثم〕胡大〔خدای〕將這件卡熱（事情）〔کار〕命令昂（那個）〔آن〕天仙：「圖（你）〔تو〕起來著。」昂（那個）〔آن〕天仙起來飛，

---

① 此處應脫「在」字，未補。
② 「錢」表示「前」的音。

جزِ حدیث خلای دکیانت جہ آکیا کیا را اس رانت تیا سیا تہ قعا اک

عدریث جہ فۃ آدرتت بالا کہ ہر تد رایقہ یعلم دقۃ ز عدریث

یہ دقۃ کہ ایند ضرۃ قاییل جہ تعالیا رۃ خلای ار ای میکن

فی اجہدِ مدی ہے ز دو ہزار دُنیا ود فی بعد دقۃ د کتا تق ہیا

د سیہ ہانم مدی دریہ کہ ہوۃ یہ فی خلای اس رای ضرۃ قاییل

یا تد فی حِم مدی کرک یق مہ د سہ ہزار دُنیا د قق مدی

فی ز ز ہزار دُنیا مدی یقلۃ بعد ز مدی جر جفۃ کہ ے

مدی قعا اک از ۃ ق قعای بای فۃ لیق دقۃ بیہ کہ ق

قعای بای ضرۃ قاییل جہ جفۃ جہ ودی کلۃ الہم ای با

د خلای آعۃ فی ز د ہزار دُنیا د قۃ لیا یاک با از عدریث

د قعای بای فۃ نیہ دقۃ دریہ کہ ۃ قعای بای حۃ آلر

کہ ای ضرۃ قاییل یا اکرقعۃ فی جہز مبای ت دیسم رایت

نیہ دقۃ بعد در عدریث دلیاں بالا ضرۃ قاییل جہ احِ کہ

تدراک مدی دُنیا دلت

سبحان ربی العظیم و بحمده

سبحان ربی الاعلی یعنی د اُز نیہ

46

直至<u>阿熱世</u>〔عرش〕。<u>胡大</u>〔خداي〕將這件<u>卡熱</u>（事情）〔كار〕<u>艾目熱</u>（命令）〔امر〕<u>昂</u>（那個）〔آن〕天仙：「<u>圖</u>（你）〔تو〕觀看<u>阿熱世</u>〔عرش〕的大，<u>代熱</u>（在）〔در〕<u>圖</u>（你）〔تو〕<u>巴拉</u>（上）〔بالا〕已明，<u>圖</u>（你）〔تو〕就<u>耶阿來目</u>（知）〔يعلم〕道了<u>阿熱世</u>〔عرش〕有多大。」<u>印</u>（這個）〔این〕<u>赫熱尕依萊</u>〔خرقائل〕的天仙遵<u>胡大</u>〔خداى〕①<u>艾目熱</u>（命令）〔امر〕，<u>維</u>（他）〔وى〕起來飛，直至<u>維</u>（他）〔وى〕飛了<u>叨</u>（兩）〔دو〕<u>漢雜熱</u>（千）〔هزار〕年，<u>維</u>（他）〔وى〕飛不動了，他落下來休息，<u>筍買</u>（然後）〔ثم〕<u>維</u>（他）〔وى〕<u>代熱</u>（在）〔در〕別一遭又飛。

　　<u>胡大</u>〔خداى〕<u>艾目熱</u>（命令）〔امر〕：「哎！<u>赫熱尕依萊</u>〔خرقائل〕呀！<u>圖</u>（你）〔تو〕飛著。」<u>筍買</u>（然後）〔ثم〕<u>維</u>（他）〔وى〕起來又飛了三<u>漢雜熱</u>（千）〔هزار〕年，一共<u>維</u>（它）〔وى〕飛了五<u>漢雜熱</u>（千）〔هزار〕年，<u>維</u>（他）〔وى〕又落魄了。

　　<u>維</u>（他）〔وى〕吃忙一時，<u>維</u>（他）〔وى〕觀看<u>艾孜</u>（從）〔از〕一個拐耙（腳）〔پاى〕②還沒有到別一個拐耙（腳）〔پاى〕③。<u>赫熱尕依萊</u>〔خرقائل〕吃忙著，<u>維</u>（他）〔وى〕<u>古夫特</u>（說）〔گفت〕：「<u>一倆西</u>（我的主）〔الهى〕哎！<u>曼</u>（我）〔من〕的<u>胡大</u>〔خداى〕啊！我飛了<u>單</u>（十）〔ده〕<u>漢雜熱</u>（千）〔هزار〕年的羅量，<u>曼</u>（我）〔من〕<u>艾孜</u>（從）〔از〕<u>阿熱世</u>〔عرش〕的拐耙（腳）〔پاى〕④還沒有到<u>代熱</u>（在）〔در〕別一個拐耙（腳）〔پاى〕⑤。」

　　<u>筍買</u>（然後）〔ثم〕<u>艾目熱</u>（命令）〔امر〕來了：「哎！<u>赫熱尕依萊</u>〔خرقائل〕呀！<u>艾甘熱</u>（要是）〔اگر〕<u>圖</u>（你）〔تو〕飛，直至給<u>亞買提</u>（複生）〔قيامت〕的<u>遙目</u>（日）〔يوم〕子，<u>圖</u>（你）〔تو〕<u>尼孜</u>（也）〔نيز〕到不<u>代熱</u>（在）〔در〕<u>阿熱世</u>〔عرش〕的梁<u>巴拉</u>（上）〔بالا〕！」<u>赫熱尕依萊</u>〔خرقائل〕轉的無<u>土窪德</u>（能）〔تواند〕，<u>維</u>（他）〔وى〕念的<u>艾斯特</u>（是）〔است〕：

<u>蘇不罕乃冉比耶裡艾爾倆</u>（贊調養我的胡大清高）〔سبحان ربي الاعلى〕。

<u>麥爾尼</u>（意思）〔معنى〕<u>艾斯特</u>（是）〔است〕：「贊調

---

① 　此處脫「的」字，未補。
② 　「腳」表示「角」的音。
③ 　「腳」表示「角」的音。
④ 　「腳」表示「角」的音。
⑤ 　「腳」表示「角」的音。

نيكان مذ دخلاى بارع قف والله اعلم

باب بيكه مذكا عريت جتپاس

ردوازدهم نيپاج

كتپا كا ربيق كف قو ممرخلاى كا ايل زرو كا د عريت فان
صرتما بالا جعا تعر جردق ج كتپا كا رخلاى كا ايل زرو كا
د عريت فان در كف تپا سپا د كتپا پان بالان تپا سپا ج د اتم
كا نوع هير تپا سپا نيد بى وى جر قم خلاى زق قا اول
دق زريق ت مى نيد بى وى درى كا د تپا سپا در مى بالا
يه جها رق رمى كه ق ت د رد مر يپا كه ق ت در ظف نپا
كه ق ت در ظف يپا كه ق ت دريته يپا مى با رحى دد رم
يپا جى با عريت كا د در نزك ج د كتپا پان بالا مى د ج ى ا
سرد عريت جر هيپا مى ج بابى ت در ج هفة حيفى
ارض جر هيپا مذهب كه مان خلاى رحم مى كنة در
كه چق ه كتپا بع ليپا زو جر ج تى كف مى د رم حروف تپا

47

養我的胡大〔خدای〕清高。」

宛拉乎艾阿來目（真主至知）〔والله أعلم〕！

第十二門　解明擔阿熱世的天仙

巴布（門）〔باب〕達斡孜旦胡目（第十二）〔دوازدهم〕解明擔阿熱世〔عرش〕的天仙。

你把這件卡熱（事情）〔کار〕表古夫特（說）〔گفت〕給我們。胡大〔خدای〕把印（這）〔این〕尊大的阿熱世〔عرش〕放代熱（在）〔در〕什麼巴拉（上）〔بالا〕？

哲瓦布（回答）〔جواب〕：圖（你）〔تو〕知道這件卡熱（事情）〔کار〕，胡大〔خدای〕把印（這）〔این〕尊大的阿熱世〔عرش〕放代熱（在）〔در〕一個天仙的肩膀巴拉（上）〔بالا〕。昂（那個）〔آن〕天仙的大艾斯特（是）〔است〕那塢阿（樣）〔نوعة〕的：信是天仙沒有比維（他）〔وی〕至貴，胡大〔خدای〕造化艾臥裡（頭）〔اول〕一個就艾斯特（是）〔است〕維（他）〔وی〕，沒有比維（他）〔وی〕代熱（在）〔در〕①大的天仙。代熱（在）〔در〕維（他）〔وی〕巴拉（上）〔بالا〕有車哈熱（四）〔چهار〕個茹奕（面容）〔روی〕，一個艾斯特（是）〔است〕代熱（在）〔در〕丹熱目（錢）〔درم〕②邊，一個艾斯特（是）〔است〕代熱（在）〔در〕後邊，一個艾斯特（是）〔است〕代熱（在）〔در〕左邊，一個艾斯特（是）〔است〕代熱（在）〔در〕右邊。維（他）〔وی〕把薩熱（頭）〔سر〕低代熱（在）〔در〕丹熱目（錢）〔درم〕③邊，維（他）〔وی〕把阿熱世〔عرش〕。

擔代熱（在）〔در〕自己的肩膀巴拉（上）〔بالا〕，維（他）〔وی〕的一些薩熱（頭）〔سر〕代熱（在）〔در〕阿熱世〔عرش〕之下，維（他）〔وی〕的耙（腳）〔پای〕艾斯特（是）〔است〕代熱（在）〔در〕第哈夫特（七）〔هفت〕層艾熱兌（地面）〔ارض〕之下。

斡海布〔وهب〕祈望胡大〔خدای〕熱哈曼提（慈憫）〔رحمة〕維（他）〔وی〕，古夫特（說）〔گفت〕：「代熱（在）〔در〕起初的克塔布（經典）〔کتاب〕裡邊如此著提古夫特（說）〔گفت〕。維（他）〔وی〕的薩熱（頭）〔سر〕的位份臥（與）〔و〕

---

① 「在」表示「再」的音。
② 「錢」表示「前」的音。
③ 「錢」表示「前」的音。

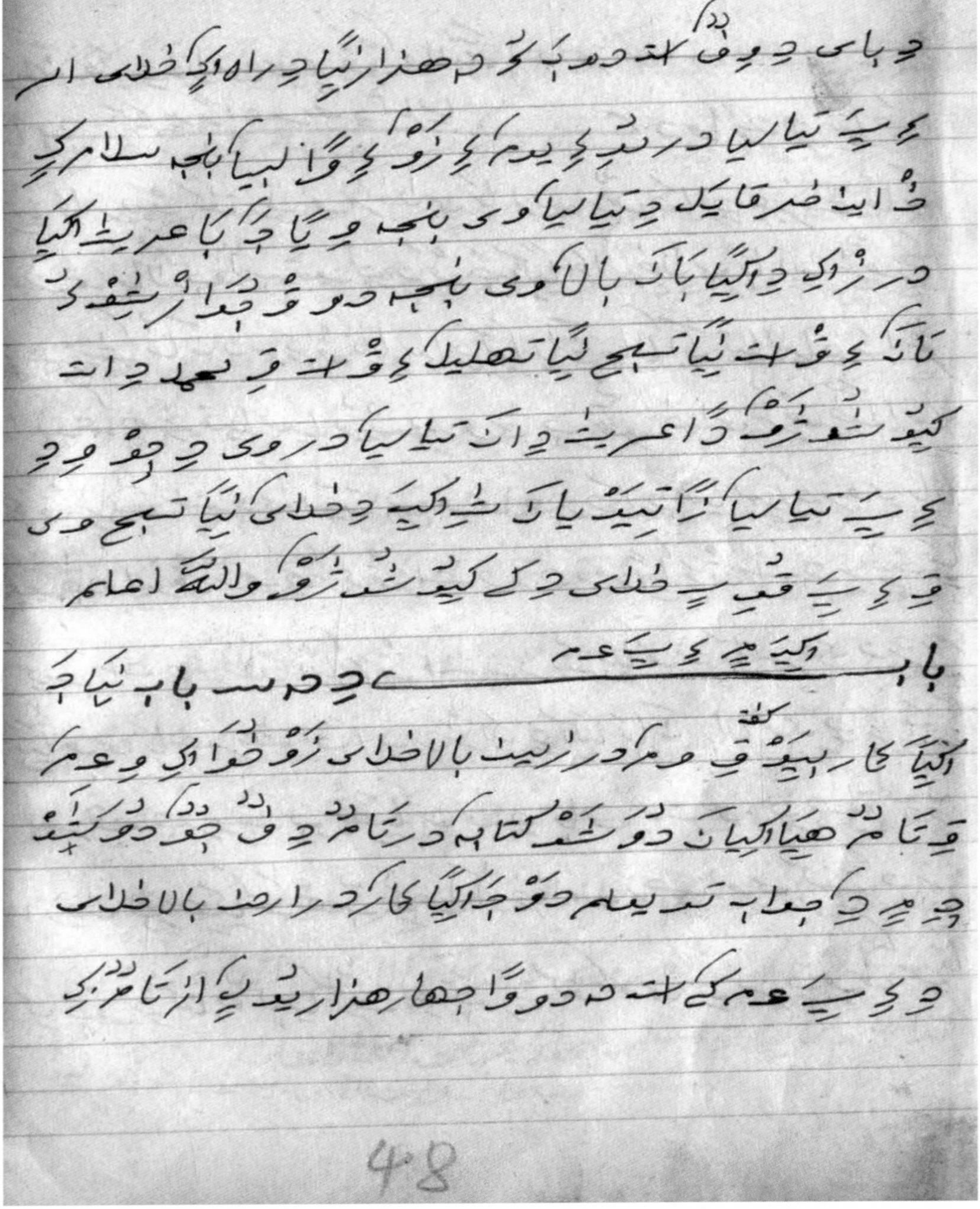

48

清龐克（淨）〔پاک〕，圖（你）〔تو〕引領我們。」胡大〔خدای〕揀選維（他）〔وی〕們，筍買（然後）〔ثم〕他們歸代熱（在）〔در〕他們的本位兒巴拉（上）〔بالا〕，臥（與）〔و〕胡大〔خدای〕揀選他們，臥（與）〔و〕引領他們，臥（與）〔و〕他們一同贊念我們的聖人爾來伊黑賽倆目〔کس عم〕：

（3:179）〔وَلَٰكِنَّ اللَّهَ يَجْتَبِي مِن رُّسُلِهِ مَن يَشَاءُ〕。

麥爾尼（意思）〔معنی〕艾斯特（是）〔است〕：「阿拉乎〔الله〕艾孜（從）〔از〕他的欽差巴拉（上）〔بالا〕揀選維（他）〔وی〕要的昂（那個）〔آن〕。」

代熱（在）〔در〕胡大〔خدای〕巴拉（上）〔بالا〕有哈夫特（七）〔هفت〕位聖人爾來伊黑賽倆目〔عم〕，他們執掌克塔布（經典）〔کتاب〕，班拉依（因為〔برای〕胡大〔خدای〕把克塔布（經典）〔کتاب〕下降給他們，艾孜（從）〔از〕他們中艾臥裡（頭）〔اول〕一個阿丹〔آدم〕的沃來子（兒子）〔ولد〕施世〔شیش〕。

叨目（第二）〔دوم〕個艾斯特（是）〔است〕伊德雷斯〔إدریس〕。掃目（第三）〔سوم〕個艾斯特（是）〔است〕伊布拉黑麥〔إبراهیم〕。

車哈熱（四）〔چهار〕個艾斯特（是）〔است〕穆薩〔موسی〕。第盤志（五）〔پنج〕個艾斯特（是）〔است〕爾薩〔عیسی〕。第六個艾斯特（是）〔است〕達烏德〔داود〕。第哈夫特（七）〔هفت〕個艾斯特（是）〔است〕穆罕默德〔محمد〕，艾斯特（是）〔است〕我們的聖人爾來伊黑賽倆目〔عم〕[1]。

一些克塔布（經典）〔کتاب〕的一總艾斯特（是）〔است〕耶克（一）〔یک〕百零車哈熱（四）〔چهار〕部，五單（十）〔ده〕部下降代熱（在）〔در〕施世〔شیش〕巴拉（上）〔بالا〕，三單（十）〔ده〕部來代熱（在）〔در〕伊德雷斯〔إدریس〕巴拉（上）〔بالا〕，杜（二）〔دو〕單（十）〔ده〕部來代熱（在）〔در〕伊布拉黑麥〔إبراهیم〕巴拉（上）〔بالا〕。討拉提（《舊約》）〔تورات〕來代熱（在）〔در〕穆薩〔موسی〕巴拉（上）〔بالا〕，引智力（《新約》）〔انجیل〕來代熱（在）〔در〕爾薩〔عیسی〕巴拉（上）〔بالا〕，載布爾〔زبور〕來代熱（在）〔در〕達烏德〔داود〕巴拉（上）〔بالا〕，古熱阿尼（《古蘭經》）〔قرآن〕來代熱（在）〔در〕我們的聖人爾來伊黑賽倆目〔عم〕巴拉（上）〔بالا〕。古熱阿尼（《古蘭經》）〔قرآن〕的一總

---

① 此處冗「عليهم السلام」，未錄。

تمام شهر مبارک در رمضانات جه ماه سے یعم لیپاک د رابراهیم

جه بندهج لیپاکت در رمضانات جه ماه لیپاک د ووارج کے نیک

بعد پائے د ریتھ هیا کیپاک در سے پان مبارک در رمضان د

۱۷ اول هفته یعم لیپا ازرج کے دنیا بعد کپا بعد رهیا کیپاک

در داوود پان الا مبارک در رمضانات جه ماه جه د د کے یعم ازر

کے هنزار تکیا لی دودو دنیا بعد کپا الجبل هیا کیپاک در سے پان

در رمضان ماه جه د کے یعم پشیع کے قه د روزد رتام پان

ماحب ازرس کے نیک بعد کپا قدرات هیا کیپاک در بهمد رسول الله

مبارک در رمضانات جه ماه جه د د کے یعم خلای کلہ

شهر رمضان الذي انزل فيه القرآن آیت جه یعنی ت

رمضانات جه ماه است نه قهده ماه در تا هیا کیپاک قرآت

هیئے یعم سیو مہ جه ع جہ قیب ورد وعبدات سیو اکیا هیا جہ

هیئے کتاب سیو قدرات اکی خلای جلوہ هیئے پان سیو رمضان

اکے خلای دقیہ د رم جد تیشہ هجہ قمو خلای کلہ اکرتیم کے رمضان

51

呀！印（這個）〔این〕勞號曼號夫足〔仙牌〕〔لوح محفظ〕的牌艾斯特（是）〔است〕代熱（在）〔در〕曼（我）〔من〕的達斯提（手）〔دست〕裡邊執掌，一班代（僕人）〔بنده〕的命到阿黑熱提（後世）〔آخرة〕了，他們的納目（名字）〔نام〕一總艾斯特（是）〔است〕代熱（在）〔در〕印（這個）〔این〕牌巴拉（上）〔بالا〕受寫，代熱（在）〔در〕哲乃提（天堂）〔جنت〕的巴布（門）〔باب〕達斯提（手）〔دست〕①，圖巴〔طوبا〕的樹葉兒巴拉（上）〔بالا〕的納目（名字）〔نام〕落的沃格提（時候）〔وقت〕，昂（那個）〔آن〕看樹的天仙把納目（名字）〔نام〕拿給我，曼（我）〔من〕觀看勞號曼號夫足〔仙牌〕〔لوح محفظ〕的牌巴拉（上）〔بالا〕的名字。曼（我）〔من〕如迪拉孜（長）〔دراز〕②觀看，艾甘熱（要是）〔اگر〕印（這個）〔این〕昂（那個）〔آن〕班代（僕人）〔بنده〕的安志裡（壽數）〔اجل〕到的沃格提（時候）〔وقت〕，維（他）〔وی〕的納目（名字）〔نام〕轉地受勾。

艾甘熱（要是）〔اگر〕印（這個）〔این〕班代（僕人）〔بنده〕艾斯特（是）〔است〕好命運的，曼（我）〔من〕艾目熱（命令）〔امر〕右邊的熱哈曼提（慈憫）〔رحمة〕的天仙憑著穆熱臥提（禮物）〔مروة〕寫代熱（在）〔در〕他的薩熱（頭）〔سر〕巴拉（上）〔بالا〕。如此著昂（那個）〔آن〕班代（僕人）〔بنده〕艾斯特（是）〔است〕好命運的，艾斯特（是）〔است〕穆巴熱克（吉慶）〔مبارك〕的。魯哈（靈魂）〔روح〕艾孜（從）〔از〕維（他）〔وی〕巴拉（上）〔بالا〕出體艾斯特（是）〔است〕容易的，輕著拿維（他）〔وی〕的命。艾甘熱（要是）〔اگر〕印（這個）〔این〕班代（僕人）〔بنده〕艾斯特（是）〔است〕歹命運的，他沒有爾麥裡（功修）〔عمل〕，他艾斯特（是）〔است〕折本的坎斯（人）〔کس〕，牙（或）〔یا〕艾斯特（是）〔است〕卡非爾（外教人）〔کافر〕，曼（我）〔من〕命令左邊爾雜布（懲罰）〔عذاب〕的天仙，拿著納熱（火）〔نار〕棍，憑著兇惡著拿他的命，他的魯哈（靈魂）〔روح〕出體艾斯特（是）〔است〕犯難的。好命運的坎斯（人）〔کس〕憑著哲乃提（天堂）〔جنت〕給他報喜赫班熱（信）〔خبر〕，歹命運的坎斯（人）〔کس〕憑著多災海（火獄）〔دوزخ〕的爾雜布（懲罰）〔عذاب〕給他報信息，坎斯（人）〔کس〕把維（他）〔وی〕扯代熱（在）〔در〕多災海（火獄）〔دوزخ〕裡邊。

---

① 「手」表示「首」的音。
② 「長」表示「常」的音。

در دورۇش لياييتە كۇ قۇ حپا يۇ يپە كۇ قۇ روايتە كتە ھ ۇ قۇ چ غا كۇ

يۇ كۇ قۇ روايتە كتە كۇ قۇ چاھ نرو در اكتە ھستە ظيم ھ كۇ در وپ ق

با مھ قمرنا در اك حوق تامر در اك حوق كۇ دستە نعفە نوعە ح

صلاب كە با اك حق اكيق م ۇ نسجيتە يپە كۇ قۇ روايتە ستە دورۇش

و اكيا دى ح يپە ك يۇ در دورۇش ح اكيا لياپا كۇ دستە عنا ب ستە

يپە نە كوى پقتدانلد ح كيە ۇ نرو دراز در م ۇ دستە عنا ات

لياپا حر قيانى تا دۇ يعم ۇ

باب　　　اكيقە م ۇ بنكر ۇ انكر ح صيقت　　عدۇ كۇ باب نيا حا اكيا كار

اپيقۇ كتە قيقە م ۇ بنكر ۇ انكر تامر م ۇ ستە تما تيا ليا تا مر ۇ صيقت

ستە نرو ۇ جواب بلا لك خطاى ايان حا اكيا كا رۇ پا رۇ م

اك كە با ستە فمات در كۇر لياپا وصم م پانجە اك صعد رى اكقۇ

ح سيپە ح كتە قمۇ ستپە دپە قفتا اك اكيا كۇ اك ھق عۇ

ۇ فۇ حۇ ميا حا اك اك نا حوق تيا ليا ۇ صعد رتكا دۇ قۇ ۇ

يا ستپۇ سيان در نار پپە تامر ۇ پ كۇ نوپتپا سيان ۇ حا اكنۇ

叫印（這個）〔این〕班代（僕人）〔بنده〕的穆巴熱克（吉慶）〔مبارك〕的魯哈（靈魂）〔روح〕歸代熱（在）〔در〕他的尕來布（身體）〔قالب〕裡邊，筍買（然後）〔ثم〕天仙艾孜（從）〔از〕他們聞一些花兒的氣味巴拉（上）〔بالا〕，叫印（這個）〔این〕班代（僕人）〔بنده〕的魯哈（靈魂）〔روح〕歸代熱（在）〔در〕他的尕來布（身體）〔قالب〕裡邊。

筍買（然後）〔ثم〕，一些天仙艾孜（從）〔از〕他們巴拉（上）〔بالا〕問一些話：「調養圖（你）〔تو〕的胡大〔خدای〕艾斯特（是）〔است〕何坎斯（人）〔كس〕？圖（你）〔تو〕的聖人爾來伊黑賽倆目〔عم〕艾斯特（是）〔است〕何人？圖（你）〔تو〕的迪尼（教門）〔دین〕艾斯特（是）〔است〕什麼？」

班代（僕人）〔بنده〕古夫特（說）〔گفت〕：「調養曼（我）〔من〕的胡大〔خدای〕艾斯特（是）〔است〕阿拉乎〔الله〕，曼（我）〔من〕的聖人爾來伊黑賽倆目〔عم〕艾斯特（是）〔است〕胡大〔خدای〕[1]欽差，曼（我）〔من〕的迪尼（教門）〔دین〕艾斯特（是）〔است〕伊斯倆目（伊斯蘭教）〔اسلام〕。」

胡大〔خدای〕古夫特（說）〔گفت〕：「哎！一些天仙呀！曼（我）〔من〕的班代（僕人）〔بنده〕古夫特（說）〔گفت〕了實言了，你們把仙衣給他們穿巴拉（上）〔بالا〕，把維（他）〔وی〕們領代熱（在）〔در〕至高的位份，叫他們進代熱（在）〔در〕樂然的哲乃提（天堂）〔جنت〕裡邊。」

坎斯（人）〔كس〕給維（他）〔وی〕們古夫特（說）〔گفت〕：「印（這）〔این〕艾斯特（是）〔است〕你們代熱（在）〔در〕頓亞（今世）〔دنیا〕巴拉（上）〔بالا〕一些爾林（宗教學者）〔عالم〕許約給你們的昂（那個）〔آن〕位份，你們不要呺夫（害怕）〔خوف〕，你們安寧著，胡大〔خدای〕把你們轉成美的臥（與）〔و〕好的。」印（這個）〔این〕班代（僕人）〔بنده〕古夫特（說）〔گفت〕：「圖（你）〔تو〕艾斯特（是）〔است〕何坎斯（人）〔كس〕？圖（你）〔تو〕這塸阿（樣）〔نوعة〕的仁熱哈曼提（慈）〔رحمة〕。」他古夫特（說）〔گفت〕：「曼（我）〔من〕艾斯特（是）〔است〕你們代熱（在）〔در〕頓亞（今世）〔دنیا〕幹的爾麥裡（功修）〔عمل〕，贊熱（金）〔زر〕[2]遙目（日）〔یوم〕胡大〔خدای〕艾目熱（命令）〔امر〕叫曼（我）〔من〕阿曼德（來）〔آمد〕陪伴圖（你）〔تو〕，給圖（你）〔تو〕做伴兒。」

總意：我們要坦凡克熱（參悟）〔تفكر〕印（這）〔این〕裡邊的好歹的卡熱（事情）〔كار〕，我們要拿臥爾茲（勸）〔وعظ〕解，我們代熱（在）〔در〕頓亞（今世）〔دنیا〕巴拉（上）〔بالا〕的好歹叨（兩）〔دو〕塸阿（樣）〔نوعة〕。聖人爾來伊黑賽倆目〔عم〕古夫特（說）〔گفت〕：

---

① 此處脫「的」字，未補。
② 「金」表示「今」的音。

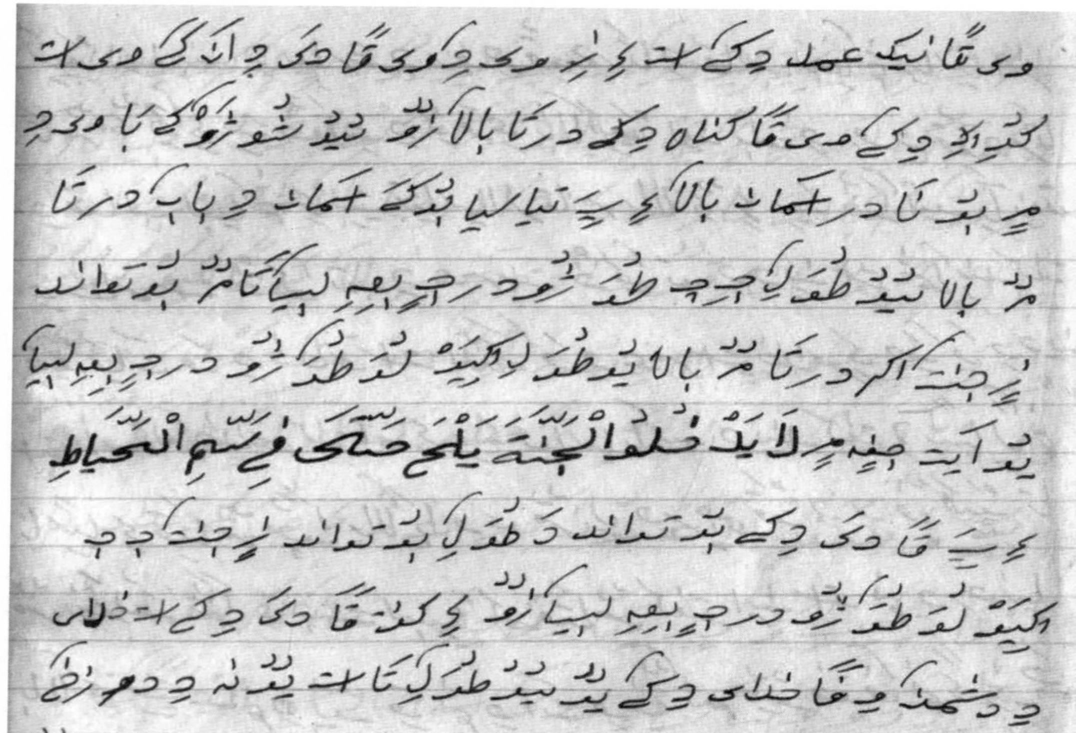

لَا يَدْخُلُوا الْجَنَّةَ حَتَّى يَلِجَ الْجَمَلُ فِي سَمِّ الْخِيَاطِ

٥٨

維（他）〔وی〕幹尼克（好）〔نیک〕爾麥裡（功修）〔عمل〕的坎斯（人）〔کس〕，艾斯特（是）〔است〕益濟維（他）〔وی〕的。維（他）〔وی〕幹歹的昂（那個）〔آن〕坎斯（人）〔کس〕，維（他）〔وی〕艾斯特（是）〔است〕虧己的坎斯（人）〔کس〕。維（他）〔وی〕幹古那海（罪）〔گناه〕的坎斯（人）〔کس〕，代熱（在）〔در〕他巴拉（上）〔بالا〕總沒有恕饒，坎斯（人）〔کس〕把維（他）〔وی〕的命不拿代熱（在）〔در〕阿斯瑪尼（天）〔آسمان〕巴拉（上）〔بالا〕。一些天仙不開阿斯瑪尼（天）〔آسمان〕的巴布（門）〔باب〕，代熱（在）〔در〕他們巴拉（上）〔بالا〕沒有脫離，直至駝入代熱（在）〔در〕針鼻兒裡邊，他們不吐窪德（能）〔تواند〕進哲乃提（天堂）〔جنت〕。艾甘熱（要是）〔اگر〕代熱（在）〔در〕他們巴拉（上）〔بالا〕有脫離，叫駱駝入代熱（在）〔در〕針鼻兒裡邊。」有阿耶提（經文）〔آیة〕證明：

〔وَلاَ يَدْخُلُونَ الْجَنَّةَ حَتَّى يَلِجَ الْجَمَلُ فِي سَمِّ الْخِيَاطِ〕（7:40）①

「一些幹歹的坎斯（人）〔کس〕不吐窪德（能）〔تواند〕得脫離，不吐窪德（能）〔تواند〕進哲乃提（天堂）〔جنت〕，直至叫駱駝入代熱（在）〔در〕針鼻兒裡邊。」

總意古夫特（說）〔گفت〕：「幹歹的坎斯（人）〔کس〕艾斯特（是）〔است〕胡大〔خدای〕的杜氏曼（敵人）〔دشمن〕，違犯胡大〔خدای〕的坎斯（人）〔کس〕，永沒有脫離，他艾斯特（是）〔است〕永諾乎（九）〔نه〕②的多災海（火獄）〔دوزخ〕。」

阿耶提（經文）〔آیة〕的憑格薩熱（巨）〔قصر〕③：他們代熱（在）〔در〕第六層贊米尼（地）〔زمین〕之下辛只尼〔سجین〕的位份艾斯特（是）〔است〕多災海（火獄）〔دوزخ〕，代熱（在）〔در〕維（它）〔وی〕裡邊有塏阿（樣）〔نوعة〕塏阿（樣）〔نوعة〕的爾雜布（懲罰）〔عذاب〕，不曼阿（同）〔مع〕的罪刑。坎斯（人）〔کس〕把歹命運的坎斯（人）〔کس〕放代熱（在）〔در〕古熱（墳坑）〔گور〕裡邊，叨（兩）〔دو〕位天仙來代熱（在）〔در〕他巴拉（上）〔بالا〕問維（他）〔وی〕：「圖（你）〔تو〕的胡大〔خدای〕艾斯特（是）〔است〕何坎斯（人）〔کس〕？圖（你）〔تو〕的聖人爾來伊黑賽倆目〔عـم〕艾斯特（是）〔است〕何坎斯（人）〔کس〕？圖（你）〔تو〕的迪尼（教門）〔دین〕艾斯特（是）〔است〕什麼？」維（他）〔وی〕古夫特（說）〔گفت〕：「哎呀！曼（我）〔من〕不耶阿來目（知）〔یعلم〕道。」天仙一

---

① 手稿抄錄經文有誤，已核校並更正。
② 「九」表示「久」的音。
③ 「拘」表示「據」的音。

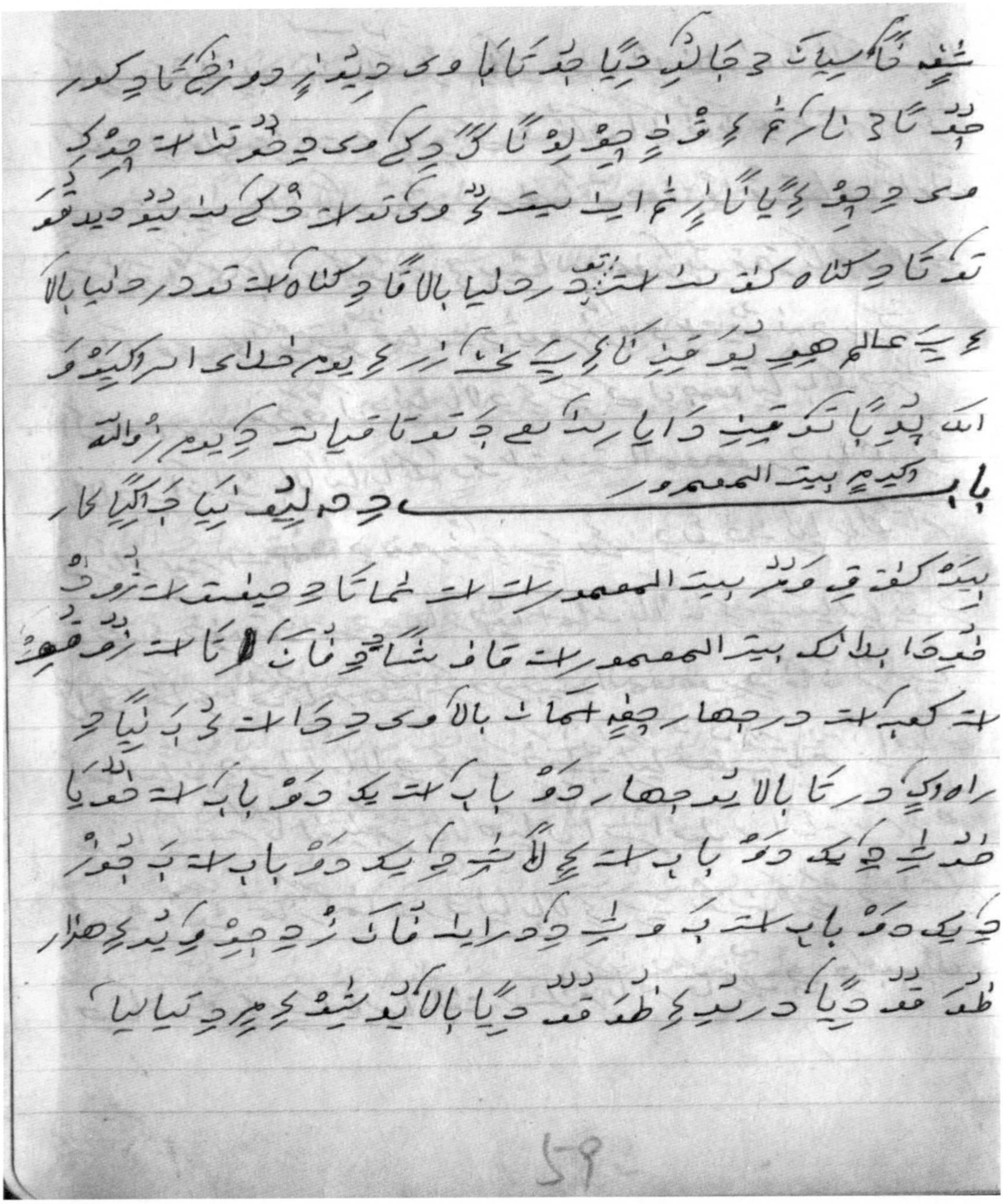

聲喊，像了炸雷，掂住他，把維（他）〔وى〕丟進多災海（火獄）〔دوزخ〕，他的古熱（墳坑）〔گور〕
充滿了納熱（火）〔نار〕。筍買（然後）〔ثم〕，一個很醜陋陋難看的坎斯（人）〔كس〕，維（他）〔وى〕
的渾坦恩（身）〔تن〕艾斯特（是）〔است〕臭氣，維（他）〔وى〕的臭一言難盡。筍買（然後）
〔ثم〕印（這個）〔اين〕埋體（亡人）〔ميت〕問維（他）〔وى〕：「圖（你）〔تو〕艾斯特（是）〔است〕
何坎斯（人）〔كس〕？曼（我）〔من〕沒有迪德（見）〔ديد〕過圖（你）〔تو〕」。維（他）〔وى〕
的古那海（罪）〔**گناه**〕古夫特（說）〔گفت〕：「曼（我）〔من〕艾斯特（是）〔است〕圖（你）〔تو〕
代熱（在）〔در〕頓亞（今世）〔دنيا〕巴拉（上）〔بالا〕幹的古那海（罪）〔گناه〕，艾斯特（是）〔
است〕圖（你）〔تو〕代熱（在）〔در〕頓亞（今世）〔دنيا〕巴拉（上）〔بالا〕一些爾林（宗教學
者）〔عالم〕許約給你那一些蘇罕（話）〔سخن〕。贊熱（金）〔زر〕①一遙目（日）〔يوم〕胡大（خداى〕
艾目熱（命令）〔امر〕叫我阿曼德（來）〔آمد〕陪伴圖（你）〔تو〕，給圖（你）〔تو〕搭牙熱（伴）
〔يار〕，曼（我）〔من〕曼阿（同）〔مع〕著圖（你）〔تو〕塔（直到）〔تا〕給亞買提（複生）〔قيامت〕
的遙目（日）〔يوم〕子。」

宛拉乎（真主啊）〔والله〕！

第十六門　解明拜依圖里麥阿目熱

巴布（門）〔باب〕第單（十）〔ده〕六解明拜依圖里麥阿目熱〔بيت المعمور〕。

你把這件卡熱（事情）〔كار〕表古夫特（說）〔گفت〕給我們。拜依圖裡麥阿目熱〔بيت
المعمور〕艾斯特（是）〔است〕②什麼？它的雖凡提（屬性）〔صفة〕艾斯特（是）〔است〕
如何？

回答：白到乃凱（你應當知道）〔بدانكه〕，拜依圖裡麥阿目熱〔بيت المعمور〕艾斯特（是）
〔است〕嘎夫〔قاف〕山的地方，它艾斯特（是）〔است〕尊貴，艾斯特（是）〔است〕克爾白
（天房）〔كعبة〕，艾斯特（是）〔است〕代熱（在）〔در〕車哈熱（第四）〔چهار〕層阿斯
瑪尼（天）〔آسمان〕巴拉（上）〔بالا〕。維（它）〔وى〕的大艾斯特（是）〔است〕五百年
的拉海（路）〔راه〕徑。代熱（在）〔در〕它巴拉（上）〔بالا〕有車哈熱（四）〔چهار〕道
巴布（門）〔باب〕：③耶克（一）〔يك〕道巴布（門）〔باب〕艾斯特（是）〔است〕紅鴉鶻
石的，耶克（一）〔يك〕道巴布（門）〔باب〕艾斯特（是）〔است〕銀藍石的，耶克（一）
〔يك〕道巴布（門）〔باب〕艾斯特（是）〔است〕白珠子的，耶克（一）〔يك〕道巴布（門）
〔باب〕艾斯特（是）〔است〕白臥（與）〔و〕④石的。代熱（在）〔در〕印（這個）〔اين〕
房子的周圍有一漢雜熱（千）〔هزار〕座宮殿，代熱（在）〔در〕每一座宮殿巴拉（上）〔بالا〕
有受易明的天仙。

---

① 「金」表示「今」的音。
② 此處衍「是」字，未錄。
③ 此處衍「是」字，未錄。
④ 「與」表示「玉」的音。

نايۇ يى تىيايسا د ەرەك قانكۇ رۇ لىيايسى خلاس ئز خلاس ەرەك قانكۇ رۇ لىيا
كعب دى قانكۇ عربات كىيا دى كى شى قانكۇ ئك قانكۇ عرلات ئىرىلى كى
يسى تىيايسا ەد ئكۇ دى تعرىيم لىيا نيۇ صفة قا شۇ تىيايسا تامانكۇ
ئك قانكۇ كى جا مەى ئكىيۇ مى ز بيت المعمۇر ربۇ قەسر نا ج قۇ كى يۇ
تاۋانكۇ مەى كى ئۇد جيۇز قنا ۇد ديعم رۇۋەى د يۇ ۇت يۇ ند د بركت
ئك جمعى د يعم دكۇ دنيا بالا د كى كى لۇجمعى لىيا بالك جيبكى
بالا د ئنكۇ لىيۇ بالا قىيا بالك ۋكات بيت المعمۇر د بالك نۇ
د ئاج يىم ئت جمعى د يعم كى كى بۇجند دىكۇ دت لىيا بالك تام
د لۇى كى بلغعى قەسر دد جها جعبۇ كمات بالا نا كى يسى تىيايسا يعت
ئا د قانكۇ كى ئنكۇ نا قام صىيا ئد ربيت المعمۇر د قانكۇ رۇ لىيا
كما سىيات د دنيا بالا د كى كى خطاب لىيا خطاب تام ئز اخلاس
ەد ئنيا عت نا ئز نبۇر بالا صىيال اسرافيل ەراك نا كار مى بد
ئكىيۇ جفات نمات كما د دنيا بالا كى كى نغرىن كىيۇ جفا نمات
د نا ندعى كى يتىيايسا كنت سلام تام قانكۇ جۇد جۇ د ئ جيبكى

那一些天仙代熱（在）〔در〕昂（那個）〔آن〕房子裡邊拜胡大〔خدای〕，讚胡大〔خدای〕，昂（那個）〔آن〕房子連克爾白（天房）〔كعبة〕的房兒艾斯特（是）〔است〕一般的。坎斯（人）〔كس〕設放昂（那個）〔آن〕房兒艾斯特（是）〔است〕班拉依（因為）〔برای〕一些天仙的往來，代熱（在）〔در〕每遙目（日）〔يوم〕裡邊有哈夫特（七）〔هفت〕萬個天仙探望昂（那個）〔آن〕房子，坎斯（人）〔كس〕把維（它）〔وی〕叫名了拜依圖裡麥阿目熱〔بيت المعمور〕，不格薩熱（巨）〔قصر〕①哪一個坎斯（人）〔كس〕要探望維（它）〔وی〕一遭，直至給亞買提（複生）〔قيامت〕的遙目（日）〔يوم〕子。維（它）〔وی〕艾斯特（是）〔است〕永諾乎（九）〔نه〕②的班熱克提（吉慶）〔بركة〕。

　　艾甘熱（要是）〔اگر〕主麻（星期五）〔جمعة〕的遙目（日子）〔يوم〕到來，頓亞（今世）〔دنيا〕巴拉（上）〔بالا〕的一些坎斯（人）〔كس〕禮主麻（星期五）〔جمعة〕，念邦克（宣禮詞）〔بانگ〕，哲布熱依裡〔جبرئيل〕巴拉（上）〔بالا〕代熱（在）〔در〕昂（那個）〔آن〕樓巴拉（上）〔بالا〕念邦克（宣禮詞）〔بانگ〕，維（它）〔وی〕艾斯特（是）〔است〕拜依圖裡麥阿目熱〔بيت المعمور〕的邦克樓。代熱（在）〔در〕那一遙目（日）〔يوم〕艾斯特（是）〔است〕主麻（星期五）〔جمعة〕的遙目（日）〔يوم〕子，一些穆民（信士）〔مؤمن〕的穆安津（宣禮員）〔مؤذن〕念邦克（宣禮詞）〔بانگ〕，他們的聲音升高代熱（在）〔در〕第車哈熱（四）〔چهار〕層阿斯瑪尼（天）〔آسمان〕巴拉（上）〔بالا〕，那一些天仙有的那但凡一總，他們顯③代熱（在）〔در〕拜依圖裡麥阿目熱〔بيت المعمور〕的房子裡邊，坎瑪（就像）〔كما〕④了頓亞（今世）〔دنيا〕巴拉（上）〔بالا〕的一些海推布（演講者）〔خطيب〕念呼圖白（演講）〔خطبة〕，他們讚胡大〔خدای〕臥（與）〔و〕讚念聖人爾來伊黑賽倆目〔عـم〕。他艾孜（從）〔از〕敏拜爾（演講台）〔منبر〕巴拉（上）〔بالا〕下來，伊斯拉菲裡〔إسرافيل〕為伊瑪目〔إمام〕。他們一同交還乃麻子（禮拜）〔نماز〕，坎瑪（就像）〔كما〕代熱（在）〔در〕頓亞（今世）〔دنيا〕巴拉（上）〔بالا〕一些穆民（信士）〔مؤمن〕交還乃麻子（禮拜）〔نماز〕的那瑙阿（樣）〔نوعة〕。一些天仙古夫特（說）〔گفت〕賽倆目〔سلام〕，他們幹如此的。哲布熱依裡〔جبرئيل〕

---

① 「格薩熱」阿拉伯語動詞有「拘住」「圍住」之意，消經文字取「拘」意。「不拘」即「不管」。
② 「九」表示「久」的音。
③ 此處冗「在」字，未錄。
④ 此處衍「像」字，未錄。

کوں کنٹے اس کے لیے تیاریاں خدعے یا نم یعلم قبل چ اکیا کا رخدای یا
و بقدرت باکش د ثواب د تمام ٹرا دم رحمت قبر لحید رات تم
اسرافیل کس کے کفر خدای حید د امام د ثواب تمام ٹرا قبر لحیل
دات ثم هفت چنی آسمان باۄ چ کے تیاریاں کے روں کنٹے و رکنیت قبل
دم یے جمعہ د نماز کا واں ثواب کے روں قبر لحید دات
برای تام در شب هفت یعم لیا یقه اکییت قبل نماز جمعہ د نماز
خدای شفق شرف ک کے و کثا د ک ک

اکییت سے قافت شا ⸻ د م هفت نیا چ اگیا کا با ب

بیت کنٹے قم و مرقافت شا انت نماں کا چ حیضت انت زرق حباب
قم چ رقف چ اکیا کا رقاف شا شتر کے روں انٹ لق چ اوی
و رقف ر ایل شے وکیے بریت ملانت خدای باۄ قل گیا چی کنٹ اس
خدای آمد کے پک تام درست ے بیت باۄ تا شرب چر
کلاۄ کتام ٹرا حد درست بریت بعد ک چ ودی خطرات دعا خدای
خدای زرق خطک د قاف شا با چ بریت اردل ڈ بقی ک چ ام اللہ

起來古夫特（說）〔گفت〕：「哎！一些天仙夥兒呀！你們耶阿來目（知）〔يعلم〕道這件卡熱（事情）〔كار〕，胡大〔خدای〕把為穆安津（宣禮員）〔مؤذن〕邦克（宣禮詞）〔بانگ〕的賽瓦布（回賜）〔ثواب〕的坦瑪目（全）〔تمام〕然都熱哈曼提（慈憫）〔رحمة〕給穆罕默德〔محمد〕的穩麥提（教生）〔أمت〕。」筍買（然後）〔ثم〕伊斯拉菲裡〔اسرافيل〕起來古夫特（說）〔گفت〕：「胡大〔خدای〕艾目熱（命令）〔امر〕曼（我）〔من〕為伊瑪目〔امام〕的賽瓦布（回賜）〔ثواب〕坦瑪目（全）〔تمام〕然給給穆罕默德〔محمد〕的穩麥提（教生）〔أمت〕。」筍買（然後）〔ثم〕哈夫特（七）〔هفت〕層阿斯瑪尼（天）〔آسمان〕巴拉（上）〔بالا〕的一些天仙一總古夫特（說）〔گفت〕：「我們交還叨（兩）〔دو〕拜主麻（星期五）〔جمعة〕的乃麻子〔نماز〕。那但是賽瓦布（回賜）〔ثواب〕一總給給穆罕默德〔محمد〕的穩麥提（教生）〔أمت〕，班拉依（因為）〔برای〕他們代熱（在）〔در〕每哈夫特（七）〔هفت〕遙目（日）〔يوم〕裡邊，要交還乃麻子（禮拜）〔نماز〕——主麻（星期五）〔جمعة〕的乃麻子（禮拜）〔نماز〕。胡大〔خدای〕恕饒一些坎斯（人）〔كس〕的古那海（罪）〔گناه〕的一總。

第十七門　解明嘎夫山

巴布（門）〔باب〕單（十）〔ده〕哈夫特（七）〔هفت〕解明嘎夫〔قاف〕山。

你把這件卡熱（事情）〔كار〕表古夫特（說）〔گفت〕給我們。嘎夫〔قاف〕山艾斯特（是）〔است〕什麼？維（它）〔وی〕的雖凡提（屬性）〔صفة〕艾斯特（是）〔است〕如何？

哲瓦布（回答）〔جواب〕：圖（你）〔تو〕知道這件卡熱（事情）〔كار〕，嘎夫〔قاف〕山艾斯特（是）〔است〕屬於祖母綠的，維（它）〔وی〕圍繞了印（這個）〔اين〕世界，贊米尼（地）〔زمين〕往胡大〔خدای〕巴拉（上）〔بالا〕哀憐，維（它）〔وی〕古夫特（說）〔گفت〕：「哎！胡大〔خدای〕啊！圖（你）〔تو〕的一些班代（僕人）〔بنده〕，他們代熱（在）〔در〕曼（我）〔من〕的背子巴拉（上）〔بالا〕幹如此的古那海（罪）〔گناه〕，他們染污了曼（我）〔من〕。」贊米尼（地）〔زمين〕不穩定，維（它）〔وی〕晃動。筍買（然後）〔ثم〕胡大〔خدای〕①造化了嘎夫〔قاف〕山，壓住贊米尼（地）〔زمين〕。艾熱兌（地）〔أرض〕還不穩定，筍買（然後）〔ثم〕阿拉乎〔الله〕

---

①　此處衍「胡大」二字，未錄。

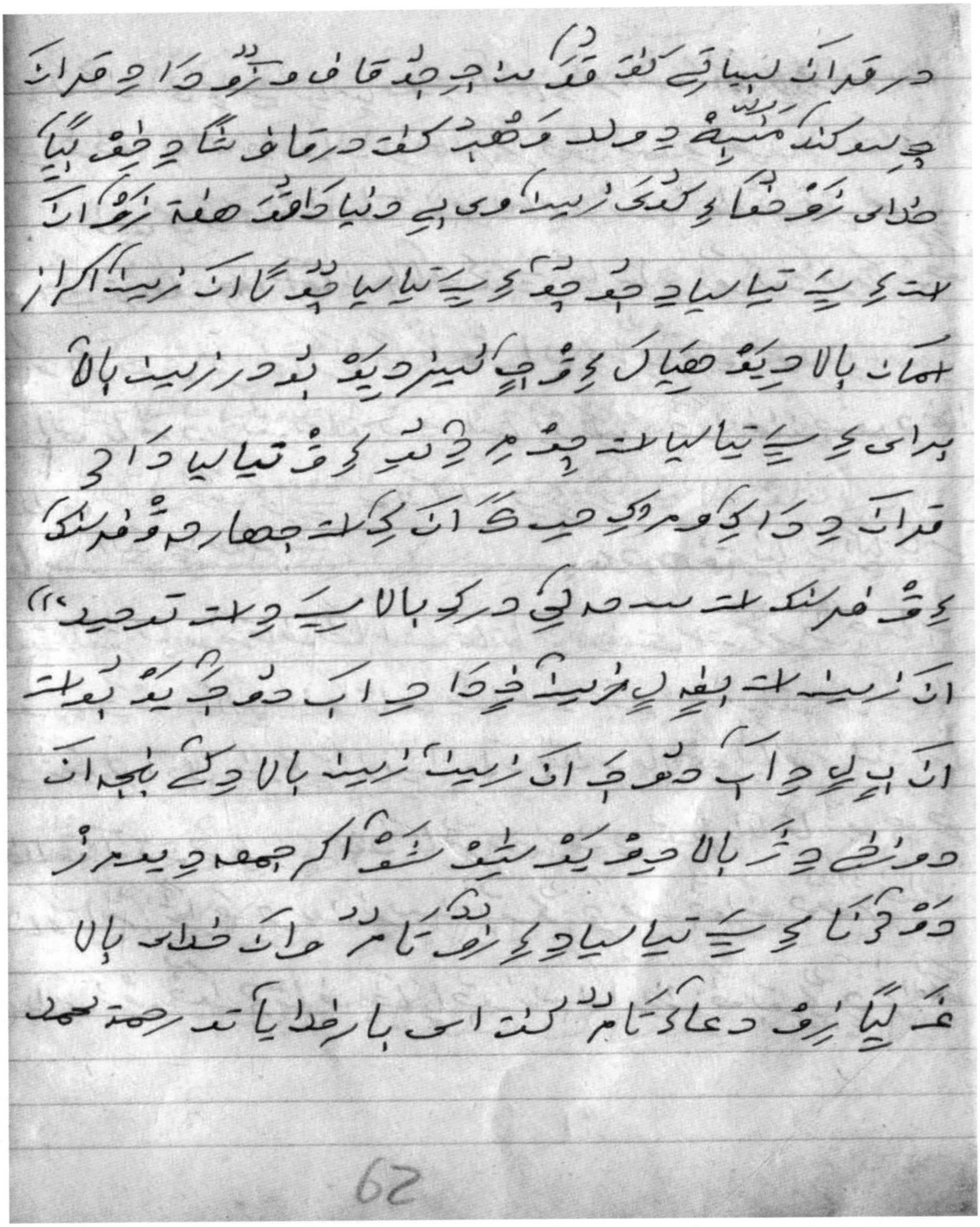

叫一些走獸臥（與）〔و〕一些飛禽、一些有命之物的魯哈（靈魂）〔روح〕入代熱（在）〔در〕第哈夫特（七）〔هفت〕個洞兒裡邊。

　　筍買（然後）〔ثم〕胡大〔خداى〕又艾目熱（命令）〔امر〕伊斯拉菲裡〔إسرافيل〕別一吹嗩兒（號）〔صور〕著。這一吹一些魯哈（靈魂）〔روح〕艾孜（從）〔از〕嗩兒（號）〔صور〕裡邊出來，左邊、右邊、丹熱目（錢）〔درم〕①邊、後邊，艾孜（從）〔از〕巴拉（上）〔بالا〕邊、下邊，艾孜（從）〔از〕阿斯瑪尼（天）〔آسمان〕直至贊米尼（地）〔زمين〕，艾孜（從）〔از〕東直至西，一總充滿了。一些穆民（信士）〔مؤمن〕的魯哈（靈魂）〔روح〕就像了嬈努爾（亮）〔نور〕的明希拉只（燈）〔سراج〕，一些卡非爾（外教人）〔كافر〕就像了黑雲，筍買（然後）〔ثم〕曉臥（與）〔و〕②的坎斯（人）〔كس〕曉臥（與）〔و〕③來了。

　　胡大〔خداى〕古夫特（說）〔گفت〕：「曼（我）〔من〕憑著爾宰提（偉大）〔عزت〕的尊貴臥（和）〔و〕哲儞裡（崇高）〔جلال〕的尊貴、尊大著蘇甘得（發誓）〔سوگند〕，叫一些魯哈（靈魂）〔روح〕的坦瑪目（全）〔تمام〕然各自歸代熱（在）〔در〕各自的尕來布（身體）〔قالب〕裡邊，每一個不像別一個，維（他〔وى〕不吐窪德（能）〔تواند〕臥（和）〔و〕代熱（在）〔در〕摻交裡邊。」這坦瑪目（全）〔تمام〕然艾斯特（是）〔است〕艾孜（從）〔از〕昂（那）〔آن〕之丹熱目（錢）〔درم〕④的一些卡熱（事情）〔كار〕巴拉（上）〔بالا〕，一些魯哈（靈魂）〔روح〕沒有錯著入尕來布（身體）〔قالب〕，代熱（在）〔در〕他們不顯什麼卡熱（事情）〔كار〕。胡大〔خداى〕憑著自己的大吐窪德（能）〔تواند〕，叫一些魯哈（靈魂）〔روح〕入代熱（在）〔در〕尕來布（身體）〔قالب〕裡邊。昂（那個）〔آن〕沃格提（時候）〔وقت〕的空，就像了坎斯（人）〔كس〕飲一口阿布（水）〔آب〕的那瑙阿（樣）〔نوعة〕，眨眼一時裡邊，一些赫萊格（受造物）〔خلق〕的一總都轉地活了。他們忙忙著站起來，

---

① 「錢」表示「前」的音。
② 「與」表示「諭」的音。
③ 「與」表示「諭」的音。
④ 「錢」表示「前」的音。

خداس اكيفّ ۃ پيا روح قو زر پردرۃ رو وكدر ليا فُۃ جرتنڈ لوَ فيج

اك عُ كَ گیاۃ لج چاۃ ۃ جهدار ٹیاۃ نفر لیاۃ تم اكيفّ ۃ پیا رُواك و

زاد چاۃ لۃ رفتۃ نالے ۃ خنق ۃ ليا ك ۃ عیے اس دست حیا

تندلیے بات فُقُ لیا ك ۃ آدم جهار ليا ك ييكُ دروَكى زد

ۃ خنقۃ ت د لیُقجیے اى طلاى آدرَق زاد چاۃ دوَ دكِ

بیۃ ۃ سیلیات ۃ وۃر قاك خلاى بالا كید خۃ شاكيۃ كيوَ زَفق

پیۃ گیا سُجحان الۡكَامِل في عِتمَتِ خَلقِہ وَهُوَالۡعَالِم

الۡحَكِیم سیمت زاۃ درایندہ عالم لیا تمام سعرد اك خطا

سیے باك ۃ مد رج پیے خلقۃ بالا كا تعالہ ۃ خلاى لاج

باك ۃ دست تعالہ جرَق فُقۃ دۃُواجیے دست فُقۃ يعدج

بابۃ پیۃ لیا فاتہ ست ﺢﺪ نۃ بیا جا كلیا كا ريعِۃ

كفۃ فۃ حیم لیا فاتہ نا حۃ فقوِجِۃ ست ۃ سۃ يعۃ دوَ كا اثعا پے جعاب

بد كك جا كلیا كا ر بالق ۃ ولد اۡتۃ چواۡاك جا كلیا كا ومى كنفۃ

68

胡大〔خدای〕叫一些魯哈（靈魂）〔روح〕各自進代熱（在）〔در〕各自的古熱（墳坑）〔گور〕裡邊，各個赤坦恩（身）〔تن〕露體，饑餓、渴亢，立站了一漢雜熱（千）〔هزار〕年的羅量。筍買（然後）〔ثم〕叫一些坎斯（人）〔کس〕往復紮迪（生）〔زاد〕的場兒裡熱夫特（去）〔رفت〕。男坎斯（人）〔کس〕的歲數像了爾薩〔عیسی〕，三單（十）〔ده〕三歲。坦恩（身材）〔تن〕六丈高，像了阿丹〔آدم〕。者瑪裡（俊美）〔جمال〕像了優素福〔یوسف〕的茹奕（面容）〔روی〕。贊恩（女）〔زن〕的歲數艾斯特（是）〔است〕單（十）〔ده〕六歲。

哎！胡大〔خدای〕啊！代熱（在）〔در〕複紮迪（生）〔زاد〕場兒多的坎斯（人）〔کس〕變了形象，我們往胡大〔خدای〕巴拉（上）〔بالا〕求護苫，求恕饒，一些坎斯（人）〔کس〕念：

〔سبحان العامل فعلمه خلقه القادر على خلقه وهو العليم الحكيم〕[①]。

麥爾尼（意思）〔معنی〕艾斯特（是）〔است〕：「贊維（他）〔وی〕代熱（在）〔در〕印（這個）〔این〕阿蘭（世界）〔عالم〕裡邊坦瑪目（全）〔تمام〕美的昂（那個）〔آن〕胡大〔خدای〕清龐克（淨）〔پاک〕[②]，維（他）〔وی〕代熱（在）〔در〕一些赫萊格（受造物）〔خلق〕巴拉（上）〔بالا〕大吐窪德（能）〔تواند〕的胡大清龐克（淨）〔پاک〕。維（他）〔وی〕艾斯特（是）〔است〕吐窪德（能）〔تواند〕知的、公斷的，艾斯特（是）〔است〕古有的。」

第十九門　解明念開端章

巴布（門）〔باب〕單（十）〔ده〕諾乎（九）〔نه〕解明念法提哈（開端章）〔فاتحة〕。
　你把這件卡熱（事情）〔کار〕表古夫特（說）〔گفت〕給我們。念法提哈（開端章）〔فاتحة〕它的貴重艾斯特（是）〔است〕什麼？有多大賽瓦布（回賜）〔ثواب〕？

　哲瓦布（回答）〔جواب〕：白到乃凱（你應當知道）〔بدانکه〕這件卡熱（事情）〔کار〕，馬利克〔مالک〕的沃來子（兒子）〔ولد〕艾乃斯（人）〔انس〕傳阿曼德（來）〔آمد〕這件卡熱（事情）〔کار〕。維（他）〔وی〕古夫特（說）〔گفت〕：

---

① 　念詞同波印本有出入，今對照波印本進行了修訂。
② 　「靜」表示「淨」的音。

曼（我）〔من〕艾孜（從）〔از〕貴聖爾來伊黑賽倆目〔ع-م〕巴拉（上）〔بالا〕問：「哎！胡大的欽差呀！艾裡哈目都〔الحمد〕的雖凡提（屬性）〔صفة〕艾斯特（是）〔است〕如何？它的貴重臥（與）〔و〕它的塞瓦布〔ثواب〕多大。」

聖人爾來伊黑賽倆目〔ع-م〕古夫特（說）〔گفت〕：「圖（你）〔تو〕艾孜（從）〔از〕曼（我）〔من〕巴拉（上）〔بالا〕問，曼（我）〔من〕艾孜（從）〔از〕哲布熱依裡〔جبرایل〕巴拉（上）〔بالا〕問。'哎！哲布熱依裡〔جبرایل〕呀！艾裡哈目都〔الحمد〕的貴重臥（與）〔و〕賽瓦布（回賜）〔ثواب〕有多少賽瓦布（回賜）〔ثواب〕有多大？」

哲布熱依裡〔جبرایل〕古夫特（說）〔گفت〕：「圖（你）〔تو〕艾孜（從）〔از〕曼（我）〔من〕巴拉（上）〔بالا〕問，曼（我）〔من〕艾孜（從）〔از〕米卡依裡〔مکائیل〕巴拉（上）〔بالا〕問。」

米卡依裡〔مکائیل〕古夫特（說）〔گفت〕：「如此的圖（你）〔تو〕艾孜（從）〔از〕曼（我）〔من〕巴拉（上）〔بالا〕問，曼（我）〔من〕艾孜（從）〔از〕伊斯拉菲裡〔إسرافیل〕巴拉（上）〔بالا〕問。」

伊斯拉菲裡〔إسرافیل〕古夫特（說）〔گفت〕：「如此的圖（你）〔تو〕艾孜（從）〔از〕曼（我）〔من〕巴拉（上）〔بالا〕問，曼（我）〔من〕艾孜（從）〔از〕勞號〔仙牌〕〔لوح〕巴拉（上）〔بالا〕問。」

勞號〔仙牌〕〔لوح〕古夫特（說）〔گفت〕：「如此的圖（你）〔تو〕艾孜（從）〔از〕曼（我）〔من〕巴拉（上）〔بالا〕問，曼（我）〔من〕艾孜（從）〔از〕幹蘭（筆）〔قلم〕巴拉（上）〔بالا〕問。」

幹蘭（筆）〔قلم〕給哲瓦布（回答）〔جواب〕，代熱（在）〔در〕阿蘭（世界）〔عالم〕裡邊古夫特（說）〔گفت〕，勞號〔仙牌〕〔لوح〕古夫特（說）〔گفت〕：「哎！幹蘭（筆）〔قلم〕呀！圖（你）〔تو〕耶阿來目（知）〔یعلم〕道，圖（你）〔تو〕寫著！」胡大〔خدای〕從造化幹蘭（筆）〔قلم〕就艾目熱（命令）〔امر〕來了：「哎！幹蘭（筆）〔قلم〕啊！圖（你）〔تو〕寫著：〔الحمدلله رب العالمین〕。」

幹蘭（筆）〔قلم〕古夫特（說）〔گفت〕：「曼（我）〔من〕寫，曼（我）〔من〕不吐窪德（能）〔تواند〕寫了。這件卡熱（事情）〔کار〕艾斯特（是）〔است〕艾裡哈目都領倆黑〔الحمدلله〕的最貴的努爾（光）〔نور〕亮拿住了曼（我）〔من〕，昂（那個）〔آن〕努爾（光）〔نور〕亮的多，曼（我）〔من〕艾孜（從）〔از〕寫巴拉（上）〔بالا〕止住，曼（我）〔من〕不吐窪德（能）〔تواند〕寫，曼（我）〔من〕縮後（讀音：shuǎng hou）。」

胡大〔خدای〕把昂（那個）〔آن〕嬈努爾（亮）〔نور〕轉成叨（兩）〔دو〕份，艾孜（從）〔از〕叨（兩）〔دو〕份其一份造化了一些天仙，

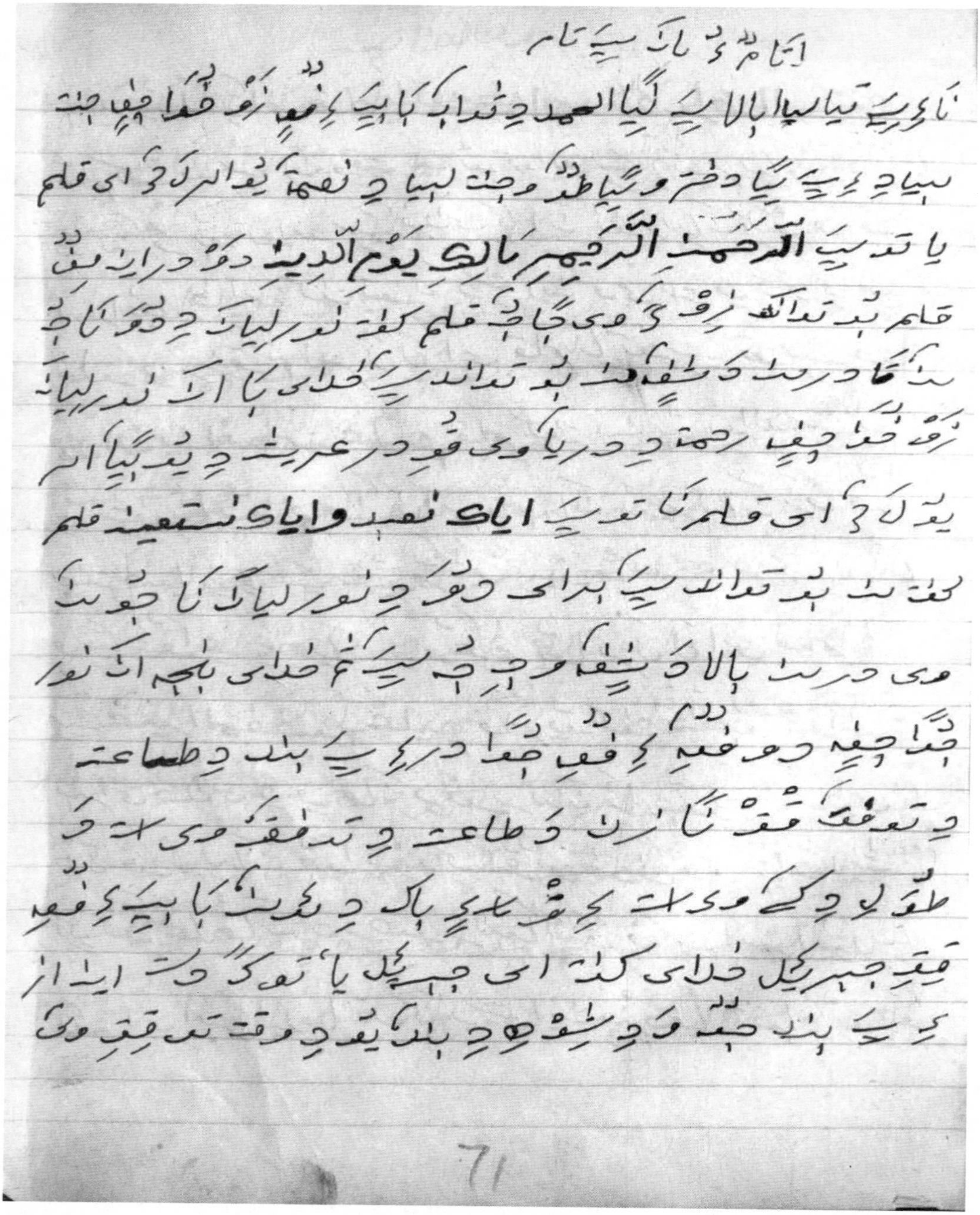
71

他們務忙寫，他們拿一些天仙巴拉（上）〔بالا〕寫念艾裡哈目都〔الحمد〕的賽瓦布（回賜）〔ثواب〕，把別一份造化成哲乃提（天堂）〔جنت〕裡邊的一些仙杜合坦熱（女孩）〔دختر〕臥（與）〔و〕仙童，臥（與）〔و〕哲乃提（天堂）〔جنت〕裡邊的尼阿麥提（恩典）〔نعمة〕。又艾目熱（命令）〔امر〕來了！「哎！幹蘭（筆）〔قلم〕呀！圖（你）〔تو〕寫：

　〔الرَّحْمنِ الرَّحِيم مَالِكِ يَوْمِ الدِّينِ〕（1:3-4）。」

到代熱（在）〔در〕印（這個）〔این〕位份，幹蘭（筆）〔قلم〕不吐窪德（能）〔تواند〕走了，維（它）〔وی〕站住，幹蘭（筆）〔قلم〕古夫特（說）〔گفت〕：「努爾（光）〔نور〕亮的多拿住曼（我）〔من〕，它代熱（在）〔در〕曼（我）〔من〕得勝，曼（我）〔من〕不吐窪德（能）〔تواند〕寫。」胡大〔خدای〕把昂（那個）〔آن〕努爾（光）〔نور〕亮造化成熱哈曼提（慈憫）〔رحمة〕的達熱亞（海）〔دریا〕，維（它）〔وی〕跪代熱（在）〔در〕阿熱世〔عرش〕的右邊。

艾目熱（命令）〔امر〕又來了！「哎！幹蘭（筆）〔قلم〕啊！圖（你）〔تو〕寫：

　〔إِيَّاكَ نَعْبُدُ وإِيَّاكَ نَسْتَعِينُ〕（1:5）。」

幹蘭（筆）〔قلم〕古夫特（說）〔گفت〕：「曼（我）〔من〕不吐窪德（能）〔تواند〕寫，班拉依（因為）〔برای〕多的努爾（光）〔نور〕亮拿住曼（我）〔من〕，維（它）〔وی〕代熱（在）〔در〕曼（我）〔من〕巴拉（上）〔بالا〕得勝，曼（我）〔من〕止住寫。」

笥買（然後）〔ثم〕胡大〔خدای〕憑著昂（那個）〔آن〕努爾（光亮）〔نور〕轉成刃（兩）〔دو〕份，一份轉代熱（在）〔در〕一些班代（僕人）〔بنده〕的脫阿提（順從）〔طاعت〕的陶菲給（順利）〔توفيق〕，各個男贊恩（女）〔زن〕得脫阿提（順從）的陶菲給（順利）〔توفيق〕，維（他）〔وی〕艾斯特（是）〔است〕得脫離的坎斯（人）〔کس〕，維（他）〔وی〕艾斯特（是）〔است〕一個清龐克（淨）〔پاک〕①的穆民（信士）〔مؤمن〕。」把別一份給哲布熱依裡〔جبرئيل〕。胡大〔خدای〕古夫特（說）〔گفت〕：「哎！哲布熱依裡〔جبرئيل〕呀！圖（你）〔تو〕看達斯提（手）〔دست〕②印（這）〔این〕，艾孜（從）〔از〕一些班代（僕人）〔بنده〕中，我的受喜的班代（僕人）〔بنده〕有的沃格提（時候）〔وقت〕圖（你）〔تو〕給給維（他）〔وی〕。」

---

① 「靜」表示「淨」的音。
② 「手」表示「守」的音。

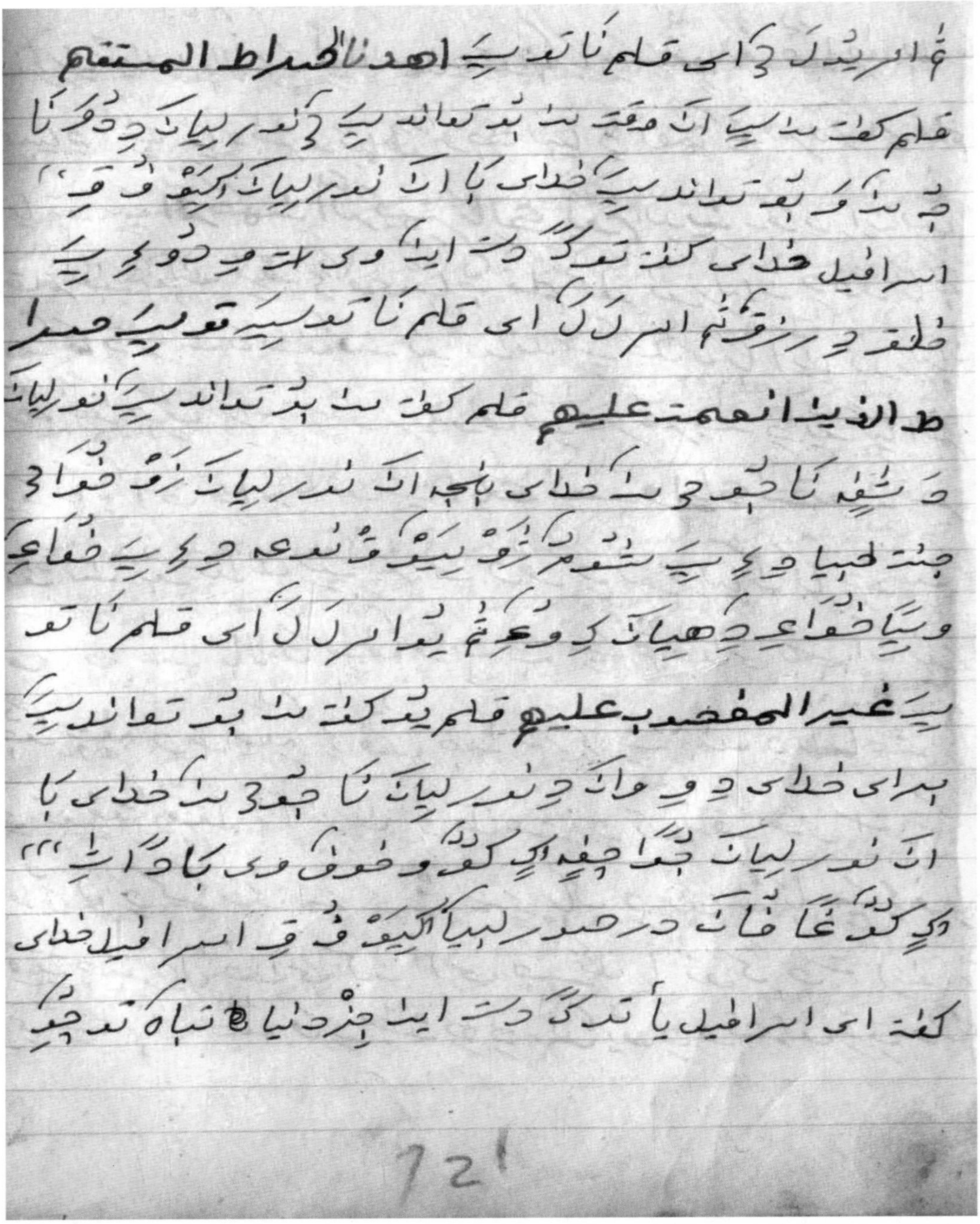

多災海（火獄）〔دوزخ〕，直至給亞買提（複生）〔قیامت〕的遙目（日）〔یوم〕子，憑著維（它）〔وی〕罪刑一些違反胡大〔خدای〕的坎斯（人）〔كس〕，一些幹罪的坎斯（人）〔كس〕，我們往胡大巴拉（上）〔بالا〕求護苦。

筍買（然後）〔ثم〕艾目熱（命令）〔امر〕又來了：「哎！幹蘭（筆）〔قلم〕哪！圖（你）〔تو〕寫：阿米乃〔آمین〕。」幹蘭（筆）〔قلم〕寫阿米乃〔آمین〕，它古夫特（說）〔گفت〕：「曼（我）〔من〕寫，曼（我）〔من〕又不吐窪德（能）〔تواند〕寫了，努爾（光）〔نور〕亮的多拿住了曼（我）〔من〕，維（它）〔وی〕顯代熱（在）〔در〕曼（我）〔من〕巴拉（上）〔بالا〕，維（它）〔وی〕代熱（在）〔در〕曼（我）〔من〕巴拉（上）〔بالا〕得勝。我不吐窪德（能）〔تواند〕寫。」

胡大〔خدای〕把阿米乃〔آمین〕的努爾（光）〔نور〕亮轉成應答穆罕默德〔محمد〕的穩麥提（教生）〔أمت〕的杜阿（祈禱）〔دعاء〕，艾甘熱（要是）〔اگر〕我們念法提哈（開端章）〔فاتحة〕了，我們沒有打沒事的一面念，我們要虔誠著念，沒有昏晦著，要清亮著念，法提哈（開端章）〔فاتحة〕的賽瓦布（回賜）〔ثواب〕太大。艾甘熱（假如）〔اگر〕沒事著念牙（或是）〔یا〕艾斯特（是）〔است〕昏晦著念，法提哈（開端章）〔فاتحة〕的賽瓦布（回賜）〔ثواب〕到不代熱（在）〔در〕念的坎斯（人）〔كس〕巴拉（上）〔بالا〕，班拉依（因為）〔برای〕法提哈（開端章）〔فاتحة〕的賽瓦布（回賜）〔ثواب〕臥（和）〔و〕貴重太大。

法提哈（開端章）〔فاتحة〕艾斯特（是）〔است〕哈夫特（七段）〔هفت〕阿耶提（經文）〔آیة〕，有一塯阿（樣）〔نوعة〕庫夫熱（背信）〔كفر〕，因此沒有昏晦著念，沒有沒事著念，恐怕念到庫夫熱（背信）〔كفر〕巴拉（上）〔بالا〕。班拉依（因為）〔برای〕胡大〔خدای〕造化一些天仙艾斯特（是）〔است〕艾孜（從）〔از〕法提哈（開端章）〔فاتحة〕巴拉（上）〔بالا〕的艾裡哈目都〔الحمد〕的努爾（光）〔نور〕亮巴拉（上）〔بالا〕，八座哲乃提（天堂）〔جنت〕艾斯特（是）〔است〕艾孜（從）〔از〕

الحمد لله رب العلمين بالله جلت لبيان دنيا طف نيا حضرت لله ار الحمد
لله رب العلمين بالله سي مثيو نومو جي جر رزق قات لله ار الحمد و نور
لله رب العلمين سي مقسنت جي حقت طاعت جر تدمق لله ار الحمد جي
نور لله رب العلمين تيا سيا قي سي سجست و نازت و يكسا لله
صقو لي قولت لله ار الحمد و نور لله رب العلمين بالله خلاي نوقوا دورح
لله ار الحمد و نور لله رب العلمين بالله اكر نيا فاتحة جي كي موي نيا تمام نقى
نيا با فاتحة نيا دقوا جوات موي نيا ايت اى خلاي با ايت جى نور
لله رب العلمين تعلى اكيقى جي كا نيا فاتحة جى كا اكيقى جي سي كى جى
تعلى قتو موى ايت فاتحة و تعلى بريقة لله حقت تت لله حصان
نيير كفت بعو قاجب حفنة ده الله جى حقوق نو كى دل كنت قوات
نيا قو فاتحة بريقة دانت يتجر كا فعو نو يا جعاب براى
خلاي با الحمد و نور لله جموا جيفو دو فعو ارد و فعو كجو
جو فعو رزق خفا جيفو جر سي تيا سيا كا نامر كر زمو كى بات بالله سي نقو

٧٥

艾裡哈目都〔الحمد〕的努爾（光）〔نور〕亮巴拉（上）〔بالا〕，哲乃提（天堂）〔جنت〕裡邊的仙童仙杜合坦熱（女）〔دختر〕艾斯特（是）〔است〕艾孜（從）〔از〕艾裡哈目都〔الحمد〕的努爾（光）〔نور〕亮巴拉（上）〔بالا〕，一些受造之物的雷孜給（給養）〔رزق〕艾斯特（是）〔است〕艾孜（從）〔از〕艾裡哈目都〔الحمد〕的努爾（光）〔نور〕亮巴拉（上）〔بالا〕，一些穆民（信士）〔مؤمن〕的好脫阿提（順從）〔طاعت〕的陶菲給（順利）〔توفيق〕艾斯特（是）〔است〕艾孜（從）〔از〕艾裡哈目都〔الحمد〕的努爾（光）〔نور〕亮巴拉（上）〔بالا〕，一[①]天仙給一些進哲乃提（天堂）〔جنت〕的男贊恩（女）〔زن〕的穆民（信士）〔مؤمن〕艾斯特（是）〔است〕送禮物，艾斯特（是）〔است〕艾孜（從）〔از〕艾裡哈目都〔الحمد〕的努爾（光）〔نور〕亮巴拉（上）〔بالا〕。胡大（神）〔خدای〕造化多災海（火獄）〔دوزخ〕艾斯特（是）〔است〕艾孜（從）〔از〕艾裡哈目都〔الحمد〕的努爾（光）〔نور〕亮巴拉（上）〔بالا〕。艾甘熱（要是）〔اگر〕念法提哈（開端章）〔فاتحة〕的坎斯（人）〔كس〕維（他）〔وی〕念全美了，把法提哈（開端章）〔فاتحة〕念端莊，維（他）〔وی〕念阿米乃〔آمين〕了，胡大〔خدای〕把阿米乃〔آمين〕的努爾（光）〔نور〕亮的賽瓦布（回賜）〔ثواب〕叫應答念法提哈（開端章）〔فاتحة〕的坎斯（人）〔كس〕，搭救一些坎斯（人）〔كس〕的賽瓦布（回賜）〔ثواب〕給給維（他）〔وی〕。印（這個）〔این〕法提哈（開端章）〔فاتحة〕的賽瓦布（回賜）〔ثواب〕就艾斯特（是）〔است〕渾坦恩（身）〔تن〕艾斯特（是）〔است〕達航（口）〔دهان〕尼孜（也）〔نيز〕古夫特（說）〔گفت〕不完這哈夫特（七）〔هفت〕段阿耶提（經文）〔آیة〕的回奉。

筍買（然後）〔ثم〕坎斯（人）〔كس〕問，古夫特（說）〔گفت〕：「光念個法提哈（開端章）〔فاتحة〕就吐窪德（能）〔تواند〕有真大回奉嗎？」

哲瓦布（回答）〔جواب〕：「班拉依（因為）〔برای〕胡大〔خدای〕把艾裡哈目都〔الحمد〕的努爾（光）〔نور〕亮轉成叨（兩）〔دو〕份，艾孜（從）〔از〕叨（兩）〔دو〕份其中一份造化成一些天仙，他們一總務忙巴拉（上）〔بالا〕寫滔

---

① 此處脫「些」字，未補。

滔不斷的賽瓦布（回賜）〔ثواب〕。印（這）〔این〕法提哈（開端章）〔فاتحة〕的賽瓦布（回賜）〔ثواب〕艾斯特（是）〔است〕唯獨給何坎斯（人）〔کس〕了？艾斯特（是）〔است〕唯獨給穆罕默德〔محمد〕的穩麥提（教生）〔أمت〕。一些念法提哈（開端章）〔فاتحة〕的坎斯（人）〔کس〕，胡大〔خدای〕憑著法提哈（開端章）〔فاتحة〕的班熱克提（吉慶）〔بركة〕，恕饒亡故的先坎斯（人）〔کس〕。胡大〔خدای〕把別一份造化成哲乃提（天堂）〔جنت〕臥（與）〔و〕哲乃提（天堂）〔جنت〕裡邊的仙童仙杜合坦熱（女）〔دختر〕，臥（與）〔و〕哲乃提（天堂）〔جنت〕裡邊的尼阿麥提（恩典）〔نعمة〕，都艾斯特（是）〔است〕唯獨這一些賽瓦布（回賜）〔ثواب〕，都艾斯特（是）〔است〕唯獨一些念法提哈（開端章）〔فاتحة〕的坎斯（人）〔کس〕臥（與）〔و〕聽的坎斯（人）〔کس〕。艾甘熱（要是）〔اگر〕穆民（信士）〔مؤمن〕虔誠敬意念法提哈（開端章）〔فاتحة〕，念了坦瑪目（全）〔تمام〕美的法提哈（開端章）〔فاتحة〕，念阿米乃〔آمین〕了，胡大〔خدای〕艾孜（從）〔از〕阿米乃〔آمین〕的努爾（光）〔نور〕亮巴拉（上）〔بالا〕應答念法提哈（開端章）〔فاتحة〕、念阿米乃〔آمین〕的坎斯（人）〔کس〕的賽瓦布（回賜）〔ثواب〕。憑著昂（那個）〔آن〕賽瓦布（回賜）〔ثواب〕臥（與）〔و〕貴重，搭救一些亡故的先坎斯（人）〔کس〕，一些幹罪的亡人指望念法提哈（開端章）〔فاتحة〕的坎斯（人）〔کس〕搭救。印（這）〔این〕念法提哈（開端章）〔فاتحة〕的賽瓦布（回賜）〔ثواب〕臥（與）〔و〕維（它）〔وی〕的貴重，曼（我）〔من〕解明過。

宛拉乎艾阿來目（真主至知）〔والله أعلم〕！

第二十門　解明天門有鎖

巴布（門）〔باب〕杜（二）〔دو〕單（十）〔ده〕解明阿斯瑪尼（天）〔آسمان〕的巴布（門）〔باب〕有鎖。

你把這件卡熱（事情）〔كار〕表古夫特（說）〔گفت〕給我們。代熱（在）〔در〕阿斯瑪尼（天）〔آسمان〕巴拉（上）〔بالا〕的巴布（門）〔باب〕巴拉（上）〔بالا〕的鎖，維（它）〔وی〕的鑰匙艾斯特（是）〔است〕什麼？

哲瓦布（回答）〔جواب〕：白到乃凱（你應當知道）〔بدانکه〕，阿斯瑪尼（天）〔آسمان〕巴拉（上）〔بالا〕的鎖，維（它）〔وی〕的鑰匙艾斯特（是）〔است〕念隔斐庫夫熱（背信）〔كفر〕的言巴拉恩（雨）〔باران〕①，念印（這個）〔این〕言巴拉恩（雨）〔باران〕②的坎斯（人）〔کس〕，維（他）〔وی〕沒有毛提（無常）〔موت〕代熱（在）〔در〕庫夫熱（背信）〔كفر〕巴拉（上）〔بالا〕。

---

① 「雨」表示「語」的音。
② 「雨」表示「語」的音。

隔朵庫夫熱（背信）〔كفر〕的言巴拉恩（雨）〔باران〕①艾斯特（是）〔است〕念討黑德（認主獨一）〔توحيد〕，迪拉孜（長）〔دراز〕②念討黑德（認主獨一）〔توحيد〕的坎斯（人）〔كس〕，維（他）〔وى〕不吐窪德（能）〔تواند〕毛提（無常）〔موت〕代熱（在）〔در〕庫夫熱（背信）〔كفر〕巴拉（上）〔بالا〕。艾甘熱（要是）〔اگر〕一些古夫特（說）〔گفت〕庫夫熱（背信）〔كفر〕的蘇罕（話）〔سخن〕的坎斯（人）〔كس〕，牙（或是）〔يا〕幹庫夫熱（背信）〔كفر〕的卡熱（事）〔كار〕的坎斯（人）〔كس〕，維（他）〔وى〕不吐窪德（能）〔تواند〕毛提（無常）〔موت〕代熱（在）〔در〕伊瑪尼（信仰）〔ايمان〕巴拉（上）〔بالا〕。貪圖頓亞（今世）〔دنيا〕的坎斯（人）〔كس〕，不認胡大〔خداى〕、不拜胡大〔خداى〕、不貪阿黑熱提（後世）〔آخرة〕，忘了認胡大〔خداى〕、拜胡大〔خداى〕，不念討黑德（認主獨一）〔توحيد〕的言巴拉恩（雨）〔باران〕③，隱昧胡大〔خداى〕的尼阿麥提（恩典）〔نعمة〕的坎斯（人）〔كس〕，維（他）〔وى〕沒有毛提（無常）〔موت〕代熱（在）〔در〕伊瑪尼（信仰）〔ايمان〕巴拉（上）〔بالا〕。

討黑德（認主獨一）〔توحيد〕的言巴拉恩（雨）〔باران〕④就艾斯特（是）〔است〕：لاإله الاالله محمدرسولالله〔　〕。

他不認胡大〔خداى〕的坎斯（人）〔كس〕，不歸信胡大〔خداى〕的坎斯（人）〔كس〕，維（他）〔وى〕就艾斯特（是）〔است〕折本的坎斯（人）〔كس〕。維（他）〔وى〕低賤折本著毛提（無常）〔موت〕，維（他）〔وى〕沒有毛提（無常）〔موت〕代熱（在）〔در〕伊瑪尼（信仰）〔ايمان〕巴拉（上）〔بالا〕。阿斯瑪尼（天）〔آسمان〕的巴布（門）〔باب〕代熱（在）〔در〕維（他）〔وى〕巴拉（上）〔بالا〕不開，坎瑪（就像）〔كما〕聖人爾來伊黑賽倆目〔عم〕古夫特（說）〔گفت〕：「但是坎斯（人）〔كس〕，維（他）〔وى〕隱昧胡大〔خداى〕的阿耶提（經文）〔آية〕，臥（與）〔و〕聖人爾來伊黑賽倆目〔عم〕的哈迪斯（聖訓）〔حديث〕的這一些坎斯（人）〔كس〕，維（他）〔وى〕沒有毛提（無常）〔موت〕代熱（在）〔در〕伊瑪尼（信仰）〔ايمان〕巴拉（上）〔بالا〕，他們艾斯特（是）〔است〕低賤的，艾斯特（是）〔است〕折本的。維（他）〔وى〕們卡非爾（外教人）〔كافر〕著毛提（無常）〔موت〕。坎斯（人）〔كس〕把他們的魯哈（靈魂）〔روح〕不拿代熱（在）〔در〕阿斯瑪尼（天）〔آسمان〕巴拉（上）〔بالا〕，阿斯瑪尼（天）〔آسمان〕的巴布（門）〔باب〕代熱（在）〔در〕他們巴拉（上）〔بالا〕不開。麥萊庫裡毛提（取命天仙）〔ملك الموت〕古夫特（說）〔گفت〕：『哎！調養曼（我）〔من〕的胡大〔خداى〕啊！把他們的魯哈（靈魂）〔روح〕拿代熱（在）〔در〕何處？』艾目熱（命令）〔امر〕來了，把這一些魯哈（靈魂）〔روح〕拿代熱（在）〔در〕哈夫特（七）〔هفت〕層

---

① 「雨」表示「語」的音。
② 「長」表示「常」的音。
③ 「雨」表示「語」的音。
④ 「雨」表示「語」的音。

نوبت جه هيا بشنيد دكنيا لبيا آمان د باب بده كه عم كنته قا
نشر كه مدى نشت قا طفد دكه آمان د باب بده كه مدى جو دى دنا
عناب جش قبا نشت د يعم زجنت د باب بنشته ضع جو دراز
نيا نصصيد دكا فضاى د ارنا د درم بياوى قده
بسم فضاى قده بسم عم كه قده بسم قبا نشت د يعم زوك د رنا
بالاك كه كى بسم جنت د باب بيا مدى د نك عمل و عبا دك
شفق قده د امان بالا قان د ركه قا لبيا فضاى درحمة
هيا د مدى بالا اكرم مدى سدر زك بسم نتيا بيا بنجه قه
هيا از قبا بده به بنجه جمال د حسد رك نا مدى دحم بياوى
د رحم نا در بده كك نا فق مدى نا جخه آمان د باب
نشت كه كو نتيا بيا باوى د رحم صدر د رحم صدر د عليها دحفه
لبيا بده از جنت د حفق بيا كى جبه لطفد حفق بيا كانا
د رحم حدرا نا فق نيا لبيا بده قا جش قبا نشت د يعم
مر بسم لعنيد نا ارت بيده قا هيا حفق عمل بده از فضاى

贊米尼（地）〔زمين〕之下辛只尼〔سجين〕的監裡邊，阿斯瑪尼（天）〔آسمان〕的巴布（門）〔باب〕不開。」

　　聖人爾來伊黑賽倆目〔عم〕古夫特（說）〔گفت〕：「但是坎斯（人）〔كس〕，維（他）〔وى〕艾斯特（是）〔است〕幹罪的坎斯（人）〔كس〕，阿斯瑪尼（天）〔آسمان〕的巴布（門）〔باب〕不開，維（他）〔وى〕因達斯提（手）〔دست〕①爾雜布（懲罰）〔عذاب〕，直至給亞買提（複生）〔قيامت〕遙目（日）〔يوم〕子。」哲乃提（天堂）〔جنت〕的巴布（門）〔باب〕艾斯特（是）〔است〕鎖著的，迪拉孜（長）〔دراز〕②念討黑德（認主獨一）〔توحيد〕的坎斯（人）〔كس〕，把胡大〔خداى〕的艾目熱（命令）〔امر〕拿代熱（在）〔در〕丹熱目（錢）〔درم〕③邊。維（他）〔وى〕歸信胡大〔خداى〕，歸信聖人爾來伊黑賽倆目〔عم〕，歸信給亞買提（複生）〔قيامت〕的遙目（日）〔يوم〕子的坎斯（人）〔كس〕，代熱（在）〔در〕他巴拉（上）〔بالا〕開開一些哲乃提（天堂）〔جنت〕的巴布（門）〔باب〕，把維（他）〔وى〕的好爾麥裡（功修）〔عمل〕臥（與）〔و〕爾巴代提（功課）〔عبادة〕升高代熱（在）〔در〕阿斯瑪尼（天）〔آسمان〕巴拉（上）〔بالا〕，放代熱（在）〔در〕庫房裡邊，胡大〔خداى〕的熱哈曼提（慈憫）〔رحمة〕下代熱（在）〔در〕維（他）〔وى〕巴拉（上）〔بالا〕。艾甘熱（要是）〔اگر〕維（他）〔وى〕毛提（無常）〔موت〕了，一些天仙憑著好顯跡給維（他）〔وى〕報喜，憑著者瑪裡（俊美）〔جمال〕的蘇熱提（形象）〔صورت〕拿維（他）〔وى〕的命，把維（他）〔وى〕的魯哈（靈魂）〔روح〕拿代熱（在）〔در〕不計哪一個位份，那一層阿斯瑪尼（天）〔آسمان〕的巴布（門）〔باب〕艾斯特（是）〔است〕開的。天仙把維（他）〔وى〕的魯哈（靈魂）〔روح〕送代熱（在）〔در〕爾裡尼〔عليين〕的城裡邊，又艾孜（從）〔از〕哲乃提（天堂）〔جنت〕的花園其中一座花園，他的魯哈（靈魂）〔روح〕代熱（在）〔در〕昂（那個）〔آن〕花園裡邊遊玩，直至給亞買提（複生）〔قيامت〕的遙目（日）〔يوم〕子。

　　一些穆民（信士）〔مؤمن〕的男贊恩（女）〔زن〕沒有幹下好爾麥裡（功修）〔عمل〕，不認胡大〔خداى〕，

---

①　「手」表示「受」的音。
②　「長」表示「常」的音。
③　「錢」表示「前」的音。

چهارم

بنده نے خدا کی صدی نیک نیت ہے در اسمان بان بان آسمان ج بان ج در بنا
بان بقدر کی چہ بان ہدہ روح کا در چ صفت چیز زینت جہیا
سجیہ ہو اگیا لیا وی جی دست عذاب جہز قیامت ہ یوم روز
یہ عقل د بان از بک تفکر خطای زفو خطا ممرک در دنیا
بان بعد ست قواک مردہ چی خدہ چی چہ دیک یہ نے نے پتا
کا در تعبت بعد ازیہ نیک کا رگ روم کہ یہ یعلم دفو خدای
زفو ثقہ جہرک در دنیا بان آست دکیہ مم بل طلای کہ خدای
زفو خطای ہو اسریقا خطای ہو اک جہ وم ہ در دنیا بان
بان جہ صیہ مردہ کہ چہ قا قیای کہ یہ کہ عمل در آخرۃ
لیا بان جہ کہ عمل کہ روم دیہ بند تت طول دورخ
د بان کہ خطای ہو چہدہ نگ ازا ہ جلت
بان بکہ یہ یست ودہ یک پیا جد اگیا
کا رپیہ کنگ قہ ومرک در دریا چہ لیا یقہدہ زفو ہو اک در

۷۹

不拜<u>胡大</u>〔خدای〕，維（他）〔وی〕沒有<u>毛提</u>（無常）〔موت〕<u>代熱</u>（在）〔در〕<u>伊瑪尼</u>（信仰）〔ايمان〕<u>巴拉</u>（上）〔بالا〕，<u>阿斯瑪尼</u>（天）〔آسمان〕的<u>巴布</u>（門）〔باب〕<u>代熱</u>（在）〔در〕他<u>巴拉</u>（上）〔بالا〕不開。<u>坎斯</u>（人）〔كس〕把維（他）〔وی〕的<u>魯哈</u>（靈魂）〔روح〕拿<u>代熱</u>（在）〔در〕<u>第哈夫特</u>（七）〔هفت〕層<u>贊米尼</u>（地）〔زمین〕之下<u>辛只尼</u>〔سجین〕的監裡邊。維（他）〔وی〕<u>因達斯提</u>（手）〔دست〕①<u>爾雜布</u>（懲罰）〔عذاب〕直至給<u>亞買提</u>（複生）〔قيامت〕的<u>遙目</u>（日）〔يوم〕子。

我們有<u>阿格裡</u>（理智）〔عقل〕的男<u>贊恩</u>（女）〔زن〕要<u>坦凡克熱</u>（參悟）〔تفكر〕，<u>胡大</u>〔خدای〕造化我們來<u>代熱</u>（在）〔در〕<u>頓亞</u>（今世）〔دنيا〕<u>巴拉</u>（上）〔بالا〕，不<u>艾斯特</u>（是）〔است〕光為吃吃喝喝穿穿，搖搖擺擺算了，<u>代熱</u>（在）〔در〕<u>毛提</u>（無常）〔موت〕<u>班爾代</u>（後）〔بعد〕就沒有<u>卡熱</u>（事）〔كار〕了。我們可要<u>耶阿來目</u>（知）〔يعلم〕道，<u>胡大</u>〔خدای〕造化我們來<u>代熱</u>（在）〔در〕<u>頓亞</u>（今世）〔دنيا〕<u>巴拉</u>（上）〔بالا〕，<u>艾斯特</u>（是）〔است〕叫我們認<u>胡大</u>〔خدای〕、拜<u>胡大</u>〔خدای〕，遵<u>胡大</u>〔خدای〕的<u>艾目熱</u>（命令）〔امر〕，遠<u>胡大</u>〔خدای〕的禁止。我們<u>代熱</u>（在）〔در〕<u>頓亞</u>（今世）〔دنيا〕<u>巴拉</u>（上）〔بالا〕憑著些微的苦處，幹下一些好<u>爾麥裡</u>（功修）〔عمل〕，<u>代熱</u>（在）〔در〕<u>阿黑熱提</u>（後世）〔آخرة〕裡邊，憑著一些<u>爾麥裡</u>（功修）〔عمل〕益濟我們的本<u>坦恩</u>（身）〔تن〕，脫離多災海（火獄）〔دوزخ〕的<u>納熱</u>（火）〔نار〕，進<u>胡大</u>〔جدای〕的崇恩樂然的<u>哲乃提</u>（天堂）〔جنت〕。

第二十一門　解明尤努斯

<u>巴布</u>（門）〔باب〕<u>杜</u>（二）〔دو〕<u>單</u>（十）〔ده〕<u>耶克</u>（一）〔يك〕**解明尤努斯** 〔يونس〕。

你把這件<u>卡熱</u>（事情）〔كار〕表<u>古夫特</u>（說）〔گفت〕給我們。<u>代熱</u>（在）〔در〕<u>達熱亞</u>（海）〔دريا〕底兒裡邊有行走的<u>昂</u>（那個）〔آن〕，<u>代熱</u>（在）〔در〕

---

① 「手」表示「受」的音。

والله يعلم ان ... في جهان كي جهان بلانك ان طرح نيك دكم لوكو
يغو كا ماه وي ... در ماه و دوق لبياد ان ... يونسي
اكر خذاع ... تيقا و جففتي دي كا قعود ماه د دوق
لبيا النيك ... وي ان ماه اي ماه يا وي ... ت د عم
وي ... نيقو اكيا صياد د عمر سي يا وي يغ جفا جفا تد
د ... تقى تد سيقو جرد دي بداي ست يا ي يي عم ... زوم
د عي ... زاد لي د كرزو بالا جفا جفا حرام حرام ايدا ماه
ماه د نام اكيف خالف جاني ست يا تد جفا جفا سنيقو كفيف جي
د جيبرا ست يا تد د دوق جفا جفا يى يى كا د تد كي
يد ستيان وي تد از امانت د كي طف د ي يياغ كي دت
وي ان ماه قاكيا خداي ايلا اسرا ان ماه يي ددر
دريا دي لبيا قؤا دريغ يست در في دي لبيا د ماه
د دوق لبياي دي ان ماه دي يي جد دهان دي يي
يا ... جهارم يم يغ قا در طعام ان ماه دي نيز يغ

80

維（他）〔وی〕裡邊的昂（那個）〔آن〕艾斯特（是）〔است〕何坎斯（人）〔کس〕？

哲瓦布（回答）〔جواب〕：白到乃凱（你應當知道）〔بدانکه〕，阿曼德（來）〔آمد〕回行走的古熱（墳坑）〔گور〕就一個大麻黑（魚）〔ماهی〕，維（他）〔وی〕艾斯特（是）〔است〕代熱（在）〔در〕麻黑（魚）〔ماهی〕的肚腹裡邊的昂（那個）〔آن〕，艾斯特（是）〔است〕尤努斯〔یونس〕。艾甘熱（要是）〔اگر〕胡大〔خدای〕埋怨臥（與）〔و〕責怪維（他）〔وی〕，維（他）〔وی〕歸代熱（在）〔در〕麻黑（魚）〔ماهی〕的肚腹裡邊，安拉乎〔الله〕醒令維（它）〔وی〕——昂（那個）〔آن〕麻黑（魚）〔ماهی〕：「哎！麻黑（魚）〔ماهی〕呀！維（他）〔وی〕艾斯特（是）〔است〕曼（我）〔من〕的聖人爾來伊黑賽倆目〔عم〕，維（他）〔وی〕艾斯特（是）〔است〕受揀選的聖人爾來伊黑賽倆目〔عم〕，曼（我）〔من〕把維（他）〔وی〕不轉成圖（你）〔تو〕的雷孜給（給養）〔رزق〕，圖（你）〔تو〕莫要吃了維（他）〔وی〕。班拉依（因為）〔برای〕曼（我）〔من〕把一些聖人爾來伊黑賽倆目〔عم〕的肉，代熱（在）〔در〕一些紮迪（生）〔زاد〕靈的一總巴拉（上）〔بالا〕轉成哈拉目（非法）〔حرام〕。印（這個）〔این〕麻黑（魚）〔ماهی〕①的納目（名字）〔نام〕叫哈盧紮尼〔خالوجانی〕，曼（我）〔من〕把圖（你）〔تو〕轉成受禁止的，雖然曼（我）〔من〕把圖（你）〔تو〕的肚腹轉成磨滅他的，圖（你）〔تو〕可莫要傷維（他）〔وی〕。圖（你）〔تو〕艾孜（從）〔از〕艾瑪乃提（信託）〔امانت〕的可托的一面兒看達斯提（手）〔دست〕②維（他）〔وی〕。」

昂（那個）〔آن〕麻黑（魚）〔ماهی〕聽見胡大〔خدای〕印（這個）〔این〕艾目熱（命令）〔امر〕，昂（那個）〔آن〕麻黑（魚）〔ماهی〕穩定代熱（在）〔در〕達熱亞（海）〔دریا〕底兒裡邊。端代熱（在）〔در〕尤努斯〔یونس〕代熱（在）〔در〕海底兒裡邊，代熱（在）〔در〕麻黑（魚）〔ماهی〕的肚腹裡邊穩定了。昂（那個）〔آن〕麻黑（魚）〔ماهی〕維（它）〔وی〕閉住達航（嘴）〔دهان〕，維（它）〔وی〕白③晚夕車哈熱（四）〔چهار〕單（十）〔ده〕遙目（日）〔یوم〕不敢吃托阿姆（食物）〔طعام〕。昂（那個）〔آن〕麻黑（魚）〔ماهی〕維（它）〔وی〕尼孜（也）〔نیز〕不

---

① 此處衍「麻黑（魚）〔ماهی〕」，未錄。
② 「手」表示「守」的音。
③ 此處疑脫「天」字，未補。

قا بيان سے حد د وغ يونسـ با اهم و قا از دان جفة
قبيل وى كليتِ ثقا نماز ماهم د رد ريا جوع لبيا قى جى از قوم
اللّه با اڭ ماهم د قوق ثقا جفِ بندا لبيان د اريو بيان كى
بند اكليم از د نا نعم جر يونسـ در ماهم و قوق لبيا ديد
اكثيا ير سيو بندا ى نفعدى كليتى كا ماهم دى جفتِ يونسـ يدووا كى
جفة لقة كا د ريا يونسـ در ماهم و قوق لبيا نة اكثيا د ريا
لبيا دى يـ يو يثـ جر جو از اخلاى يثا تسبيح د وقت كى يثـ يو
يثـ جو جر نو سـ يزو كثيا يونسـ د تسبيح نام كم كم قتا اى با خطا
يا مم نا كثيا تسبيح د يو سى كى ست ستيثـ كو مو كى يو كى بيدا اى
ست مرة كثيا د قو د يسم مر از تسبيح د و وى بيستِ
جو بندا يعلم د قو د نا از قو د ريا جوع لبيا دى و ى سى كثيا كيا
بنيز بندا يعلم د قو تم خلاى جعا با كا قم ابدا اسـ يونسـ در

81

敢相曼阿（同）〔مع〕維（它）〔وى〕的肚兒。尤努斯〔يونس〕把麻黑（魚）〔ماهى〕的肝子當成給布萊（禮拜朝向）〔قبلة〕，維（他）〔وى〕交還乃麻子（禮拜）〔نماز〕。麻黑（魚）〔ماهى〕代熱（在）〔در〕達熱亞（海）〔دريا〕底兒裡曼阿（同）〔مع〕著自己的聖人爾來伊黑賽倆目〔ع م〕，安拉乎〔الله〕把昂（那個）〔آن〕麻黑（魚）〔ماهى〕的肚腹轉成薄亮的，就像了玻璃鏡子的那塯阿（樣）〔نوعة〕，直至尤努斯〔يونس〕代熱（在）〔در〕麻黑（魚）〔ماهى〕的肚腹裡邊迪德（看）〔ديد〕見一些不曼阿（同）〔مع〕塯阿（樣）〔نوعة〕的蹄蹊。

　麻黑（魚）〔ماهى〕帶著尤努斯〔يونس〕遊玩了哈夫特（七）〔هفت〕座大達熱亞（海）〔دريا〕，尤努斯〔يونس〕代熱（在）〔در〕麻黑（魚）〔ماهى〕的肚腹裡邊聽見達熱亞（海）〔دريا〕裡邊一些有命之物贊胡大〔خداى〕，念泰斯比哈（贊詞）〔تسبيح〕的沃格提（時候）〔وقت〕，一些有命之物尼孜（也）〔نيز〕聽見尤努斯〔يونس〕的泰斯比哈（贊詞）〔تسبيح〕。它們古夫特（說）〔گفت〕：「哎熱胡大〔بار خداى〕呀！我們聽見泰斯比哈（贊詞）〔تسبيح〕的聲音，艾斯特（是）〔است〕受易明的聲音。班拉依（因為）〔براى〕曼（我）〔من〕們聽見多的遙目（日子）〔يوم〕，我們艾孜（從）〔از〕泰斯比哈（贊詞）〔تسبيح〕的位份不受知，不耶阿來目（知）〔يعلم〕道代熱（在）〔در〕哪裡，代熱（在）〔در〕達熱亞（海）〔دريا〕底兒裡邊的一些天仙尼孜（也）〔نيز〕不耶阿來目（知）〔يعلم〕道。」筍買（然後）〔ثم〕胡大〔خداي〕哲瓦布（回答）〔جواب〕它們：「印（這）〔اين〕艾斯特（是）〔است〕尤努斯〔يونس〕的

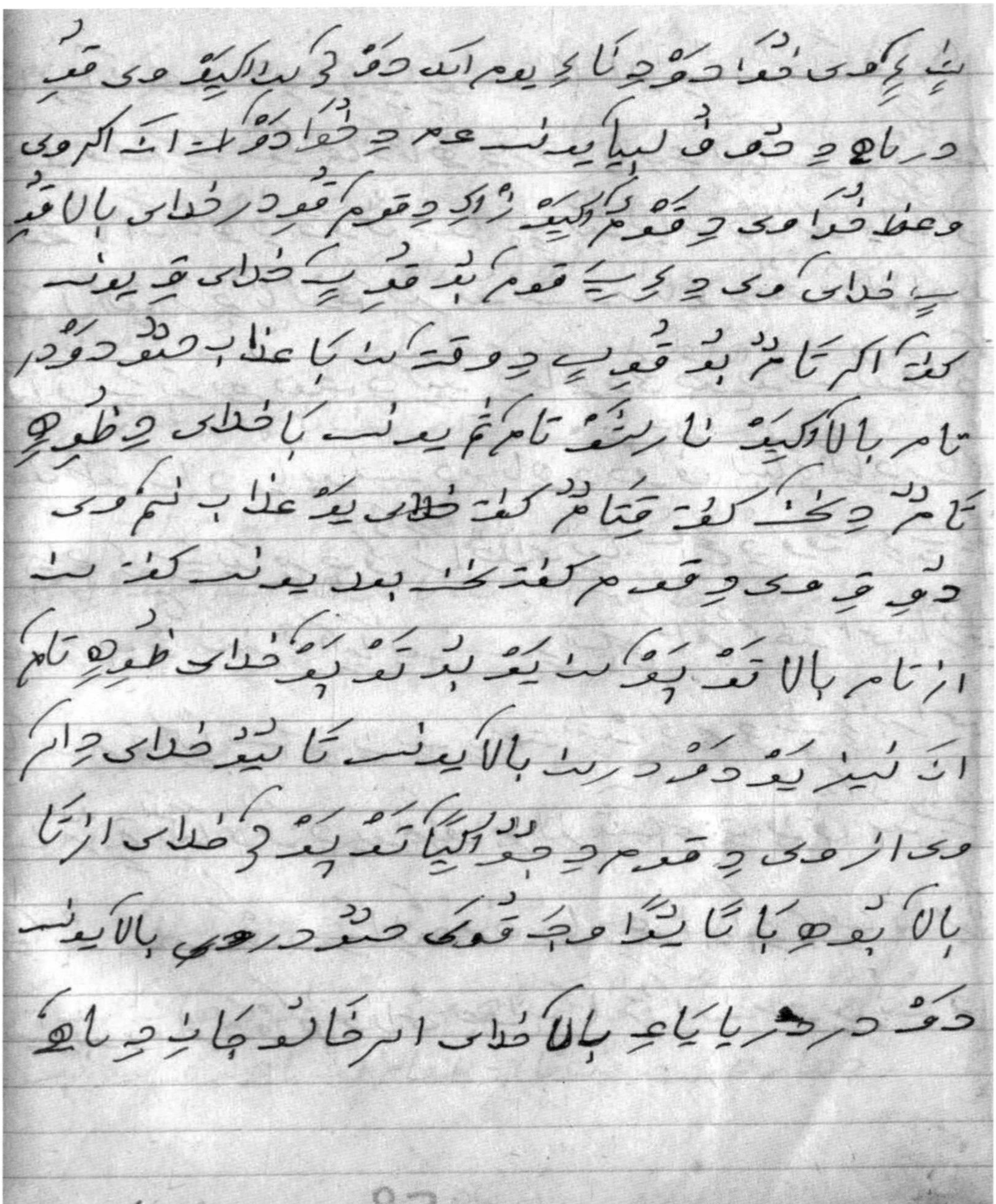

82

聲音，維（他）〔وی〕滑倒的昂（那）〔آن〕一遙目（日）〔يوم〕阿曼德（來）〔آمد〕到了，曼（我）〔من〕叫維（他）〔وی〕歸代熱（在）〔در〕麻黑（魚）〔ماهی〕的肚腹裡邊。」尤努斯〔يونس〕聖人爾來伊黑賽倆目〔عم〕的滑倒艾斯特（是）〔است〕昂（那個）〔آن〕，艾甘熱（要是）〔اگر〕維（他）〔وی〕臥爾茲（勸）〔وعظ〕化維（他）〔وی〕的高目（民眾）〔قوم〕，叫自己的高目（民眾）〔قوم〕歸代熱（在）〔در〕胡大〔خدای〕巴拉（上）〔بالا〕，歸信胡大〔خدای〕，維（他）〔وی〕的一些高目（民眾）〔قوم〕不歸信，胡大〔خدای〕給尤努斯〔يونس〕古夫特（說）〔گفت〕：「艾甘熱（要是）〔اگر〕他們不歸信的沃格提（時候）〔وقت〕，曼（我）〔من〕把爾雜布（懲罰）〔عذاب〕送到代熱（在）〔در〕他們巴拉（上）〔بالا〕，叫納熱（火）〔نار〕燒他們。」筍買（然後）〔ثم〕尤努斯〔يونس〕把胡大〔خدای〕的罪刑他們的蘇罕（話）〔سخن〕古夫特（說）〔گفت〕給他們，古夫特（說）〔گفت〕「要爾雜布（懲罰）〔عذاب〕你們。」

維（他）〔وی〕對給維（他）〔وی〕的高目（民眾）〔قوم〕古夫特（說）〔گفت〕蘇罕（話）〔سخن〕班爾代（後）〔بعد〕，尤努斯〔يونس〕古夫特（說）〔گفت〕：「曼（我）〔من〕艾孜（從）〔از〕他們巴拉（上）〔بالا〕逃跑，曼（我）〔من〕要不逃跑，胡大〔خدای〕罪刑他們，昂（那個）〔آن〕尼孜（也）〔نيز〕要到代熱（在）〔در〕曼（我）〔من〕巴拉（上）〔بالا〕。」尤努斯〔يونس〕他沒有胡大〔خدای〕的艾目熱（命令）〔امر〕，維（他）〔وی〕艾孜（從）〔از〕維（他）〔وی〕的高目（民眾）〔قوم〕中間逃跑了。胡大〔خدای〕艾孜（從）〔از〕他巴拉（上）〔بالا〕不喜，把埋怨臥（和）〔و〕責怪送代熱（在）〔در〕維（他）〔وی〕巴拉（上）〔بالا〕。尤努斯〔يونس〕到代熱（在）〔در〕達熱亞（海）〔دريا〕沿兒巴拉（上）〔بالا〕，胡大〔خدای〕艾目熱（命令）〔امر〕哈盧紮尼〔خالوجانی〕的麻黑（魚）〔ماهی〕

代熱（在）〔در〕達熱亞（海）〔دريا〕沿兒巴拉（上）〔بالا〕迎接尤努斯〔يونس〕。麻黑（魚）〔ماهى〕張開達航（嘴）〔دهان〕，尤努斯〔يونس〕跳代熱（在）〔در〕麻黑（魚）〔ماهى〕的達航（嘴）〔دهان〕裡邊，維（他）〔وى〕代熱（在）〔در〕麻黑（魚）〔ماهى〕的肚腹裡邊住了車哈熱（四）〔چهار〕單（十）〔ده〕遙目（日）〔يوم〕沒醒。維（他）〔وى〕車哈熱（四）〔چهار〕單（十）〔ده〕遙目（日）〔يوم〕，筍買（然後）〔ثم〕一些天仙給尤努斯〔يونس〕求祈，往胡大〔خداى〕巴拉（上）〔بالا〕做杜阿（祈禱）〔دعاء〕央情搭救尤努斯〔يونس〕。胡大〔خداى〕准成一些天仙的求祈，承領一些天仙的杜阿（祈禱）〔دعاء〕。胡大〔خداي〕醒令昂（那個）〔آن〕麻黑（魚）〔ماهى〕，麻黑（魚）〔ماهى〕遵胡大〔خداى〕的艾目熱（命令）〔امر〕，維（他）〔وى〕行代熱（在）〔در〕達熱亞（海）〔دريا〕邊兒巴拉（上）〔بالا〕，麻黑（魚）〔ماهى〕艾孜（從）〔از〕自己的達航（口）〔دهان〕裡邊安瑪尼（平安）〔امان〕著把尤努斯〔يونس〕吐出來，尤努斯〔يونس〕班拉依（因為）〔براى〕知感胡大〔خداى〕，感謝胡大〔خداى〕，班拉依（因為）〔براى〕代熱（在）〔در〕昂（那個）〔آن〕沃格提（時候）〔وقت〕正艾斯特（是）〔است〕底格爾（晡禮）〔ديگر〕的沃格提（時候）〔وقت〕，維（他）〔وى〕交還車哈熱（四）〔چهار〕拜乃麻子（禮拜）〔نماز〕底格爾（晡禮）〔ديگر〕。尤努斯〔يونس〕得住它的賽瓦布（回賜）〔ثواب〕，坎斯（人）〔كس〕把昂（那個）〔آن〕賽瓦布（回賜）〔ثواب〕給給但是坎斯（人）〔كس〕，維（他）〔وى〕交還的乃麻子（禮拜）〔نماز〕的坎斯（人）〔كس〕。艾甘熱（要是）〔اگر〕我們男贊恩（女）〔زن〕代熱（在）〔در〕底格爾（晡禮）〔ديگر〕的沃格提（時候）〔وقت〕交還底格爾（晡禮）〔ديگر〕的乃麻子（禮拜）〔نماز〕，我們吐窪德（能）〔تواند〕得住

يه نسه جوح جهاري نمازر ثواب والله اعلم خداى ... حرم ...

ما ب ... كته ... يد ... زيده ... دومحدو نيا جكياكيان

... كته قو مرمردتام بال سيد بدر ... ايد ...ت ذ

...يد كيته كه ... كال ... جهاب بالنك ازنام كو ... قع ... ... ادم

خداى ... جهاء تو ... توفعاد وى الله كيته ... زو درا حرم

... تن لبيا ... ...ت ... جهاد قعد خداى قو وى ... ثوكات كرو

... جهاء اكيته ... طف درات الله جهاء بال خداى ...

... تيا ... ...يا از جنت لبيا ... جهاء ... ... نيار قيتا جها بال با

قعا ... ... قيتا دى در سر بال با قعه از ... زو يقو دى

جقد در ... دو كته لبيا خداى ...يا ... يا ... جقو وى د

... جهاء يعد وا جت جير كه ... ادم ... در جنته لبيا

ديد كليا ... ... كيته كو ... ... تيا ... يا قات هيا وى د

... جهاء دقو ... ... قتاتى ... ... نا ... قو دوا در

... تيا ... يا قات هيا ادم ... ... جهاء ادم ... دا

84

尤努斯〔يونس〕的這車哈熱（四）〔چهار〕拜乃麻子（禮拜）〔نماز〕的賽瓦布（回賜）〔ثواب〕。

宛拉乎艾阿來目（真主至知）〔والله أعلم〕！胡大〔خداي〕艾斯特（是）〔است〕至知的。

第二十二門　解明沒有父的五樣是何人

巴布（門）〔باب〕杜（二）〔دو〕單（十）〔ده〕杜（二）〔دو〕解明沒有排達熱（父）〔پدر〕的五塂阿（樣）〔نوعة〕艾斯特（是）〔است〕何坎斯（人）〔كس〕。

你把這件卡熱（事情）〔كار〕表古夫特（說）〔گفت〕給我們。代熱（在）〔در〕他們巴拉（上）〔بالا〕沒有排達熱（父）〔پدر〕沒有瑪達熱（母）〔مادر〕的印（這）〔اين〕艾斯特（是）〔است〕何坎斯（人）〔كس〕？艾斯特（是）〔است〕躋蹊的卡熱（事情）〔كار〕啊！

哲瓦布（回答）〔جواب〕：白到乃凱（你應當知道）〔بدانكه〕，艾孜（從）〔از〕他們其中一個艾斯特（是）〔است〕阿丹〔آدم〕，胡大〔خداي〕憑著車哈熱（四）〔چهار〕方土造化了維（他）〔وى〕。阿拉乎〔الله〕叫魯哈（靈魂）〔روح〕入代熱（在）〔در〕阿丹〔آدم〕的坦恩（身體）〔تن〕裡邊，只艾斯特（是）〔است〕①維（他）〔وى〕轉地活，胡大〔خداي〕給維（他）〔وى〕設放一個龍床，叫維（他）〔وى〕坐代熱（在）〔در〕昂（那個）〔آن〕龍床巴拉（上）〔بالا〕。胡大〔خداي〕艾目熱（命令）〔امر〕一些天仙艾孜（從）〔از〕哲乃提（天堂）〔جنت〕裡邊拿出阿曼德（來）〔آمد〕了仙衣給他穿巴拉（上）〔بالا〕，把官帽帽給他戴代熱（在）〔در〕薩熱（頭）〔سر〕巴拉（上）〔بالا〕，把紅贊熱（金）〔زر〕子的腰帶絀②代熱（在）〔در〕維（他）〔وى〕的腰裡邊。胡大〔خداي〕艾目熱（命令）〔امر〕天仙抬著維（他）〔وى〕的龍床遊玩哲乃提（天堂）〔جنت〕，直至坎斯（人）〔كس〕祖阿丹〔آدم〕。維（他）〔وى〕代熱（在）〔در〕哲乃提（天堂）〔جنت〕裡邊迪德（看）〔ديد〕見一些躋蹊，一些天仙放下維（他）〔وى〕的龍床。

叨目（第二）〔دوم〕艾斯特（是）〔است〕好哇〔حوا〕太太，艾斯特（是）〔است〕那塂阿（樣）〔نوعة〕的，端代熱（在）〔در〕一些天仙發現阿丹〔آدم〕的龍床，阿丹〔آدم〕艾斯特（是）〔است〕

---

① 此處「只是」杜藏本為「之時」。
② 讀「chu」音，表示縮短了繫緊。

دو دم صدا آمد در یو خط لیاتم اَدم ملک خلای بالا غ لیا یو

بے بگا جکے خلای جد رِ اَدم و کیتھ کو صدا ازاَدم چالا

آب قصہ جف قتا اکبٹ یتم کہ شو نا جد و تا و روی

در شو دِ سِیا ت آکیا خلای اَسر جبم کِل از اَدم و ظفد کل با

باع قصہ بالا رف خفا دِ خفا تم کہما کہ جفہ خا نا م دؤ ؤ

بیہ دؤ در اَدم بالا اکر کہ چ و خا نا دؤ در اَدم بالا

یؤ دِ نا کے بندہ خدا رِ دؤ ادر اَدم از شو بالا بیٹ

قفا ادر می جتق در م جا جد کو یے تیا سیا یا اَدم نام

شِ یا می کا م پردہ بقرز دِ یے تیا سیا کلت اِی اَدم

نا اِیدا ست کو کے وی جا دَ تدو جد در م اَدم کند لت

لت دز نا محد و نام اکلیفہ خفا نا مر یتدکث براِی ویتھما ک

اکلیفہ خفا اَدم کلت براِی خلای از قصہ بالا رف خدا جد خا

کو یے تیا سیا یؤ بُد یے تھما رف خفا دِ مح خلای رف خدا ک

獨的，維（他）〔وی〕阿曼德（來）〔آمد〕代熱（在）〔در〕憂愁裡邊。筍買（然後）〔ثم〕
阿丹〔آدم〕往胡大〔خدای〕巴拉（上）〔بالا〕哀憐要曼阿（同）〔مع〕伴兒的坎斯（人）〔كس〕。
胡大〔خدای〕承領阿丹〔آدم〕的求祈，維（他）〔وی〕艾孜（從）〔از〕阿丹〔آدم〕巴拉（上）
〔بالا〕拿起憂愁，給他解憂。筍買（然後）〔ثم〕瞌睡拿住維（他）〔وی〕，他代熱（在）
〔در〕①睡的中間，胡大〔خدای〕艾目熱（命令）〔امر〕哲布熱依裡〔جبرئیل〕艾孜（從）〔از〕阿丹〔آدم〕的左肋巴兒②骨兒巴拉（上）〔بالا〕造化了好哇〔حوا〕太太。坎瑪（就像）
〔کما〕苦處、番難臥（和）〔و〕疼痛沒有到代熱（在）〔در〕阿丹〔آدم〕巴拉（上）〔بالا〕，
艾甘熱（要是）〔اگر〕苦處臥（和）〔و〕煩難到代熱（在）阿丹〔آدم〕巴拉（上）〔بالا〕，
一定男坎斯（人）〔كس〕不喜歡贊恩（女人）〔زن〕。

　端代熱（在）〔در〕阿丹〔آدم〕艾孜（從）〔از〕睡巴拉（上）〔بالا〕醒來，好哇〔حوا〕
代熱（在）〔در〕維（他）〔وی〕的跟丹熱目（錢）〔درم〕③站著，一些天仙問阿丹〔آدم〕，
他們試驗維（他）〔وی〕，看維（他）〔وی〕認得不認得。一些天仙古夫特（說）〔گفت〕：
「哎！阿丹〔آدم〕哪！印（這）〔این〕艾斯特（是）〔است〕何坎斯（人）〔كس〕？她站代
熱（在）〔در〕圖（你）〔تو〕的跟丹熱目（錢）〔درم〕④。」丹熱目（錢）〔درم〕⑤。」
阿丹〔آدم〕古夫特（說）〔گفت〕：「艾斯特（是）〔است〕曼（我）〔من〕的贊恩（女人）
〔زن〕，她的納目（名字）〔نام〕叫好哇〔حوا〕。」他們又古夫特（說）〔گفت〕：「班拉
依（因為）〔برای〕什麼維（她）〔وی〕叫好哇〔حوا〕？」阿丹〔آدم〕古夫特（說）〔گفت〕：
「班拉依（因為）〔برای〕胡大〔خدای〕艾孜（從）〔از〕活巴拉（上）〔بالا〕造化了她。」
一些天仙又問：「因什麼造化維（她）〔وی〕？胡大〔خدای〕造化維（她）〔وی〕，

---

①　此處衍「他在」，未錄。
②　此處衍「巴」字，未錄。
③　「錢」表示「前」的音。
④　「錢」表示「前」的音。
⑤　「錢」表示「前」的音。

الحبيبة مدى ثانا نثأ اكم كف ملاى بلاى قعة وكبيا يعة اكبيا مدى قعة مى
بيثا ثا قعة لبيا نيو دوعى كرى ثيا سا كف ثا اكبيا مدى ثا نثا اكم
كعة اكبيا مدى ثى جميت جا دل ثا كنت لبير مى جا مدى جا دل
ثا جا مم حوف بت قعة سى كنت لبير بعة يعة جقرى كوحطة ثعا
تى جادا وكشف لبيا جثا دجهال جا حثا كا ددرت ددرشة لبيا
دد رسا نا ت جهال جثا كا ددرثة تى جا دسا نا ت جا جهال
جا بلاى ثا كى دقا دت دبيا بالا يعة ددت دوقا دت ار
لبيا يعة بالا يعة دسيعة عى دى كا ثا جاحطا رات دوقا درثا كى
بالا يعة كا دت درشت بالا بلاى بيرت دت ارجت لبيا ثى
دزوحبت د نعمة دت دوقا دكمة جعة ثا ثا نيعة والله الم
ملاى دت دحود كا سيقم دت صالح عم دطعة دن دت نا
نوعى جا صالح بالا نزك جا تعيم معط ثنا يا كبيا در قد
سى ملاى بالا مدى م بت قعة سى بعة جا صالح داشف كلا
ثا يعة تا مد جا در خوا دت اكبيا لبيا ثا مد نسى جا جا سبا نا

86

叫維（她）〔وی〕幹什麼？」阿丹〔آدم〕古夫特（說）〔گفت〕：「胡大〔خدای〕班拉依（因為）〔برای〕給曼（我）〔من〕解憂，叫維（她）〔وی〕給曼（我）〔من〕曼阿（同）〔مع〕伴兒，拿關聯，配對兒。」一些天仙古夫特（說）〔گفت〕：「叫維（她）〔وی〕幹什麼?」阿丹〔آدم〕古夫特（說）〔گفت〕：「叫維（她）〔وی〕曼阿（同）〔مع〕著曼（我）〔من〕的迪麗（心）〔دل〕拿定，曼（我）〔من〕尼孜（也）〔نیز〕曼阿（同）〔مع〕著維（她）〔وی〕的心拿定，我們都不姑息了，曼（我）〔من〕尼孜（也）〔نیز〕不憂愁了。」

以後好哇〔حوا〕太太轉的少年，轉的者瑪裡（俊美）〔جمال〕的。端代熱（在）〔در〕贊恩（婦女）〔زن〕代熱（在）〔در〕少年的贊瑪尼（光陰）〔زمان〕艾斯特（是）〔است〕者瑪裡（俊美）〔جمال〕的，男坎斯（人）〔کس〕代熱（在）〔در〕老邁的贊瑪尼（光陰）〔زمان〕艾斯特（是）〔است〕至者瑪裡（俊美）〔جمال〕的。班拉依（因為）〔برای〕男坎斯（人）〔کس〕的根艾斯特（是）〔است〕頓亞（今世）〔دنیا〕巴拉（上）〔بالا〕有了，贊恩（婦女）〔زن〕的根艾斯特（是）〔است〕艾孜（從）〔از〕理由巴拉（上）〔بالا〕有的。兇惡、厲害、番難的卡熱（事情）〔کار〕艾斯特（是）〔است〕都代熱（在）〔در〕男坎斯（人）〔کس〕巴拉（上）〔بالا〕，容易艾斯特（是）〔است〕代熱（在）〔در〕贊恩（婦女）〔زن〕巴拉（上）〔بالا〕，班拉依（因為）〔برای〕贊恩（婦女）〔زن〕艾斯特（是）〔است〕艾孜（從）〔از〕哲乃提（天堂）〔جنت〕裡邊受造。哲乃提（天堂）〔جنت〕的尼阿麥提（恩典）〔نعمة〕艾斯特（是）〔است〕多的，苦處、番難沒有。

宛拉乎艾阿來目（真主至知）〔والله أعلم〕！胡大〔خدای〕艾斯特（是）〔است〕至知的。

掃目（第三）〔سوم〕艾斯特（是）〔است〕薩裡哈〔صالح〕爾來伊黑賽倆目〔عـم〕的駝。昂（那個）〔آن〕艾斯特（是）〔است〕那塭阿（樣）〔نوعة〕的：薩裡哈〔صالح〕把自己的高目（民眾）〔قوم〕臥爾茲（勸）〔وعظ〕化，引叫代熱（在）〔در〕歸信胡大〔خدای〕巴拉（上）〔بالا〕，維（他）〔وی〕們不歸信，不聽薩裡哈〔صالح〕的說勸。那一遙目（日）〔یوم〕他們行代熱（在）〔در〕荒郊裡邊，他們拜一些佛像，

خلای چیہ صالح اکہ وعظ خوا تامر صالح کہ ای کہ ہہ کہ ٹانم

جقہ ٹہ جہ خلای دو یک جقہ ٹہ لت عم تامر کہ اکر تہ کہ

نہ لت عم تہ بارو هیا قہ وم جقہ ٹہ تہ لت عم کہ صالح

کہ نم یک شما جہ سہ هیا قہ نم تامر کہ تہ در وم

ہ ر وم در م یک ایک شہ تہ کیہ ارم لیا چہ ل

یہ قہ طف وم جہ یک لت قہ زو وم وی انت ز زو وم زہ

تہ انت تہ چہ زہ وم ہ ونہ انت جہ جقہ وم دیہ ہ

لت واقعی جہ وم وی تہ زت خوانہ زو در زقہ جہ وقت اوہ

کیہ لیہ طف قہ قہ در خوہ بیا در یہ قہ ٹا چہ جقہ

سُب قہ خیل صالح کہ اک انم یک ایک سہ قیدم ٹای

یہ خہ اکر نم شقہ یہ یک ایک سہ واک خلای بال ارم دعای

کہ خلای رحمۃ اکر نم جہ جہ طف نم یک طف نم یک

ہ اطف نم یک کیہ طف قہ اب اکر نم دیہ با طف نم ہ

٨٧

胡大〔خداي〕差薩裡哈〔صالح〕阿曼德（來）〔آمد〕了臥爾茲（勸）〔وعظ〕化他們。薩裡哈〔صالح〕古夫特（說）〔گفت〕：「哎！一些坎斯（人）〔كس〕哪！你們招認胡大〔خداي〕獨耶克（一）〔یک〕，招認曼（我）〔من〕艾斯特（是）〔است〕聖人爾來伊黑賽倆目〔عـم〕。」筍買（然後）①〔ثم〕他們古夫特（說）〔گفت〕：既①圖（你）〔تو〕古夫特（說）〔گفت〕圖（你）〔تو〕艾斯特（是）〔است〕聖人爾來伊黑賽倆目〔عـم〕，圖（你）〔تو〕把一物顯給我們，招認圖（你）〔تو〕艾斯特（是）〔است〕聖人爾來伊黑賽倆目〔كس عم〕。」薩裡哈〔صالح〕古夫特（說）〔گفت〕：「你們要什麼？直至曼（我）〔من〕顯給你們。」他們古夫特（說）〔گفت〕：「代熱（在）〔در〕我們的茹奕（面）〔روی〕丹熱目（錢）〔درم〕②有印（這個）〔این〕石薩熱（頭）〔سر〕，圖（你）〔تو〕叫艾孜（從）〔از〕維（它）〔وی〕裡邊出來一個駝，維（它）〔وی〕的毛艾斯特（是）〔است〕紅的，維（它）〔وی〕的眼艾斯特（是）〔است〕黑的，維（它）〔وی〕的坦恩（身體）〔تن〕艾斯特（是）〔است〕綠翠的，維（它）〔وی〕的丹當尼（牙）〔دندان〕艾斯特（是）〔است〕珍珠，維（它）〔وی〕的屁股艾斯特（是）〔است〕瓦給爾（遇）〔واقع〕③的，維（它）〔وی〕的蹄子艾斯特（是）〔است〕黃的。代熱（在）〔در〕如此的沃格提（時候）〔وقت〕，還叫小駝羔跟代熱（在）〔در〕後邊叫，白遙目（日）〔يوم〕歸山吃草，沙布（晚夕）〔شب〕歸回來。」

薩裡哈〔صالح〕古夫特（說）〔گفت〕：「既然你們要印（這個）〔این〕，曼（我）〔من〕給你們拿約會，艾甘熱（要是）〔اگر〕你們索性要印（這個）〔این〕，曼（我）〔من〕往胡大〔خداي〕巴拉（上）〔بالا〕做杜阿（祈禱）〔دعاء〕，求胡大熱哈曼提（慈憫）〔رحمة〕。艾甘熱（要是）〔اگر〕你們得住駝，你們莫要騎駝，你們莫要打大駝，你們莫要叫駝喝阿布（水）〔آب〕。艾甘熱（要是）〔اگر〕你們迪德（看）〔دید〕罷駝，圖（你）〔تو〕們可得

---

① 此處脫「然」字，未補。
② 「錢」表示「前」的音。
③ 「遇」表示「玉」的音。

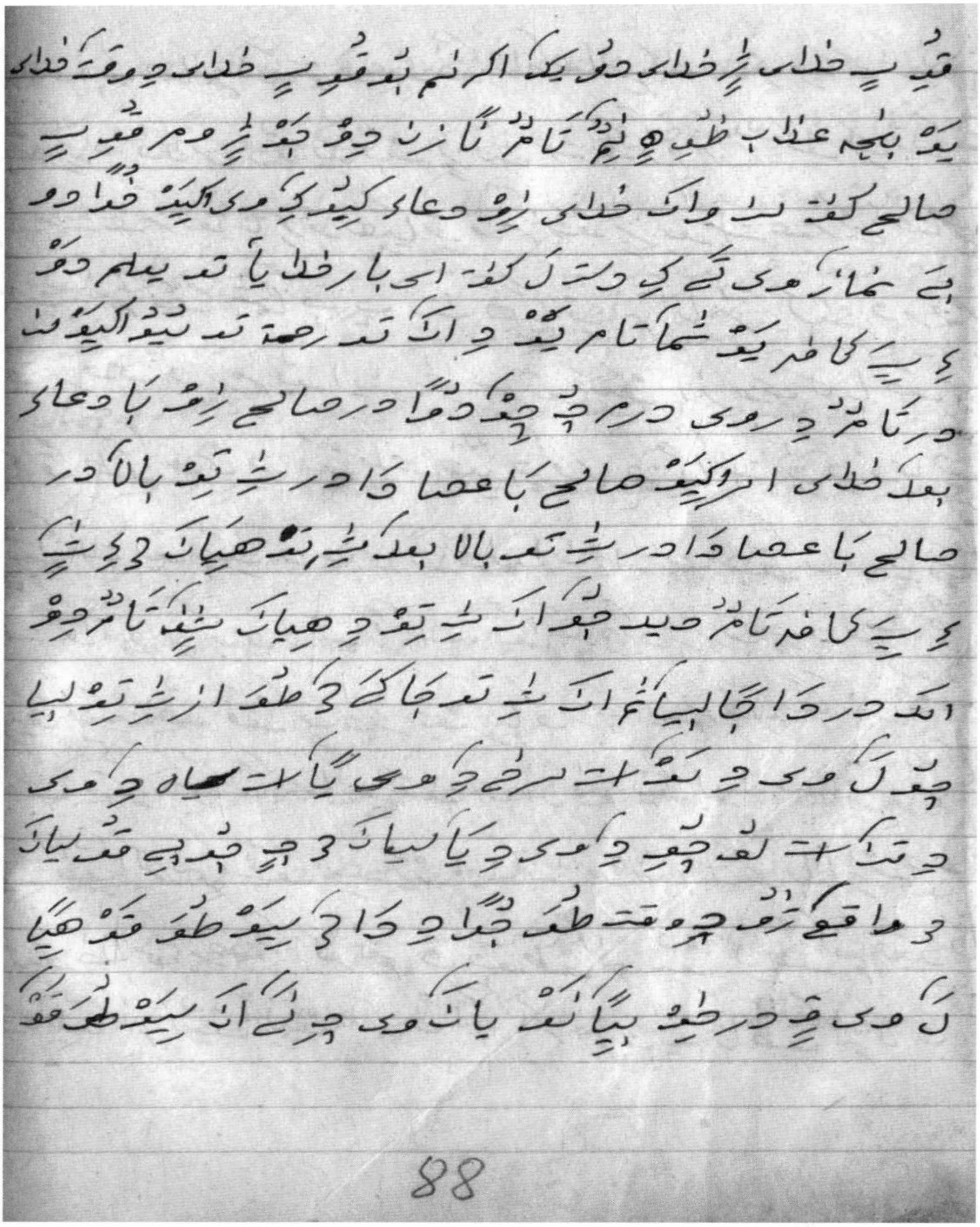

88

歸信胡大〔خداى〕，認胡大〔خداى〕獨耶克（一）〔یک〕。艾甘熱（要是）〔اگر〕你們不歸信胡大〔خداي〕的沃格提（時候）〔وقت〕，胡大〔خداي〕要憑著爾雜布（懲罰）〔عذاب〕罪刑你們。」他們男贊恩（女）〔زن〕都招認：「我們歸信。」薩裡哈〔صالح〕古夫特（說）〔گفت〕：「曼（我）〔من〕往胡大〔خداى〕巴拉（上）〔بالا〕做杜阿（祈禱）〔دعاء〕求祈。」

維（他）〔وى〕交還叨（兩）〔دو〕拜乃麻子（禮拜）〔نماز〕，維（他）〔وى〕抬起達斯提（手）〔دست〕來古夫特（說）〔گفت〕：「哎！巴熱胡大〔بار خداى〕呀！圖（你）〔تو〕耶阿來目（知）〔یعلم〕道一些卡非爾（外教人）〔کافر〕要什麼？他們要的昂（那個）〔آن〕圖（你）〔تو〕熱哈曼提（慈憫）〔رحمة〕，圖（你）〔تو〕莫要叫曼（我）〔من〕代熱（在）〔در〕他們的茹奕（面）〔روى〕丹熱目（錢）〔درم〕①出醜。」

端代熱（在）〔در〕薩裡哈〔صالح〕做罷杜阿（祈禱）〔دعاء〕班爾代（後）〔بعد〕，胡大〔خداي〕艾目熱（命令）〔امر〕叫薩裡哈〔صالح〕把阿薩（棍）〔عصا〕打代熱（在）〔در〕石頭巴拉（上）〔بالا〕，代熱（在）〔در〕薩裡哈〔صالح〕把阿薩（棍）〔عصا〕打代熱（在）〔در〕石頭巴拉（上）〔بالا〕班爾代（後）〔بعد〕，石頭響了一聲，一些卡非爾（外教人）〔کافر〕他們迪德（見）〔دید〕著昂（那個）〔آن〕石頭的響聲，他們都阿曼德（來）〔آمد〕代熱（在）〔در〕打顫裡邊。筍買（然後）〔ثم〕昂（那個）〔آن〕石頭炸開了，駝艾孜（從）〔از〕石頭裡邊出來，維（他）〔وى〕的毛艾斯特（是）〔است〕蘇熱合（紅）〔سرخ〕的，維（他）〔وى〕眼艾斯特（是）〔است〕賽亞黑（黑）〔سیاه〕的，維（他）〔وى〕的坦恩（身體）〔تن〕艾斯特（是）〔است〕綠翠的，維（他）〔وى〕的牙像了珍珠，屁股像了瓦給爾（遇）〔واقع〕②。如此沃格提（時候）〔وقت〕駝轉地大了，小駝羔顯了，維（它）〔وى〕跟代熱（在）〔در〕後邊撓癢，維（他）〔وى〕吃奶，昂（那個）〔آن〕小駝羔

---

① 「前」表示「前」的音。
② 「遇」表示「玉」的音。

در ﻻ وقت و قف فا مى اريغ جار د اد ك و ه و ك اﻳﻴ و ڈﮭو
ﻗﺎﻝ ﻛﺎ ح ا يد ﻟﺒﺎﻋ ﻻ ا ﻧ ﻟﺒﺎﻋ ﺒ ﻣ ﺠﺒ ﻨﺖ د و د جا ا ﻳﺪ ﻳﺘﻢ
ﺟﺎ ﻣ ﺒ و ﻧﺖ در ﻛﺎ ﻣ ﺒﺎ د ﻣ ﺗﻘ فا ﻟﺒﻴﺎ ﻟﺒﻴﺰ ﺒ ﻧﺖ ﺗﺘﻢ
ﻛﺎ د ﺒﺪ ﻣ ﺒﺮ ﺒﺘﺮ ﺒﺎﻻ ﮭﻴﺎ ﻣ و ﻣ ﻳﻘ ﺗﻔﻜﺮ ﺠﺒ ﻧﺖ خﺪا ﻣ
د ﻛﺎ ﺗﻮاﻟﻠﮫ ﻧﺖ ﻻ ﺮ ﺒﺖ ﻟﺒﻴﺎ ﮭﻴﺎ ﺟ ﻻ ﺠ ﺠﮭﺎ ﻻﺗﻤ
اﺳﻤﺎﻋ ﻞ ح ﺒﺎ ﻛﺎ ا ﻳﺪ ﻗﺼﻰ ﻧﺖ ﺗﺮ و ﺟ ﺮ خﻼﻣﻰ ا ﺮ د ۇ
د ﺮ ا ﺑﺮاﮬﻴﻢ ﺒﺎﻻ ﻛﺎ ى ا ﺑﺮاﮬﻴﻢ ﺒﺎ ﺗﺪ ﺒﺎ ﺗﻘ ﺠ ﺒﺘﺘﺘﻴﺖ ﮬ ﺒ
ﻧﺰﻗ ﻗﺮﺒﺎﻧﺖ ا ﺑﺮاﮬﻴﻢ ﻛﺖ ﻧﺖ ﺗﺮ خﻼﻣﻰ د ا ﺮ ﻧﺖ ﺒﻴﻒ
ﮬ د ﻧﺖ اﺳﻤﺎﻋ ﻞ ﻗﻮ و ﻣﻠﻚ ﺗﻢ ﻣﻰ ﻗ ﻛﺎ د ﻧﺖ ﻗﺎﮬ ﺠﻢ
ﺗﻰ ﺗﻰ ﻛﻘﺎ ﺗﺪ ﻳﻌﻠﻢ ﺗﻘ د ﺮ ﻧﺖ ﺒﺎﻻ ﻳﻘ ﻛ ﻗﻰ ﺟﺮاﻙ ﺠ
د و ﺒﺘ و ﻣﻰ ﺒﻴﺎﻙ د ﻳﺒﻚ ﻛ ا ﺳﻤﺎﻋ ﻞ ﻧﺰ ﺠ ﺠﺮ ﺠ ﺗﻢ ﺠﺘﻨﺎ ﻳﺪ ﺒ
ﻗﻴﺘﺎ ﺸﻌﺪ ﺮ ﺒﺎﻝ و ﻣﻰ ﺮ ﻧﺘ و ﻛﺎ ﮬﺎﺟﺮ ﻛﻰ ﺗﻰ د اﻧ ﺠ ﺠﺮ

8p

代熱（在）〔در〕一沃格提（時）〔وقت〕的功夫，維（它）〔وی〕就轉地大了。維（它）〔وی〕的大有多大來？他的印（這個）〔این〕肋巴兒離昂（那個）〔آن〕肋巴兒艾斯特（是）〔است〕一百杜（二）〔دو〕單（十）〔ده〕尺，印（這）〔این〕有命之物不艾斯特（是）〔است〕代熱（在）〔در〕它的瑪達熱（母）〔مادر〕的肚腹裡邊，尼孜（也）〔نیز〕不艾斯特（是）〔است〕代熱（在）〔در〕它的排達熱（父）〔پدر〕的脊背巴拉（上）〔بالا〕顯的，我們要坦凡克熱（參悟）〔تفكر〕，這艾斯特（是）〔است〕胡大〔خدای〕的大吐窪德（能）〔تواند〕，艾斯特（是）〔است〕艾孜（從）〔از〕石頭裡邊顯出來的。

車哈熱（四）〔چهار〕艾斯特（是）〔است〕伊斯瑪依裡〔إسماعيل〕的羊。印（這個）〔این〕根薩（典故）〔قصة〕艾斯特（是）〔است〕如此的：胡大〔خدای〕艾目熱（命令）〔امر〕到代熱（在）伊布拉黑麥〔إبراهيم〕巴拉（上）〔بالا〕：「哎！伊布拉黑麥〔إبراهيم〕呀！圖（你）〔تو〕把圖（你）〔تو〕的受喜的做古爾巴尼（獻牲）〔قربان〕。」伊布拉黑麥〔إبراهيم〕古夫特（說）〔گفت〕：「曼（我）〔من〕遵胡大〔خدای〕的艾目熱（命令）〔امر〕宰古爾巴尼（獻牲）〔قربان〕。」

維（他）〔وی〕到代熱（在）〔در〕家裡邊，維（他）〔وی〕迪麗（心）〔دل〕坦凡克熱（想）〔تفكر〕：「曼（我）〔من〕的受喜的艾斯特（是）〔است〕伊斯瑪依裡〔إسماعيل〕，曼（我）〔من〕的沃來子（兒子）〔ولد〕。」

筍買（然後）〔ثم〕維（他）〔وی〕給他的贊恩（女人）〔زن〕哈哲爾〔هاجر〕太太古夫特（說）〔گفت〕：「圖（你）〔تو〕耶阿來目（知）〔يعلم〕道代熱（在）〔در〕曼（我）〔من〕巴拉（上）〔بالا〕有一個知己的朵斯提（朋友）〔دوست〕，維（他）〔وی〕想迪德（看）〔ديد〕看伊斯瑪依裡〔إسماعيل〕，如此著圖（你）〔تو〕給他洗茹奕（臉）〔روی〕，給他梳薩熱（頭）〔سر〕，曼（我）〔من〕領他熱夫特（去）〔رفت〕為客。」

哈哲爾〔هاجر〕太太當成真

در رفتہ ورک قدی بیہ چہ رفتہ رفتہ زف قربان ابراهیمؑ
یقو جد یا د وقو زکا د ریکہ لیپیا شفہ لیبز جدد ریکہ
یقو لیبیا مدی لہ تق اسماعیل زف کہ هاجر تہ تہ دید
بقو اکیا اسماعیل مدی ولد تاکہ ودی بدر لہ جبقہ تا
د ولد دوکی زف دو وقت زکہ بد خواند ند دید بقو
اکیان د ولد ند دین بہ چہ بقوؒ د زاید وقت ابلیس
کا کہ مدی در هاجر و روی درم مدی کلہ ای هاجر
تہ یعلم وقہ تد چہ شہر لہ چہ اسماعیل تد د ولد
رفت در قہ جقہ هاجر کلہ رفت مدی کا ابلیس کہ بہ
رفت مدی کا رفت یا تد د ولد زف قربان یا مدی باچہ
زف قربان یا مدی لہ رفت کا هاجر کلہ دکہ ارتان
مدی کلہ شت خدای ار مدی وہاجر کلہ شت خلای
د ابر تہ شت در قہ کہ د جقہ اکیا تد شت د رخای
د جقہ اکیا شت د را براهیم د بد اکیا تد زا یعلم دقوؒ
ابلیس سیہ کہ جقہ یہ مدی سیہ جقہ شد یا اؒ مدی بہ

的熱夫特（去）〔رفت〕為客，維（他）〔وى〕不知道熱夫特（去）〔رفت〕做古爾巴尼（獻性）〔قربان〕。伊布拉黑麥〔إبراهيم〕暗昧著把刀子拿代熱（在）〔در〕腰裡邊，把繩尼孜（也）〔نيز〕紲①代熱（在）〔در〕腰裡邊。維（他）〔وى〕領著伊斯瑪依裡〔إسماعيل〕走了。

哈哲爾〔هاجر〕迪德（看）〔ديد〕不見伊斯瑪依裡〔إسماعيل〕她的沃來子（兒子）〔ولد〕，她古夫特（說）〔گفت〕：「維（他）〔وى〕的排達熱（父）〔پدر〕領著他的沃來子（兒子）〔ولد〕，叨（兩）〔دو〕坎斯（人）〔كس〕走多沃格提（時）〔وقت〕了還不回阿曼德（來）〔آمد〕？曼（我）〔من〕迪德（看）〔ديد〕不見曼（我）〔من〕的沃來子（兒子）〔ولد〕，曼（我）〔من〕迪麗（心）〔دل〕裡邊猶疑不定。」

代熱（在）〔در〕印（這個）〔اين〕沃格提（時候）〔وقت〕，伊布裡斯（魔鬼）〔ابليس〕來了，維（他）〔وى〕代熱（在）〔در〕哈哲爾〔هاجر〕的茹奕（面）〔روى〕丹熱目（錢）〔درم〕②，維（他）〔وى〕古夫特（說）〔گفت〕：「哎！哈哲爾〔هاجر〕啊！圖（你）〔تو〕耶阿來目（知）〔يعلم〕道圖（你）〔تو〕的舒海熱（丈夫）〔شوهر〕領著伊斯瑪依裡〔إسماعيل〕圖（你）〔تو〕的沃來子（兒子）〔ولد〕熱夫特（去）〔رفت〕代熱（在）〔در〕何處？」哈哲爾〔هاجر〕古夫特（說）〔گفت〕：「熱夫特（去）〔رفت〕為客了。」伊布裡斯（魔鬼）〔ابليس〕古夫特（說）〔گفت〕：「不熱夫特（去）〔رفت〕為客了，熱夫特（去）〔رفت〕把圖（你）〔تو〕的沃來子（兒子）〔ولد〕做古爾巴尼（獻性）〔قربان〕，維（他）〔وى〕憑著做古爾巴尼（獻性）〔قربان〕把維（他）〔وى〕領熱夫特（去）〔رفت〕了。」

哈哲爾〔هاجر〕古夫特（說）〔گفت〕：「何坎斯（人）〔كس〕艾目熱（命令）〔امر〕他的？」維（他）〔وى〕古夫特（說）〔گفت〕：「艾斯特（是）〔است〕胡大〔خداي〕艾目熱（命令）〔امر〕維（他）〔وى〕的。」哈哲爾〔هاجر〕古夫特（說）〔گفت〕：「艾斯特（是）〔است〕胡大〔خداي〕的艾目熱（命令）〔امر〕，圖（你）〔تو〕艾斯特（是）〔است〕代熱（在）〔در〕何坎斯（人）〔كس〕的中間？圖（你）〔تو〕艾斯特（是）〔است〕代熱（在）〔در〕胡大〔خداي〕的中間，艾斯特（是）〔است〕代熱（在）〔در〕伊布拉黑麥〔إبراهيم〕的中間？圖（你）〔تو〕咋耶阿來目（知）〔يعلم〕道來？」

伊布裡斯（魔鬼）〔ابليس〕沒有得住要為，維（他）〔وى〕沒有戳唆巴拉（上）〔بالا〕。維（他）〔وى〕又

---

① 　讀「chu」音，表示縮短了系緊。
② 　「錢」表示「前」的音。

阿曼德（來）〔آمد〕代熱（在）〔در〕伊斯瑪依裡〔إسماعيل〕後邊。維（他）〔وى〕古夫特（說）〔گفت〕：「圖（你）〔تو〕的排達熱（父）〔پدر〕不艾斯特（是）〔است〕領圖（你）〔تو〕為客，艾斯特（是）〔است〕熱夫特（去）〔رفت〕把圖（你）〔تو〕做古爾巴尼（獻牲）〔قربان〕來。」伊斯瑪依裡〔إسماعيل〕古夫特（說）〔گفت〕：「艾斯特（是）〔است〕何坎斯（人）〔كس〕艾目熱（命令）〔امر〕維（他）〔وى〕的？」伊布裡斯（魔鬼）〔ابليس〕古夫特（說）〔گفت〕：「艾斯特（是）〔است〕胡大〔خداى〕艾目熱（命令）〔امر〕維（他）〔وى〕的。」伊斯瑪依裡〔إسماعيل〕古夫特（說）〔گفت〕：「艾斯特（是）〔است〕胡大〔خداى〕的艾目熱（命令）〔امر〕，圖（你）〔تو〕艾斯特（是）〔است〕代熱（在）〔در〕何坎斯（人）〔كس〕的中間？」伊斯瑪依裡〔إسماعيل〕到代熱（在）〔در〕維（他）〔وى〕的排達熱（父）〔پدر〕的跟丹熱目（錢）〔درم〕①古夫特（說）〔گفت〕：「一個老者，維（他）〔وى〕吹著曼（我）〔من〕的耳朵古夫特（說）〔گفت〕，'圖（你）〔تو〕的排達熱（父）〔پدر〕不艾斯特（是）〔است〕領圖（你）〔تو〕為客，艾斯特（是）〔است〕把圖（你）〔تو〕熱夫特（去）〔رفت〕做古爾巴尼（獻牲）〔قربان〕。」

伊布拉黑麥〔إبراهيم〕耶阿來目（知）〔يعلم〕道艾斯特（是）〔است〕伊布裡斯（魔鬼）〔ابليس〕的本顯維（他）〔وى〕的原形，維（他）〔وى〕命令伊斯瑪依裡〔إسماعيل〕砍維（他）〔وى〕三石頭，把維（他）〔وى〕的眼砍瞎了一隻。伊布裡斯（魔鬼）〔ابليس〕無望著，折本著走了。如贊熱（金）〔زر〕②我們一些朝哈志（朝觀）〔حج〕的坎斯（人）〔كس〕到昂（那個）〔آن〕位份，每三個紮驛（地方）〔جاى〕丟石頭。

端③伊布拉黑麥〔إبراهيم〕把伊斯瑪依裡〔إسماعيل〕領代熱（在）〔در〕阿拉法特〔عرفات〕的山巴拉（上）〔بالا〕，維（他）〔وى〕茹奕（面）〔روى〕向著古夫特（說）〔گفت〕：「哎！曼（我）〔من〕的子啊！圖（你）〔تو〕耶阿來目（知）〔يعلم〕道曼（我）〔من〕叫圖（你）〔تو〕代熱（在）〔در〕此處幹什麼？」伊斯瑪依裡〔إسماعيل〕古夫特（說）〔گفت〕：「曼（我）〔من〕不耶阿來目（知）〔يعلم〕道。」伊布拉黑麥〔إبراهيم〕古夫特（說）〔گفت〕：「哎！曼（我）〔من〕的子啊！胡大〔خداى〕艾目熱（命令）〔امر〕曼（我）〔من〕，叫曼（我）〔من〕把圖（你）〔تو〕做古爾巴尼（獻牲）〔قربان〕。」伊斯瑪依裡〔إسماعيل〕古夫特（說）〔گفت〕：

---

① 「錢」表示「前」的音。
② 「金」表示「今」音。
③ 此處應脫「在」字，未補。

اے بندہ پیدر آدو افات خلای اور اکیقہ تہ پا بندہ از قربانی

تہ قا تورہ وہ دہ تہ پا خلای دا اور اکیقہ ہ درم تہ دید بیقہ غہ چ

اسماعیل کفتہ ایت کنت ابراھیم بیا دہ دوا ایت کنت اے

بندہ ولد آند در خفاب لبیا کہ آکیا چہ اکیا کار دہ بت

ذبح تہ کنم ابراھیم با اسماعیل فات د ریت با لاو ی

با حق نہ فان د اسماعیل دہ حق لہ با لاو ی ذبح بہ

دوا خہ لقہ ابراھیم کفتہ م تما ف ذبح بہ دوا فہ

لقہ اسماعیل کفتہ اے بندہ آند پا آند جفہ بت د

دہ دست کو بندہ دہ پای اکر حق نہ دہ در بندہ با لاو

بقہ آن جفہ بت بہ حق جفہ م قا خلای دہ کے اے بندہ

دہ بندہ آند کہ دہ تہ تہ دہ لہ قہ پا اکیقہ بندہ دہ ھی راو

تہ دہ لہ فہ تہ پا حق ز اکیقہ کیکیان چہ قہ دوا ب

لت کہ قہ بعد دہ کلہ جفہ اے بندہ جہا د آند بابا
لکی باو
تہ دہ قہ دہ اکیا لبیا دید د بندہ دعا د پا سلام علیک تہ

「哎！曼（我）〔من〕的排達熱（父）〔پدر〕啊！但凡艾斯特（是）〔است〕胡大〔خداي〕艾目熱（命令）〔امر〕叫圖（你）〔تو〕把曼（我）〔من〕做古爾巴尼（獻牲）〔قربان〕，圖（你）〔تو〕幹如此的，圖（你）〔تو〕把胡大〔خداي〕的艾目熱（命令）〔امر〕叫行丹熱目（錢）〔درم〕①，圖（你）〔تو〕不要礙遲。」

伊斯瑪依裡〔إسماعيل〕古夫特（說）〔گفت〕印（這）〔این〕蘇罕（話）〔سخن〕，伊布拉黑麥〔إبراهيم〕念了一段阿耶提（經文）〔آية〕古夫特（說）〔گفت〕：「哎！曼（我）〔من〕的沃來子（兒子）〔ولد〕啊！曼（我）〔من〕代熱（在）〔در〕赫瓦布（夢）〔خواب〕裡邊看見這件卡熱（事情）〔كار〕，的實曼（我）〔من〕宰辦哈（宰）〔ذبح〕圖（你）〔تو〕。」

筍買（然後）〔ثم〕伊布拉黑麥〔إبراهيم〕把伊斯瑪依裡〔إسماعيل〕放代熱（在）〔در〕贊米尼（地）〔زمين〕巴拉（上）〔بالا〕，維（他）〔وى〕把刀子放代熱（在）〔در〕伊斯瑪依裡〔إسماعيل〕的喉嚨巴拉（上）〔بالا〕，維（他）〔وى〕宰辦哈（宰）〔ذبح〕不斷喉嚨。伊布拉黑麥〔إبراهيم〕古夫特（說）〔گفت〕：「為什麼還宰辦哈（宰）〔ذبح〕不斷喉嚨？」伊斯瑪依裡〔إسماعيل〕古夫特（說）〔گفت〕：「哎！曼（我）〔من〕的排達熱（父）〔پدر〕啊！圖（你）〔تو〕綁住曼（我）〔من〕的叨（兩）〔دو〕達斯提（手）〔دست〕臥（與）〔و〕曼（我）〔من〕的叨（兩）〔دو〕耙（腳）〔پاى〕，艾甘熱（要是）〔اگر〕刀子到代熱（在）〔در〕曼（我）〔من〕巴拉（上）〔بالا〕，曼（我）〔من〕不彈掙，曼（我）〔من〕不轉成違犯胡大〔خداي〕的坎斯（人）〔كس〕。哎！曼（我）〔من〕的排達熱（父）〔پدر〕啊！圖（你）〔تو〕看達斯提（手）〔دست〕②圖（你）〔تو〕的衣服，別叫曼（我）〔من〕的血染汙圖（你）〔تو〕的衣服。圖（你）〔تو〕把刀子叫快，忙著割斷，這艾斯特（是）〔است〕一個毛提（無常）〔موت〕的苦處。哎！曼（我）〔من〕的排達熱（父）〔پدر〕啊！圖（你）〔تو〕宰罷我圖（你）〔تو〕到代熱（在）〔در〕家裡邊迪德（見）〔ديد〕了曼（我）〔من〕的瑪達熱（母親）〔مادر〕，把賽倆目〔سلام〕替

---

① 「錢」表示「前」的音。
② 「手」表示「守」的音。

بـ کـنـت قیـتکا اکر صی یـقـ بیـان نـت جـومـقت جنـز قیـاست چپ پیم
و تقـحک فـقـونت دلیـقـ ثـا مـد چـ قـ اکر مـرد بـادر یـقـ چ نـا
دا اش یـد جـنـ د وقـت اک یـد جـنـد درمـد بـال د شـفـا کیـقـ مـد
غـا جـد بـاد هیـم کـرف مـد کـف کـ اکیـا مـد نـریـد بـعد یـد جـف چ
تقـ مـعظ ثـوا مـد مـد بـا درمـان خـدای بـال ارف دعـای تـ
ابـراهـیـم اکیـا مـد و مـلـدا اسـمـاعـل کـت ایـک کـا مـد بـق
جـف مـد د مـلـد ا اسـمـاعـل درمـد بـعـد تکـام بـدر ژمـد مـک
دا کـفـک کـ دا اسـمـاعـل کـت ابـت و بـدر آمـد بـا دقـ ژغـاک
بـعـک ابـا جـد ذبـح شـت تقـ چ ارک غـلای د ارقـم ابـراهـیـم
بـان جـد ا صـمـاعـل د جـودسـت و مـد بـا مـد بـا دقـ
غـان ا مـد د مـلـد د حـف لـقـ مـد زک بـد هیـا رفـت "
ا سـمـاعـل کـت ای بـا د بـدر آمـد قـ چـفـونـت د رمـد پـم
مـد فـد از بـد هیـا رفـت ا سـمـاعـل کـت ای بـا د قـ ا
چیـا تقـ د حـل د تـفـ تقـ دقـ د کـا تقـ جـ جـفـونـت د رمـک

٩٣

曼（我）〔من〕古夫特（說）〔گفت〕給她，艾甘熱（要是）〔اگر〕維（她）〔وی〕要想見曼（我）〔من〕的沃格提（時候）〔وقت〕，直至給亞買提（複生）〔قیامت〕遙目（日）〔یوم〕子，圖（你）〔تو〕帶回曼（我）〔من〕的受染汙的衣服。艾甘熱（要是）〔اگر〕曼（我）〔من〕的瑪達熱（母）〔مادر〕有的那但是憂愁的沃格提（時候）〔وقت〕，昂（那個）〔آن〕憂愁代熱（在）〔در〕維（她）〔وی〕巴拉（上）〔بالا〕得勝，叫維（她）〔وی〕拿著曼（我）〔من〕的血衣服，維（她）〔وی〕看見維（它）〔وی〕就不憂愁了，圖（你）〔تو〕臥爾茲（勸）〔وعظ〕化維（她）〔وی〕，曼（我）〔من〕的瑪達熱（母）〔مادر〕往胡大〔خدای〕巴拉（上）〔بالا〕做杜阿。」

　　笥買（然後）〔ثم〕伊布拉黑麥〔إبراهيم〕聽見維（他）〔وی〕的沃來子（兒子）〔ولد〕伊斯瑪依裡〔إسماعيل〕古夫特（說）〔گفت〕印（這）〔این〕蘇罕（話）〔سخن〕，維（他）〔وی〕抱著維（他）〔وی〕的沃來子（兒子）〔ولد〕伊斯瑪依裡〔إسماعيل〕的薩熱（頭）〔سر〕臥（和）〔و〕脖子，他們排達熱（父）〔پدر〕子杜（二）〔دو〕坎斯（人）〔کس〕大哭起來了。伊斯瑪依裡〔إسماعيل〕古夫特（說）〔گفت〕：「哎！曼（我）〔من〕的排達熱（父）〔پدر〕啊！圖（你）〔تو〕把刀子放快，忙著宰辦哈（宰）〔نبح〕曼（我）〔من〕，圖（你）〔تو〕迎接胡大〔خدای〕的艾目熱（命令）〔امر〕。」

　　笥買（然後）〔ثم〕伊布拉黑麥〔إبراهيم〕綁住了伊斯瑪依裡〔إسماعيل〕的叨（兩）〔دو〕達斯提（手）〔دست〕臥（和）〔و〕叨（兩）〔دو〕耙（腳）〔پای〕，維（他）〔وی〕把刀放代熱（在）〔در〕維（他）〔وی〕的沃來子（兒子）〔ولد〕的喉嚨，維（他）〔وی〕宰辦哈（宰）〔نبح〕不下熱夫特（去）〔رفت〕。伊斯瑪依裡〔إسماعيل〕古夫特（說）〔گفت〕：「哎！曼（我）〔من〕的排達熱（父）〔پدر〕啊！圖（你）〔تو〕蓋住曼（我）〔من〕的茹奕（面容）〔روی〕。笥買（然後）〔ثم〕維（他）〔وی〕還宰不下熱夫特（去）〔رفت〕。伊斯瑪依裡〔إسماعيل〕古夫特（說）〔گفت〕：「哎！曼（我）〔من〕的排達熱（父）〔پدر〕啊！只怕圖（你）〔تو〕的迪麗（心）〔دل〕的疼痛動了嗎？圖（你）〔تو〕遮住曼（我）〔من〕的茹奕（面容）〔روی〕，

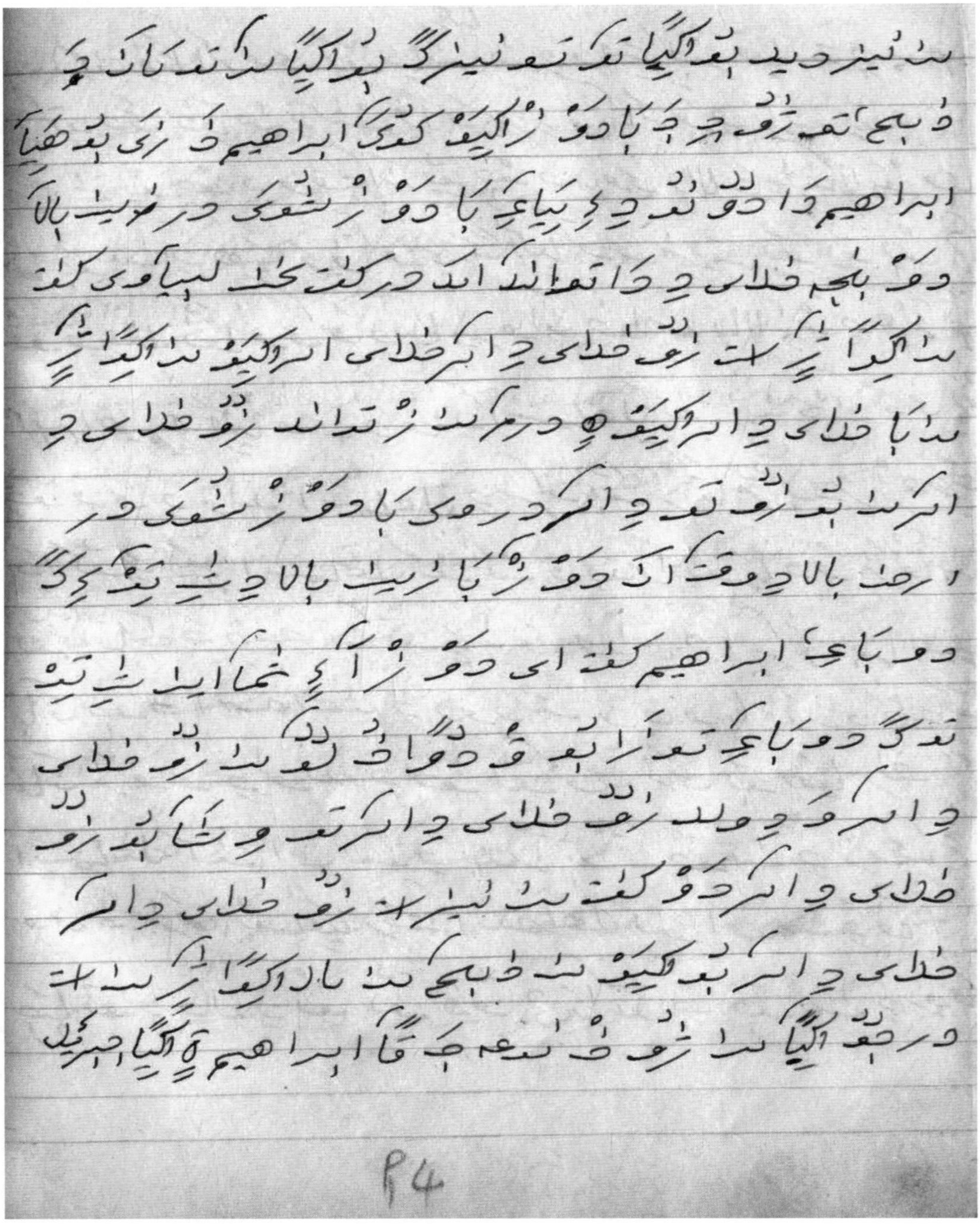

曼（我）〔من〕尼孜（也）〔نيز〕迪德（看）〔ديد〕不見圖（你）〔تو〕，圖（你）〔تو〕尼孜（也）〔نيز〕迪德（看）〔ديد〕不見曼（我）〔من〕，圖（你）〔تو〕忙著宰辦哈（宰）〔نبح〕，圖（你）〔تو〕如此著把刀子叫快。」伊布拉黑麥〔إبراهيم〕還宰不下，伊布拉黑麥〔إبراهيم〕打動怒的一面把刀子摔代熱（在）〔در〕贊米尼（地）〔زمين〕巴拉（上）〔بالا〕，刀憑著胡大〔خداى〕的大吐窪德（能）〔تواند〕阿曼德（來）〔آمد〕代熱（在）〔در〕古夫特（說）〔گفت〕蘇罕（話）〔سخن〕裡邊。維（它）〔وى〕古夫特（說）〔گفت〕：「曼（我）〔من〕卷刃艾斯特（是）〔است〕遵胡大〔خداى〕的艾目熱（命令）〔امر〕，胡大〔خداي〕艾目熱（命令）〔امر〕叫曼（我）〔من〕卷刃，曼（我）〔من〕把胡大〔خداي〕的艾目熱（命令）〔امر〕叫行丹熱目（錢）〔درم〕①，曼（我）〔من〕只吐窪德（能）〔تواند〕遵胡大〔خداى〕的艾目熱（命令）〔امر〕，曼（我）〔من〕不遵圖（你）〔تو〕的艾目熱（命令）〔امر〕。」

代熱（在）〔در〕維（他）〔وى〕把刀子摔代熱（在）〔در〕艾熱兒（地面）〔ارض〕巴拉（上）〔بالا〕的沃格提（時候）〔وقت〕，昂（那個）〔آن〕刀子把贊米尼（地）〔زمين〕巴拉（上）〔بالا〕的石頭一砍刌（兩）〔دو〕半兒。伊布拉黑麥〔إبراهيم〕古夫特（說）〔گفت〕：「哎！刀子啊！因什麼把印（這個）〔اين〕石頭圖（你）〔تو〕砍刌（兩）〔دو〕半兒，圖（你）〔تو〕咋不割斷喉嚨？曼（我）〔من〕遵胡大〔خداى〕的艾目熱（命令）〔امر〕，曼（我）〔من〕的沃來子（兒子）〔ولد〕遵胡大〔خداى〕的艾目熱（命令）〔امر〕，圖（你）〔تو〕為啥不遵胡大〔خداى〕的艾目熱（命令）〔امر〕？」刀古夫特（說）〔گفت〕：「曼（我）〔من〕尼孜（也）〔نيز〕艾斯特（是）〔است〕遵胡大〔خداى〕的艾目熱（命令）〔امر〕，胡大〔خداى〕的艾目熱（命令）〔امر〕不叫曼（我）〔من〕宰辦哈（宰）〔نبح〕，我瑪裡（財）〔مال〕②卷刃，曼（我）〔من〕艾斯特（是）〔است〕代熱（在）〔در〕中間，曼（我）〔من〕如何塢阿（樣）〔نوعة〕著幹？」伊布拉黑麥〔إبراهيم〕聽見哲布熱依裡〔جبرئيل〕

① 「錢」表示「前」的音。
② 「財」表示「才」的音。

دينه يان د شي د اسكا د جبرئيل دكيا د د د سپيد يان سر سي ياء

ت سياه د جبرئيل قت شفا نيا الله اكبر الله اكبر نا جدو

با يات نيف د جبرئيل سفاك د اسماعيل وى نيا ويتق اتحى

جبرئيل كفتا اى ابراهيم يا تد با خداى د ادر تقدر د ورى

نيا ايل يان د قعا تد و ولد اسماعيل اسماعيل زف قربان

خم ابراهيم كى د اسماعيل دوست و باى كو ى كك جبا

يان د جها جرتى وى با جت ليبا د ايل ف تف د يان

رف د زف قربان براى ابراهيم كيا زف اماك قربان

خداى نيف جرك د اول ت بانجه طف زف قربان دكم اماك

ت بانجه ليبا زف قربان سيكم ت بانجه يان زف قربان

خداى لى وى تد د جر اماك ليبا د قربان تق

شف جرك اكر تد با تد دشته د د زف قربان ت ت

نم ابراهيم تفكد ت د شف د ت ت د ولد ت با ت وى

٢٥

的翎膀的聲音阿曼德（來）〔آمد〕了，哲布熱依裡〔جبرئیل〕攥了一個賽皮迪（白）〔سپید〕羊，薩熱（頭）〔سر〕曼阿（同）〔مع〕耙（腳）〔پای〕艾斯特（是）〔است〕賽亞黑（黑）〔سیاه〕的。哲布熱依裡〔جبرئیل〕高聲念「安拉乎艾克白爾（真主至大）〔الله اكبر الله اكبر〕」，拿著刀把羊宰了，哲布熱依裡〔جبرئیل〕贖買了伊斯瑪依裡〔إسماعیل〕，維（他）〔وی〕念「臥領倆黑裡哈目都（讚美歸於真主）〔ولله الحمد〕」。哲布熱依裡〔جبرئیل〕古夫特（說）〔گفت〕：「哎！伊布拉黑麥〔إبراهیم〕呀！圖（你）〔تو〕把胡大（خداي）的艾目熱（命令）〔امر〕遵代熱（在）〔در〕地位了，圖（你）〔تو〕把印（這個）〔این〕羊抵換圖（你）〔تو〕的沃來子（兒子）〔ولد〕伊斯瑪依裡〔إسماعیل〕①做古爾巴尼（獻牲）〔قربان〕。」筍買（然後）〔ثم〕，伊布拉黑麥〔إبراهیم〕解開伊斯瑪依裡〔إسماعیل〕的達斯提（手）〔دست〕臥（和）〔و〕耙（腳）〔پای〕，維（他）〔وی〕捆住羊的車哈熱（四）〔چهار〕只蹄，維（他）〔وی〕把哲乃提（天堂）〔جنت〕裡邊的印（這只）〔این〕黑頭白羊宰了做古爾巴尼（獻牲）〔قربان〕。班拉依（因為）〔براى〕伊布拉黑麥〔إبراهیم〕連做三阿斯瑪尼（天）〔آسمان〕古爾巴尼（獻牲）〔قربان〕，胡大〔خداي〕沒有承領。

艾臥裡（第一）〔اول〕②艾斯特（是）〔است〕憑著駝做古爾巴尼（獻牲）〔قربان〕，叨目（第二）〔دوم〕天艾斯特（是）〔است〕憑著牛做古爾巴尼（獻牲）〔قربان〕，掃目（第三）〔سوم〕阿斯瑪尼（天）〔آسمان〕③艾斯特（是）〔است〕憑著羊做古爾巴尼（獻牲）〔قربان〕。胡大〔خداي〕醒令維（他）〔وی〕：「圖（你）〔تو〕代熱（在）〔در〕這三阿斯瑪尼（天）〔آسمان〕裡邊的古爾巴尼（獻牲）〔قربان〕不受承領，艾甘熱（要是）〔اگر〕圖（你）〔تو〕把圖（你）〔تو〕的受喜的物做古爾巴尼（獻牲）〔قربان〕，曼（我）〔من〕承領。」筍買（然後）〔ثم〕伊布拉黑麥〔إبراهیم〕坦凡克熱（參悟）〔تفكر〕：「曼（我）〔من〕的受喜的物艾斯特（是）〔است〕曼（我）〔من〕的沃來子（兒子）〔ولد〕，曼（我）〔من〕把維（他）〔وی〕

---

①　此處衍「伊斯瑪依裡」，未錄。
②　此處脫「天」字，未補。
③　原文第一個「艾斯特（是）〔است〕」應為「天」的筆誤，現改正。

做古爾巴尼（獻牲）〔قربان〕。」

筍買（然後）〔ثم〕維（他）〔وى〕把維（他）〔وى〕的沃來子（兒子）〔ولد〕領代熱（在）〔در〕阿拉法特〔عرفات〕的山巴拉（上）〔بالا〕做古爾巴尼（獻牲）〔قربان〕，胡大〔خداي〕瑪裡（財）〔مال〕①承領維（他）〔وى〕的古爾巴尼（獻牲）〔قربان〕。艾斯特（是）〔است〕班拉依（因為）〔براى〕試驗維（他）〔وى〕的迪麗（心）〔دل〕虔誠不虔誠。維（他）〔وى〕憑著虔誠的迪麗（心）〔دل〕，把維（他）〔وى〕的沃來子（兒子）〔ولد〕熱夫特（去）〔رفت〕做古爾巴尼（獻牲）〔قربان〕，胡大〔خداي〕艾目熱（命令）〔امر〕哲布熱依裡〔جبرئيل〕把哲乃提（天堂）〔جنت〕裡邊的黑薩熱（頭）〔سر〕白羊抵換維（他）〔وى〕的沃來子（兒子）〔ولد〕，承領伊布拉黑麥〔إبراهيم〕的古爾巴尼（獻牲）〔قربان〕。印（這只）〔اين〕羊尼孜（也）〔نيز〕不艾斯特（是）〔است〕艾孜（從）〔از〕瑪達熱（母親）〔مادر〕的肚腹裡邊紫迪（生）〔زاد〕出來的，尼孜（也）〔نيز〕不艾斯特（是）〔است〕艾孜（從）〔از〕排達熱（父親）〔پدر〕的脊背巴拉（上）〔بالا〕，維（他）〔وى〕艾斯特（是）〔است〕有命之物的雖凡提（屬性）〔صفة〕。維（他）〔وى〕艾斯特（是）〔است〕艾孜（從）〔از〕胡大〔خداى〕巴拉（上）〔بالا〕阿曼德（來）〔آمد〕的，這②無有排達熱（父）〔پدر〕瑪達熱（母）〔مادر〕的買格蘇德（目的）〔مقصود〕。

第五艾斯特（是）〔است〕穆薩〔موسي〕的阿薩（棍）〔عصا〕。昂（那個）〔آن〕艾斯特（是）〔است〕那如此的：艾甘熱（要是）〔اگر〕胡大〔خداي〕把穆薩〔موسي〕差代熱（在）〔در〕費熱歐乃（法老）〔فرعون〕的一邊兒，叫穆薩〔موسي〕臥爾茲（勸）〔وعظ〕化費熱歐乃（法老）〔فرعون〕，叫維（他）〔وى〕歸信胡大〔خداي〕。維（他）〔وى〕不歸信，胡大〔خداي〕怒惱維（他）〔وى〕。印（這個）〔اين〕費熱歐乃（法老）〔فرعون〕指導自己的一些臣子，他們古夫特（說）〔گفت〕：「穆薩〔موسي〕艾斯特（是）〔است〕一個玩術法的坎斯（人）〔كس〕。」印（這個）〔اين〕費熱歐乃（法老）〔فرعون〕艾斯特（是）〔است〕胡大〔خداى〕的

---

① 「財」表示「才」的音。
② 此處應脫「是」字，未補。

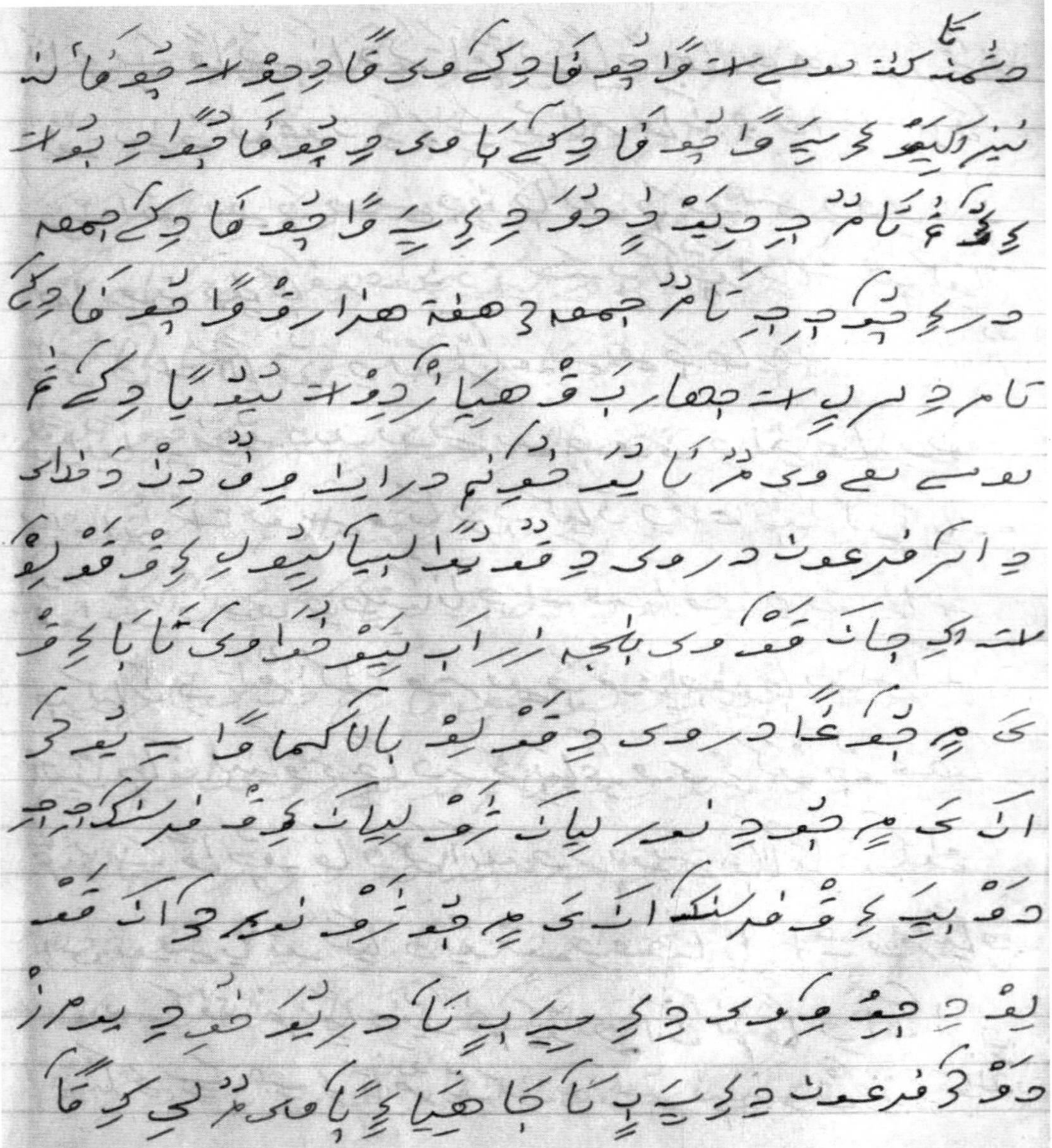

杜氏曼（敵人）〔دشمن〕，他古夫特（說）〔گفت〕：「穆薩〔موسي〕艾斯特（是）〔است〕玩術法的坎斯（人）〔كس〕，維（他）〔وى〕幹的都艾斯特（是）〔است〕術法，曼（我）〔من〕尼孜（也）〔نيز〕叫一些玩術法的坎斯（人）〔كس〕，把維（他）〔وى〕的術法轉的不艾斯特（是）〔است〕一物。」

筍買（然後）〔ثم〕他們指調很多的一些玩術法的坎斯（人）〔كس〕哲穆阿（聚）〔جمعة〕代熱（在）〔در〕一處，直至他們哲穆阿（聚）〔جمعة〕了哈夫特（七）〔هفت〕漢雜熱（千）〔هزار〕個玩術法的坎斯（人）〔كس〕。他們的薩熱（頭）〔سر〕領艾斯特（是）〔است〕車哈熱（四）〔چهار〕百個瞎子，都艾斯特（是）〔است〕沒有眼的坎斯（人）〔كس〕。筍買（然後）〔ثم〕穆薩〔موسي〕曼阿（同）〔مع〕維（他）〔وى〕們拿約會：「你們代熱（在）〔در〕印（這個）〔اين〕位份等待胡大〔خداى〕的艾目熱（命令）〔امر〕。」

費熱歐乃（法老）〔فرعون〕代熱（在）〔در〕維（他）〔وى〕的公園裡邊修了一個高樓，艾斯特（是）〔است〕幾丈高，維（他）〔وى〕憑著贊熱（金）〔زر〕阿布（水）〔آب〕描畫維（他）〔وى〕。他把一個夜明珠安代熱（在）〔در〕維（他）〔وى〕的高樓巴拉（上）〔بالا〕，坎瑪（就像）〔كما〕晚夕有了昂（那個）〔آن〕夜明珠的努爾（光）〔نور〕亮，照[1]亮了一個費熱賽恩格〔فرسنگ〕，直到別一個費熱賽恩格〔فرسنگ〕。昂（那個）〔آن〕夜明珠燒努爾（亮）〔نور〕了昂（那個）〔آن〕高樓的周圍臥（和）〔و〕維（他）〔وى〕的一些兵馬。

代熱（在）〔در〕約會的遙目（日）〔يوم〕子到了。費熱歐乃（法老）〔فرعون〕的一些兵馬紮下營盤，維（他）〔وى〕們立旗杆，

---

① 「照」讀「ráo」的音。

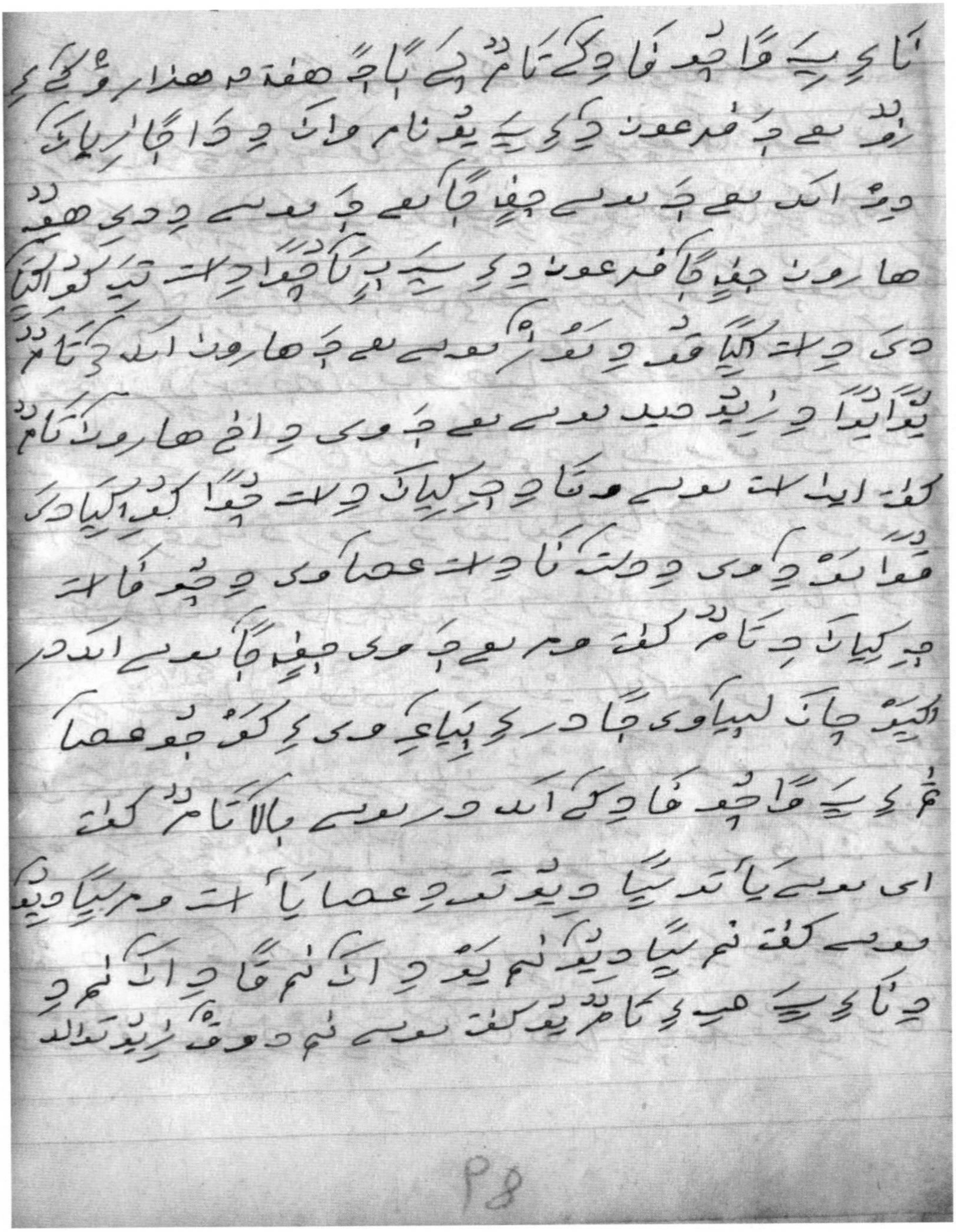

۹۸

那一些玩術法的坎斯（人）〔کس〕他們排班站，哈夫特（七）〔هفت〕單（十）〔ده〕漢雜熱（千）〔هزار〕個坎斯（人）〔کس〕一總曼阿（同）〔مع〕著費熱歐乃（法老）〔فرعون〕的一些有納目（名）〔نام〕望的大戰將都阿曼德（來）〔آمد〕曼阿（同）〔مع〕著穆薩〔موسي〕征戰，曼阿（同）〔مع〕著穆薩〔موسي〕的弟兄哈魯乃〔هارون〕征戰。費熱歐乃（法老）〔فرعون〕的一些兵馬穿的艾斯特（是）〔است〕鐵盔甲，戴的艾斯特（是）〔است〕堅固的帽子。穆薩〔موسي〕曼阿（同）〔مع〕著哈魯乃〔هارون〕阿曼德（來）〔آمد〕了！他們遠遠的就迪德（見）〔ديد〕穆薩〔موسي〕曼阿（同）〔مع〕著維（他）〔وى〕的安宏（弟兄）〔اخ〕哈魯乃〔هارون〕，他們古夫特（說）〔گفت〕：「印（這）〔اين〕艾斯特（是）〔است〕穆薩〔موسي〕，臥（與）〔و〕維（他）〔وى〕的至強的艾斯特（是）〔است〕穿盔甲戴官帽的，維（他）〔وى〕的達斯提（手）〔دست〕拿的艾斯特（是）〔است〕阿薩（棍）〔عصا〕，維（他）〔وى〕的術法艾斯特（是）〔است〕至強的。」他們古夫特（說）〔گفت〕：「維（他）〔وى〕曼阿（同）〔مع〕著維（它）〔وى〕征戰。」

穆薩〔موسي〕阿曼德（來）〔آمد〕代熱（在）〔در〕校場裡邊，維（他）〔وى〕站代熱（在）〔در〕一邊兒，維（他）〔وى〕依靠著阿薩（棍）〔عصا〕。笪買（然後）〔ثم〕一些玩術法的坎斯（人）〔کس〕阿曼德（來）〔آمد〕代熱（在）〔در〕穆薩〔موسي〕巴拉（上）〔بالا〕，他們古夫特（說）〔گفت〕：「哎！穆薩〔موسي〕呀！圖（你）〔تو〕先丟圖（你）〔تو〕的阿薩（棍）〔عصا〕，牙（或）〔يا〕是我們先丟？」穆薩〔موسي〕古夫特（說）〔گفت〕：「你們先丟，你們要的昂（那個）〔آن〕，你們幹的昂（那個）〔آن〕，你們的①那一些隨意。」他們又古夫特（說）〔گفت〕：「穆薩〔موسي〕，你們叨（兩）〔دو〕個就吐窪德（能）〔تواند〕

---

① 此處衍「的」字，未錄。

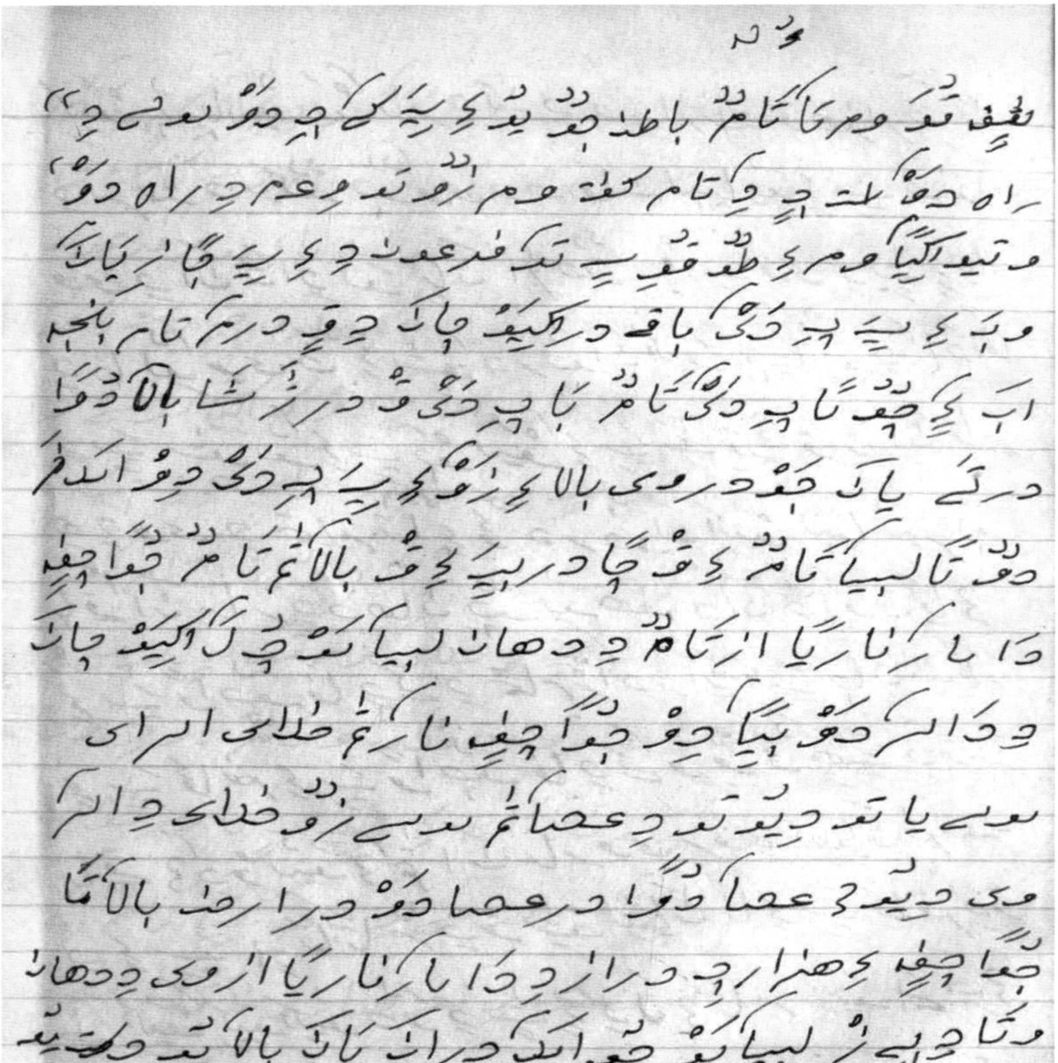

勝過我們嗎？」他們巴推尼（內）〔باطن〕中有一些坎斯（人）〔كس〕知道穆薩〔موسي〕的拉海（路）〔راه〕道艾斯特（是）〔است〕真的，他們古夫特（說）〔گفت〕：「我們遵圖（你）〔تو〕為聖人爾來伊黑賽倆目〔عــم〕的拉海（路）〔راه〕道臥（與）〔و〕條件，我們一同歸信圖（你）〔تو〕。」

　　費熱歐乃（法老）〔فرعون〕的一些戰將臥（與）〔و〕①備一些皮袋巴給（存）〔باقی〕代熱（在）〔در〕校場的跟丹熱目（錢）〔درم〕②，他們憑著阿布（水）〔آب〕銀沖滿皮袋，他們把皮袋擱代熱（在）〔در〕熱沙巴拉（上）〔بالا〕，端代熱（在）〔در〕太陽照代熱（在）〔در〕維（他）〔وی〕巴拉（上）〔بالا〕一遭，一些皮袋都阿曼德（來）〔آمد〕在動彈裡邊。他們一個摻代熱（在）〔در〕別一個巴拉（上）〔بالا〕。筍買（然後）〔ثم〕他們轉成大麻熱（蟒）〔مار〕，納熱（火）〔نار〕焰艾孜（從）〔از〕他們的達航（口）〔دهان〕裡邊冒出來，校場的打薩熱（頭）〔سر〕到邊都轉成納熱（火）〔نار〕。

　　筍買（然後）〔ثم〕胡大〔خداي〕艾目熱（命令）〔امر〕：「哎！穆薩〔موسي〕呀！圖（你）〔تو〕丟圖（你）〔تو〕的阿薩（棍）〔عصا〕。」筍買（然後）〔ثم〕穆薩〔موسي〕遵胡大〔خداي〕的艾目熱（命令）〔امر〕，維（他）〔وی〕丟了阿薩（棍）〔عصا〕。端代熱（在）〔در〕阿薩（棍）〔عصا〕到代熱（在）〔در〕艾熱兌（地面）〔ارض〕巴拉（上）〔بالا〕，它轉成一漢雜熱（千）〔هزار〕尺迪拉孜（長）〔دراز〕的大麻熱（蟒）〔مار〕，納熱（火）〔نار〕焰艾孜（從）〔از〕維（他）〔وی〕的達航（口）〔دهان〕臥（和）〔و〕它的鼻子裡邊冒出阿曼德（來）〔آمد〕，代熱（在）〔در〕昂（那個）〔آن〕蟒巴拉（上）〔بالا〕有達斯提（手）〔دست〕有耙（腳）〔پای〕，維（他）〔وی〕的叨（兩）〔دو〕眼就像了納熱（火）〔نار〕盆。代熱（在）〔در〕蟒的一些

---

① 「與」表示「預」的音。
② 「錢」表示「前」的音。

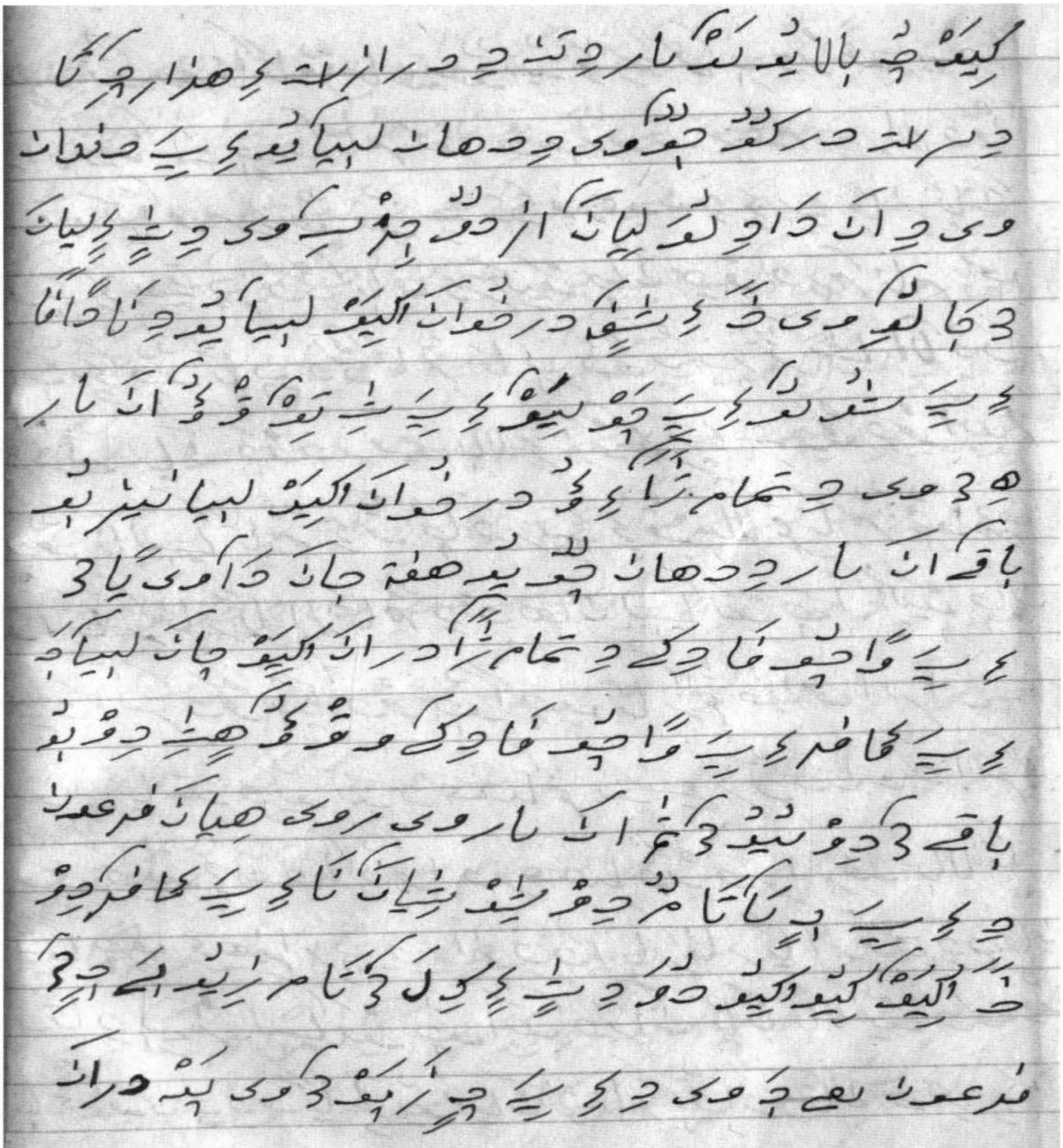

毅處巴拉（上）〔بالا〕有毛，麻熱（蟒）〔مار〕的坦恩（身體）〔تن〕的迪拉孜（長）〔دراز〕艾斯特（是）〔است〕一漢雜熱（千）〔هزار〕尺，它的薩熱（頭）〔س〕艾斯特（是）代熱（在）〔در〕空中，維（它）〔وی〕的達航（嘴）〔دهان〕裡邊有一些丹當尼（牙）〔دندان〕，維（它）〔وی〕的昂（那個）〔آن〕大的羅量艾孜（從）〔از〕東直至西。維（它）〔وی〕的聲音像了炸雷，維（它）〔وی〕喊一聲，代熱（在）〔در〕荒郊裡邊有的那但凡一些樹木，一些草苗，一些石頭各物，昂（那個）〔آن〕麻熱（蟒）〔مار〕吸了維（它）〔وی〕的坦瑪目（全）〔تمام〕然，一物代熱（在）〔در〕荒郊裡邊尼孜（也）〔نیز〕不巴給（存留）〔باقی〕。昂（那個）〔آن〕麻熱（蟒）〔مار〕的達航（嘴）〔دهان〕唇有哈夫特（七）〔هفت〕丈大，維（他）〔وی〕咽了一些玩術法的坎斯（人）〔کس〕的坦瑪目（全）〔تمام〕然。代熱（在）〔در〕昂（那個）〔آن〕校場裡邊，這一些卡非爾（外教人）〔کافر〕，一些玩術法的坎斯（人）〔کس〕臥（和）〔و〕各物，信是都不巴給（存在）〔باقی〕了，都沒有了。

　　笪買（然後）〔ثم〕那個麻熱（蟒）〔مار〕維（它）〔وی〕茹奕（面）〔روی〕向費熱歐乃（法老）〔فرعون〕的一些兵馬，他們都受傷。那一些卡非爾（外教人）〔کافر〕都喊叫，求救度的聲音起來了，他們就敗陣了。費熱歐乃（法老）〔فرعون〕曼阿（同）〔مع〕著維（他）〔وی〕的一些臣子跑了，維（他）〔وی〕跑代熱（在）〔در〕昂（那個）〔آن〕

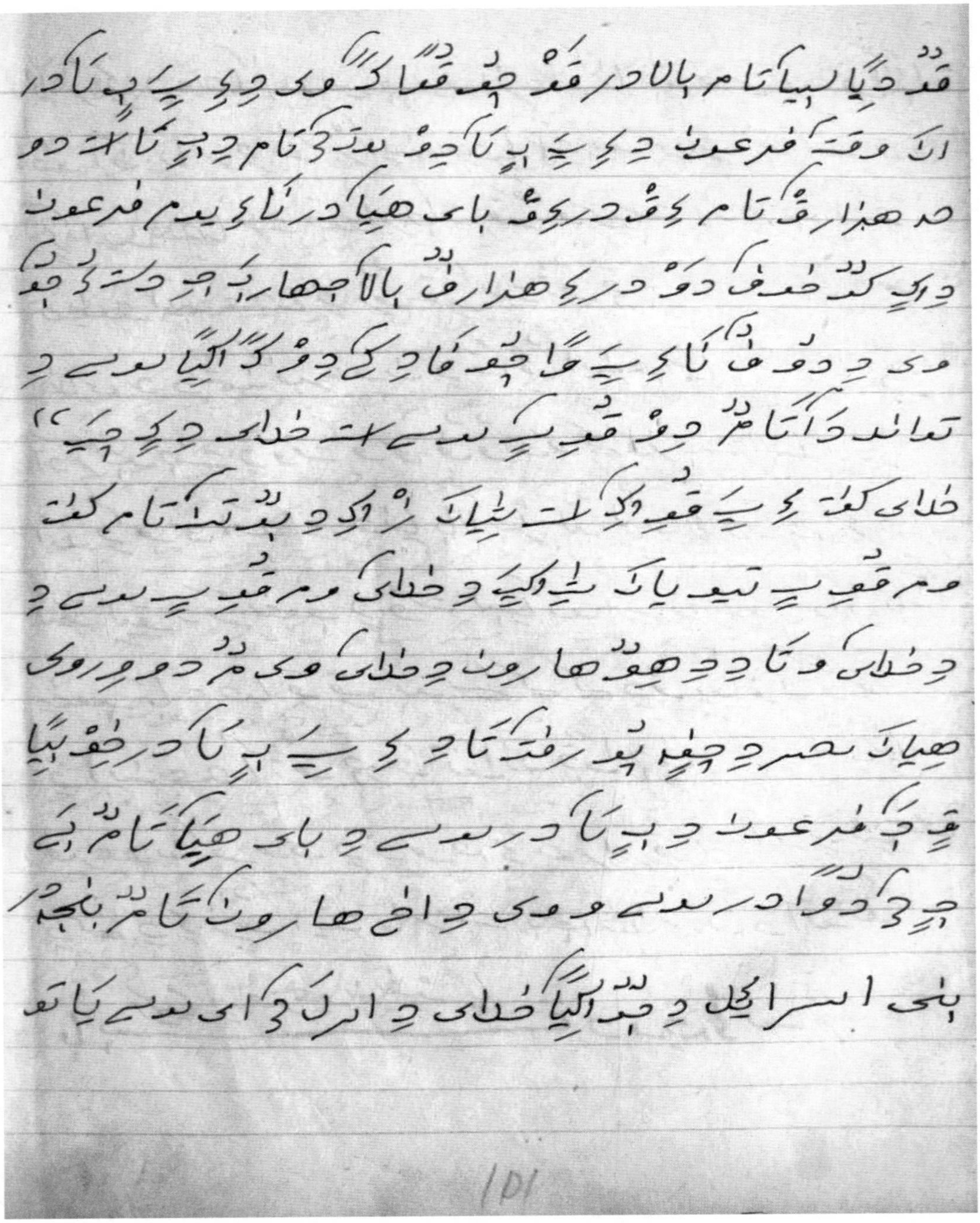

宮殿裡邊，他們巴拉（上）〔بالا〕代熱（在）〔در〕高處觀看維（他）〔وى〕的一些兵馬。代熱（在）〔در〕昂（那個）〔آن〕沃格提（時候）〔وقت〕，費熱歐乃（法老）〔فرعون〕的一些兵馬都毛提（無常）〔موت〕了。他們的兵馬艾斯特（是）〔است〕杜（二）〔دو〕單（十）〔ده〕漢雜熱（千）〔هزار〕個，他們一個代熱（在）〔در〕一個耙（腳）〔پاى〕下，代熱（在）〔در〕那一遙目（日）〔يوم〕，費熱歐乃（法老）〔فرعون〕的驚恐、咢夫（害怕）〔خوف〕，到代熱（在）〔در〕一漢雜熱（千）〔هزار〕份巴拉（上）〔بالا〕。車哈熱（四）〔چهار〕百隻達斯提（手）〔دست〕握住維（他）〔وى〕的肚腹，那一些玩術法的坎斯（人）〔كس〕都看見穆薩〔موسى〕的吐窪德（能力）〔تواند〕，他們都歸信穆薩〔موسى〕艾斯特（是）〔است〕胡大〔خداى〕的欽差。胡大〔خداى〕古夫特（說）〔گفت〕：「一些詭計艾斯特（是）〔است〕傷自己的本坦恩（身）〔تن〕。」

他們古夫特（說）〔گفت〕：「我們歸信調養世界的胡大〔خداى〕，我們歸信穆薩〔موسى〕的①胡大〔خداى〕臥（與）〔و〕維（他）〔وى〕的弟兄哈魯乃〔هارون〕的胡大〔خداى〕。」維（他）〔وى〕們叨（兩）〔دو〕位茹奕（面）〔روى〕向密蘇爾（埃及）〔مصر〕的城堡熱夫特（去）〔رفت〕，他的一些兵馬代熱（在）〔در〕後邊跟著，費熱歐乃（法老）〔فرعون〕的兵馬代熱（在）〔در〕穆薩〔موسى〕的耙（腳）〔پاى〕下，他們敗陣了。

端代熱（在）〔در〕穆薩〔موسى〕臥（與）〔و〕維（他）〔وى〕的安宏（弟兄）〔اخ〕哈魯乃〔هارون〕，他們憑著②代熱（在）〔در〕班尼伊斯拉依裡（以色列的子孫）〔بنى إسرائيل〕的中間，胡大〔خداى〕的艾目熱（命令）來了：「哎！穆薩〔موسى〕呀！圖（你）〔تو〕

---

① 此處衍「的」字，未錄。
② 「憑著」疑為「正」的筆誤，未改。

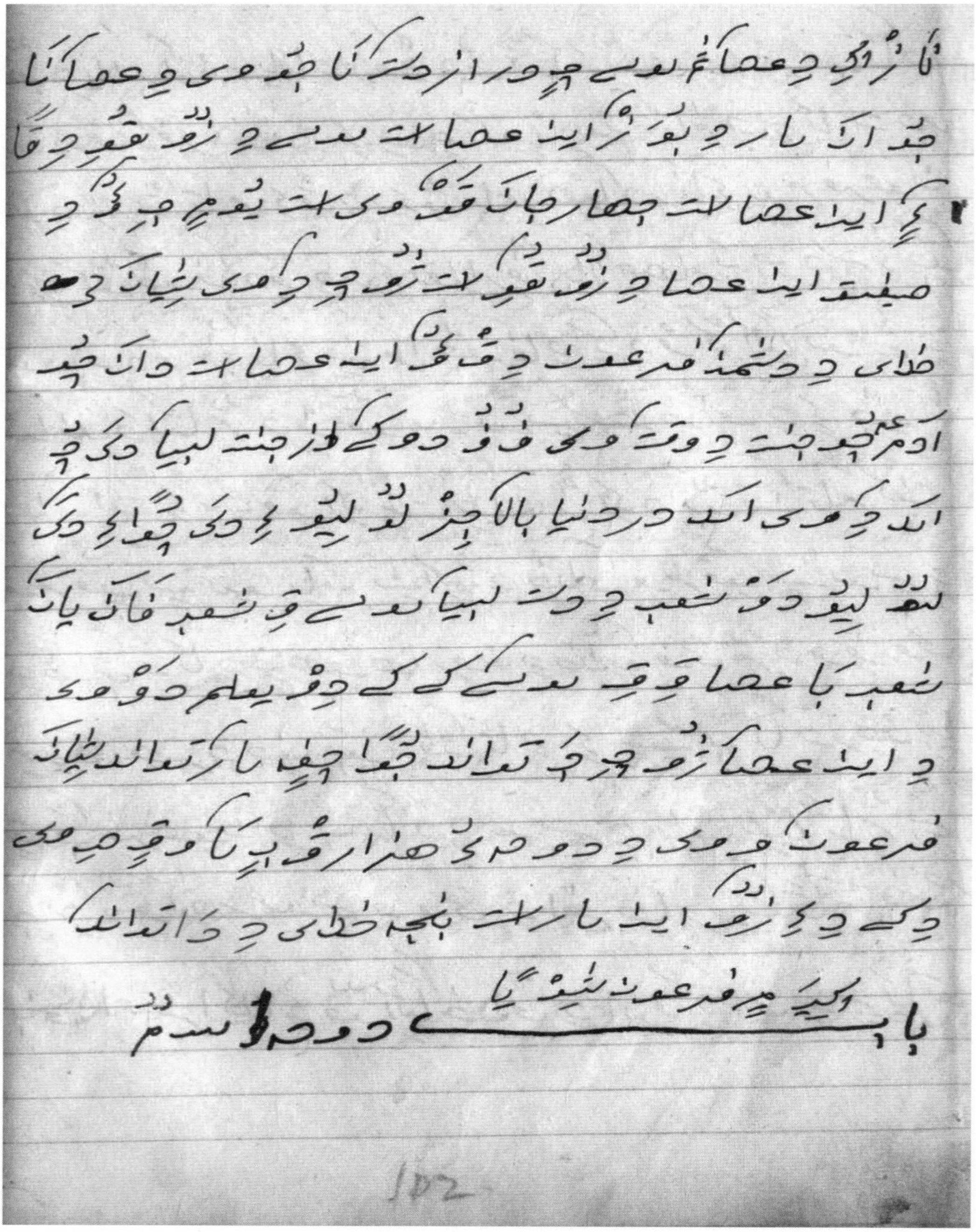

拿自己的阿薩（棍）〔عصا〕」。筍買（然後）〔ثم〕穆薩〔موسي〕正代熱（在）〔در〕艾孜（用）〔از〕達斯提（手）〔دست〕拿住維（他）〔وی〕的阿薩（棍）〔عصا〕，拿住昂（那個）〔آن〕麻熱（蟒）〔مار〕的脖子。印（這個）〔این〕阿薩（棍）〔عصا〕艾斯特（是）〔است〕穆薩〔موسي〕的尊貴的感應。印（這個）〔این〕阿薩（棍）〔عصا〕艾斯特（是）〔است〕車哈熱（四）〔چهار〕丈高，它艾斯特（是）〔است〕有命之物的雖凡提（屬性）〔صفة〕。印（這個）〔این〕阿薩（棍）〔عصا〕的尊貴艾斯特（是）〔است〕如此的，它傷了胡大〔خداي〕的杜氏曼（敵人）〔دشمن〕費熱歐乃（法老）〔فرعون〕的各物。

　　印（這個）〔این〕阿薩（棍）〔عصا〕艾斯特（是）〔است〕當初阿丹〔آدم〕聖人爾來伊黑賽倆目〔عم〕出哲乃提（天堂）〔جنت〕的時候，維（他）〔وی〕夫婦杜（二）〔دو〕人艾孜（從）〔از〕哲乃提（天堂）〔جنت〕裡邊帶出阿曼德（來）〔آمد〕的，維（它）〔وی〕阿曼德（來）〔آمد〕代熱（在）〔در〕頓亞（今世）〔دنیا〕上，直至輪流一代傳一代，輪流到舒爾布〔شعیب〕的達斯提（手）〔دست〕裡邊。穆薩〔موسي〕給舒爾布〔شعیب〕放羊，舒爾布〔شعیب〕把阿薩（棍）〔عصا〕給給穆薩〔موسي〕。坎斯（人）〔کس〕坎斯（人）〔کس〕都耶阿來目（知）〔یعلم〕道維（他）〔وی〕的印（這個）〔این〕阿薩（棍）〔عصا〕如此著吐窪德（能）〔تواند〕轉成麻熱（蟒）〔مار〕，吐窪德（能）〔تواند〕傷費熱歐乃（法老）〔فرعون〕臥（與）〔و〕維（他）〔وی〕的杜（二）〔دو〕單（十）〔ده〕五漢雜熱（千）〔هزار〕個兵馬臥（與）〔و〕跟隨維（他）〔وی〕的坎斯（人）〔کس〕的一總。印（這個）〔این〕麻熱（蟒）〔مار〕艾斯特（是）〔است〕憑著胡大〔خداي〕的大吐窪德（能）〔تواند〕。

第二十三門　解明法老的受淹

巴布（門）〔باب〕杜（二）〔دو〕單（十）〔ده〕三門解明費熱歐乃（法老）〔فرعون〕受淹。

نیہا جب آگیا گار بینے کنے قے ممرد درریا دیے تے ریاک جگہ
درمیں بالا یک نوگ آنا ہے تھا جداب بلالک آنگ درریا
دوعے ہے نصرح چیغ تود واں درریاں شے نا نمعہ گا
نے از فرعون دے دبے جو بالاتم زوہ ہے باجھ خطای د
ار خطای جا ارسوے اکیف نے ہیقہ وہوک درب کا
وہوک د قوم بنی اسرائیل دے دنا ازن کا ایتہ ہے
دو ہزار کے فرعون دگ ۳ دے ہے ہوکا ایتہ کیا ہے
بے د قوم یقوبیہ گ ہے سلہم مہ در جمع کا
نا گ یوم فرعون دگ دیے ہے ہوکا گمے چہ فرعون دے
ہزار نو جا ارریاں ہوطہ وکانا گ ہے ہوکا گار زب
کہ وہ ت عربی دگا ہب تام چگا وہ ت نیا دکگیا
تام نقی کہ کا دی دہ ت نرنتہ واں لے قوہ طب دغا

103

你把這件卡熱（事情）〔کار〕表古夫特（說）〔گفت〕給我們。代熱（在）〔در〕達熱亞（海）〔دریا〕底兒，太陽照代熱（在）〔در〕維（它）〔وی〕上耶克（一）〔یک〕遭，昂（那個）〔آن〕艾斯特（是）〔است〕什麼？

哲瓦布（回答）〔جواب〕：白到乃凱（你應當知道）〔بدانکه〕，昂（那個）〔آن〕達熱亞（海）〔دریا〕底兒艾斯特（是）〔است〕密蘇爾（埃及）〔مصر〕的城堡的昂（那個）〔آن〕達熱亞（海）〔دریا〕。昂（那個）〔آن〕艾斯特（是）〔است〕那堝阿（樣）〔نوعة〕的：穆薩〔موسی〕艾孜（從）〔از〕費熱歐乃（法老）〔فرعون〕的敗陣上逃走，艾斯特（是）〔است〕憑著胡大〔خداي〕的艾目熱（命令）〔امر〕。胡大〔خداي〕的艾目熱（命令）〔امر〕穆薩〔موسی〕，叫穆薩〔موسی〕曉臥（與）〔و〕維（他）〔وی〕的兵馬臥（與）〔و〕維（他）〔وی〕的高目（民眾）〔قوم〕，班尼伊斯拉依裡（以色列的子孫）〔بني إسرائيل〕的坎斯（人）〔کس〕的男贊恩（女）〔زن〕大小艾斯特（是）〔است〕杜（二）〔دو〕漢雜熱（千）〔هزار〕坎斯（人）〔کس〕。費熱歐乃（法老）〔فرعون〕帶了一些兵馬要攆穆薩〔موسی〕[1]穆薩〔موسی〕的高目（民眾）〔قوم〕，要滅一些穆斯林〔مسلم〕。維（他）〔وی〕代熱（在）〔در〕追趕的那一遙目（日）〔یوم〕，費熱歐乃（法老）〔فرعون〕的一些兵馬曼阿（同）〔مع〕著費熱歐乃（法老）〔فرعون〕的百漢雜熱（千）〔هزار〕個戰將保護維（他）〔وی〕。那一些兵馬一總騎的艾斯特（是）〔است〕阿熱比（阿拉伯）〔عربی〕的戰阿斯伯（馬）〔اسب〕，他們穿的艾斯特（是）〔است〕絲綿的盔甲，他們每一個馬戴的艾斯特（是）〔است〕金雙玲，個個阿斯伯（馬）〔اسب〕的鞍子

---

① 　此處應脫「和」字，未錄。

دوست نزد بچه آلتیه جوانک ليته ديمی نة در فرعونی دردم
بتیا نقه نقه فرعونی دعوا در تيی پاک جبة دريا نقم دكنه اكليا
بال آلیم سے بچه سے قوم دیدم اگلای دهنه بتیا نت فرعونی در
بچه نا در دهنه بتیا جعر قا دمم نا نم دیدنی نا نات کی نیک شوی د
نم بوسی بچه قوم كلنه ای خطای دیعم نا در مم د خنه بتیا نت
دنمد در مم بتیا نت کا دریا نقی نزر مم نقی نزر نت
نزر جرد بچه سے نمد نیة جفا نا دمم مم بچی در ایك
وقت نیك بتیا نت نم بدے كلنه ای نات د بچی سے قدم آنم
بيو خوف خطای ارد نمد د بلا بالا كی دی نیك گی گنت
فم ميه نقه نا دمم نقه بی د ولد بتنی كلنه اگر خطای بعد
نقه نا مم د وقت د وم كی طقه و د در د ریا لبیا نم
بتنی كلنه ای خطای دیعم نا نت قا كی برای وم د كان
مالك خطای بالا نزر دعای كا بوسی عم سال وآک خطای

都<u>艾斯特</u>（是）〔است〕<u>贊熱</u>（金）〔زر〕銀受裝修的，<u>維</u>（他）〔وی〕們<u>代熱</u>（在）〔در〕<u>費熱歐乃</u>（法老）〔فرعون〕的<u>丹熱目</u>（錢）〔درم〕①邊保護<u>費熱歐乃</u>（法老）〔فرعون〕。端<u>代熱</u>（在）〔در〕太陽照<u>代熱</u>（在）〔در〕他們的盔甲<u>巴拉</u>（上）〔بالا〕，<u>穆薩</u>〔موسي〕的一些<u>高目</u>（民眾）〔قوم〕<u>迪德</u>（看）〔دید〕見了後邊<u>艾斯特</u>（是）〔است〕<u>費熱歐乃</u>（法老）〔فرعون〕的兵馬，<u>代熱</u>（在）〔در〕後邊追趕我們，他們的兵馬<u>艾斯特</u>（是）〔است〕無有數的。

　　<u>筍買</u>（然後）〔ثم〕<u>穆薩</u>〔موسي〕的<u>高目</u>（民眾）〔قوم〕<u>古夫特</u>（說）〔گفت〕：「哎！<u>胡大</u>〔خداي〕的聖人<u>爾來伊黑賽倆目</u>〔عم〕呀！<u>代熱</u>（在）〔در〕我們的後邊<u>艾斯特</u>（是）〔است〕<u>杜氏曼</u>（敵人）〔دشمن〕，<u>丹熱目</u>（錢）〔درم〕②邊<u>艾斯特</u>（是）〔است〕大<u>達熱亞</u>（海）〔دریا〕，如<u>贊熱</u>（金）〔زر〕③我們逃走<u>艾斯特</u>（是）〔است〕如此的，一些<u>杜氏曼</u>（敵人）〔دشمن〕要抓拿我們，我們一定<u>代熱</u>（在）〔در〕<u>印</u>（這個）〔این〕<u>沃格提</u>（時候）〔وقت〕要傷。」<u>筍買</u>（然後）〔ثم〕<u>穆薩</u>〔موسي〕<u>古夫特</u>（說）〔گفت〕：「哎！<u>曼</u>（我）〔من〕的一些<u>高目</u>（民眾）〔قوم〕啊！你們莫要<u>咢夫</u>（害怕）〔خوف〕，<u>胡大</u>〔خداي〕<u>艾孜</u>（從）〔از〕<u>杜氏曼</u>（敵人）〔دشمن〕的白倆（災難）〔بلاء〕<u>巴拉</u>（上）〔بالا〕一定要看<u>達斯提</u>（手）〔دست〕④我們，要護苫我們。」

　　<u>努尼</u>〔نون〕的<u>沃來子</u>（兒子）〔ولد〕<u>有舍爾</u>〔يشع〕<u>古夫特</u>（說）〔گفت〕：「<u>艾甘熱</u>（要是）〔اگر〕<u>胡大</u>〔خداي〕不護苫我們的<u>沃格提</u>（時候）〔وقت〕，我們一同<u>臥</u>（與）〔و〕⑤<u>代熱</u>（在）〔در〕<u>達熱亞</u>（海）〔دریا〕裡邊。」<u>筍買</u>（然後）〔ثم〕<u>有舍爾</u>〔يشع〕<u>古夫特</u>（說）〔گفت〕：「哎！<u>胡大</u>的聖人<u>爾來伊黑賽倆目</u>〔عم〕哪！<u>圖</u>（你）〔تو〕趕緊<u>班拉依</u>（因為）〔برای〕我們的<u>卡熱</u>（事情）〔کار〕往<u>胡大</u>〔خداي〕<u>巴拉</u>（上）〔بالا〕做<u>杜阿</u>（祈禱）〔دعاء〕吧！」

　　<u>穆薩</u>〔موسي〕聖人<u>爾來伊黑賽倆目</u>〔عم〕<u>瑪裡</u>（財）〔مال〕⑥往<u>胡大</u>〔خداي〕

---

① 「錢」表示「前」的音。
② 「錢」表示「前」的音。
③ 「金」表示「今」的音。
④ 「手」表示「守」的音。
⑤ 「與」表示「遇」的音。
⑥ 「財」表示「才」的音。

بالا رف دعاؤ وی کیا ڈے اللّٰهم اليّك المستقى والیّك المشقا

ن وانتا المستقات نعے ڈے ای خدای آ ہم رُہاڈ تد بالا

کہے ڈکیو دوُ ہم رُہاڈ تد بالا کہو سیاڈ جے تد سد لیاڈ جع

ے ڈ خدای نے سد کہو دوُ کہ ڈ خدای تد کہو دوُ ہ مر دن

سے رُ بالا دعاک ہسد دریا ہے کر ڈ نیو سیاڈ

ڈ ہ یاڈ ڈ نا نعد دریا ودے ہیا جے گا ارشٹ وی در ک جع

دریا لیا ہیا ڈ ہ دو تید راہ تے یاڈ جے د دوِ بالا

ہ رقے اڈ راہ رشٹ فاک ڈ خدای پید اڈ باد فا داک

ضق دریا اب ہ دے ستے ک دریا ے د حوُ جۓ د حفا ک راہ

او خدای ار گ آ ای سے یانم ہیا رفسم سے پے جتا

ڈ قیم کلق ای ہ مر ہ دوت ٹم ک دید پے کلیا پے ک

ہدے یق واڈ خدای بالا رف دعاک خدای پید ار گ ڈ

کلق ای سد کیا تد با تد ہ عما داد دریا لیا ودیا

105

巴拉（上）〔بالا〕做杜阿（祈禱）〔دعاء〕，維（他）〔وى〕念的艾斯特（是）〔است〕：

اللهم إليك المشتكى وإليك المستعان وانت المستعان﴿

麥爾尼（意思）〔معنى〕艾斯特（是）〔است〕：「哎！胡大〔خداى〕啊！我們只往圖（你）〔تو〕巴拉（上）〔بالا〕求救度，我們只往圖（你）〔تو〕巴拉（上）〔بالا〕求襄助，圖（你）〔تو〕艾斯特（是）〔است〕襄助坎斯（人）〔كس〕的胡大〔خداى〕，圖（你）〔تو〕艾斯特（是）〔است〕救度坎斯（人）〔كس〕的胡大〔خداى〕，圖（你）〔تو〕救度我們。」

代熱（在）〔در〕穆薩〔موسي〕做罷印（這個）〔اين〕杜阿（祈禱）〔دعاء〕班爾代（後）〔بعد〕，達熱亞（海）〔دريا〕阿布（水）〔آب〕立起來，就像了牆的那塯阿（樣）〔نوعة〕。達熱亞（海）〔دريا〕底兒顯出來，阿布（水）〔آب〕及時立代熱（在）〔در〕空中，達熱亞（海）〔دريا〕裡邊顯了單（十）〔ده〕杜（二）〔دو〕條拉海（路）〔راه〕。太陽照代熱（在）〔در〕維（它）〔وى〕巴拉（上）〔بالا〕一遭，昂（那個）〔آن〕拉海（路）〔راه〕及時幹了。胡大〔خداى〕又艾目熱（命令）〔امر〕巴德（風）〔باد〕刮代熱（在）〔در〕昂（那個）〔آن〕位份。達熱亞（海）〔دريا〕阿布（水）〔آب〕一定沒有一點兒了，都轉成幹拉海（路）〔راه〕。

筍買（然後）〔ثم〕胡大〔خداي〕艾目熱（命令）〔امر〕來了：「哎！穆薩〔موسي〕呀！你們行熱夫特（去）〔رفت〕！」穆薩〔موسي〕曼阿（同）〔مع〕著他的高目（民眾）〔قوم〕古夫特（說）〔گفت〕：「哎！我們的朵斯提（朋友）〔دوست〕們，一個迪德（看）〔ديد〕不見別一個。」穆薩〔موسي〕又往胡大〔خداي〕巴拉（上）〔بالا〕做杜阿（祈禱）〔دعاء〕，胡大〔خداي〕又艾目熱（命令）〔امر〕來了。古夫特（說）〔گفت〕：「哎！穆薩〔موسي〕呀！圖（你）〔تو〕把圖（你）〔تو〕的阿薩（棍）〔عصا〕打代熱（在）〔در〕達熱亞（海）〔دريا〕裡邊指點。」

106

笪買（然後）〔ثم〕穆薩〔موسي〕憑著阿薩（棍）〔عصا〕指點，達熱亞（海）〔دريا〕裡邊轉的努爾（光）〔نور〕亮了，他們一個迪德（看）〔ديد〕見別一個了。達熱亞（海）〔دريا〕阿布（水）〔آب〕轉成清的，維（他）〔وى〕比鏡子還清。穆薩〔موسي〕領著維（他）〔وى〕的一些高目（民眾）〔قوم〕過去了。維（他）〔وى〕們一同下在阿布（水）〔آب〕裡邊，維（他）〔وى〕們賽倆麥提（平安）〔سلامة〕著艾孜（從）〔از〕達熱亞（海）〔دريا〕裡邊出阿曼德（來）〔آمد〕。

費熱歐乃（法老）〔فرعون〕茹奕（面）〔روى〕向自己的兵，維（他）〔وى〕古夫特（說）〔گفت〕：「你們觀看這件卡熱（事情）〔كار〕，達熱亞（海）〔دريا〕阿布（水）〔آب〕艾孜（從）〔از〕曼（我）〔من〕的威嚴巴拉（上）〔بالا〕艾斯特（是）〔است〕如何的。」維（他）〔وى〕就代熱（在）〔در〕印（這個）〔اين〕哈裡（時境）〔حال〕，哲布熱依萊〔جبرئيل〕憑著胡大〔خداى〕的艾目熱（命令）〔امر〕阿曼德（來）〔آمد〕了。哲布熱依萊〔جبرئيل〕騎的艾斯特（是）〔است〕騾阿斯伯（馬）〔اسب〕，印（這個）〔اين〕騾阿斯伯（馬）〔اسب〕下代熱（在）〔در〕①達熱亞（海）〔دريا〕裡邊。費熱歐乃（法老）〔فرعون〕騎的艾斯特（是）〔است〕兒阿斯伯（馬）〔اسب〕，下代熱（在）〔در〕阿布（水）〔آب〕②。印（這只）〔اين〕兒阿斯伯（馬）〔اسب〕攆騾阿斯伯（馬）〔اسب〕，費熱歐乃（法老）〔فرعون〕尼孜（也）〔نيز〕擋不住了。維（他）〔وى〕的兒阿斯伯（馬）〔اسب〕攆騾阿斯伯（馬）〔اسب〕，維（他）〔وى〕領著維（他）〔وى〕的一些兵阿斯伯（馬）〔اسب〕一同下代熱（在）〔در〕達熱亞（海）〔دريا〕裡邊。維（他）〔وى〕的一些兵馬順奉維（他）〔وى〕，他們一同下熱夫特（去）〔رفت〕，代熱（在）〔در〕達熱亞（海）〔دريا〕裡邊一個尼孜（也）〔نيز〕不巴給（存留）〔باق〕，及時胡大〔خداى〕艾目熱（命令）〔امر〕達熱亞（海）〔دريا〕阿布（水）〔آب〕，憑著胡大〔خداي〕的大吐窪德（能）〔تواند〕合代熱（在）〔در〕一處，穆薩〔موسي〕的高目（民眾）〔قوم〕平安著艾孜（從）〔از〕海裡邊出阿曼德（來）〔آمد〕了。費熱歐乃（法老）〔فرعون〕

---

① 此處衍「下在」二字，未錄。
② 此處脫「裡」一字，未錄。

يہ جب تاج جے چلایے هیا در دریا لیا دریا ایک دریا چیے تا
ہر جے اور شوشیان فرعون دے جے بارے تا ہر دردریا لیا
شفے یا تا ہر طے کیفے جے شے جلت طے هیدف دے تا ہر دے شے جے
ازدریا لیا شے قفی نے تم سے جے چلے بارے تا ہر وتا دے یے
قہم دوم دے کلیا اے تا ہر کفے ایدا تما شے کفے ایدا طے
فرعون دے شے جے بارے یہ تا ہر شفے یا د شے جے لت شیان ورم
دشمنہ دے شے جے خلاص اکیاک دریا هاپیا اے پاچا جے فرعون
ہ وے جے جے بارے دوہ شیئد یا تا ہر عت دردریا لیا
سے ہ ے کے دہ قہم ہدی پے پے تا ہر اک کے سلامت جے
اریقیاں اک ہ ے تے پاک جعہ دروی بالیح ٹوٹ دراک ہوقہ
جنڑ قیامت دے یم دریا ایک یا فرعون پدای ہے لے جے
خدای جے دور ہکی لت جے اکے جے خلاص ہ دلت خدای جے
دشمنہ ا طلای جے نے لت خلای عذاب ہی دے یم دے دوقی
با اکیے جے تتا ایدا یے لیے ＿＿＿＿＿ دوہ چھا لیا جہ کلیا
کا ریقے کفے قہ ورہ دراکھ جہ ز دا لیا ازو تے نعہ جہ تا تا

領著他的一些兵<u>阿斯伯</u>（馬）〔اسب〕下<u>代熱</u>（在）〔در〕<u>達熱亞</u>（海）〔دريا〕裡邊，<u>達熱亞</u>（海）〔دريا〕<u>阿布</u>（水）〔آب〕合<u>代熱</u>（在）〔در〕一處，他們一總受傷。<u>費熱歐乃</u>（法老）〔فرعون〕的一些兵<u>阿斯伯</u>（馬）〔اسب〕，他們<u>代熱</u>（在）〔در〕<u>達熱亞</u>（海）〔دريا〕裡邊受淹，他們喊叫的聲音<u>艾斯特</u>（是）〔است〕很兇惡的。

他們的聲音<u>艾孜</u>（從）〔از〕<u>達熱亞</u>（海）〔دريا〕裡邊升高了，<u>筍買</u>（然後）〔ثم〕<u>穆薩</u>〔موسي〕的一些兵<u>阿斯伯</u>（馬）〔اسب〕<u>臥</u>（與）〔و〕他的一些<u>高目</u>（民眾）〔قوم〕都聽見了，他們<u>古夫特</u>（說）〔گفت〕：「<u>印</u>（這個）〔اين〕什麼聲音！」<u>穆薩</u>〔موسي〕<u>古夫特</u>（說）〔گفت〕：「<u>印</u>（這）〔اين〕是<u>費熱歐乃</u>（法老）〔فرعون〕的一些兵<u>阿斯伯</u>（馬）〔اسب〕他們受淹的聲音，<u>艾斯特</u>（是）〔است〕傷我們的<u>杜氏曼</u>（敵人）〔دشمن〕的聲音。」

<u>胡大</u>〔خداي〕將<u>達熱亞</u>（海）〔دريا〕<u>阿布</u>（水）〔آب〕淹了<u>維</u>（他）〔وى〕們，<u>費熱歐乃</u>（法老）〔فرعون〕<u>臥</u>（與）〔و〕<u>維</u>（他）〔وى〕的一些兵<u>阿斯伯</u>（馬）〔اسب〕都受了淹，他們<u>毛提</u>（無常）〔موت〕<u>代熱</u>（在）〔در〕<u>達熱亞</u>（海）〔دريا〕裡邊。<u>穆薩</u>〔موسي〕<u>臥</u>（與）〔و〕<u>維</u>（他）〔وى〕的<u>高目</u>（民眾）〔قوم〕<u>臥</u>（和）〔و〕一些兵馬<u>坦瑪目</u>（全）〔تمام〕然得其<u>賽倆麥提</u>（平安）〔سلامة〕著就<u>艾斯特</u>（是）〔است〕<u>昂</u>（那個）〔آن〕位份，太陽照<u>代熱</u>（在）〔در〕<u>維</u>（他）〔وى〕<u>巴拉</u>（上）〔بالا〕一遭的<u>昂</u>（那個）〔آن〕位份，直至給<u>亞買提</u>（複生）〔قيامت〕的<u>遙目</u>（日）〔يوم〕子。

<u>達熱亞</u>（海）〔دريا〕<u>阿布</u>（水）〔آب〕淹<u>費熱歐乃</u>（法老）〔فرعون〕，<u>班拉依</u>（因為）〔براى〕<u>維</u>（他）〔وى〕<u>曼阿</u>（同）〔مع〕著<u>胡大</u>〔خداي〕為對，<u>維</u>（他）〔وى〕<u>艾斯特</u>（是）〔است〕爭競為<u>胡大</u>〔خداى〕，<u>維</u>（他）〔وى〕<u>艾斯特</u>（是）〔است〕<u>胡大</u>〔خداى〕的<u>杜氏曼</u>（敵人）〔دشمن〕，惹<u>胡大</u>〔خداى〕的怒惱，<u>胡大</u>〔خداي〕<u>爾雜布</u>（懲罰）〔عذاب〕<u>維</u>（他）〔وى〕的<u>遙目</u>（日）〔يوم〕子到了。

第二十四門　解明坍塌這個世界

<u>巴布</u>（門）〔باب〕<u>杜</u>（二）〔دو〕<u>單</u>（十）〔ده〕<u>車哈熱</u>（四）〔چهار〕解明坍塌<u>印</u>（這個）〔اين〕世界。

你把這件<u>卡熱</u>（事情）〔كار〕表<u>古夫特</u>（說）〔گفت〕給我們。<u>代熱</u>（在）〔در〕<u>阿黑熱</u>（臨尾，讀音：lín yi）〔آخر〕的<u>贊瑪尼</u>（光陰）〔زمان〕裡邊，如何<u>堖阿</u>（樣）〔نوعة〕著坍塌

ایدا شیاکیے چھاب تمد دود جہ دیکیا حال سشتمہ تا دد ولد تقایک کنتہ
سند در قشیر دد کتاب لبیاک آکیا خطمہ کنتہ ساد در آخر حد زماں
لبیا نیتہ کدو جعپ پید چیکا پا دا ایمد دد وقت سڈ ڈنیاک ہدی تا حیات
دد بیمر زنڈ عذاب ہدی براپ دد دنیا بالا کہ جہ کہ تام قیا گہ
سفد دد کناہ سند تند تمد تماند ی جہ فدای عذاب ہدی متر دد دنیا
جہ دا دد جعپ بعد تا مطبق دد رہی لبیاد جہ پہ کی یہ گہ تباہ
تباہ دد ہدی متر قیا دد بعد سہ اُبعد دد کناہ ہدی پہ تباہ کار
تمانہ دد فا خطای تر خطای دد تند تند تاکی پہ دد فا خطای دد
تا رتا ہدی متر در ایت رسید بالا قما تباہ کا خطاس کیاک
بیر پہ عذاب تق جہ تہ ہدی متر قیا دد تا بعد دد کناہ بنجہ تا
بعد عذاب ہدی متر خدا میکیاک رسید دقت تا تمتا وہ؟؟؟
شیاک دد سنک دد رسید خدا میکیاک دگ غم تا غہ تا مد یند دد
رسید کمیات ہدی پہ شیاک دد کرامت دد رسید کیاک تباہ
آپ مد ھیا آب آپ دد بمیر دد رسید ہدتا. دد جعپ تند کیاک

108.

印（這）〔این〕世界？

　　哲瓦布（回答）〔جواب〕：圖（你）〔تو〕知道這件卡熱（事情）〔کار〕，賽裡瑪台〔سلمات〕的沃來子（兒子）〔ولد〕目噶提來〔مقاتل〕古夫特（說）〔گفت〕：「曼（我）〔من〕代熱（在）〔در〕古布熱〔قبر〕的克塔布（經典）〔کتاب〕裡邊看見胡大〔خداي〕古夫特（說）〔گفت〕：'曼（我）〔من〕代熱（在）〔در〕阿黑熱（臨尾，讀音：lín yi）〔آخر〕的贊瑪尼（光陰）〔زمان〕裡邊，沒有一個城堡便罷，但有的沃格提（時候）〔وقت〕曼（我）〔من〕傷維（它）〔وی〕，它給亞買提（複生）〔قیامت〕的遙目（日）〔يوم〕子，曼（我）〔من〕爾雜布（懲罰）〔عذاب〕維（它）〔وی〕。班拉依（因為）〔برای〕代熱（在）〔در〕頓亞（今世）〔دنیا〕巴拉（上）〔بالا〕一些坎斯（人）〔کس〕，他們幹了無數的古那海（罪）〔گناه〕。曼（我）〔من〕怒惱他們。」因此，胡大〔خداي〕爾雜布（懲罰）〔عذاب〕維（他）〔وی〕們。

　　代熱（在）〔در〕頓亞（今世）〔دنیا〕至大的城堡艾斯特（是）〔است〕拉對爾〔راضع〕，代熱（在）〔در〕維（它）〔وی〕裡邊的一些坎斯（人）〔کس〕艾斯特（是）〔است〕至坦巴黑（壞）〔تباه〕的，維（他）〔وی〕們幹了不曼阿（同）〔مع〕堖阿（樣）〔نوعة〕的古那海（罪）〔گناه〕，臥（與）〔و〕一些坦巴黑（壞）〔تباه〕卡熱（事）〔کار〕。維（他）〔وی〕們違犯胡大〔خداي〕，惹胡大〔خداي〕的怒惱。那一些違犯胡大〔خداي〕的男贊恩（女）〔زن〕，維（他）〔وی〕們代熱（在）〔در〕印（這）〔این〕贊米尼（地）〔زمین〕巴拉（上）〔بالا〕幹坦巴黑（壞）〔تباه〕卡熱（事）〔کار〕。胡大〔خداي〕降一些爾雜布（懲罰）〔عذاب〕，按著維（他）〔وی〕們幹的那堖阿（樣）〔نوعة〕古那海（罪）〔گناه〕，憑著那堖阿（樣）〔نوعة〕爾雜布（懲罰）〔عذاب〕維（他）〔وی〕們。

　　胡大〔خداي〕將贊米尼（地）〔زمین〕動彈、坍塌了，傷了滿克（麥加）〔مكة〕①的贊米尼（地）〔زمین〕。胡大〔خداي〕降饑餓坍塌麥迪那〔مدینة〕②的贊米尼（地）〔زمین〕，降維（它）〔وی〕艾斯特（是）〔است〕傷了奇拉買提〔کرامت〕的贊米尼（地）〔زمین〕，降坦巴黑（壞）〔تباه〕阿布（水）〔آب〕臥（與）〔و〕咸阿布（水）〔آب〕，淹了拜蘇爾〔بصر〕的贊米尼（地）〔زمین〕臥（與）〔و〕維（他）〔وی〕的城堡，降

---

①　「滿克」按照阿拉伯語應當寫作「مكّة」，手稿中的轉寫方法主要是表意，今予以更正。下同。
②　「麥迪那」按照阿拉伯語應當寫作「مَدينة」，手稿中的轉寫方法主要是表意，今予以更正。下同。

دریاب کیا ده عمار ده زربت اکبیات سلمان نا شقه ده بخشر ده
زربت و جوه بو اکسان هقه باد تنا ده طقه در زربت و جه
بغ کبیات خق اب کیا بحیه ده زربت اکبیات بغ سه ده باد
قعا تباه یمت ده زربت باته سه ده کار تقه از اسمان بالا
هبیا ک شقه ده کده یه ده زربت همدی لبیا ده ک سه جیه بغ
اکبیات دوم جیه مه سبن لبیا ده باد قعا در تعا بنه ده جغ
به در بای تعا بنه ده جیه بو ده ک تعا جیه قق ح ح
ده حه د ک کبیه تام پیا مه سبا ت ابغ سقیا ت ده ی جه تا
ده به کاته به تام پغ ده رث جغ سیز بغ ته شبا ت
خطای جیه هق باد کبا زربت بالا ده شا ته قعا ک ک با
عمر اقه ده زربت ده ی سه ک ده شبا ت ده خطای بغ جیه
زربت لبیا جه ک ی سه جیه شبا ت ده کرا مه ده زربت
و که خطای بغ جیه سبقا ت ده نا شبا ت ده تشا مر ده

達熱亞（海）〔دریا〕阿布（水）〔آب〕淹了艾瑪熱〔عمار〕的贊米尼（地）〔زمین〕。降阿斯瑪尼（天）〔آسمان〕納熱（火）〔نار〕燒了拜蘇爾〔بصر〕的贊米尼（地）〔زمین〕臥（與）〔و〕城堡。降凶巴德（風）〔باد〕坍塌大馬士革〔دمشق〕的贊米尼（地）〔زمین〕臥（與）〔و〕城堡。降混阿布（水）〔آب〕淹拜蘇爾〔بصر〕的贊米尼（地）〔زمین〕。降不曼阿（同）〔مع〕的巴德（風）〔باد〕刮坦巴黑（壞）〔تباه〕了耶曼（葉門）〔یمن〕的贊米尼（地）〔زمین〕。把不曼阿（同）〔مع〕的納熱（火）〔نار〕炭艾孜（從）〔از〕阿斯瑪尼（天）〔آسمان〕巴拉（上）〔بالا〕下了，燒了庫法〔کوفی〕的贊米尼（地）〔زمین〕臥（與）〔و〕維（他）〔وی〕裡邊的一些城堡。降叨目（第二）〔دوم〕層贊米尼（地）〔زمین〕裡邊的巴德（風）〔باد〕刮代熱（在）〔در〕麥哇伊尼〔مواین〕的城堡，代熱（在）〔در〕半夜麥哇伊尼〔مواین〕城堡的坎斯（人）〔کس〕，轉成狗的[①]蘇熱提（樣子）〔صورت〕，叫他們變形象。

　　艾布蘇夫揚〔أبوسفیان〕帶著他的兵馬逃跑，他們跑代熱（在）〔در〕何處尼孜（也）〔نیز〕要受傷。胡大〔خدای〕差凶巴德（風）〔باد〕把贊米尼（地）〔زمین〕巴拉（上）〔بالا〕的沙土刮起來，把伊拉克〔عراق〕的贊米尼（地）〔زمین〕的一些坎斯（人）〔کس〕都傷了。胡大〔خدای〕又差贊米尼（地）〔زمین〕裡邊出來一些蟲，傷了臥拉格迪〔وراقد〕的贊米尼（地）〔زمین〕的坎斯（人）〔کس〕。胡大〔خدای〕又差賽布哈尼〔سبهان〕的熱納熱（火）〔نار〕傷了乃沙臥爾〔نشاور〕的

---

① 　此處衍「的」字，未錄。

١١٥

城堡。胡大〔خداي〕憑著兇惡的聲音艾孜（從）〔ز〕阿斯瑪尼（天）〔آسمان〕巴拉（上）〔بالا〕顯了，傷了伊拉克〔عراق〕的城堡，臥（與）〔و〕內沙布爾〔نشابور〕的城堡的坎斯（人）〔كس〕都嚇毛提（無常）〔موت〕。胡大〔خداي〕又憑著賽亞黑（黑）〔سياه〕熱別麻爾（病）〔بيمار〕傷了西塔尼〔ستانى〕的城堡。又艾孜（從）〔ز〕阿斯瑪尼（天）〔آسمان〕下石頭下代熱（在）〔در〕內沙布爾〔نشابور〕的位份，傷了一些坎斯（人）〔كس〕的坦瑪目（全）〔تمام〕然。胡大〔خداي〕降薩熱（頭）〔سر〕痛別麻爾（病）〔بيمار〕傷了圖熱克〔ترك〕。胡大〔خداي〕降者乎尼〔جخونى〕的達熱亞（海）〔دريا〕阿布（水）〔آب〕淹了赫哇裡〔خوارى〕的坎斯（人）〔كس〕。降下巴拉恩（雨）〔باران〕傷了白沙瓦〔بشاور〕的坎斯（人）〔كس〕臥（與）〔و〕維（它）〔وى〕的城堡。胡大〔خداي〕叫一些兇惡的坎斯（人）〔كس〕一夥傷一夥，傷了赫紮尼耶〔خزانى〕的城堡。胡大〔خداي〕差爾拉亞尼〔عرايانى〕的一夥坎斯（人）〔كس〕傷了白勒黑〔بلخ〕的城堡的一夥坎斯（人）〔كس〕。降米卡尼〔مكانى〕的兵士傷烏圖拉〔أترا〕的城堡。降漢托布〔خطاب〕的兵阿斯伯（馬）〔اسب〕傷歐優尼〔عيونى〕的城堡的坎斯（人）〔كس〕。又叫布哈拉〔بخارى〕的兵馬傷烏米盧〔امرو〕的城堡。叫鄂蘇尼亞〔غثونيا〕的兵阿斯伯（馬）〔اسب〕傷

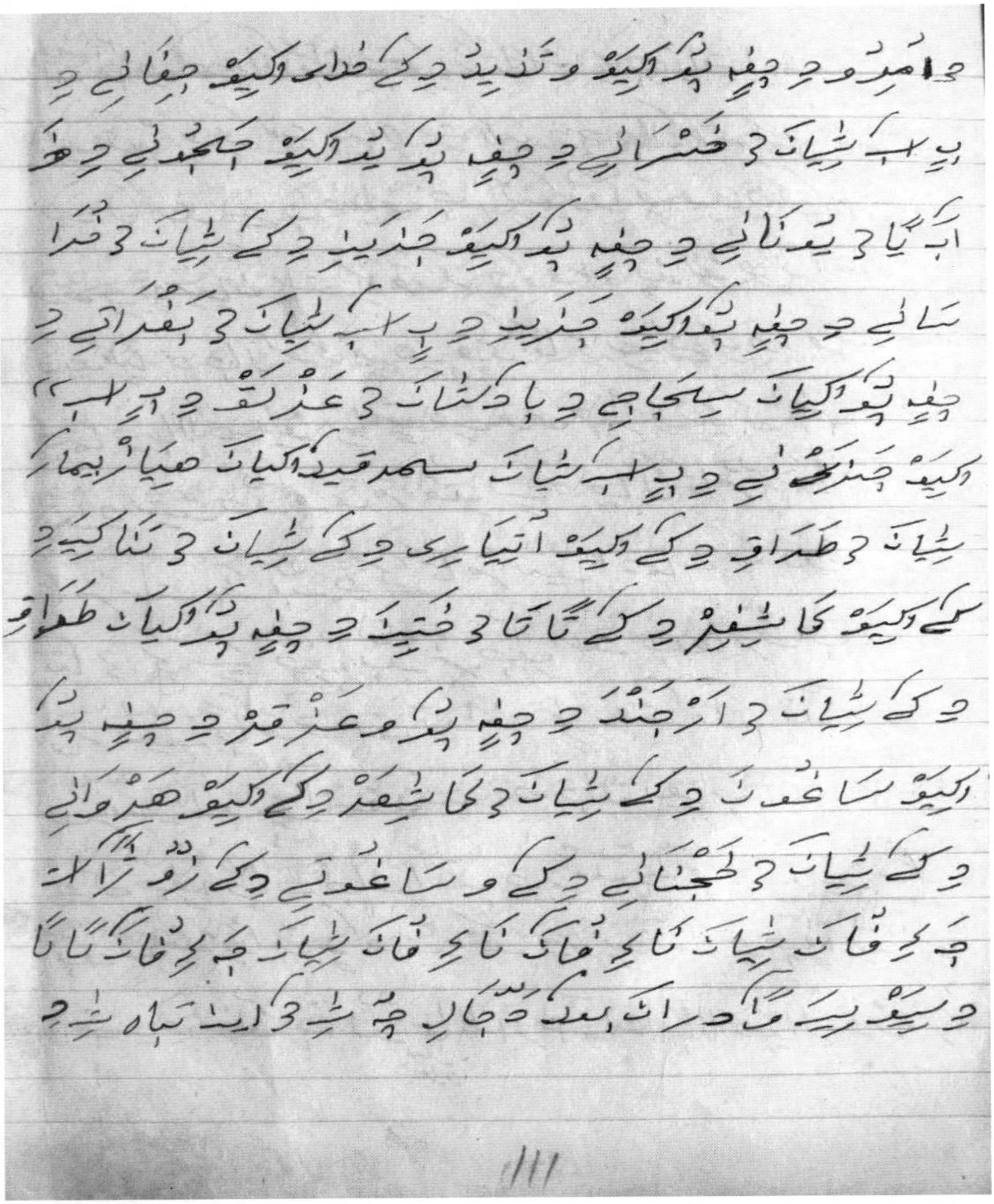

了烏米盧〔امرو〕的城堡①臥（與）〔و〕泰孜杜〔تنيد〕的坎斯（人）〔كس〕。胡大〔خداي〕叫志法尼〔جفانى〕的兵阿斯伯（馬）〔اسب〕傷了赫斯拉尼〔خسرانى〕的城堡。又叫者朱尼〔ججونى〕的黑阿布（水）〔آب〕淹了尤納尼（希臘）〔يونانى〕的城堡。叫哲載尼〔جزين〕的坎斯（人）〔كس〕傷了呼羅珊〔خراسان〕的城堡。叫哲載尼〔جزين〕的兵士傷了白夫拉提〔بفراتى〕的城堡。叫西縶只〔سجاج〕的巴德（風）〔باد〕傷了爾孜萊格〔عزلق〕的兵士。叫哲載尼〔جزينى〕的兵阿斯伯（馬）〔اسب〕傷了撒馬爾罕〔سمرقند〕②。降瞎子別麻爾（病）〔بيمار〕傷了托拉給〔طراق〕的坎斯（人）〔كس〕。叫烏提亞雷〔أتيارى〕的坎斯（人）〔كس〕傷了坦納凱耶〔تناكى〕的坎斯（人）〔كس〕。叫卡史費爾〔كاشفر〕的坎斯（人）〔كس〕坍塌了赫提乃〔ختين〕的城堡。叫托拉給〔طراق〕的坎斯（人）〔كس〕傷了艾熱占迪〔أرجند〕的城堡臥（與）〔و〕爾孜給熱〔عزقر〕的城堡。叫撒吳乃〔ساغون〕的坎斯（人）〔كس〕傷了卡什爾熱〔كاشعر〕的坎斯（人）〔كس〕。叫海熱瓦尼〔هروانى〕的坎斯（人）〔كس〕傷了赫只納尼〔خجنانى〕的坎斯（人）〔كس〕臥（與）〔و〕薩吾提〔ساغوتى〕的坎斯（人）〔كس〕。總然艾斯特（是）〔است〕這一方傷那一方，那一方傷這一方，慢慢的消滅完。

　　代熱（在）〔در〕昂（那）〔آن〕班爾代（之後）〔بعد〕，丹縶裡（怪獸）〔دجال〕出世了，印（這）〔اين〕坦巴黑（壞）〔تباه〕世的、

---

① 　此處衍「教」字，未錄。
② 　手稿地名轉寫有誤，已改。

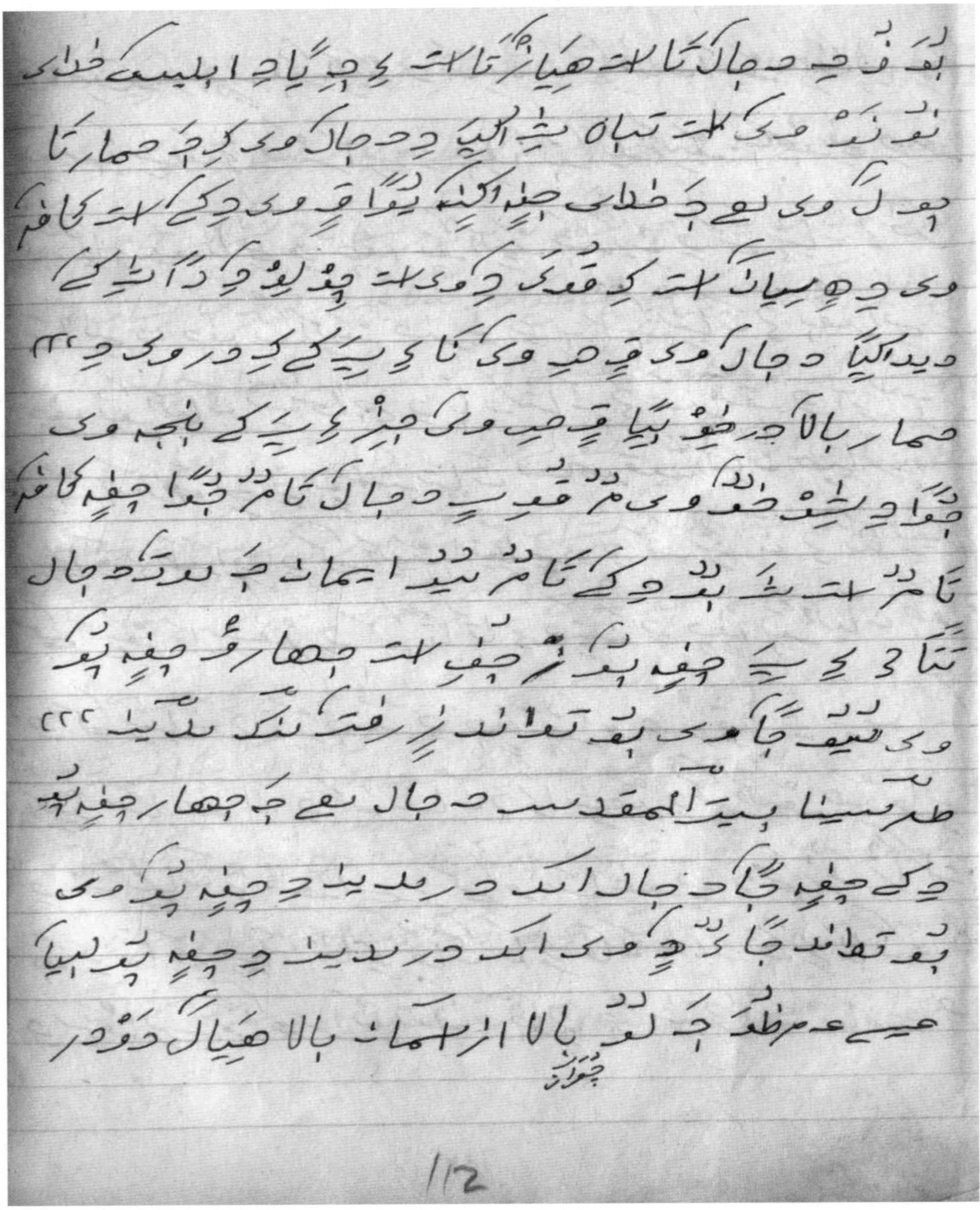
112

薄福的丹紮裡（怪獸）〔دجال〕他艾斯特（是）〔است〕瞎子，他艾斯特（是）〔است〕一隻眼的伊布裡斯（魔鬼）〔ابليس〕。胡大〔خداي〕怒惱維（他）〔وى〕，艾斯特（是）〔است〕坦巴黑（壞）〔تباه〕世界的丹紮裡（怪獸）〔دجال〕。維（他）〔وى〕騎著黑麻熱（毛驢）〔حمار〕，他出來，維（他）〔وى〕曼阿（同）〔مع〕著胡大〔خداي〕爭競，願跟維（他）〔وى〕的坎斯（人）〔كس〕艾斯特（是）〔است〕卡非爾〔كافر〕。維（他）〔وى〕的形象艾斯特（是）〔است〕奇怪的，維（他）〔وى〕艾斯特（是）〔است〕醜陋的，但是坎斯（人）〔كس〕迪德（看）〔ديد〕見丹紮裡（怪獸）〔دجال〕，維（他）〔وى〕跟隨維（他）〔وى〕，那一些坎斯（人）〔كس〕騎代熱（在）〔در〕維（他）〔وى〕的黑麻熱（毛驢）〔حمار〕巴拉（上）〔بالا〕，代熱（在）〔در〕後邊跟隨維（他）〔وى〕，直至一些坎斯（人）〔كس〕憑著維（他）〔وى〕轉的受哄，維（他）〔وى〕們歸信丹紮裡（怪獸）〔دجال〕，他們轉成卡非爾（外教人）〔كافر〕，他們艾斯特（是）〔است〕折本的坎斯（人）〔كس〕，他們沒有伊瑪尼（信仰）〔ايمان〕著毛提（無常）〔موت〕。

　　丹紮裡（怪獸）〔دجال〕坍塌了一些城堡，只除艾斯特（是）〔است〕車哈熱（四）〔چهار〕個城堡維（他）〔وى〕沒有占，維（他）〔وى〕不吐窪德（能）〔تواند〕進熱夫特（去）〔رفت〕，滿克（麥加）〔مكة〕、麥迪那〔مدينة〕、圖熱西納（西奈山）〔طور سيناء〕、拜依圖裡目格代斯（遠寺）〔بيت المقدس〕。丹紮裡（怪獸）〔دجال〕曼阿（同）〔مع〕著印（這）〔اين〕車哈熱（四）〔چهار〕城堡的坎斯（人）〔كس〕征戰。丹紮裡（怪獸）〔دجال〕阿曼德（來）〔آمد〕代熱（在）〔در〕麥迪那〔مدينة〕的城堡，維（他）〔وى〕不吐窪德（能）〔تواند〕站穩定，維（他）〔وى〕阿曼德（來）〔آمد〕代熱（在）〔در〕麥迪那〔مدينة〕的城堡裡邊，爾薩〔عسى〕聖人爾來伊黑賽倆目〔عـم〕坐著龍床巴拉（上）〔بالا〕，（從）〔از〕阿斯瑪尼（天）〔آسمان〕巴拉（上）〔بالا〕下來，到代熱（在）〔در〕

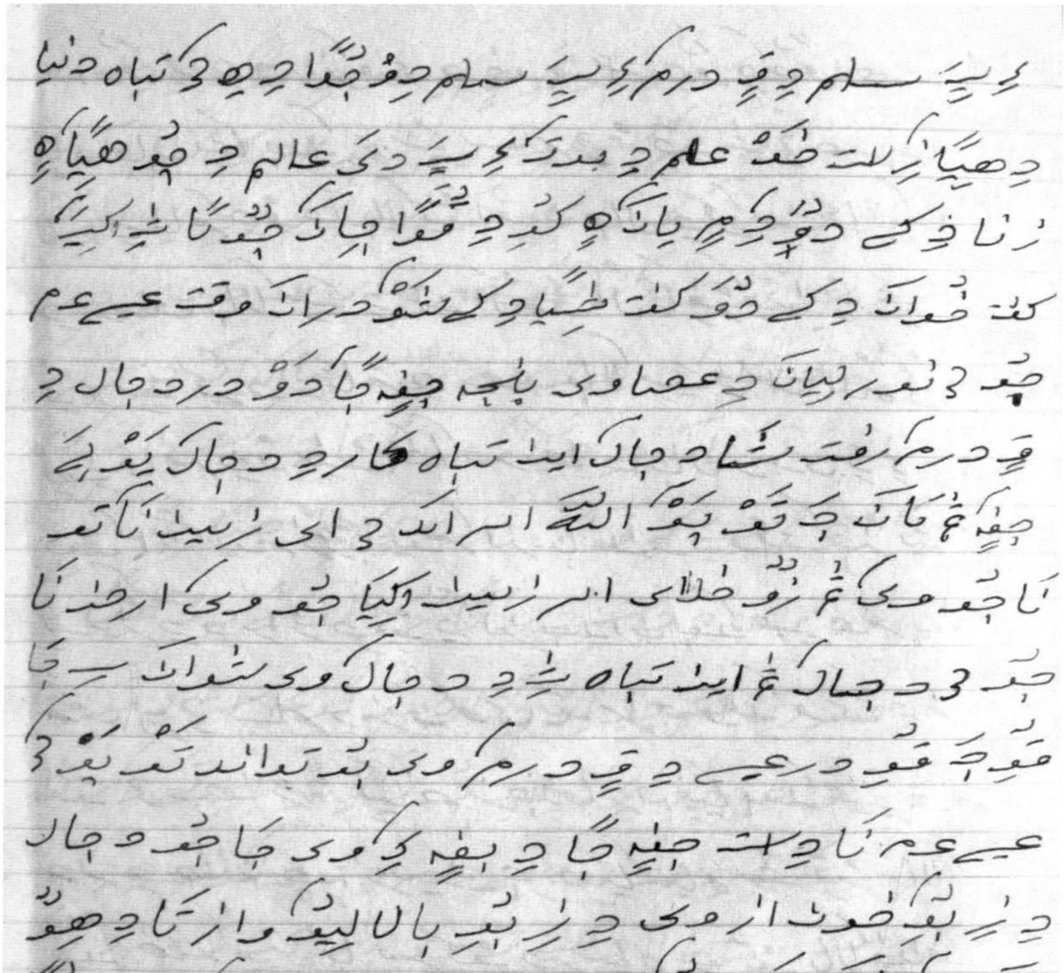

一些穆斯林〔مسلم〕的跟丹熱目（錢）〔درم〕①，一些穆斯林〔مسلم〕都轉地喜了。

坦巴黑（壞）〔تباه〕頓亞〔دنيا〕的顯跡艾斯特（是）〔است〕好爾林（宗教學者）〔عالم〕的毛提（無常）〔موت〕，一些歹爾林（宗教學者）〔عالم〕的出現，行賊納（奸）〔زنا〕的坎斯（人）〔كس〕多的，名揚行癟的官長充滿世界，古夫特（說）〔گفت〕謊的坎斯（人）〔كس〕多，古夫特（說）〔گفت〕實言的坎斯（人）〔كس〕少。代熱（在）〔در〕昂（那個）〔آن〕沃格提（時候）〔وقت〕爾薩〔عسى〕聖人爾來伊黑賽倆目〔عـم〕挂了努熱（光）〔نور〕的阿薩（棍）〔عصا〕，維（他）〔وى〕憑著征戰到代熱（在）〔در〕丹紮裡（怪獸）〔دجال〕的跟丹熱目（錢）〔درم〕②熱夫特（去）〔رفت〕殺丹紮裡（怪獸）〔دجال〕，印（這）〔اين〕坦巴黑（壞）〔تباه〕卡熱（事）〔كار〕的丹紮裡（怪獸）〔دجال〕要敗陣。筍買（然後）〔ثم〕忙著逃跑。安拉乎〔الله〕艾目熱（命令）〔امر〕阿曼德（來）〔آمد〕了：「哎！贊米尼（地）〔زمين〕哪！圖（你）〔تو〕拿住維（他）〔وى〕。」

筍買（然後）〔ثم〕遵胡大〔خداى〕艾目熱（命令）〔امر〕，贊米尼（地）〔زمين〕夾住維（他）〔وى〕，艾熱兌（地面）〔ارض〕拿住了丹紮裡（怪獸）〔دجال〕，筍買（然後）〔ثم〕印（這個）〔اين〕坦巴黑（壞）〔تباه〕世的丹紮裡（怪獸）〔دجال〕，維（他）〔وى〕雙膝緊跪著，跪代熱（在）〔در〕爾薩〔عسى〕的跟丹熱目（錢）〔درم〕③。

維（他）〔وى〕不吐窪德（能）〔تواند〕逃跑了，爾薩〔عسى〕聖人爾來伊黑賽倆目〔عـم〕拿的艾斯特（是）〔است〕征戰的兵器，維（他）〔وى〕紮住丹紮裡（怪獸）〔دجال〕的脊背，渾（血）〔خون〕艾孜（從）〔از〕維（他）〔وى〕的脊背巴拉（上）〔بالا〕流，臥（還）〔و〕艾孜（從）〔از〕維（他）〔وى〕的胸膛巴拉（上）〔بالا〕往外流。維（它）〔وى〕流代熱（在）〔در〕贊米尼（地）〔زمين〕巴拉（上）〔بالا〕，丹紮裡（怪獸）〔دجال〕轉地毛提（無常）〔موت〕，直至維（他）〔وى〕的渾（血）〔خون〕流了杜（二）〔دو〕量（十）〔ده〕多裡的寬，杜（二）〔دو〕

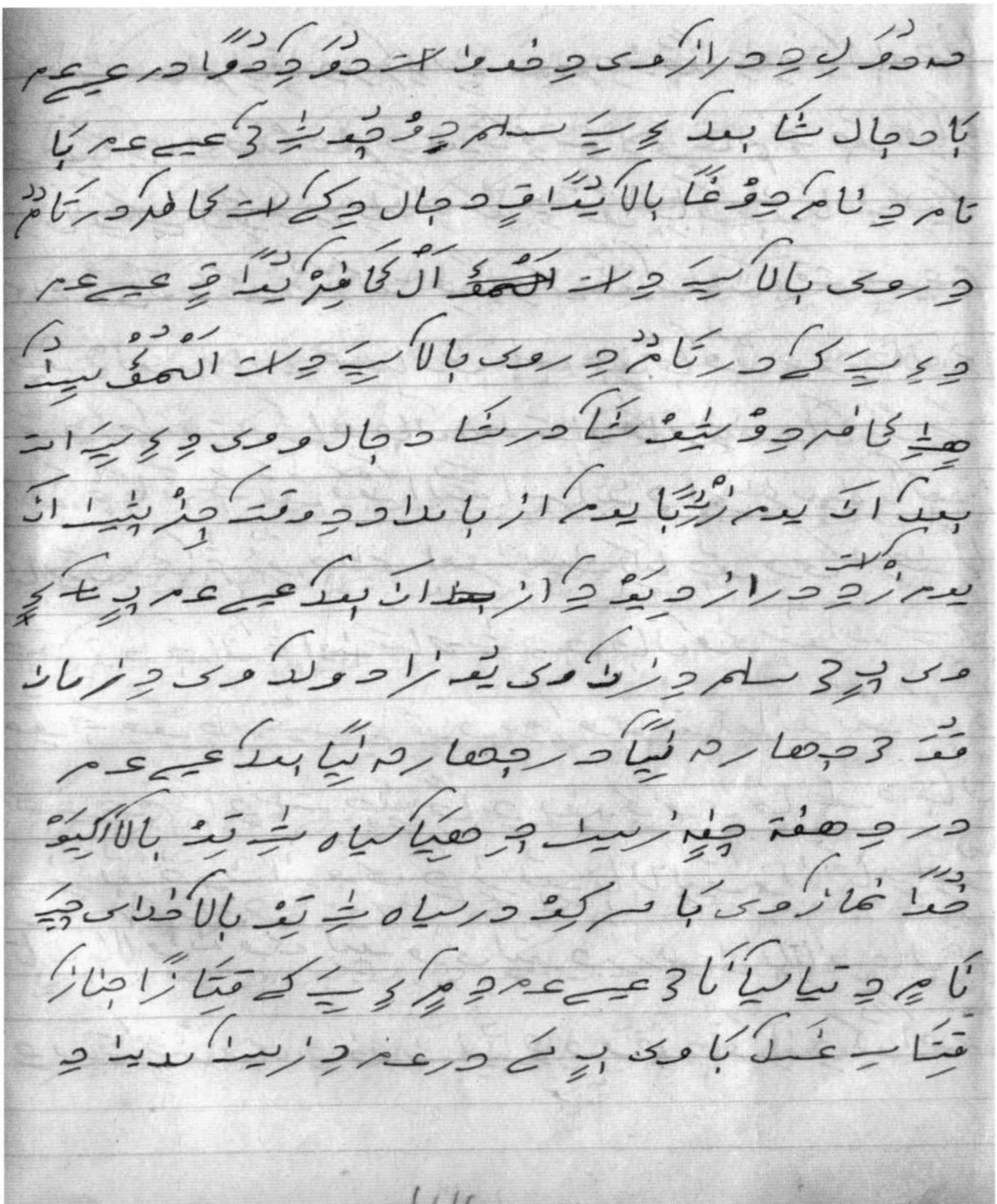
114

單（十）〔ده〕多裡的迪拉孜（長）〔دراز〕，維（他）〔وى〕的渾（血）〔خون〕艾斯特（是）〔است〕多的。端代熱（在）〔در〕爾薩〔عسى〕聖人爾來伊黑賽倆目〔عم〕把丹縈裡（怪獸）〔دجال〕殺班爾代（後）〔بعد〕，一些穆斯林〔مسلم〕都出世了。爾薩〔عسى〕聖人爾來伊黑賽倆目〔عم〕把維（他）〔وى〕們的納目（名字）〔نام〕都安巴拉（上）〔بالا〕，願跟丹縈裡（怪獸）〔دجال〕的坎斯（人）〔كس〕艾斯特（是）〔است〕卡非爾（外教人）〔كافر〕，代熱（在）〔در〕他們的茹奕（臉）〔روى〕巴拉（上）〔بالا〕寫的艾斯特（是）〔است〕艾裡卡非爾（外教人）〔الكافر〕。願跟爾薩〔عسى〕聖人爾來伊黑賽倆目〔عم〕的一些坎斯（人）〔كس〕，代熱（在）〔در〕他們的茹奕（臉）〔روى〕巴拉（上）〔بالا〕寫的艾斯特（是）〔است〕艾裡穆民（信士）〔المومن〕。信是卡非爾（外教人）〔كافر〕都受殺，代熱（在）〔در〕殺丹縈裡（怪獸）〔دجال〕臥（與）〔و〕維（他）〔وى〕的一些穩麥提（教生）〔أمت〕班爾代（後）〔بعد〕昂（那個）〔آن〕遙目（日）〔يوم〕子是半遙目（日）〔يوم〕，艾孜（從）〔از〕邦達（晨禮）〔بامداد〕的沃格提（時候）〔وقت〕直至撇什尼（晌禮）〔پیشین〕，昂（那個）〔آن〕遙目（日）〔يوم〕子的迪拉孜（長）〔دراز〕調的。艾孜（從）〔از〕昂（那個）〔آن〕班爾代（之後）〔بعد〕，爾薩〔عسى〕聖人爾來伊黑賽倆目〔عم〕聘妻，維（他）〔وى〕聘了穆斯林〔مسلم〕的贊恩（女人）〔زن〕，維（他）〔وى〕又縈迪（生）〔زاد〕沃來子（子）〔ولد〕。

維（他）〔وى〕的贊瑪尼（光陰）〔زمان〕過了車哈熱（四）〔چهار〕單（十）〔ده〕年。代熱（在）〔در〕車哈熱（四）〔چهار〕單（十）〔ده〕年班爾代（後）〔بعد〕，爾薩〔عسى〕聖人爾來伊黑賽倆目〔عم〕代熱（在）〔در〕第哈夫特（七）〔هفت〕層贊米尼（地）〔زمين〕之下，賽亞黑（黑）〔سياه〕石頭巴拉（上）〔بالا〕交還乃麻子（禮拜）〔نماز〕，維（他）〔وى〕把薩熱（頭）〔سر〕叩代熱（在）〔در〕賽亞黑（黑）〔سياه〕石頭巴拉（上）〔بالا〕。

胡大〔خداي〕差拿命的天仙拿了爾薩〔عسى〕聖人爾來伊黑賽倆目〔عم〕的命。一些坎斯（人）〔كس〕給他站者納茲（殯禮）〔جنازة〕，給維（他）〔وى〕洗烏蘇裡（大淨）〔غسل〕，把維（他）〔وى〕殯埋代熱（在）〔در〕聖人爾來伊黑賽倆目〔عم〕的贊米尼（地方）〔زمين〕麥迪那〔مدين〕的

نشأ با اوم دہ عمر کنے پہ پطو ہ جر ہو دات دنیا دا اول
لِ ہت ہت دنیا دہ آخر ہت عیسیٰ ایک لریغو ہت کے کنڈ اک طبے
الیہ درا آخر ہ درمان کے گیا گیا دا اک بے اکیا وم دہ ایک اطے اکیا
جہ ہ ہم ہت یق تپا والله اعلم فلانی ہت جہ جہ ہو ہ دہ
بیھ ہر دنیا ہ تپا ہ دہ عیسیٰ عم بیق ہیا اکیاں جہ درم
ہ جال گا دہ تہ یانک ہ ہیا ہی باتا ہ ہت ہا گا کہ ہی
ہ ہت یا ہہ بے کہ قفی گا ہلے ہ ہہ ہیا ہو گا اڈ
بے ہید اکیا ہی ہہ دہ گا تامر ہ نفہ نہ ہہ ہیاں
ہ جال ہ ہر اکہت ہیقہ لپہ ہ گا ہ بے لہ ہت کہ قفی گا
ہی ہ ہہ قہ عہ ہہ ہ کہ قہ ہہ ہت بعد کہ ہہ ہت ہہ ہہ ہ
ہ ہہ جہ دہ اکاں دہ ہت یسیے عم دہ عیسیٰ وک دہ ہہ
دہ اکاں دہ ہت ساماں دہ اکیا ہہ ہی یاجح اکیا قہ جہ دریا
ہ یہ کے دہ روک جحا ایاہ ہی ماجح قہ گا قہ ہہ دریا
ہ یہ کے دہ روک جحا ہہ بید بید قہ ہہ جال دہ ماں دہ

115

山巴拉（上）〔بالا〕。我們的聖人<u>爾來伊黑賽倆目</u>〔ع م〕<u>古夫特</u>（說）〔گفت〕：「<u>坎斯</u>（人）〔كس〕不罪行至多的<u>穩麥提</u>（教生）〔أمت〕，<u>頓亞</u>（今世）〔دنيا〕的<u>艾臥裡</u>（首）〔اول〕領<u>艾斯特</u>（是）〔است〕<u>曼</u>（我）〔من〕，<u>頓亞</u>（今世）〔دنيا〕的<u>阿黑熱</u>（臨尾，讀音：lín yi）〔آخر〕<u>艾斯特</u>（是）〔است〕<u>爾薩</u>〔عسى〕。<u>印</u>（這）〔اين〕就<u>艾斯特</u>（是）〔است〕<u>坎斯</u>（人）〔كس〕<u>古夫特</u>（說）〔گفت〕的<u>昂</u>（那個）〔آن〕世界<u>代熱</u>（在）〔در〕<u>阿黑熱</u>（臨尾，讀音：lín yi）〔آخر〕的<u>贊瑪尼</u>（光陰）〔زمان〕，<u>坎斯</u>（人）〔كس〕坍塌的<u>昂</u>（那個）〔آن〕世界，我們的<u>印</u>（這個）〔اين〕世界，終了<u>維</u>（它）〔وى〕<u>艾斯特</u>（是）〔است〕要<u>坦巴黑</u>（壞）〔تباه〕的。」

<u>宛拉乎艾阿來目</u>（真主至知）〔والله أعلم〕！<u>胡大</u>〔خداى〕是至知的！

<u>代熱</u>（在）〔در〕解明<u>頓亞</u>（今世）〔دنيا〕的<u>坦巴黑</u>（壞）〔تباه〕，<u>代熱</u>（在）〔در〕<u>爾薩</u>〔عسى〕聖人<u>爾來伊黑賽倆目</u>〔ع م〕沒有下降之<u>丹熱目</u>（錢）〔درم〕[1]，<u>丹紮裡</u>（怪獸）〔دجال〕站<u>代熱</u>（在）〔در〕太陽之下，<u>維</u>（他）〔وى〕把<u>維</u>（他）〔وى〕的<u>達斯提</u>（手）〔دست〕展開，<u>維</u>（他）〔وى〕的<u>達斯提</u>（手）〔دست〕<u>巴拉</u>（上）〔بالا〕的一些奇怪<u>卡熱</u>（事）〔كار〕情都顯出來，但是<u>迪德</u>（看）〔ديد〕見<u>維</u>（他）〔وى〕的<u>達斯提</u>（手）〔دست〕的<u>坎斯</u>（人）〔كس〕，他們的能耐都顯了。

<u>丹紮裡</u>（怪獸）〔دجال〕的<u>蘇熱提</u>（樣子）〔صورت〕<u>艾斯特</u>（是）〔است〕醜陋的，他的<u>模塯阿</u>（樣）〔نوعة〕<u>艾斯特</u>（是）〔است〕奇怪的。<u>維</u>（他）〔وى〕的<u>叨</u>（兩）〔دو〕個耳朵一個<u>艾斯特</u>（是）〔است〕鋪地，一個<u>艾斯特</u>（是）〔است〕蓋地。<u>維</u>（他）〔وى〕的一隻<u>達斯提</u>（手）〔دست〕拿的<u>艾斯特</u>（是）〔است〕<u>穆薩</u>〔موسي〕聖人<u>爾來伊黑賽倆目</u>〔ع م〕的<u>阿薩</u>（棍）〔عصا〕，<u>維</u>（他）〔وى〕的一隻<u>達斯提</u>（手）〔دست〕拿的<u>艾斯特</u>（是）〔است〕<u>蘇萊曼</u>〔سليمان〕的戒箍[2]。<u>維</u>（他）〔وى〕憑著戒箍指點，一些<u>坎斯</u>（人）〔كس〕的<u>茹奕</u>（臉）〔روى〕轉<u>賽亞黑</u>（黑）〔سياه〕。<u>維</u>（他）〔وى〕憑著棍拐指點，一些<u>坎斯</u>（人）〔كس〕的<u>茹奕</u>（臉）〔روى〕轉的<u>賽皮迪</u>（白）〔سپيد〕。

信是跟<u>代熱</u>（在）〔در〕<u>丹紮裡</u>（怪獸）〔دجال〕的<u>黑麻熱</u>（毛驢）〔حمار〕

---

① 「錢」表示「前」的音。
② 「戒箍」指「戒指」。

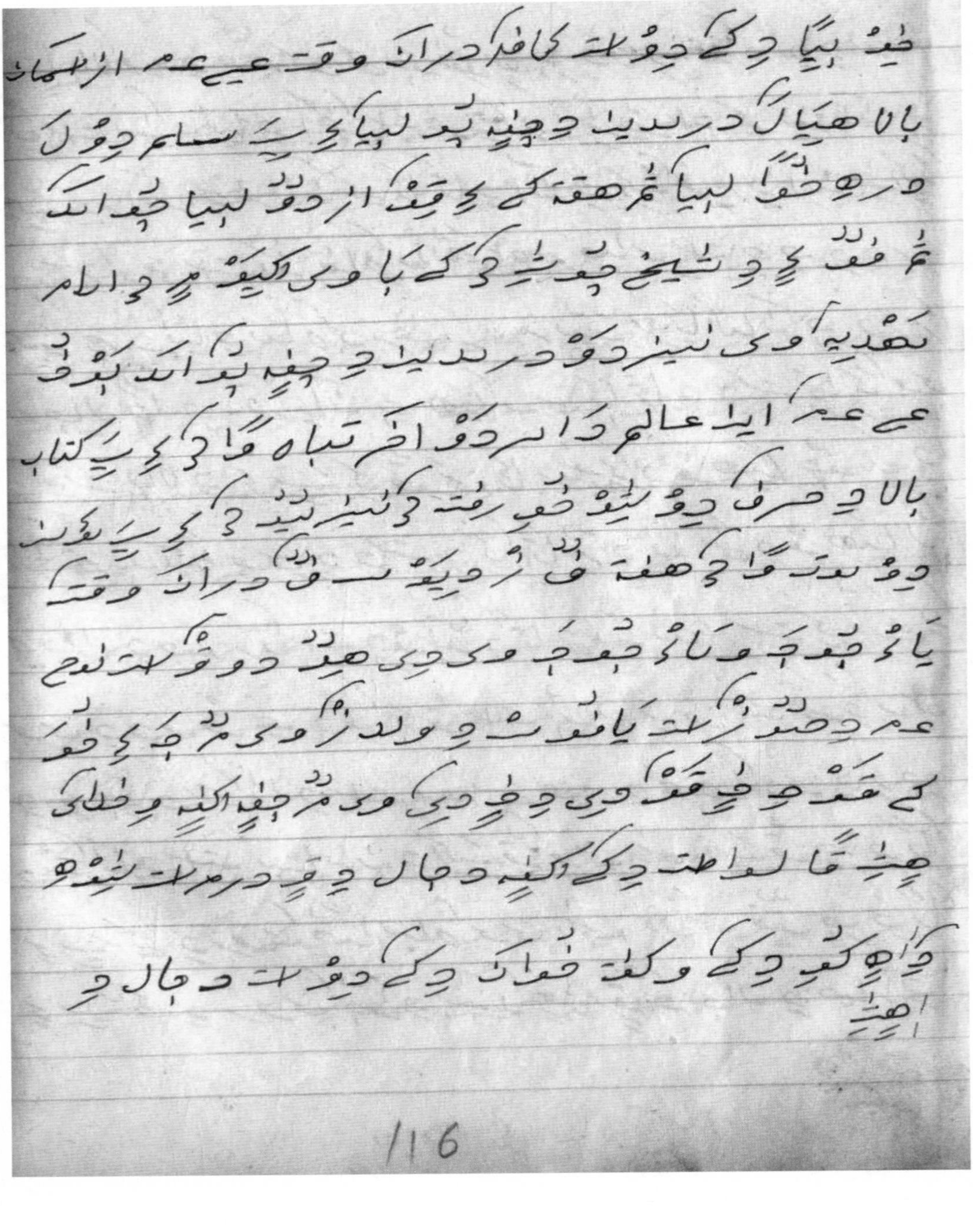
116

的後邊的坎斯（人）〔كس〕都艾斯特（是）〔است〕卡非爾（外教人）〔كافر〕。代熱（在）〔در〕昂（那個）〔آن〕沃格提（時候）〔وقت〕爾薩〔عسى〕聖人爾來伊黑賽倆目〔عم〕艾孜（從）〔از〕阿斯瑪尼（天）〔آسمان〕巴拉（上）〔بالا〕下來，代熱（在）〔در〕麥迪那〔مدينة〕的城堡裡邊，一些穆斯林〔مسلم〕都來代熱（在）〔در〕喜歡裡邊。筍買（然後）〔ثم〕哈夫特（七）〔هفت〕坎斯（人）〔كس〕一狗艾孜（從）〔از〕洞裡邊出阿曼德（來）〔آمد〕。筍買（然後）〔ثم〕封印的篩海（長老）〔شيخ〕出世了，坎斯（人）〔كس〕把維（他）〔وى〕叫名了伊瑪目麥海迪〔إمام مهدية〕。維（他）〔وى〕尼孜（也）〔نيز〕到代熱（在）〔در〕麥迪那〔مدينة〕的城堡，阿曼德（來）〔آمد〕保護爾薩〔عسى〕聖人爾來伊黑賽倆目〔عم〕。

印（這個）〔اين〕世界打薩熱（頭）〔سر〕到阿黑熱（尾）〔آخر〕坦巴黑（壞）〔تباه〕完了，一些克塔布（經典）〔كتاب〕巴拉（上）〔بالا〕的哈熱夫（字）〔حرف〕都受毀熱夫特（去）〔رفت〕了，尼孜（也）〔نيز〕沒有了。一些穆民（信士）〔مؤمن〕都毛提（無常）〔موت〕完了，哈夫特（七）〔هفت〕份只丟三份。代熱（在）〔در〕昂（那個）〔آن〕沃格提（時候）〔وقت〕，耶厄朱者〔يأجوج〕臥（與）〔و〕曼厄朱者〔مأجوج〕維（他）〔وى〕弟兄叨（兩）〔دو〕個艾斯特（是）〔است〕努哈〔نوح〕聖人爾來伊黑賽倆目〔عم〕的孫子，艾斯特（是）〔است〕亞福斯〔يافوس〕的沃來子（兒）〔ولد〕子。維（他）〔وى〕們印（這）〔اين〕一夥坎斯（人）〔كس〕，高的很高，低的很低，維（他）〔وى〕們爭競為胡大〔خداى〕。信是幹賴挖脫（雞奸）〔لواط〕①的坎斯（人）〔كس〕，近丹縈裡（怪獸）〔دجال〕的跟丹熱目（錢）〔درم〕②艾斯特（是）〔است〕受喜的。信是行虧的坎斯（人）〔كس〕臥（與）〔و〕古夫特（說）〔گفت〕謊的坎斯（人）〔كس〕都艾斯特（是）〔است〕丹縈裡（怪獸）〔دجال〕（的）

---

① 「لواط」手稿筆誤為「لواطت」，此處予以改正。
② 「錢」表示「前」的音。

117

後輩，都<u>艾斯特</u>（是）〔است〕<u>維</u>（他）〔وی〕的受喜的<u>朵斯提</u>（朋友）〔دوست〕。一些<u>古夫特</u>（說）〔گفت〕謊幹歹的<u>坎斯</u>（人）〔کس〕出世，引領一些好<u>坎斯</u>（人）〔کس〕幹<u>坦巴黑</u>（壞）〔تباه〕<u>卡熱</u>（事）〔کار〕。<u>印</u>（這個）〔این〕<u>坦巴黑</u>（壞）〔تباه〕世界的<u>丹紮裡</u>（怪獸）〔دجال〕，<u>維</u>（他）〔وی〕們<u>代熱</u>（在）〔در〕<u>嘎夫</u>〔قاف〕山的後邊，<u>維</u>（他）〔وی〕們要趕快出世。他們這一夥<u>坎斯</u>（人）〔کس〕把一些好<u>坎斯</u>（人）〔کس〕要引領<u>代熱</u>（在）〔در〕<u>坦巴黑</u>（壞）〔تباه〕裡邊。<u>維</u>（他）〔وی〕們<u>代熱</u>（在）〔در〕每<u>遙目</u>（日〔یوم〕裡邊啃<u>嘎夫</u>〔قاف〕山，他們啃<u>哈夫特</u>（七）〔هفت〕<u>遙目</u>（日）〔یوم〕，快啃透了。<u>頓亞</u>（今世）〔دنیا〕<u>巴拉</u>（上）〔بالا〕的一些<u>曼斯只孜</u>（清真寺）〔مسجد〕裡邊的<u>穆安津</u>（宣禮員）〔مؤذن〕，到<u>代熱</u>（在）〔در〕<u>主麻</u>（星期五）〔جمعة〕的<u>遙目</u>（日子）〔یوم〕念呼<u>圖白</u>（演講）〔خطب〕。<u>昂</u>（那個）〔آن〕聲音<u>耶克</u>（一）〔یک〕來，<u>昂</u>（那個）〔آن〕<u>嘎夫</u>〔قاف〕山就合<u>代熱</u>（在）〔در〕一處了。端<u>代熱</u>（在）〔در〕<u>頓亞</u>（今世）〔دنیا〕到<u>坦巴黑</u>（壞）〔تباه〕的<u>沃格提</u>（時候）〔وقت〕，<u>維</u>（他）〔وی〕就啃透了，<u>班拉依</u>（因為）〔برای〕<u>代熱</u>（在）〔در〕<u>昂</u>（那個）〔آن〕<u>沃格提</u>（時候）〔وقت〕，<u>主麻</u>（星期五）〔جمعة〕的<u>遙目</u>（日）〔یوم〕子越亂。<u>贊熱</u>（金）〔زر〕[1]<u>遙目</u>（日）〔یوم〕<u>艾斯特</u>（是）〔است〕<u>印</u>（這個）〔این〕城堡<u>主麻</u>（星期五）〔جمعة〕，明<u>遙目</u>（日）〔یوم〕<u>艾斯特</u>（是）〔است〕<u>昂</u>（那個）〔آن〕城堡<u>主麻</u>（星期五）〔جمعة〕。

　　<u>代熱</u>（在）〔در〕<u>昂</u>（那個）〔آن〕<u>沃格提</u>（時候）〔وقت〕，他們把<u>嘎夫</u>〔قاف〕山就啃透了，他們就要出世。<u>代熱</u>（在）〔در〕<u>昂</u>（那個）〔آن〕<u>沃格提</u>（時候）〔وقت〕，<u>滿克</u>（麥加）〔مکة〕、<u>麥迪那</u>〔مدینة〕、<u>圖熱西乃</u>〔ترسین〕<u>臥</u>（與）〔و〕<u>拜依圖裡目格代斯</u>（遠寺）〔بیت المقدس〕的一些<u>坎斯</u>（人）〔کس〕，一些<u>穆民</u>（信士）〔مؤمن〕

---

① 「金」表示「今」音。

بسم الله

حوقو یہ ثراک کرنک مصکہ ببد دید دجال نے خلاص جی بلغ

حہ زیاک لیبا جہ آب لیقد رتام رہ ٦ اک ع اک آب نغ جہ

دجال جہ ایہ ابلیس جی جا جین با دجال یا معک وکاد

جہ یے آج کہ درآک وقت یائ جہد جہ مکائ جہد جہ جیورک

شیر برت دجم عی عم مر خواک وا کبیث قمر کہ صفہ

گی یہ وقت اصام بصد جہ جر زر عی عم مر جہ اسلام

دہ دیب درآک وقت ایہ یہ حق شیبخ ومی با عہ ہزار

یق دیہ یہ شریعت جہ کتابہ لیبا جہ دآک ہہ کہ جی

کتابہ جوآک در کہ سیاک زر لیبا وی امر وک جہ

طفہ وی پا ایہ سیاک زر دیہ درد ربا لیبا ایہ سیاک

بنجہ خدای جہ اکعواک دوک حہ ریلو جہ زبیاک لیبا

عی عم جہ وہ شریعت دہ دیک نیو قرآک دہ در جعہ

ثم خدای اسر عی عم تم جہ در کہ جہ اریاک جہ

都隱藏起來，維（他）〔وى〕們不迪德（見）〔ديد〕丹紮裡（怪獸）〔دجال〕。

筍買〔然後〕胡大〔خداي〕差米魯哈（鹽）〔ملح〕的江裡邊的阿布（水）〔آب〕流代熱（在）〔در〕他們巴拉（上）〔بالا〕。那一些阿布（水）〔آب〕曼阿（同）〔مع〕著丹紮裡（怪獸）〔دجال〕的印（這個）〔اين〕伊布裡斯（魔鬼）〔ابليس〕征戰，直至把丹紮裡（怪獸）〔دجال〕淹毛提（無常）〔موت〕，臥（與）〔و〕維（他）〔وى〕的一些兵馬。代熱（在）〔در〕昂（那個）〔آن〕沃格提（時候）〔وقت〕耶厄朱者〔يأجوج〕臥（和）〔و〕曼厄朱者〔مأجوج〕出來尼孜（也）〔نيز〕毛提（無常）〔موت〕了。筍買（然後）〔ثم〕爾薩〔عسى〕聖人爾來伊黑賽倆目〔عـم〕為王，萬教歸一，哈夫特（七）〔هفت〕坎斯（人）〔كس〕一狗，伊瑪目麥海迪〔إمام مهدية〕為臣子，爾薩〔عسى〕聖人爾來伊黑賽倆目〔عـم〕立行伊斯倆目〔اسلام〕的迪尼（教門）〔دين〕。

代熱（在）〔در〕昂（那個）〔آن〕沃格提（時候）〔وقت〕，有一個篩海（長老）〔شيخ〕，維（他）〔وى〕把一漢雜熱（千）〔هزار〕部迪尼（教門）〔دين〕的舍熱爾提（教乘）〔شرعة〕的克塔布（經典）〔كتاب〕裡邊的當行可止的克塔布（經典）〔كتاب〕，裝代熱（在）〔در〕一個箱子裡邊。維（他）〔وى〕艾目熱（命令）〔امر〕維（他）〔وى〕的徒弟，把印（這個）〔اين〕箱子丟代熱（在）〔در〕達熱亞（海）〔دريا〕裡邊，印（這個）〔اين〕箱子憑著胡大〔خداي〕的大吐窪德（能）〔تواند〕到代熱（在）〔در〕尼裡（尼羅河）〔نيل〕的江裡邊。爾薩〔عسى〕聖人爾來伊黑賽倆目〔عـم〕立行舍熱爾提（教乘）〔شرعة〕的迪尼（教門）〔دين〕，沒有古熱阿尼（《古蘭經》）〔قرآن〕的明證。

筍買（然後）〔ثم〕胡大〔خداي〕艾目熱（命令）〔امر〕爾薩〔عسى〕聖人爾來伊黑賽倆目〔عـم〕：「圖（你）〔تو〕行代熱（在）〔در〕某一個江的

يا عبد بالامّ عیسے رُوخداى دا اركردو در دریاك د یا می بالا
نزق دِ ق آبدشت اكیتِ خوا دهبتَ نماز ودى براى رُوخداى
دا اسر نزق دِ ق دعاء خداك اسر از دریا چیق چیوك دِ
دِ دت ودى با سیاك نُرقِصف چیوق لام تم عیسے عم ار دست
حیا دِ كے با سیاك نُرِق قَّف لام عبد مك كے سیاك نُر
دید اكیتِ دِ حنزار بتِ كتاب ودى بنجہ كا لِ سے كتاب بالا دِ
یا با ان اكیتِ دك لِ سے سراه دِ كے ودى دِ هِ شرعت
دِ دید كا بان اسلام ودى بنغ حلال زراد ولد حمار
دنیا ودى در دیمِ چیق زبسل در هتیا كیتِ خوا نماز
ودى با اسر كفد در سیاه بتِ تبع بالا خداى چیبا كا مِ
دِ تنا سیا انا د ودى دیمِ ودى از دنیا بالا دِ كے كردید
سلام با مك تِ در قیو عم د كید نقا البیا عیسے عم
در اك تے حكیا ست دِ ق تعالا هِ دِ عم ودى دِ عم ست

119

沿兒巴拉（上）〔بالا〕。」筍買（然後）〔ثم〕爾薩〔عسى〕遵胡大〔خدای〕的艾目熱（命令）〔امر〕，到代熱（在）〔در〕昂（那個）〔آن〕江的沿兒巴拉（上）〔بالا〕，做一個阿布代斯（小淨）〔آبدست〕，交還叨（兩）〔دو〕拜乃麻子（禮拜）〔نماز〕。維（他）〔وی〕班拉依（因為）〔برای〕遵胡大〔خدای〕的艾目熱（命令）〔امر〕，做一個杜阿（祈禱）〔دعاء〕，胡大〔خدای〕艾目熱（命令）〔امر〕艾孜（從）〔از〕達熱亞（海）〔دریا〕伸出來一隻達斯提（手）〔دست〕，維（他）〔وی〕把箱子送出來。筍買（然後）〔ثم〕爾薩〔عسى〕聖人爾來伊黑賽倆目〔عم〕艾目熱（命令）〔امر〕達斯提（手）〔دست〕下的坎斯（人）〔كس〕把箱子接過來，爾薩〔عسى〕聖人爾來伊黑賽倆目〔عم〕開開箱子，迪德（看）〔دید〕見一漢雜熱（千）〔هزار〕本克塔布（經典）〔كتاب〕，維（他）〔وی〕憑著那一些克塔布（經典）〔كتاب〕巴拉（上）〔بالا〕的言巴拉恩（雨）〔باران〕①，教導一些迷拉海（路）〔راه〕的坎斯（人）〔كس〕。維（他）〔وی〕立行舍熱爾提（教乘）〔شرعة〕的迪尼（教門）〔دین〕，展揚伊斯倆目（伊斯蘭教）〔اسلام〕。

　　維（他）〔وی〕聘哈倆裡（妻）〔حلال〕紮迪（生）〔زاد〕沃來子（子）〔ولد〕。車哈熱（四）〔چهار〕單（十）〔ده〕年維（他）〔وی〕代熱（在）〔در〕第哈夫特（七）〔هفت〕層贊米尼（地）〔زمین〕之下交還乃麻子（禮拜）〔نماز〕，維（他）〔وی〕把薩熱（頭）〔سر〕叩代熱（在）〔در〕賽亞黑（黑）〔سیاه〕石頭巴拉（上）〔بالا〕。胡大〔خدای〕差拿命的天仙拿了維（他）〔وی〕的命，維（他）〔وی〕艾孜（從）〔از〕頓亞（今世）〔دنیا〕巴拉（上）〔بالا〕出去，一些穆斯林〔مسلم〕把維（他）〔وی〕埋代熱（在）〔در〕貴聖人爾來伊黑賽倆目〔عم〕的古熱（墳院）〔گور〕裡邊。爾薩〔عسى〕聖人爾來伊黑賽倆目〔عم〕代熱（在）〔در〕昂（那個）〔آن〕世界艾斯特（是）〔است〕一個吐窪德（能）〔تواند〕行的聖人爾來伊黑賽倆目〔عم〕，我們的聖人聖人爾來伊黑賽倆目〔عم〕艾斯特（是）〔است〕

---

①　「雨」表示「語」的音。

دوزد پنجـم

120

封印萬聖爾來伊黑賽倆目〔ﻉﻡ〕的聖人爾來伊黑賽倆目〔ﻉﻡ〕，代熱（在）〔ﺭﺩ〕我們的聖人爾來伊黑賽倆目〔ﻉﻡ〕出世以班爾代（後）〔ﺑﻌﺩ〕，代熱（在）〔ﺭﺩ〕①不出聖人爾來伊黑賽倆目〔ﻉﻡ〕。希望胡大〔ﺧﺩﺍﻯ〕給我們好陶菲給（機遇）〔ﺗﻭﻓﻳﻕ〕。

宛拉乎艾阿來目（真主至知）〔ﻭﺍﷲﺃﻋﻠﻡ〕

第二十五門　解明蘇萊曼的屬性

巴布（門）〔ﺑﺎﺏ〕杜（二）〔ﺩﻭ〕單（十）〔ﺩﻩ〕盤志（五）〔ﭘﻧﺞ〕解明蘇萊曼〔ﺳﻠﻳﻣﺎﻥ〕的雖凡提（屬性）〔ﺻﻔﺔ〕。

你把這件卡熱（事情）〔ﻛﺎﺭ〕表古夫特（說）〔ﮔﻔﺕ〕給我們。維（他）〔ﻭﻯ〕臥爾茲（勸）〔ﻭﻋﻅ〕化坎斯（人）〔ﻛﺱ〕的昂（那個）〔ﺁﻥ〕坎斯（人）〔ﻛﺱ〕，不艾斯特（是）〔ﺍﺳﺕ〕坎斯（人）〔ﻛﺱ〕，尼孜（也）〔ﻧﻳﺯ〕艾斯特（是）〔ﺍﺳﺕ〕屬於天仙，尼孜（也）〔ﻧﻳﺯ〕不艾斯特（是）〔ﺍﺳﺕ〕屬於鎮尼（精靈）〔ﺟﻥ〕，昂（那個）〔ﺁﻥ〕艾斯特（是）〔ﺍﺳﺕ〕何坎斯（人）〔ﻛﺱ〕？

哲瓦布（回答）〔ﺟﻭﺍﺏ〕：白到乃凱（你應當知道）〔ﺑﺩﺍﻧﻛﻪ〕這件卡熱（事情）〔ﻛﺎﺭ〕，昂（那）〔ﺁﻥ〕艾斯特（是）〔ﺍﺳﺕ〕螞蟻王，維（它）〔ﻭﻯ〕臥爾茲（勸）〔ﻭﻋﻅ〕化蘇萊曼〔ﺳﻠﻳﻣﺎﻥ〕。胡大〔ﺧﺩﺍﻯ〕把為王為聖爾來伊黑賽倆目〔ﻉﻡ〕的曼熱坦班（品級）〔ﻣﺭﺗﺏ〕給了維（它）〔ﻭﻯ〕。蘇萊曼〔ﺳﻠﻳﻣﺎﻥ〕代熱（在）〔ﺭﺩ〕昂（那個）〔ﺁﻥ〕贊瑪尼（光陰）〔ﺯﻣﺎﻥ〕裡邊，沒有比維（他）〔ﻭﻯ〕至富貴的，沒有比維（他）〔ﻭﻯ〕的尼阿麥提（恩典）〔ﻧﻌﻣﺔ〕至大。維（他）〔ﻭﻯ〕的威嚴艾斯特（是）〔ﺍﺳﺕ〕那瑙阿（樣）〔ﻧﻭﻋﺔ〕的：一些坎斯（人）〔ﻛﺱ〕、鎮尼（精靈）〔ﺟﻥ〕，一些盤熱亞（精靈）〔ﭘﺭﻳﺎ〕，一些飛禽走獸都給維（他）〔ﻭﻯ〕排班站隊，都艾斯特（是）〔ﺍﺳﺕ〕維（他）〔ﻭﻯ〕的兵馬。蘇萊曼〔ﺳﻠﻳﻣﺎﻥ〕維（他）〔ﻭﻯ〕要往哪裡熱夫特（去）〔ﺭﻓﺕ〕，維（他）〔ﻭﻯ〕紮下營盤，艾斯特（是）〔ﺍﺳﺕ〕耶克（一）〔ﻳﻙ〕百個費熱賽恩格〔ﻓﺭﺳﻧﮓ〕。杜（二）〔ﺩﻭ〕單（十）〔ﺩﻩ〕五個費熱賽恩格〔ﻓﺭﺳﻧﮓ〕艾斯特（是）〔ﺍﺳﺕ〕坎斯（人）〔ﻛﺱ〕的兵馬，杜（二）〔ﺩﻭ〕單（十）〔ﺩﻩ〕五個費熱賽恩格〔ﻓﺭﺳﻧﮓ〕艾斯特（是）〔ﺍﺳﺕ〕鎮尼（神）〔ﺟﻥ〕的兵馬，杜（二）〔ﺩﻭ〕單（十）〔ﺩﻩ〕五個費熱賽恩格〔ﻓﺭﺳﻧﮓ〕艾斯特（是）〔ﺍﺳﺕ〕迪妖（鬼怪）〔ﺩﻳﻭﻭ〕的②，

---

① 「在」表示「再」的音。
② 此處脫「兵馬」二字，未錄。

حو مه بِ قَ فَد سِكْ اِسْت فى كه ايُ لطف حو بِ تَاكِ بِاجِ حُوسُز

شتْ جِ دِ تَا رِبِ درَاتَ مهف اِكْ تَارَ دَ اِسْت دَ اِسْت تُرْ حو جِ

كِ بِا دِ حو كِ هِضار قِ سِرِجِ قَاكَ درَاتَ تَا تُرِ بِا كِ نَا

حو كِ هِضار قِ جِ جِ نِسَرِ قَاكَ درَاتَ تَا تُرِ بِا كِ سَلمَان

جِ كِ جِ رِ حو سِ قِوَا جاتَ طَفِ درَاتَ كِ سِ كِ جِ كِ

بِا كِ سِ اِراهِد و كِ سِ بِعَ تَا كِ حِو طَفِ درَاتَ نَا كِ سِ

كِ نِ بِا كِ بِا كِ هِضار قِ نِجِحَا فَاكَ درَاتَ تَا تُرِ بِا كِ سِ

اِراهِد و كِ سِ بِعَ تَا كِ حِو درَاتَ تَا تُرِ لِبِا بِراى حُدَاى

قَا عِبادِتَ اَكَر سَلمَان و كِ بِاجِ حِ سِ حِ رِ اِكْ مهف كِ

سِ اِشَا رُالبِ و عِمِ بِا كَا بِا كِ هِ حو درَاتَ تَا تُرِ بِا كِ نِجِد كِ

هِضا رِشبِ جِ سِ عَالم درَاتَ تَا تُرِ بِا كِ اِكْ يَا تَ و عِطَا نَا

م و عِطَ قَا كِ بِا دِ بِا جِ عَالم كِيَا دِ حِ كِ تَ طَفِ

سَلمَان و كِ كوشْ لِبِا سَلمَان طَفِ درَاتَ تَا تُرِ حو جِكِ

杜（二）〔دو〕單（十）〔ده〕五個費熱賽恩格〔فرسنگ〕艾斯特（是）〔است〕飛禽走獸的兵馬。

　　坎斯（人）〔كس〕把一個贊熱（金）〔زر〕絲織的毯子鋪代熱（在）〔در〕昂（那個）〔آن〕位份，昂（那個）〔آن〕毯子的大艾斯特（是）〔است〕如此的：坎斯（人）〔كس〕把杜（二）〔دو〕單（十）〔ده〕五漢雜熱（千）〔هزار〕個贊熱（金）〔زر〕椅子放代熱（在）〔در〕昂（那個）〔آن〕毯子巴拉（上）〔بالا〕，把杜（二）〔دو〕單（十）〔ده〕五漢雜熱（千）〔هزار〕個銀椅子尼孜（也）〔نیز〕放代熱（在）〔در〕昂（那個）〔آن〕毯子巴拉（上）〔بالا〕，蘇萊曼〔سلیمان〕的一些臣子臥（與）〔و〕一些官長坐代熱（在）〔در〕那一些銀椅子巴拉（上）〔بالا〕，一些紫黑迪（不貪紅塵者）〔زاهد〕臥（與）〔و〕一些不貪的坎斯（人）〔كس〕都坐代熱（在）〔در〕那一些贊熱（金）〔زر〕椅子巴拉（上）〔بالا〕。坎斯（人）〔كس〕把一漢雜熱（千）〔هزار〕個蘇哈熱（大殿）〔سحرا〕放代熱（在）〔در〕昂（那個）〔آن〕毯子巴拉（上）〔بالا〕，一些紫黑迪（不貪紅塵者）〔زاهد〕臥（與）〔و〕一些不貪的坎斯（人）〔كس〕代熱（在）〔در〕昂（那個）〔آن〕毯子裡邊班拉依（因為）〔برای〕胡大〔خدای〕幹爾巴代提（功課）〔عبادة〕。艾甘熱（要是）〔اگر〕蘇萊曼〔سلیمان〕維（他）〔وی〕憑著薩熱（頭）〔سر〕一指昂（那個）〔آن〕位份，一些山艾孜（從）〔از〕本位兒巴拉（上）〔بالا〕拔起行了。代熱（在）〔در〕昂（那個）〔آن〕毯子巴拉（上）〔بالا〕有一漢雜熱（千）〔هزار〕敏拜爾（演講台）〔منبر〕。一些爾林（宗教學者）〔عالم〕代熱（在）〔در〕昂（那個）〔آن〕毯子巴拉（上）〔بالا〕講臥爾茲（勸解）〔وعظ〕，他們臥爾茲（勸）〔وعظ〕化坎斯（人）〔كس〕。巴德（風）〔باد〕把一些爾林（宗教學者）〔عالم〕講的蘇罕（話）〔سخن〕刮代熱（在）〔در〕蘇萊曼〔سلیمان〕的古世（耳朵）〔گوش〕裡邊，蘇萊曼〔سلیمان〕坐代熱（在）〔در〕昂（那個）〔آن〕毯子的中間，

聽一些爾林（宗教學者）〔عالم〕講臥爾茲（勸解）〔وعظ〕，古夫特（說）〔گفت〕的昂（那個）〔آن〕蘇萊曼〔سليمان〕代熱（在）〔در〕昂（那個）〔آن〕毯子的中間判斷卡熱（事情）〔كار〕。一些飛禽代熱（在）〔در〕維（他）〔وى〕的薩熱（頭）〔سر〕巴拉（上）〔بالا〕給他遮陰，直至太陽曬不代熱（在）〔در〕維（他）〔وى〕巴拉（上）〔بالا〕。

坎斯（人）〔كس〕把車哈熱（四）〔چهار〕個贊熱（金）〔زر〕獅子安放代熱（在）〔در〕車哈熱（四）〔چهار〕床腿巴拉（上）〔بالا〕，坎斯（人）〔كس〕給維（他）〔وى〕臥（與）〔و〕[1]備一個花園，代熱（在）〔در〕昂（那個）〔آن〕花園裡邊還有一些樹，維（它）〔وى〕的果兒艾斯特（是）〔است〕一些珠寶。臥（與）〔و〕騎著車哈熱（四）〔چهار〕個贊熱（金）〔زر〕獅子艾斯特（是）〔است〕代熱（在）〔در〕龍床的車哈熱（四）〔چهار〕個腿巴拉（上）〔بالا〕栓著，代熱（在）〔در〕每一個安散德（獅子）〔اسد〕的脖子巴拉（上）〔بالا〕有一些贊熱（金）〔زر〕鈴鐺兒，還有一條贊熱（金）〔زر〕鎖鏈、贊熱（金）〔زر〕繩，把安散德（獅子）〔اسد〕拴代熱（在）〔در〕龍床巴拉（上）〔بالا〕。

蘇萊曼〔سليمان〕坐代熱（在）〔در〕龍床巴拉（上）〔بالا〕，維（他）〔وى〕的兵馬都來代熱（在）〔در〕爭鬥裡邊。那一個坎斯（人）〔كس〕古夫特（說）〔گفت〕的蘇罕（話）〔سخن〕，都稟報給巴德沙（皇王）〔پادشاه〕，那一個坎斯（人）〔كس〕維（他）〔وى〕古夫特（說）〔گفت〕謊了，昂（那個）〔آن〕獅子憑著尾巴（讀音：yī ba）把維（他）〔وى〕甩代熱（在）〔در〕贊米尼（地）〔زمين〕下。那一些坎斯（人）〔كس〕班拉依（因為）〔براى〕哈夫（害怕）〔خوف〕獅子，不敢古夫特（說）〔گفت〕謊。

蘇萊曼〔سليمان〕代熱（在）〔در〕昂（那個）〔آن〕位份斷卡熱（事情）〔كار〕

---

① 「與」表示「預」的音。

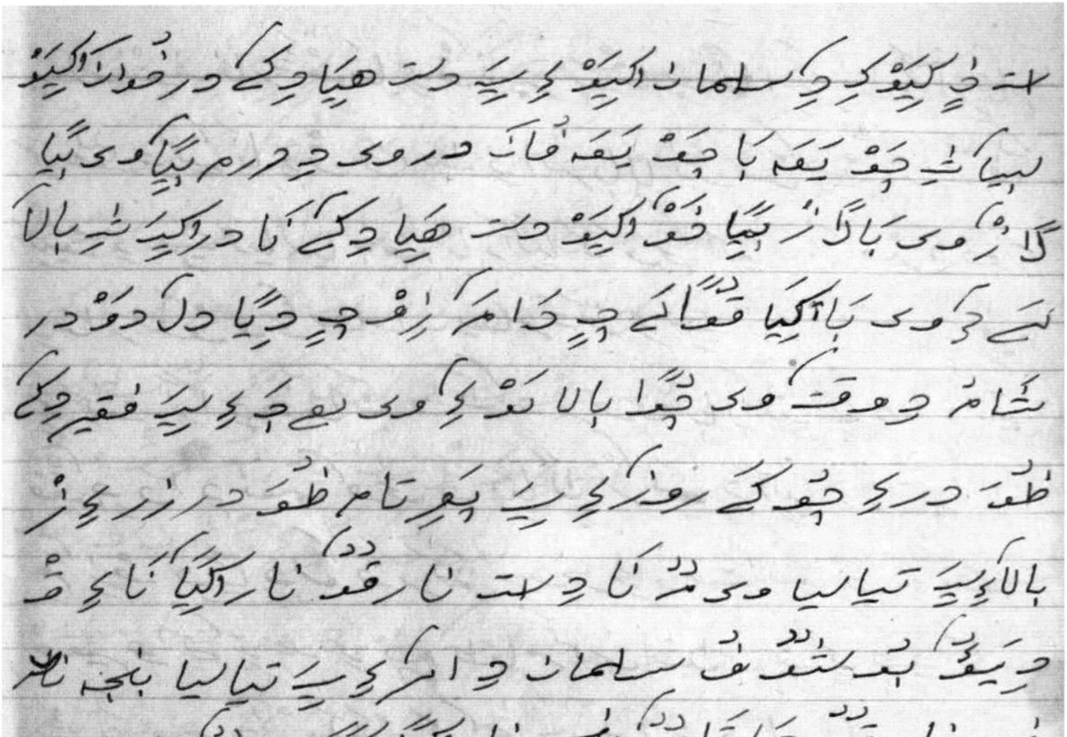

123

維（他）〔وى〕們進伊斯倆目（伊斯蘭教）〔اسلام〕，認胡大〔خداى〕，信聖人爾來伊黑賽倆目〔عم〕。班拉依（因為）〔براى〕一些飛禽走獸，一些坎斯（人）〔كس〕、鎮尼（精靈）〔جن〕的吃托阿姆（飯）〔طعام〕，給他們臥（與）〔و〕①備一個鍋，昂（那個）〔آن〕鍋的大，吐窪德（能）〔تواند〕裝一百個駱駝連維（他）〔وى〕的骨薩熱（頭）〔سر〕。坎斯（人）〔كس〕臥（與）〔و〕②備受選的碗，每一個碗的大像了池塘。每一遙目（日）〔يوم〕一些坎斯（人）〔كس〕臥（與）〔و〕鎮尼（精靈）〔جن〕臥（與）〔و〕一些兵將，都艾斯特（是）〔است〕這壋阿（樣）〔نوعة〕的。坎斯（人）〔كس〕問蘇萊曼〔سليمان〕有多少贊恩（女人）〔زن〕。

　　回答艾斯特（是）〔است〕一百個贊恩（女人）〔زن〕。他們每一個，各坎斯（人）〔كس〕艾斯特（是）〔است〕代熱（在）〔در〕各坎斯（人）〔كس〕的小房子裡邊住，每一個贊恩（女人）〔زن〕代熱（在）〔در〕房子裡邊務忙卡熱（事情）〔كار〕，都不閑。代熱（在）〔در〕他們的宮殿裡邊有一漢雜熱（千）〔هزار〕根柱子，代熱（在）〔در〕每一根柱子巴拉（上）〔بالا〕有一個迪妖（鬼怪）〔ديو〕，們看達斯提（手）〔دست〕③宮殿，保護房子。艾甘熱（要是）〔اگر〕蘇萊曼〔سليمان〕代熱（在）〔در〕不計哪一個位份，巴德（風）〔باد〕刮起了維（他）〔وى〕的龍床，一些廚子代熱（在）〔در〕昂（那個）〔آن〕位份做造托阿姆（飯）〔طعام〕，巴德（風）〔باد〕刮起來毯子，維（他）〔وى〕把毯子帶代熱（在）〔در〕空中，一些努爾（光）〔نور〕亮的聲音起來，直至

---

① 「與」表示「預」的音。
② 「與」表示「預」的音。
③ 「手」表示「守」的音。

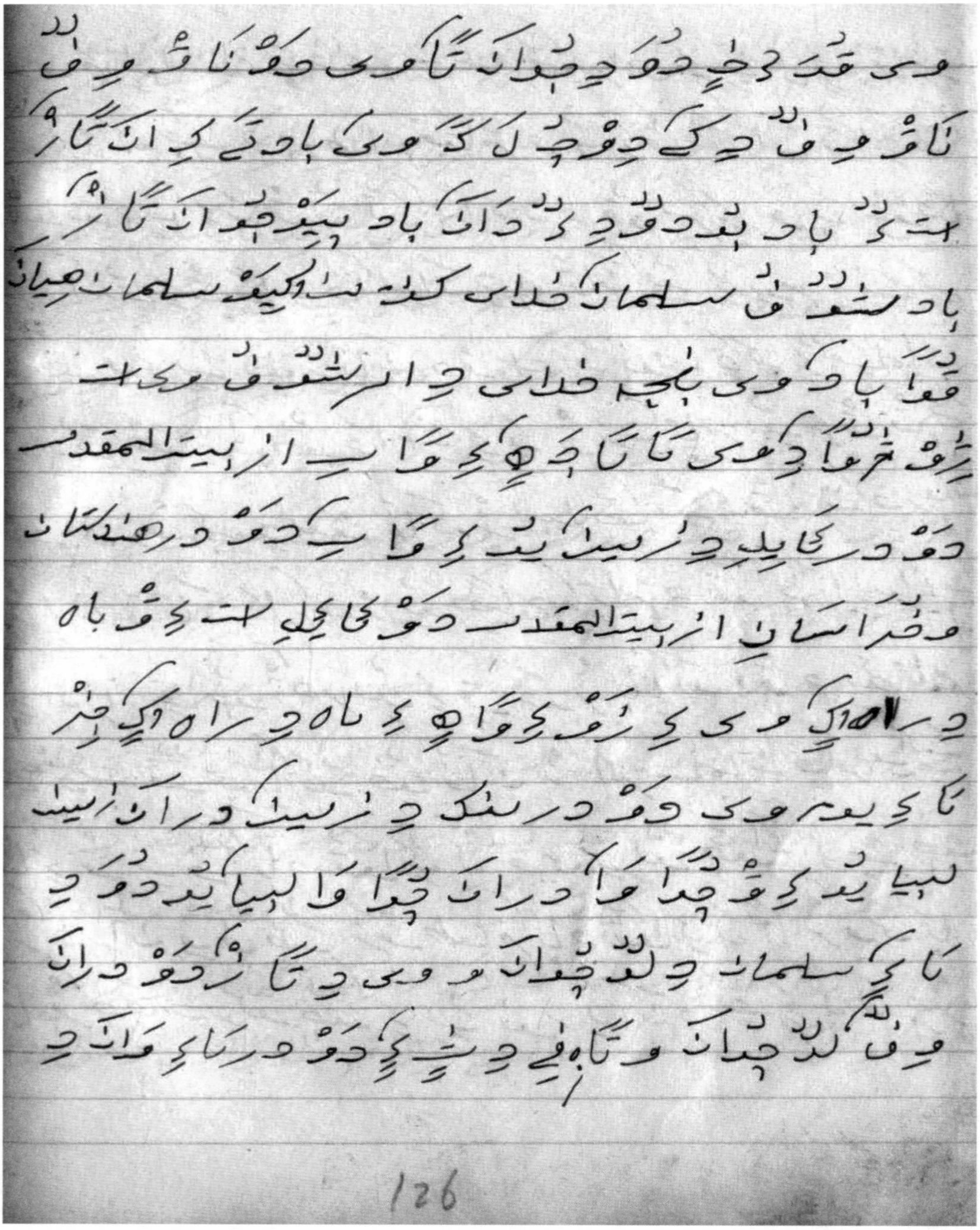

維（他）〔وی〕過了很多的莊灘。維（他）〔وی〕到哪個位份，哪個位份的坎斯（人）〔کس〕都出來看維（他）〔وی〕。巴德（風）〔باد〕抬起昂（那個）〔آن〕毯子，艾斯特（是）〔است〕聞巴德（風）〔باد〕不動的穩當。巴德（風）〔باد〕漂住昂（那個）〔آن〕毯子，巴德（風）〔باد〕順服蘇萊曼〔سلیمان〕。胡大〔خدای〕古夫特（說）〔گفت〕：「曼（我）〔من〕叫蘇萊曼〔سلیمان〕降管巴德（風）〔باد〕。」維（它）〔وی〕憑著胡大〔خدای〕的艾目熱（命令）〔امر〕順服，維（它）〔وی〕艾斯特（是）〔است〕柔軟的。

　　維（他）〔وی〕忙忙著行。一晚夕艾孜（從）〔از〕拜依圖裡目格代斯（遠寺）〔بیت المقدس〕到代熱（在）〔در〕卡義裡〔کابل〕的贊米尼（地方）〔زمین〕。又一晚夕到代熱（在）〔در〕印度斯坦〔هندستان〕臥（與）〔و〕呼羅珊〔خراسان〕。艾孜（從）〔از〕拜依圖裡目格代斯（遠寺）〔بیت المقدس〕到卡義裡〔کابل〕艾斯特（是）〔است〕一個麻海（月）〔ماه〕的拉海（路）〔راه〕徑。維（他）〔وی〕一早一晚行一麻海（月）〔ماه〕的拉海（路）〔راه〕徑。

　　直至那一遙目（日）〔یوم〕維（他）〔وی〕到代熱（在）〔در〕滿克（麥加）〔منك〕的贊米尼（地方）〔زمین〕，代熱（在）〔در〕昂（那個）〔آن〕贊米尼（地方）〔زمین〕裡邊有一個川窪，代熱（在）〔در〕昂（那個）〔آن〕川窪裡邊有多的螞蟻。蘇萊曼〔سلیمان〕的龍床臥（與）〔و〕維（他）〔وی〕的毯子到代熱（在）〔در〕昂（那個）〔آن〕位份，龍床臥（與）〔و〕毯子飛的聲音到代熱（在）〔در〕螞蟻王的

127

古世（耳）〔گوش〕門裡邊，螞蟻王古夫特（說）〔گفت〕：「哎！一些小螞蟻呀！你們趕快進代熱（在）〔در〕窩兒裡邊，別叫蘇萊曼〔سليمان〕的兵馬踩著你們。」

　　巴德（風）〔باد〕把螞蟻王的蘇罕（話）〔سخن〕刮代熱（在）〔در〕空中，蘇萊曼〔سليمان〕聽見螞蟻王的蘇罕（話）〔سخن〕，維（他）〔وى〕艾目熱（命令）〔امر〕龍床落代熱（在）〔در〕贊米尼（地）〔زمين〕巴拉（上）〔بالا〕，他艾目熱（命令）〔امر〕達斯提（手）〔دست〕下的坎斯（人）〔كس〕把螞蟻王拿來。維（他）〔وى〕問螞蟻王，他古夫特（說）〔گفت〕：「哎！螞蟻王啊！為什麼圖（你）〔تو〕古夫特（說）〔گفت〕印（這）〔اين〕蘇罕（話）〔سخن〕？」螞蟻王古夫特（說）〔گفت〕：「哎！胡大〔خداى〕的欽差呀！圖（你）〔تو〕艾斯特（是）〔است〕一個皇王，曼（我）〔من〕尼孜（也）〔نيز〕艾斯特（是）〔است〕一個皇，圖（你）〔تو〕疼顧圖（你）〔تو〕的兵馬，曼（我）〔من〕尼孜（也）〔نيز〕得疼顧曼（我）〔من〕的兵馬。圖（你）〔تو〕知道圖（你）〔تو〕的納目（名）〔نام〕目艾斯特（是）〔است〕什麼？」維（他）〔وى〕古夫特（說）〔گفت〕：「曼（我）〔من〕的納目（名）〔نام〕叫蘇萊曼〔سليمان〕」。螞蟻王古夫特（說）〔گفت〕：「蘇萊曼〔سليمان〕的麥爾尼（意思）〔معنى〕艾斯特（是）〔است〕一個平安，圖（你）〔تو〕平安著過熱夫特（去）〔رفت〕，尼孜（也）〔نيز〕得叫我們平安著過熱夫特（去）〔رفت〕呀！圖（你）〔تو〕艾斯特（是）〔است〕為王的聖人爾來伊黑賽倆目〔عـم〕，圖（你）〔تو〕為什麼不叫我們平安？圖（你）〔تو〕還艾斯特（是）〔است〕有知識的，艾斯特（是）〔است〕①

---

① 　此處衍「的」字，未錄。

128

有曼熱坦班〔品級〕〔مرتب〕的，艾斯特（是）〔است〕公道的皇王，圖（你）〔تو〕叫圖（你）〔تو〕的兵踩著曼（我）〔من〕的兵馬，曼（我）〔من〕不疼顧曼（我）〔من〕的百姓？」

嘎蘭拉乎泰爾倆（真主說）〔قال الله تعالى〕：

〔فَتَبَسَّمَ ضَاحِكًا مِّن قَوْلِهَا〕（27:19）① 。

阿耶提（經文）〔آية〕的麥爾尼〔معنى〕艾斯特（是）〔است〕：有知識的蘇罕（話）〔سخن〕，有滋味的言巴拉恩（雨）〔باران〕②臥爾茲（勸）〔وعظ〕化曼（我）〔من〕呀！印（這個）〔این〕蘇罕（話）〔سخن〕的意思艾斯特（是）〔است〕：印（這個）〔این〕頓亞（現世）〔دنيا〕打薩熱（頭）〔سر〕到臥（與）〔و〕③阿黑熱（尾）〔آخر〕艾斯特（是）〔است〕一迪拉孜（長）〔دراز〕④巴德（風）〔باد〕。螞蟻王古夫特（說）〔گفت〕：「哎！胡大〔خدای〕的欽差呀！圖（你）〔تو〕醒悔著，圖（你）〔تو〕醒得著，圖（你）〔تو〕的富貴艾斯特（是）〔است〕快的，那就艾斯特（是）〔است〕一陣巴德（風）〔باد〕。」

印（這個）〔این〕臥爾茲（勸）〔وعظ〕的坎斯（人）〔كس〕，不艾斯特（是）〔است〕坎斯（人）〔كس〕，尼孜（也）〔نيز〕不艾斯特（是）〔است〕鎮尼（神）〔جن〕，維（他）〔وی〕尼孜（也）〔نيز〕不艾斯特（是）〔است〕迪妖（鬼怪）〔ديو〕，昂（那）〔آن〕艾斯特（是）〔است〕螞蟻王。維（它）〔وی〕臥爾茲（勸）〔وعظ〕化蘇萊曼〔سليمان〕，代熱（在）〔در〕蘇萊曼〔سليمان〕的富貴臥（與）〔و〕曼熱坦班（品級）〔مرتب〕，維（他）〔وی〕有巴德（風）〔باد〕抬龍床，一些飛禽給他遮陰，一些坎斯（人）〔كس〕鎮尼（神）〔جن〕給他排班站隊。

他這塙阿（樣）〔نوعة〕的富貴，維（他）〔وی〕還得務忙卡熱（事情）〔كار〕，維（他）〔وی〕還編籃子，維（他）〔وی〕的價鬧買成大麥，做點迪麗（心）〔دل〕，維（他）〔وی〕還得曼阿（同）〔مع〕著一些

---

① 　手稿書寫的經文有誤，今查詢並改正。
② 「雨」表示「語」的音。
③ 「與」表示「於」的音。
④ 「長」表示「場」的音。

مسكنه كه دركى روزرده وقت طلقه دريكى چيا رايق جہ نويع

خلاس قہ چيقہ كاى ولاك وعظ قہا وك براى فہوف قہ يعو

حہ جہہ كاى ولاك زو خلاى حہ ا مر وعظ خہا اسلما ن

مالنك اعالم

ا بہ يہ پہ يہ پہ فہ يہ كہ اكيہ خہا د حہ حہ لييق نيا جہ

اكيا كا ريقہ كفتہ قيہ مرى پہ يہ فہ كہ تا مر اكيہ خہا حہ يہ حہ

ت نہما جعا ب بلا نك فتر سہ متہ اك اكيہ خہا وك كفتہ احہ

حہ حہہ حہ كہ ا نہم اك سياك خلاى جہ طاع ت فہ خہا ن

اكيہ خہا وك كفتہ ا ر متہ ت حہ ر حہ ا ر ز ديقہ وك ذہ ذہ

لہ يہ كتہ يہش طلقہ شہا د يقہ اكيہ خہا وك كلتہ نہم قا حہ

نا وا اخہ جہ ذہ خلاى حہ حہ و ب اكيہ كہ حہہ فہ نہم

حقا ب خہا ك كہ اكيہ خہا وك كلتہ حہ ورحہ حہ نا كہ سك وحہ

ا ب كہ وى ا ر اكيہ خہا نہما ن بالاگ حہ وا حہ ا ر جہ ريقہ اكيہ

米斯開尼（窮）〔مسكين〕坎斯（人）〔كس〕代熱（在）〔در〕開若齋（齋戒）〔روز〕的沃格提（時候）〔وقت〕，坐代熱（在）〔در〕一起吃。就這塭阿（樣）〔نوعة〕胡大〔خدای〕還差螞蟻王臥爾茲（勸）〔وعظ〕化維（他）〔وی〕，班拉依（因為）〔برای〕哎夫（害怕）〔خوف〕高傲，因此螞蟻王遵胡大〔خدای〕的艾目熱（命令）〔امر〕臥爾茲（勸）〔وعظ〕化蘇萊曼〔سليمان〕。

宛拉乎艾阿來目（真主至知）〔والله أعلم〕！

第二十六門　解明一些飛禽叫喚

巴布（門）〔باب〕杜（二）〔دو〕單（十）〔ده〕六解明一些飛禽叫喚。

你把這件卡熱（事情）〔كار〕表古夫特（說）〔گفت〕給我們。一些飛禽它們叫喚的聲音艾斯特（是）〔است〕什麼？

哲瓦布（回答）〔جواب〕：白到乃凱（你應當知道）〔بدانكه〕，胡肉斯〔خروس〕①公雞叫喚，維（它）〔وی〕古夫特（說）〔گفت〕「哎！昏晦的坎斯（人）〔كس〕哪！你們記想胡大〔خدای〕著。」

托吳斯〔طاووس〕鳳凰叫喚，維（它）〔وی〕古夫特（說）〔گفت〕「伊孜（從）〔از〕壽數代熱（在）〔در〕②迪拉孜（長）〔دراز〕調，維（他）〔وی〕還得毛提（無常）〔موت〕」。

坎熱凱斯〔كركس〕座山雕叫喚，維（它）〔وی〕古夫特（說）〔گفت〕「你們幹的那但凡等待胡大〔خدای〕的回奉，別叫坎斯（人）〔كس〕回奉你們。」

歐尕布〔عقاب〕黃鷹叫喚，維（它）〔وی〕古夫特（說）〔گفت〕「多災海（火獄）〔دوزخ〕的納熱（火）〔نار〕艾斯特（是）〔است〕唯獨昂（那個）〔آن〕坎斯（人）〔كس〕，維（他）〔وی〕艾孜（從）〔از〕交還拜乃麻子（禮拜）〔نماز〕巴拉（上）〔بالا〕懶惰。」

達熱志〔دارج〕小鶉叫

---

① 本門提及的動物名稱，手稿轉寫時有筆誤，今予以更正。
② 「在」表示「再」的音。

خُدا وی کلِمہ اللَّه اسِ خُدا جی نام قمر اسِ در عربیث بالا
بلیُو بیکے خُدای ننذ قمو اک اسِ کہ اسِ در عربیث بالا قَدرا رحمام
الکبیُہ خُدا وی کلِمہ زا وَقَ قُمُ دو مِرق دو خُدای سلا جی
بالا زا قمو ینذ دراز باقی دو خُدای سلا رِبا اَقَدر بیُہ قُا جقُ الکبیُہ
خُدا وی کلِمہ خُدای ننذ قمو یکہ جہمودہ نامہ بنذ را
خُدای قَقُ رضیُدا پاک الکبیُہ خُدا وی کلِمہ قُا اسِ الکَتا
جقُ اک خُوا اَیا ربلا از وصہ بالا الکَیا بشقُ الکبیُہ ترَبیُہ
یکبیُہ خُدا وی کلِمہ جرِبث زا وَقَ قُا الهمان زبیث دو
خُدای سلا جی پاک قا ضہ پاکَبیُہ الکبیُہ خُدا وی کلِمہ جیان
قُا بعد بِرق جدر اندر بیث بالا پا بَقُ ردایا الکبیُہ
خُدا وی کلِمہ نیم پا دل نیبہ بشقُا پاک در دنیا بالا
بیران وی اسِ بنذ دو نعمقُ اب اکَہ قمو الکبیُہ قمو نا
کَہ خُدای ننذ قمو اک اسِ کہ وی قمو اک قمو اک بُو قمو کی

130

喚。維（它）〔وی〕古夫特（說）〔گفت〕「安拉乎〔الله〕艾斯特（是）〔است〕胡大〔خدای〕的納目（名）〔نام〕目，艾斯特（是）〔است〕代熱（在）〔در〕阿熱世〔عرش〕巴拉（上）〔بالا〕受寫，胡大〔خدای〕怒惱昂（那個）〔آن〕坎斯（人）〔کس〕艾斯特（是）〔است〕代熱（在）〔در〕阿熱世〔عرش〕巴拉（上）〔بالا〕。」

海紮熱〔هزار〕畫眉鳥叫喚，維（它）〔وی〕古夫特（說）〔گفت〕，贊造化多災海（火獄）〔دوزخ〕的胡大〔خدای〕清龐克（淨）〔پاک〕，贊古有迪拉孜（長）〔دراز〕①巴給（存）〔باقی〕的胡大〔خدای〕清龐克（淨）〔پاک〕。」

古熱尤〔قریو〕鶴鶉叫喚，維（它）〔وی〕古夫特（說）〔گفت〕「胡大〔خدای〕怒惱一些朱胡迪（猶太人）〔جهود〕，他們不認胡大〔خدای〕。」

黑哇熱克〔خوارک〕鴛鴦叫喚，維（它）〔وی〕古夫特（說）〔گفت〕「但是坎斯（人）〔کس〕他多計畫卡熱（事情）〔کار〕，白倆（災難）〔بلاء〕艾孜（從）〔از〕維（他）〔وی〕巴拉（上）〔بالا〕減少。」

開布台爾〔کبوتر〕梟叫喚，維（它）〔وی〕古夫特（說）〔گفت〕「的實贊造化阿斯瑪尼（天）〔آسمان〕贊米尼（地）〔زمین〕的胡大〔خدای〕清龐克（淨）〔پاک〕。」

法赫提〔فاخت〕斑鳩叫喚，維（它）〔وی〕古夫特（說）〔گفت〕「長傳不如此代熱（在）〔در〕印（這）〔این〕贊米尼（地）〔زمین〕巴拉（上）〔بالا〕。」

巴足爾〔بازور〕大鴨叫喚，維（它）〔وی〕古夫特（說）〔گفت〕「你們把迪麗（心）〔دل〕莫要栓綁代熱（在）〔در〕頓亞（今世）〔دنیا〕巴拉（上）〔بالا〕，班拉依（因為）〔برای〕維（它）〔وی〕艾斯特（是）〔است〕不諾乎（九）〔نه〕②的。」

鄂哇布〔غواب〕老鴰叫喚，它古夫特（說）〔گفت〕「胡大〔خدای〕怒惱昂（那個）〔آن〕坎斯（人）〔کس〕，維（他）〔وی〕光顧己，不顧別坎斯（人）〔کس〕。」

---

①　「長」表示「常」的音。
②　「九」表示「久」的音。

دَرْنَتِيجِهْ اَبْ اَکْرِ اَکِيَقْ خُوا مِدِ کُلْتُ مِدِ بِقِ جَهْ وَ کِي زُرْنْ قَبَهْ

کِيْ جِتِّرْ پِيِاتُ مِدِ دُمْ بَطِهْ يَاتْ اَکِيَقْ خُوا مِدِ کُلْتُ اَرْ

بِقِ تَاکِي پَاتْ کَهْ دَسْتُ زِبَاتِ وَ بُقْ تَدْ يَعْنِي تَبِدْ اَکِيَقْ بِقِ تَاهْ

کِهْ هَدْ هَدْ لِهُوا اِشْقُ جِهِدْ اَکِيَقْ خُوا مِدِ کُلْتُ کَه اِلَهْ قِهْ

پَالَا يَدِ قْ بَعْتُ بَقْلَدِي شَتَاهِ اَکِيَعِ اَکِيَقْ خُوا مِدِ کُلْتُ نِمْ

سِيَهْ دِ دُنِيَا جِهِدْ کَرِ نِمْ زُ يَدِ بَعْتُ جَهْجِمْ کِرِ قِشَهْ اَکِيَقْ

خُوا مِدِ کُلْتُ زَاتَنِيَهْ زَلَاتْ نِيتَهْ اَکِيَقْ دِ خُدَاي سَالِي پَاکْ وَدِ

نِيتَ پِيَاتْ اَتَالِبْ کَاکِيَقْ خُوا مِدِ کُلْتُ اِنِ نِيتَ پَاکْ نِتَ

دِ خُدَاي آتَه دِرْکِهْ کَاشَدِي جَبْ اَکِيا پِيَاتْ جَهْ کِهْ کِيَهْ

بَقِتْ کَاکِي نِيتَ اَکِيَقْ خُوا مِدِ کُلْتُ نِمْ زَا اَکِهْ کِهْ نِمْ زَا

کِهْ چِهِ دُوا جَدْرِ شَدِ اَکِيَقْ زِ وَقْتُ نِمْ تَدْ زِزِيَقْ دِ رَايِتْ

لِيَا يَدِ حَدِ قَتْ دِيَا کَرِ قْ جِهِدْ دِيَا سَاتَهْ اَکْرِ يَتَهْ بِلَا خُوا

代雷提罕〔درتح〕阿布（水）〔آب〕雞叫喚，維（它）〔وی〕古夫特（說）〔گفت〕維（他）〔وی〕曼阿（同）〔مع〕著外贊恩（女人）〔زن〕格布雜（取）〔قبض〕①益濟，直至傷維（他）〔وی〕的命。

白推〔بط〕鴨子叫喚，維（它）〔وی〕古夫特（說）〔گفت〕「艾孜（從）〔از〕背談坎斯（人）〔کس〕巴拉（上）〔بالا〕看達斯提（手）〔دست〕②贊巴尼（舌）〔زبان〕臥（與）〔و〕本坦恩（身）〔تن〕，耶阿尼（即）〔یعنی〕不去背談坎斯（人）〔کس〕。」

胡的胡的〔هدهد〕端樹蟲叫喚，維（它）〔وی〕古夫特（說）〔گفت〕「但是活巴拉（上）〔بالا〕有個毛提（無常）〔موت〕。」

比弗迪〔بفدی〕山雞叫喚，維（它）〔وی〕古夫特（說）〔گفت〕「你們修理頓亞（今世）〔دنیا〕，終了你們還要毛提（無常）〔موت〕。」

主埃目〔جعم〕鸚哥叫喚，維（它）〔وی〕古夫特（說）〔گفت〕「贊調養世界的胡大〔خدای〕清龐克（淨）〔پاک〕，維（他）〔وی〕調養曼（我）〔من〕。」

阿斯伯〔اسب〕馬叫喚，維（它）〔وی〕古夫特（說）〔گفت〕「哎！調養曼（我）〔من〕的胡大〔خدای〕)）呀！圖（你）〔تو〕代熱（在）〔در〕一些卡非爾（外教人）〔کافر〕的中間襄助一些穆民（信士）〔مؤمن〕。」

尕吾（牛）〔گاو〕牛叫喚，維（它）〔وی〕古夫特（說）〔گفت〕「你們擔苦處，你們擔苦處，端代熱（在）〔در〕杜氏曼（敵人）〔دشمن〕叫的沃格提（時候）〔وقت〕，你們逃走。」

代熱（在）〔در〕印（這）〔این〕裡邊有叨（兩）〔دو〕個指點：一個指點艾斯特（是）〔است〕艾甘熱（要是）〔اگر〕有白倆（災難）〔بلاء〕、患

---

① 書寫筆誤，應為「قبض」，意為「收據」「抓住」之意，口語表達為「取」「獲取」。
② 「手」表示「守」的音。

نا تھ تھ زنڈ ریاں کی پیدا کنڈ چیو دو میرت کے ہیدای نظار
اکیپے دو وقت تد یاک جہ رفتھ تد پید د خطای دیزندۃ ان کہ
وی دی نظار یالا ہنتھ ہیے کوی ہت کیلیب دہ نظار بایا د اکیپے تھ
معذ اکیپے تھۃ
سیا نڈ دی حقۃ خطای ند کنڈ وی ہت کیے دو نزد کی یے زہغ
نام تیۃ حقۃ کیام دہ سیات دہ خطای دہ تخلیق اکرہ دہ او اکیا جہ
کہ یے فی کۃ کا جہ ح یے یعنی چرہ کۃ نام اکیپے خدا د کلتھ
کیا یا ان ہم یہ قہ حتھ حتھ دہ تنکیدی یے حقای
تہ یعلم دعۃ اکہ سیات خطای بید وان خطای دہ نمعتۃ
ہمہ ہہ ہند نگویند بید حیقۃ خطای بید اکہ سیا کہ خطای
وہ نڈ بعد زف کیلتھ وہ م پینجہ جہ یے حقای جہ زف
ولللہ اعلم یا ب اکیے یے سیۃ دنیا اہل یہ قہ خانہ دہ دہ حفۃ
نیا جہ اکیا کا ریبیۃ کنۃ قہ قمہ دہ دنیا یالا کے سیدہ یا
نا اہل یہ خلفۃ فان حکہ ہت نما فان عی جدایا یالا کہ جہ

132

拿出來三個希拉只（燈）〔سراج〕籠，掛代熱（在）〔در〕克爾白（天房）〔كعبة〕的房的
拐耙（腳）〔پای〕①，那一些希拉只（燈）〔سراج〕籠的照②亮，艾孜（從）〔از〕印（這
個）〔اين〕拐耙（腳）〔پای〕③直至別一個拐耙（腳）〔پای〕④，昂（那個）〔آن〕努爾（光）
〔نور〕亮照⑤亮了坦瑪目（全）〔تمام〕世界。

　　胡大〔خداي〕又艾目熱（命令）〔امر〕天仙艾孜（從）〔از〕哲乃提（天堂）〔جنت〕
裡邊拿出來一個椅子，放代熱（在）〔در〕阿斯瑪尼（天）〔آسمان〕贊米尼（地）〔زمين〕
的中迪麗（心）〔دل〕，昂（那個）〔آن〕椅子屬於紅鴉鶻石的。坎斯（人）〔كس〕把昂（那
個）〔آن〕放代熱（在）〔در〕滿克（麥加）〔مكة〕的城堡，叫一些遊玩克爾白（天房）〔كعبة〕
的坎斯（人）〔كس〕遊玩昂（那個）〔آن〕房子的周圍。維（他）〔وى〕班拉依（因為）
〔براى〕坎斯（人）〔كس〕修理那艾臥裡（頭）〔اول〕一座房兒，那就艾斯特（是）〔است〕
麥斯只德哈蘭（禁寺）〔مسجد حرام〕，昂（那個）〔آن〕艾斯特（是）〔است〕胡大〔خداي〕
的禁地。胡大〔خداي〕⑥阿丹〔آدم〕，叫維（他）〔وى〕探望昂（那個）〔آن〕拜依圖裡麥
阿目熱〔بيت المعمور〕。

　　如贊熱（金）〔زر〕⑦凡那一總房艾斯特（是）〔است〕代熱（在）〔در〕第車哈熱（四）
〔چهار〕層阿斯瑪尼（天）〔آسمان〕巴拉（上）〔بالا〕。如贊熱（金）〔زر〕⑧每一遙目（日）
〔يوم〕哈夫特（七）〔هفت〕萬個天仙，他們探望昂（那個）〔آن〕拜依圖裡麥阿目熱〔بيت
المعمور〕。坎斯（人）〔كس〕叫阿丹〔آدم〕探望昂（那個）〔آن〕房兒，那艾斯特（是）〔است〕
班拉依（因為）〔براى〕給阿丹〔آدم〕解憂愁，下降拜依圖裡麥阿目熱〔بيت المعمور〕叫阿丹
〔آدم〕朝向維（它）〔وى〕，名為克爾白（天房）〔كعبة〕，直至到

---

① 「腳」表示「角」的音。
② 「照」讀「rào」的音。
③ 「腳」表示「角」的音。
④ 「腳」表示「角」的音。
⑤ 「照」讀「rào」的音。
⑥ 此處應脫「命令」二字，未補。
⑦ 「金」表示「今」的音。
⑧ 「金」表示「今」的音。

در نفخ عم جوز بان در اكر بان لبيا دكى تام قا بعضى دكناه
زر كحلاى د نوفتة خلاى دكياك حق اب نيز اعمات كيا تام در اك
وقت خلاى امر بے تيانيا با بيت المعمر د قان تے در جهار
چلع اعمات با لا در قة اب هيا رفت بعد خلاى دير امر بے بے
تيانيا با اك قان حفة در بيت بالا قان در اعمات زبيد د
جة دل نة ليع دقو د ر ابراهيم بالا ابراهيم يعة جا اك
قان از د تو ا نعمة يك از بيت لى تمام شو ر ر بے بے قة
بيے اك قان و زبيت كعبة با ريع مت مسجد حرام
بے با ى اكيقة بے د كعبة وم و بلند بدنة دفو قة هيبات ولى
اببے بے قدعدت د قة تا

ود ر هشتم نبا

جو اكبا كا ر بيبة كنت قد مقر در دنيا بالا جب قة د مت نما لا
اك مت در كبا لا جمل ب بالك در دنيا بالا جب قة د وك
قدعدت د قة تا لقد الة خداى نب نة وكك كى قباد قو

代熱（在）〔در〕努哈〔نوح〕聖人爾來伊黑賽倆目〔ع—م〕的贊瑪尼（光陰）〔زمان〕。代熱（在）〔در〕昂（那個）〔آن〕贊瑪尼（光陰）〔زمان〕裡邊的坎斯（人）〔كس〕，他們幹不曼阿（同）〔مع〕的古那海（罪）〔گناه〕，惹了胡大〔خداى〕的怒惱，胡大〔خداى〕降洪阿布（水）〔آب〕泡阿斯瑪尼（天）〔آسمان〕淹他們。代熱（在）〔در〕昂（那個）〔آن〕沃格提（時候）〔وقت〕胡大〔خداى〕艾目熱（命令）〔امر〕一些天仙把拜依圖裡麥阿目熱〔بيت المعمور〕的房抬代熱（在）〔در〕車哈熱（四）〔چهار〕層阿斯瑪尼（天）〔آسمان〕巴拉（上）〔بالا〕，代熱（在）〔در〕洪阿布（水）〔آب〕下熱夫特（去）〔رفت〕班爾代（後）〔بعد〕，胡大〔خداى〕又艾目熱（命令）〔امر〕一些天仙把昂（那個）〔آن〕房送代熱（在）〔در〕贊米尼（地）〔زمين〕巴拉（上）〔بالا〕，放代熱（在）〔در〕阿斯瑪尼（天）〔آسمان〕贊米尼（地）〔زمين〕的中迪麗（心）〔دل〕輪流。到代熱（在）〔در〕伊布拉黑麥〔إبراهيم〕巴拉（上）〔بالا〕，伊布拉黑麥〔إبراهيم〕又按著昂（那個）〔آن〕房子的原牆阿（樣）〔نوعة〕，又艾孜（從）〔از〕修理坦瑪目（全美）〔تمام〕。

如贊熱（金）〔زر〕[1]一些坎斯（人）〔كس〕朝拜昂（那個）〔آن〕房子，就艾斯特（是）〔است〕克爾白（天房）〔كعبة〕，那就艾斯特（是）〔است〕麥斯只德哈蘭（禁寺）〔مسجد حرام〕。坎斯（人）〔كس〕把維（它）〔وى〕叫納目（名）〔نام〕了克爾白（天房）〔كعبة〕，我們為班代（僕人）〔بنده〕穆民（信士）〔مؤمن〕都朝向維（它）〔وى〕。

第二十八門　解明法老的高塔

巴布（門）[باب] 叨目（第二）[دوم] 單（十）[ده] 罕世吐目（第八）[هشتم] 解明費熱歐乃（法老）[فرعون] 的高塔。

你把這件卡熱（事情）〔كار〕表古夫特（說）〔گفت〕給我們。代熱（在）〔در〕頓亞（今世）[دنيا] 巴拉（上）〔بالا〕至高的艾斯特（是）〔است〕什麼物？昂（那）〔آن〕艾斯特（是）〔است〕代熱（在）〔در〕哪裡？

哲瓦布（回答）〔جواب〕：白到乃凱（你應當知道）〔بدانكه〕，代熱（在）〔در〕頓亞（今世）[دنيا] 巴拉（上）〔بالا〕至高的物艾斯特（是）〔است〕費熱歐乃（法老）〔فرعون〕的高塔，賴爾難拉乎（願真主惱怒他）〔لعن الله〕，胡大〔خداى〕怒惱維（他）〔وى〕，坎斯（人）〔كس〕坎斯（人）〔كس〕給維（他）〔وى〕道

---

① 「金」表示「今」的音。

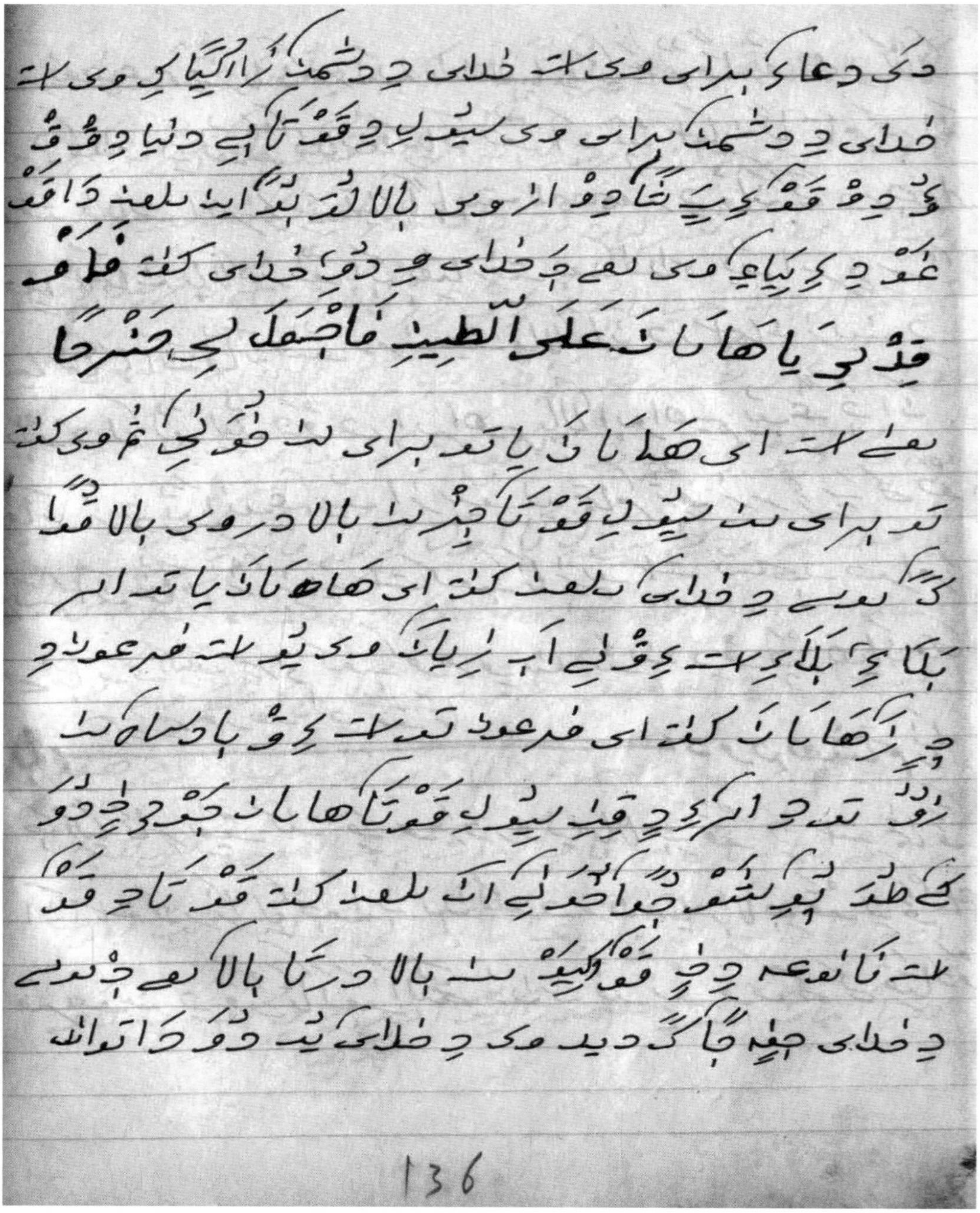
فَاوْ قِدْ لِي يَاهَامَانُ عَلَى الطِّينِ فَاجْعَلْ لِي صَرْحًا

136

曼阿（同著）〔مع〕曼（我）〔من〕為對。」

　　筍買〔然後〕胡大〔خداي〕）的艾目熱（命令）〔امر〕來了：「哎！穆薩〔موسی〕呀！圖（你）〔تو〕莫要咢夫（害怕）〔خوف〕，任艾孜（從）〔از〕維（他）〔وی〕修理多少年，曼（我）〔من〕代熱（在）〔در〕眨眼一時裡邊把維（它）〔وی〕轉的不艾斯特（是）〔است〕一物，朽坦巴黑（壞）〔تباه〕了維（它）〔وی〕。圖（你）〔تو〕觀看曼（我）〔من〕的大吐窪德（能）〔تواند〕。」

　　這一些匠坎斯（人）〔کس〕代熱（在）〔در〕哈夫特（七）〔هفت〕年裡邊連明連夜幹，直至維（他）〔وی〕們修理好了，昂（那個）〔آن〕麥裡歐尼（惡魔）〔ملعون〕很高興。費熱歐乃（法老）〔فرعون〕喜歡著古夫特（說）〔گفت〕：「高塔坦瑪目（全）〔تمام〕美了」！維（他）〔وی〕的一些臣子都慶賀維（他）〔وی〕。

　　這一些匠坎斯（人）〔کس〕還沒有走來，胡大〔خداي〕艾目熱（命令）〔امر〕哲布熱依裡〔جبرئیل〕來了，把高塔連根拔起，拿代熱（在）〔در〕空中，筍買（然後）〔ثم〕維（他）〔وی〕摔下來，摔代熱（在）〔در〕贊米尼（地）〔زمین〕巴拉（上）〔بالا〕。維（他）〔وی〕把高塔摔成三塊，把一塊摔代熱（在）〔در〕世界的一邊兒，把別一塊摔代熱（在）〔در〕世界的別一邊兒，把一塊摔代熱（在）〔در〕世界的中間。一些幹工的匠坎斯（人）〔کس〕，艾孜（從）〔از〕摔的昂（那個）〔آن〕聲音巴拉（上）〔بالا〕都嚇

昏了，昂（那個）〔آن〕聲音比炸雷的聲音還大單（十）〔ده〕分。

　　這五萬匠坎斯（人）〔كس〕整修理了哈夫特（七）〔هفت〕年，胡大〔خداي〕艾目熱（命令）〔امر〕哲布熱依裡〔جبريل〕代熱（在）〔در〕眨眼一時裡邊損坦（巴黑（壞）〔تباه〕了維（它）〔وى〕。胡大〔خداي〕〕又艾孜（從）〔از〕阿斯瑪尼天〔آسمان〕巴拉（上）〔بالا〕降下了阿斯瑪尼（天）〔آسمان〕納熱（火）〔نار〕，把那一些匠坎斯（人）〔كس〕都燒毛提（無常）〔موت〕了，一個尼孜（也）〔نيز〕不巴給（留）〔باقى〕。印（這）〔اين〕艾斯特（是）〔است〕費熱歐乃（法老）〔فرعون〕的印（這個）〔اين〕麥裡歐尼（惡魔）〔ملعون〕，維（他）〔وى〕曼阿（同）〔مع〕著胡大〔خداى〕為對的結果，維（他）〔وى〕想害穆薩〔موسى〕聖人爾來伊黑賽倆目〔عم〕，胡大〔خداي〕差阿斯瑪尼（天）〔آسمان〕納熱（火）〔نار〕把維（他）〔وى〕的一些兵馬臥（和）〔و〕匠坎斯（人）〔كس〕都燒毛提（無常）〔موت〕了。維（他）〔وى〕們代熱（在）〔در〕眨眼一時裡邊，他的高塔不艾斯特（是）〔است〕一物了。維（他）〔وى〕印（這個）〔اين〕麥裡歐尼（惡魔）〔ملعون〕要曼阿（同）〔مع〕著胡大〔خداي〕征戰，胡大〔خداي〕憑著自己的大吐窪德（能）〔تواند〕護苫穆薩〔موسى〕，看達斯提（手）〔دست〕①穆薩〔موسى〕，拿起穆薩〔موسي〕的白倆（災難）〔بلاء〕。胡大〔خداي〕憑著達熱亞（海）〔دريا〕阿布（水）〔آب〕淹了費熱歐乃（法老）〔فرعون〕印（這個）〔اين〕杜氏曼（敵人）〔دشمن〕臥（和）〔و〕他的一些兵馬，印（這個）〔اين〕麥裡歐尼（惡魔）〔ملعون〕毛提（無常）〔موت〕代熱（在）〔در〕達熱亞（海）〔دريا〕裡邊。

　　我們為班代（僕人）〔بنده〕穆民（信士）〔مؤمن〕可要得坦凡克熱（參悟）〔تفكر〕，我們男贊恩（女）〔زن〕聽見費熱歐乃（法老）〔فرعون〕的印（這個）〔اين〕坦巴黑（壞）〔تباه〕坎斯（人）〔كس〕，他的高

---

① 「手」表示「守」的音。

غنه‌می پانچه‌تا و در تب و می و ولات وتا و یاد دی قوقه
کرا می تد د خلاص جمعه کیجه سے جا سے عم و دوم
شر خلاص د تو نکو خدای طرح می ایسا ست هی دیکیه
قوه ست می د قمه لکو فالله اعلم

بات _____ پنجه عیسی عم حیات نیا دو د نه نیا جه اگیا کار

پنجه کنه قومر کی لیجر د ات سے نیا ان نیا طعام
می بنه ست ارارض بالا کی د طفه زمه نیز به ست
ارجنه لبیا نا چول د اک ست و شه چول کی د جدا
پار نک اک ست ارسمات بالا هیار می ست پنجه عیی
عمر و دعای برای می معظم خدا می و یار یه قوم
نام بنه ا عیسی د معظم خدا عیی عم کنه اکر نم بنه
د قوم سے خلاص بنه قوی سے سلام خلاص یقه عنه یا نم اکر
د قوم سے خلاص ست د دیک و قوی سے سلام نیم ددیه یه تها

弱了，圖（你）〔تو〕艾孜（從）〔از〕胡大〔خدای〕巴拉（上）〔بالا〕給我們要我們望想的昂（那個）〔آن〕。」

他們又古夫特（說）〔گفت〕：「哎！胡大〔خدای〕的聖人爾來伊黑賽倆目〔ع-م〕哪！圖（你）〔تو〕莫要失去我們的望想。」

筍買（然後）〔ثم〕爾薩〔عسی〕聖人爾來伊黑賽倆目〔ع-م〕又跟他們拿約會古夫特（說）〔گفت〕：「哎！當眾的一些高目（民眾）〔قوم〕啊！你們憑著印（這）〔این〕席面吃罷，你們知感胡大〔خدای〕，你們歸信胡大〔خدای〕，你們莫要爭競，直至胡大〔خدای〕把你們要的昂（那個）〔آن〕下降給你們。」

他們古夫特（說）〔گفت〕：「我們誠服直至我們耶阿來目（知）〔یعلم〕道這件卡熱（事情）〔کار〕，圖（你）〔تو〕艾斯特（是）〔است〕真誠的聖人爾來伊黑賽倆目〔ع-م〕，圖（你）〔تو〕古夫特（說）〔گفت〕實言。」

筍買（然後）〔ثم〕爾薩〔عسی〕聖人爾來伊黑賽倆目〔ع-م〕站起來，維（他）〔وی〕交還叨（兩）〔دو〕拜乃麻子（禮拜）〔نماز〕，維（他）〔وی〕往胡大〔خدای〕巴拉（上）〔بالا〕做杜阿（祈禱）〔دعاء〕哀憐，維（他）〔وی〕古夫特（說）〔گفت〕：「哎！胡大〔خدای〕啊！圖（你）〔تو〕知道他們迪麗（心）〔دل〕裡邊的昂（那個）〔آن〕。」

胡大〔خدای〕古夫特（說）〔گفت〕：

﴿رَبَّنَا أَنزِلْ عَلَيْنَا مَائِدَةً مِّنَ السَّمَاء﴾（5:114）。

麥爾尼（意思）〔معنی〕艾斯特（是）〔است〕：「哎！調養曼（我）〔من〕的胡大〔خدای〕啊！圖（你）〔تو〕艾孜（從）〔از〕阿斯瑪尼（天）〔آسمان〕巴拉（上）〔بالا〕熱合曼提（慈憫）〔رحمة〕席面。」

艾目熱（命令）〔امر〕來了：「哎！爾薩〔عسی〕呀！曼（我）〔من〕把席面下降代熱（在）〔در〕他們巴拉（上）〔بالا〕，如艾甘熱（要是）〔اگر〕他們吃罷他們不歸信曼（我）〔من〕的沃格提（時候）〔وقت〕，曼（我）〔من〕

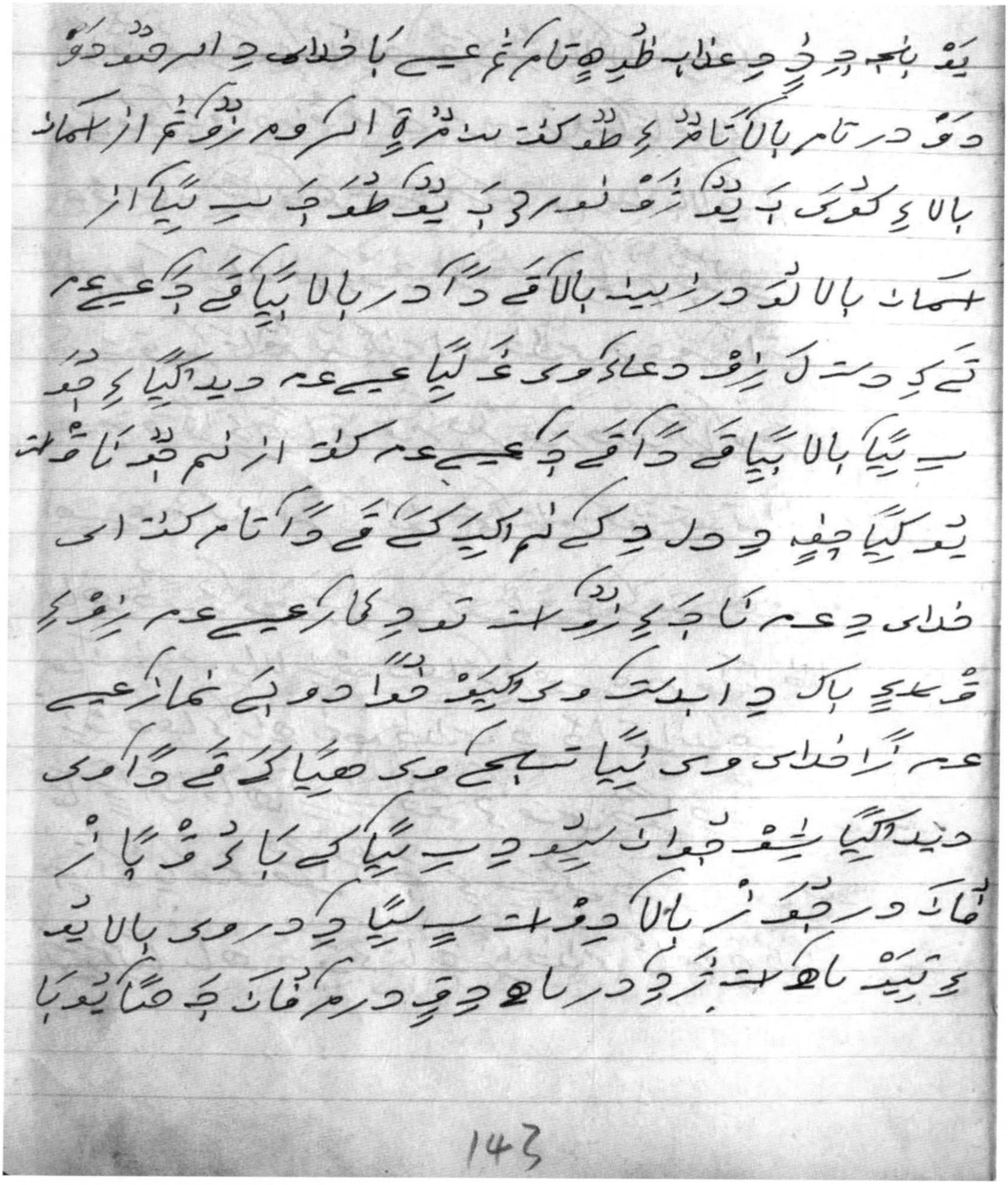

要憑著至狠的爾雜布（懲罰）〔عذاب〕罪刑他們。」

筍買（然後）〔ثم〕爾薩〔عسى〕把胡大〔خداي〕的艾目熱（命令）〔امر〕送到，到代熱（在）〔در〕他們巴拉（上）〔بالا〕，他們一同古夫特（說）〔گفت〕：「曼（我）〔من〕們聽艾目熱（命令）〔امر〕，我們遵。」

筍買（然後）〔ثم〕艾孜（從）〔از〕阿斯瑪尼（天）〔آسمان〕巴拉（上）〔بالا〕一塊白雲，嬈努爾（亮）〔نور〕了白雲馱著席面，艾孜（從）〔از〕阿斯瑪尼（天）〔آسمان〕巴拉（上）〔بالا〕落代熱（在）〔در〕贊米尼（地）〔زمين〕巴拉（上）〔بالا〕，蓋單代熱（在）〔در〕巴拉（上）〔بالا〕面蓋著。爾薩〔عيسى〕聖人爾來伊黑賽倆目〔عم〕抬起達斯提（手）〔دست〕來做杜阿（祈禱）〔دعاء〕，維（他）〔وى〕哀憐。

爾薩〔عسى〕聖人爾來伊黑賽倆目〔عم〕迪德（看）〔ديد〕見一桌席面，巴拉（上）〔بالا〕邊蓋單蓋著，爾薩〔عيسى〕聖人爾來伊黑賽倆目〔عم〕古夫特（說）〔گفت〕：「艾孜（從）〔از〕你們中哪個艾斯特（是）〔است〕有虔誠的迪麗（心）〔دل〕的坎斯（人）〔كس〕，你們揭開蓋單。」

他們古夫特（說）〔گفت〕：「哎！胡大〔خداي〕的聖人爾來伊黑賽倆目〔عم〕哪！這一總艾斯特（是）〔است〕圖（你）〔تو〕的卡熱（事情）〔كار〕。」

爾薩〔عيسى〕聖人爾來伊黑賽倆目〔عم〕做一個清麗克（淨）〔پاك〕的阿布代斯（小淨）〔آبدست〕，維（他）〔وى〕交還叨（兩）〔دو〕拜乃麻子（禮拜）〔نماز〕。爾薩〔عيسى〕聖人爾來伊黑賽倆目〔عم〕贊胡大〔خداي〕，維（他）〔وى〕念泰斯比哈（贊詞）〔تسبيح〕。

維（他）〔وى〕掀開蓋單，維（他）〔وى〕迪德（看）〔ديد〕見受裝修的席面，坎斯（人）〔كس〕把五個盤子放代熱（在）〔در〕桌子巴拉（上）〔بالا〕，都艾斯特（是）〔است〕新鮮的。代熱（在）〔در〕維（它）〔وى〕巴拉（上）〔بالا〕有條一麻黑（魚）〔ماهى〕艾斯特（是）〔است〕熱的。代熱（在）〔در〕麻黑（魚）〔ماهى〕的跟丹熱目（錢）〔درم〕①放著蒜，又把

---

① 「錢」表示「前」的音。

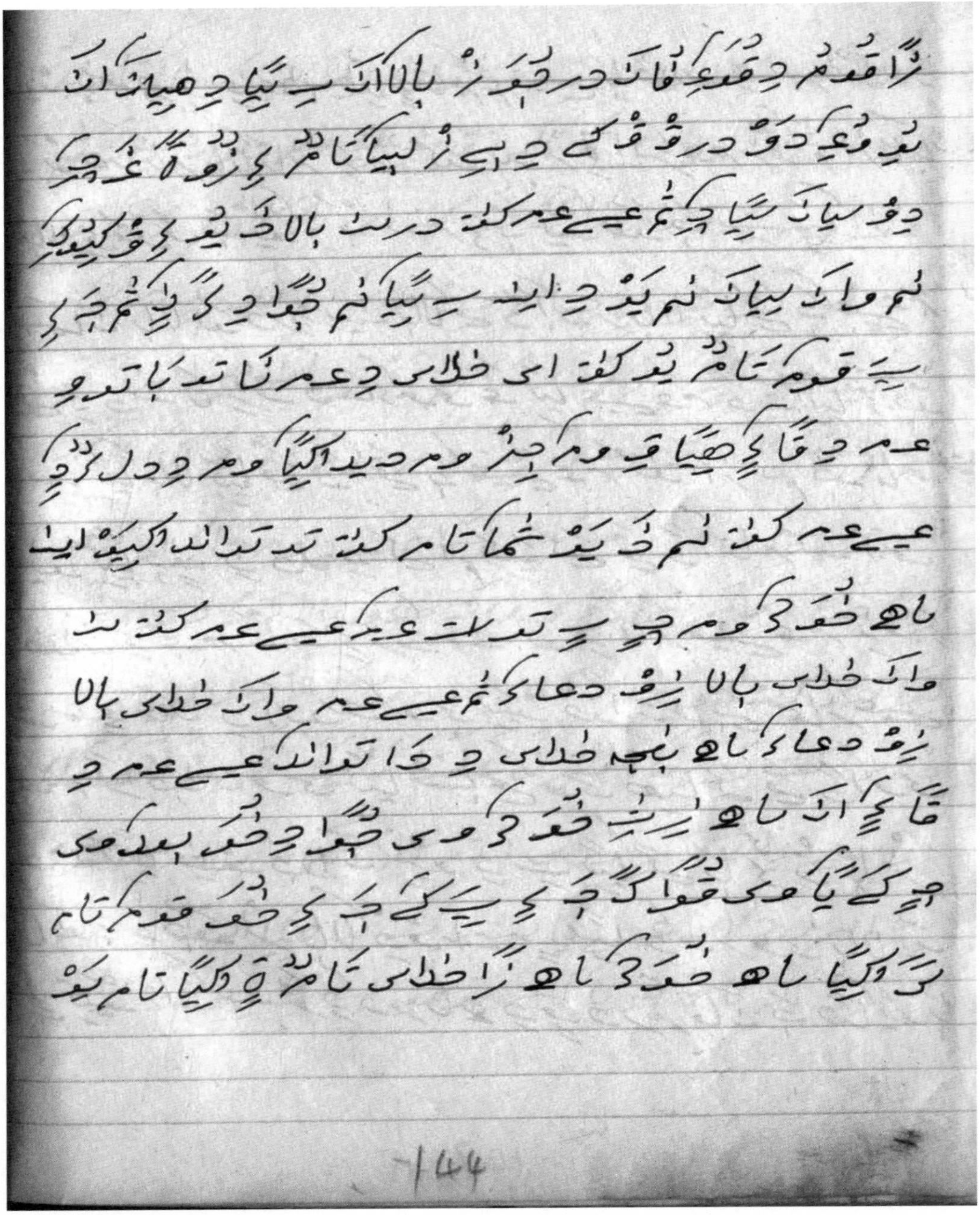

144

贊古母^①的果兒放代熱（在）〔در〕桌子巴拉（上）〔بالا〕。昂（那個）〔آن〕席面的香，昂（那個）〔آن〕美味兒到代熱（在）〔در〕各個坎斯（人）〔کس〕的鼻子裡邊，他們一總貪愛著吃，都想先吃。

筍買（然後）〔ثم〕爾薩〔عیسی〕聖人爾來伊黑賽倆目〔عـم〕古夫特（說）〔گفت〕：「代熱（在）〔در〕曼（我）〔من〕巴拉（上）〔بالا〕還有一個求祈，你們望想你們要的印（這個）〔این〕席面，你們轉的安寧。」

筍買（然後）〔ثم〕這一些高目（民眾）〔قوم〕他們又古夫特（說）〔گفت〕：「哎！胡大〔خداي〕的聖人爾來伊黑賽倆目〔عـم〕哪！圖（你）〔تو〕把圖（你）〔تو〕為聖人爾來伊黑賽倆目〔عـم〕的感應顯給我們，直至我們迪德（看）〔دید〕見，我們的迪麗（心）〔دل〕穩定。」

爾薩〔عیسی〕聖人爾來伊黑賽倆目〔عـم〕古夫特（說）〔گفت〕：「你們還要什麼呀？」

他們古夫特（說）〔گفت〕：「圖（你）〔تو〕吐窪德（能）〔تواند〕叫印（這個）〔این〕麻黑（魚）〔ماهی〕活了，我們真信圖（你）〔تو〕艾斯特（是）〔است〕聖人爾來伊黑賽倆目〔عـم〕。」

爾薩〔عیسی〕聖人爾來伊黑賽倆目〔عـم〕古夫特（說）〔گفت〕：「曼（我）〔من〕往胡大〔خداي〕巴拉（上）〔بالا〕做杜阿（祈禱）〔دعاء〕。」

筍買（然後）〔ثم〕爾薩〔عیسی〕聖人爾來伊黑賽倆目〔عـم〕往胡大〔خدای〕巴拉（上）〔بالا〕做杜阿（祈禱）〔دعاء〕，麻黑（魚）〔ماهی〕憑著胡大〔خدای〕的大吐窪德（能）〔تواند〕，爾薩〔عیسی〕聖人爾來伊黑賽倆目〔عـم〕的感應，昂（那個）〔آن〕麻黑（魚）〔ماهی〕及時活了。維（它）〔وی〕轉的活班爾代（之後）〔بعد〕，維（它）〔وی〕睜開眼，維（它）〔وی〕觀看這一些坎斯（人）〔کس〕，這一夥高目（民眾）〔قوم〕，他們看見麻黑（魚）〔ماهی〕活了，麻黑（魚）〔ماهی〕贊胡大〔خدای〕，他們聽見了，他們要

---

① 《古蘭經》中提及的火獄中的一種樹。阿拉伯語為「زقُّوم」。

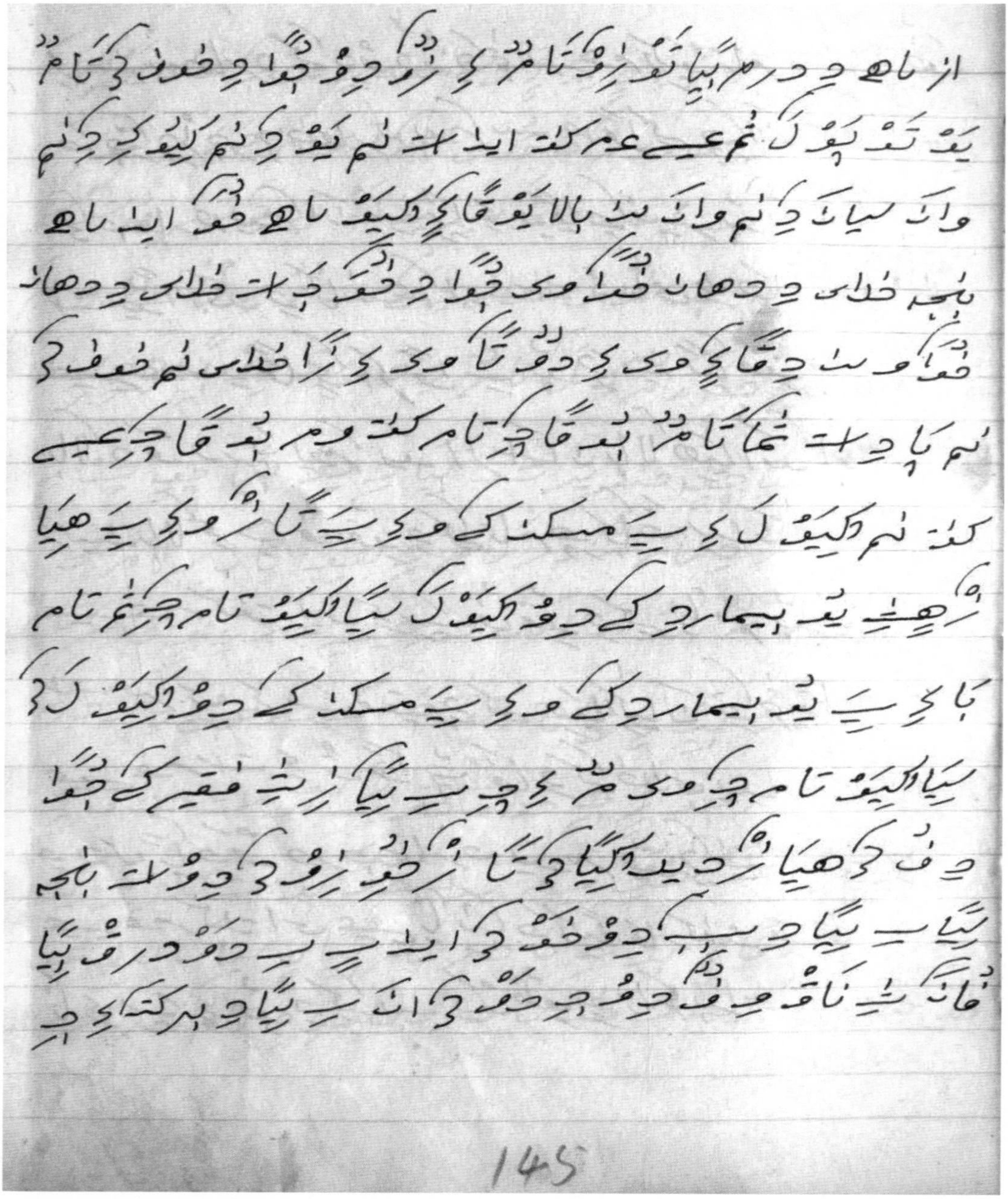

145

艾孜（從）〔زِ〕麻黑（魚）〔ماهى〕的丹熱目（錢）〔درم〕^①邊逃走。他們一總都轉的咓夫（害怕）〔خوف〕了，他們要逃跑了。

　　筍買（然後）〔ثم〕爾薩〔عيسى〕聖人爾來伊黑賽倆目〔عـم〕古夫特（說）〔گفت〕：「印（這）〔اين〕艾斯特（是）〔است〕你們要的，你們求祈的，你們望想的，你們往曼（我）〔من〕巴拉（上）〔بالا〕要感應，叫麻黑（魚）〔ماهى〕活，印（這）〔اين〕麻黑（魚）〔ماهى〕憑著胡大〔خداي〕的達航（口）〔دهان〕喚，維（它）〔وى〕轉的活，這艾斯特（是）〔است〕胡大〔خداي〕的達航（口）〔دهان〕喚臥（與）〔و〕曼（我）〔من〕的感應。維（它）〔وى〕一動彈，維（它）〔وى〕一贊胡大，你們咓夫（害怕）〔خوف〕了，你們怕的艾斯特（是）〔است〕什麼？」他們不敢吃，他們古夫特（說）〔گفت〕：「我們不敢吃。」

　　爾薩〔عيسى〕古夫特（說）〔گفت〕：「你們叫來一些米斯開尼（可憐）〔مسكين〕人，臥（與）〔و〕一些癱子，臥（與）〔و〕一些瞎子，信是有別麻爾（病）〔بيمار〕的坎斯（人）〔كس〕都叫來，先叫他們吃。」

　　筍買（然後）〔ثم〕他們把一些有別麻爾（病）〔بيمار〕的坎斯（人）〔كس〕臥（與）〔و〕一些米斯開尼（可憐）〔مسكين〕坎斯（人）〔كس〕都叫來了，先叫他們吃。維（他）〔وى〕們一吃席面，及時凡給熱（窮）〔فقير〕坎斯（人）〔كس〕轉的富了，瞎子迪德（看）〔ديد〕見了，癱子會走了，都艾斯特（是）〔است〕憑著仙席面的賽白布（因由）〔سبب〕都好了。印（這）〔اين〕席面到代熱（在）〔در〕各邊方，是哪個位份都知道了昂（那個）〔آن〕席面的班熱克提（吉慶）〔بركة〕，醫治

---

① 「錢」表示「前」的音。

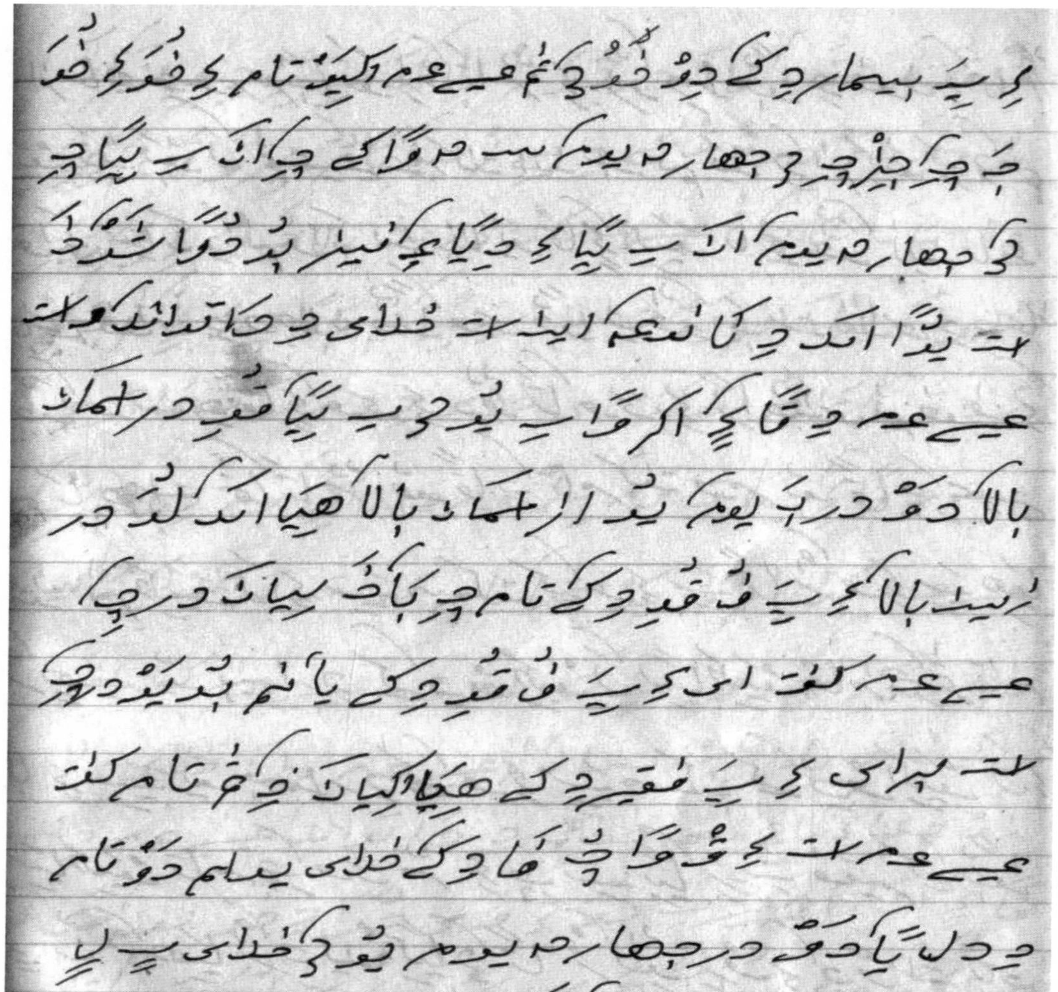

146

一些<u>別麻爾</u>（病）〔بیمار〕的<u>坎斯</u>（人）〔کس〕都好了。

　　<u>筍買</u>（然後）〔ثم〕<u>爾薩</u>〔عیسی〕聖人<u>爾來伊黑賽倆目</u>〔عـم〕叫他們一夥一夥著吃，直至吃了<u>車哈熱</u>（四）〔چهار〕<u>單</u>（十）〔ده〕<u>遙目</u>（日）〔یوم〕，三<u>單</u>（十）〔ده〕萬<u>坎斯</u>（人）〔کس〕吃<u>昂</u>（那個）〔آن〕席面吃了<u>車哈熱</u>（四）〔چهار〕<u>單</u>（十）〔ده〕<u>遙目</u>（日）〔یوم〕，<u>昂</u>（那個）〔آن〕席面一點兒<u>尼孜</u>（也）〔نیز〕不短少，還<u>艾斯特</u>（是）〔است〕原<u>阿曼德</u>（來）〔آمد〕的那<u>瑙阿</u>（樣）〔نوعة〕，<u>印</u>（這）〔این〕<u>艾斯特</u>（是）〔است〕<u>胡大</u>〔خدای〕的大<u>吐窪德</u>（能）〔تواند〕<u>臥</u>（也）〔و〕<u>艾斯特</u>（是）〔است〕<u>爾薩</u>〔عیسی〕聖人<u>爾來伊黑賽倆目</u>〔عـم〕的感應。

　　<u>艾甘熱</u>（要是）〔اگر〕晚夕有了，席面歸<u>代熱</u>（在）〔در〕<u>阿斯瑪尼</u>（天）〔آسمان〕<u>巴拉</u>（上）〔بالا〕，到<u>代熱</u>（在）〔در〕白<u>遙目</u>（日）〔یوم〕，又<u>艾孜</u>（從）〔از〕<u>阿斯瑪尼</u>（天）〔آسمان〕<u>巴拉</u>（上）〔بالا〕下<u>阿曼德</u>（來）〔آمد〕落<u>代熱</u>（在）〔در〕<u>贊米尼</u>（地）〔زمین〕<u>巴拉</u>（上）〔بالا〕。

　　一些富貴的<u>坎斯</u>（人）〔کس〕他們吃罷還想<u>代熱</u>（在）〔در〕^①吃，<u>爾薩</u>〔عیسی〕聖人<u>爾來伊黑賽倆目</u>〔عـم〕<u>古夫特</u>（說）〔گفت〕：「哎！一些富貴的<u>坎斯</u>（人）〔کس〕呀！你們不要<u>代熱</u>（在）〔در〕^②吃，<u>艾斯特</u>（是）〔است〕<u>班拉依</u>（因為）〔برای〕一些<u>凡給熱</u>（窮）〔فقیر〕的<u>坎斯</u>（人）〔کس〕下降的。」

　　<u>筍買</u>（然後）〔ثم〕他們<u>古夫特</u>（說）〔گفت〕<u>爾薩</u>〔عیسی〕聖人<u>爾來伊黑賽倆目</u>〔عـم〕<u>艾斯特</u>（是）〔است〕個玩術法的<u>坎斯</u>（人）〔کس〕。<u>胡大</u>〔خدای〕<u>耶阿來目</u>（知）〔یعلم〕道他們的<u>迪麗</u>（心）〔دل〕眼。

　　到<u>代熱</u>（在）〔در〕<u>車哈熱</u>（四）〔چهار〕<u>單</u>（十）〔ده〕<u>遙目</u>（日）〔یوم〕有了，<u>胡大</u>〔خدای〕醒令<u>爾薩</u>〔عیسی〕聖人<u>爾來伊黑賽倆目</u>〔عـم〕<u>古夫特</u>（說）〔گفت〕：「哎！<u>爾薩</u>〔عیسی〕呀！你把這件<u>卡熱</u>（事情）〔کار〕<u>古夫特</u>（說）〔گفت〕給他們，他們那一些隱昧的<u>坎斯</u>（人）〔کس〕，<u>曼</u>（我）〔من〕要罪刑他們。」<u>班拉依</u>（因為）〔برای〕他們惹了

---

① 「在」表示「再」的音。
② 「在」表示「再」的音。

خلاص د ن ر نق تامر ﯜ جيتا ﯜ وت خلاص د عناب خلاص يڡ اكباش
ﻯ ف د عناب ظلو م ور مر ج قدكى تامر مسﻢ جﻯ ﻯ ﯗ نوشته
خلاص د كى شتاس ﺑﻳ س دف ليير يه لﻐﻯ د انيبر ﻳﺪ شﻌﻳ نيا
ﻯ خلاص د عناب بﯢ شﻌ ف خلاص د كى مدم ور ﯕﺎ خلاص د ايﻢ
دف د رساﯼ جﻐﻯ تامر كﯕ تامﻯ د صدرك دف نيا د هليات
لﻛﻯ ﻯ بنا جﻐﻯ منارﯾ شﻌ نيا د دف بنا جنا خﻳ د
صورت تامﻯ د نامر مﯚ درتامﻯ د حﻌ نا ت بالامر كى
جنﻢ كى تامﻯ كﯢ جﯽ اند د رعﯽ عﻢ د ﯜ درم تامﻯ
ﻯ ﻯ ﻯ بﻯ د بﯢ ﻯ نا مكﯢ جﯽ اند درعﯽ د ﯜ درم
تامﻯ كﯢ مﻢ جﯜ نﻯ خلاص دﯜ يك تﻳ ست خلاص د
كﯽ جﻳ مورﻐ ضو مﻳﻢ يﻌاﻢ ﯜ تﻳ ست كﯢ شﻳ نا
د عنﻯ ور ﯕﺎ د بﯢ ط ﯜ درتامر بنا ﻯ سيات بﻳ ك ﻌﻌ
ﻌ نﻳ ﻯ ايست خلاص در نيا ظلو م تامﻯ د ر اخرة

147

胡大〔خداي〕的怒惱，他們一定要因達斯提（手）〔دست〕胡大〔خداي〕的爾雜布（懲罰）〔عذاب〕，胡大〔خداي〕要降屬害的爾雜布（懲罰）〔عذاب〕罪刑維（他）〔وى〕們，責怪他們。維（他）〔وى〕們這一些不順胡大〔خداى〕的坎斯（人）〔كس〕，艾斯特（是）〔است〕三百三罩（十）〔ده〕個，尼孜（也）〔نيز〕有老邁的，尼孜（也）〔نيز〕有少年的，胡大〔خداي〕的爾雜布（懲罰）〔عذاب〕不順服胡大〔خداى〕的坎斯（人）〔كس〕。維（他）〔وى〕們違犯胡大〔خداى〕的艾目熱（命令）〔امر〕，到代熱（在）〔در〕清晨他們起來，他們的蘇熱提（樣子）〔صورت〕都變了形象，老邁的變成狠宰熱（豬）〔خنزير〕，少年的都變成猴的蘇熱提（樣子）〔صورت〕。他們的納目（名）〔نام〕目代熱（在）〔در〕他們的胸膛巴拉（上）〔بالا〕，某坎斯（人）〔كس〕直至某坎斯（人）〔كس〕。他們哭著阿曼德（來）〔آمد〕代熱（在）〔در〕爾薩〔عيسى〕聖人爾來伊黑賽倆目〔عـم〕的跟丹熱目（錢）〔درم〕①，他們一個認不得別一個。他們哭著阿曼德（來）〔آمد〕代熱（在）〔در〕爾薩〔عيسى〕的跟丹熱目（錢）〔درم〕②，他們古夫特（說）〔گفت〕：「我們招認，真胡大〔خداي〕獨耶克（一）〔يک〕，圖（你）〔تو〕艾斯特（是）〔است〕胡大〔خداى〕的欽差，我們懊悔，我們耶阿來目（知）〔يعلم〕道圖（你）〔تو〕艾斯特（是）〔است〕古夫特（說）〔گفت〕實言的聖人爾來伊黑賽倆目〔عـم〕，我們幹了不是了。」

代熱（在）〔در〕他們變形象班爾代（後）〔بعد〕懊悔沒有益濟。印（這）〔اين〕艾斯特（是）〔است〕胡大〔خداي〕代熱（在）〔در〕頓亞（今世）〔دنيا〕罪刑他們，代熱（在）〔در〕阿黑熱提（後世）〔اخرة〕

---

① 「錢」表示「前」的音。
② 「錢」表示「前」的音。

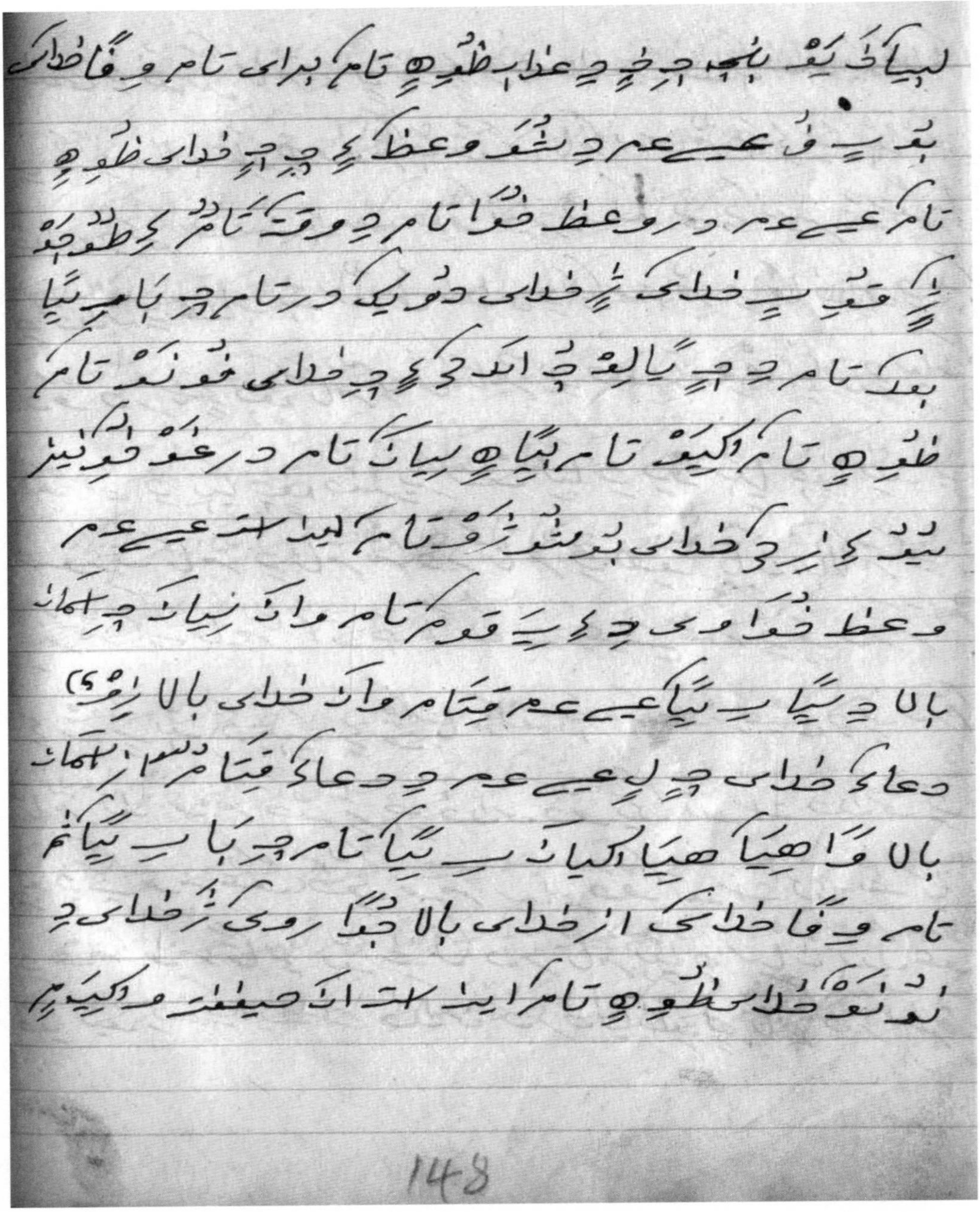

過了。我們為班代（僕人）〔بنده〕穆民（信士）〔مؤمن〕，聽過要得坦凡克熱（參悟）〔تفكر〕，我們一定不敢艾孜（從）〔از〕胡大〔خداى〕巴拉（上）〔بالا〕轉茹奕（臉）〔روى〕，一定得認胡大〔خداى〕獨耶克（一）〔يك〕。我們代熱（在）〔در〕麥斯只德哈蘭（禁寺）〔مسجد حرام〕裡邊，不敢幹卡熱（事情）〔كار〕，艾甘熱（要是）〔اگر〕我們代熱（在）〔در〕麥斯只德哈蘭（禁寺）〔مسجد حرام〕裡邊幹頓亞（今世）〔دنيا〕的卡熱（事情）〔كار〕，如此的蘇熱提（形象）〔صورت〕尼孜（也）〔نيز〕要阿曼德（來）〔آمد〕代熱（在）〔در〕我們巴拉（上）〔بالا〕。

宛拉乎艾阿來目（真主至知）〔والله أعلم〕！

第三十門　解明只熱只斯的典故

巴布（門）〔باب〕第三單（十）〔ده〕解明只熱只斯〔جرجس〕的根薩（典故）〔قصة〕。

你把這件卡熱（事情）〔كار〕表古夫特（說）〔گفت〕給我們。坎斯（人）〔كس〕革特裡（殺）〔قتل〕維（他）〔وى〕車哈熱（四）〔چهار〕遭，維（他）〔وى〕憑著胡大〔خداى〕的大吐窪德（能）〔تواند〕又轉的活，昂（那個）〔آن〕艾斯特（是）〔است〕何坎斯（人）〔كس〕？

哲瓦布（回答）〔جواب〕：白到乃凱（你應當知道）〔بدانكه〕，昂（那個）〔آن〕艾斯特（是）〔است〕只熱只斯〔جرجس〕聖人爾來伊黑賽倆目〔عـم〕。

一遙目（日）〔يوم〕，胡大〔خداى〕艾目熱（命令）〔امر〕叫維（他）〔وى〕遊玩國土，維（他）〔وى〕遊玩到毛米里〔مومل〕的贊米尼（地方）〔زمين〕，代熱（在）〔در〕昂（那個）〔آن〕艾熱兌（地方）〔ارض〕有一個城堡，代熱（在）〔در〕昂（那個）〔آن〕城堡裡邊有一個巴德沙（皇王）〔پادشاه〕，維（他）〔وى〕的納目（名字）〔نام〕叫哇地亞尼〔واديان〕。維（他）〔وى〕艾斯特（是）〔است〕一個卡非爾（外教人）〔كافر〕，維（他）〔وى〕艾斯特（是）〔است〕一個行虧的君王，維（他）〔وى〕艾斯特（是）〔است〕一個幹歹的坎斯（人）〔كس〕，維（他）〔وى〕艾斯特（是）〔است〕

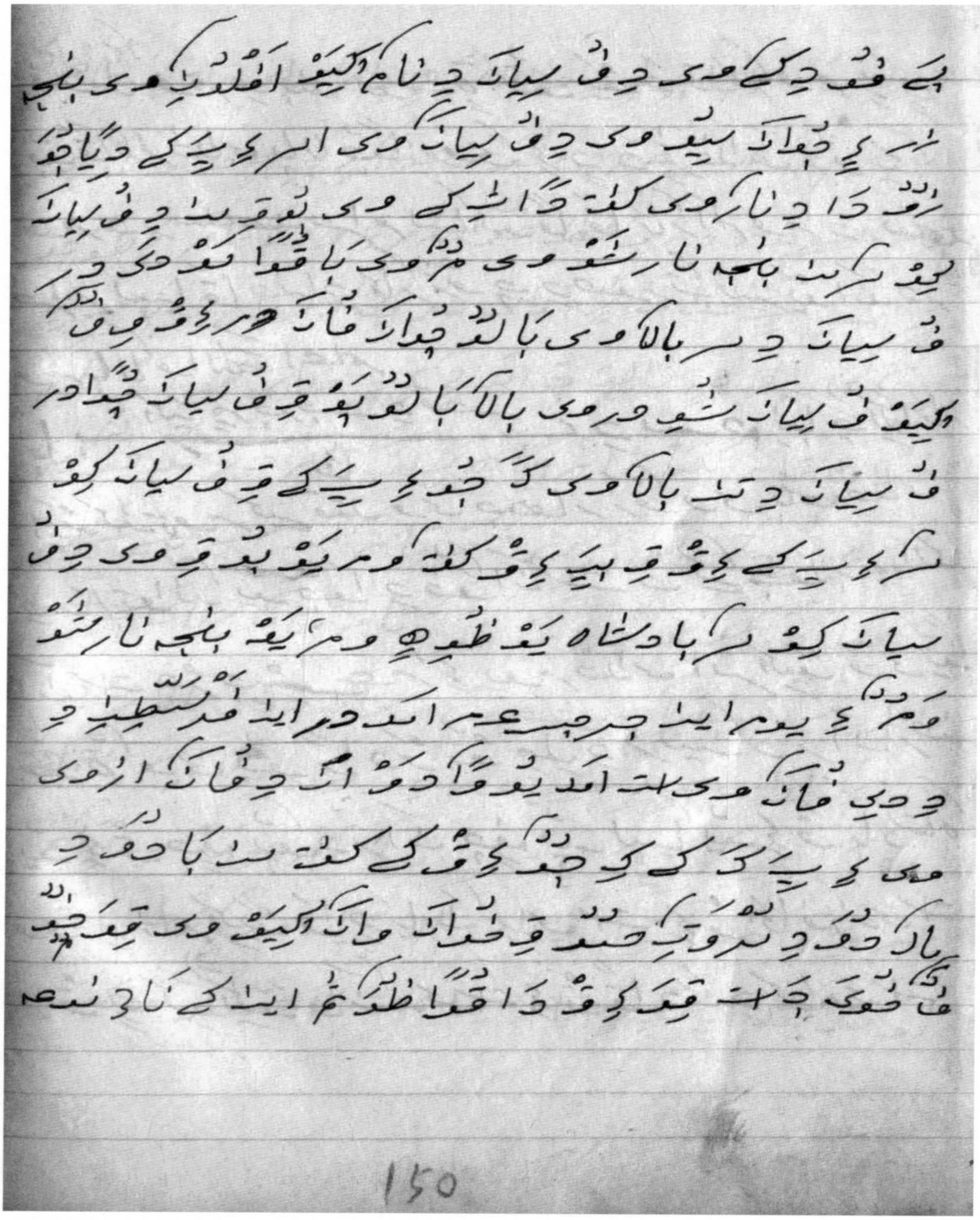

拜佛的坎斯（人）〔كس〕，維（他）〔وى〕的佛像的納目（名字）〔نام〕叫艾夫魯尼〔افلون〕。維（他）〔وى〕憑著贊熱（金）〔زر〕銀裝修維（他）〔وى〕的佛像。

維（他）〔وى〕艾目熱（命令）〔امر〕一些坎斯（人）〔كس〕點著最大的納熱（火）〔نار〕，維（他）〔وى〕古夫特（說）〔گفت〕：「但是坎斯（人），〔كس〕維（他）〔وى〕不給曼（我）〔من〕的佛像叫薩熱（頭）〔سر〕，曼（我）〔من〕憑著納熱（火）〔نار〕燒維（他）〔وى〕們。」

維（他）〔وى〕把官帽戴代熱（在）〔در〕佛像的薩熱（頭）〔سر〕巴拉（上）〔بالا〕，維（他）〔وى〕把龍床放代熱（在）〔در〕一個位份，叫佛像睡代熱（在）〔در〕維（它）〔وى〕巴拉（上）〔بالا〕，把龍袍給佛像穿代熱（在）〔در〕佛像的坦恩（身）〔تن〕巴拉（上）〔بالا〕。維（他）〔وى〕看住一些坎斯（人）〔كس〕給佛像叫薩熱（頭）〔سر〕。一些坎斯（人）〔كس〕一個給別一個古夫特（說）〔گفت〕：「我們要不給維（他）〔وى〕的佛像叫薩熱（頭）〔سر〕，巴德沙（皇王）〔پادشاه〕要罪刑我們，要憑著納熱（火）〔نار〕燒我們。」

一遙目（日）〔يوم〕，印（這位）〔اين〕只熱只斯〔جرجس〕聖人爾來伊黑賽倆目〔عم〕阿曼德（來）〔آمد〕代熱（在）〔در〕印（這）〔اين〕巴勒斯坦〔فلسطين〕的①地方，維（他）〔وى〕艾斯特（是）〔است〕阿曼德（來）〔آمد〕遊玩到昂（那個）〔آن〕地方。艾孜（從）〔از〕維（他）〔وى〕②的一些客坎斯（人）〔كس〕其中一個坎斯（人）〔كس〕古夫特（說）〔گفت〕：「曼（我）〔من〕把多的瑪裡（錢財）〔مال〕，多的穆熱臥提（禮物）〔مروة〕送給皇王，叫維（他）〔وى〕給我洪福，或者艾斯特（是）〔است〕給我一個大官做。」

筍買（然後）〔ثم〕印（這）〔اين〕坎斯（人）〔كس〕拿了堬阿〔樣〕〔نوع〕

---

① 此處衍「的」字，未錄。
② 此處衍「他」字，未錄。

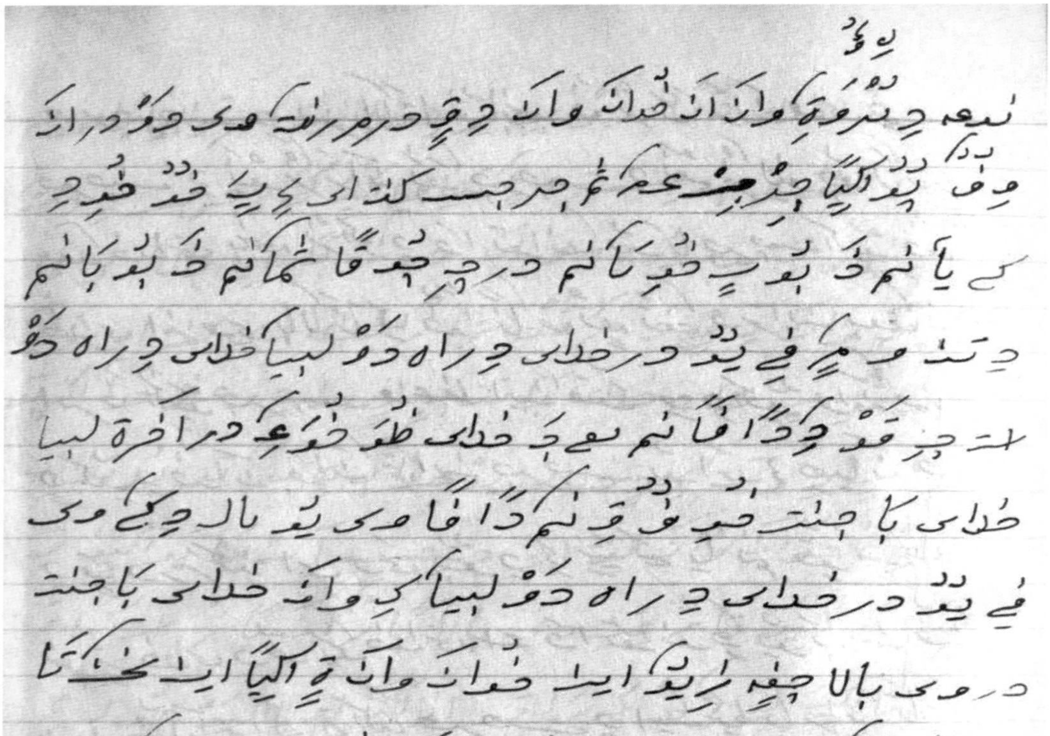

堝阿〔樣〕〔نوع〕的穆熱臥提（禮物）〔مروة〕，往昂（那個）〔آن〕皇王的跟丹熱目（錢）〔درم〕[1]熱夫特（去）〔رفت〕，維（他）〔وى〕到代熱（在）〔در〕昂（那個）〔آن〕位份，碰見只熱只斯〔جرجس〕聖人爾來伊黑賽倆目〔عـم〕，筍買（然後）〔ثم〕只熱只斯〔جرجس〕古夫特（說）〔گفت〕：「哎！一些昏晦的坎斯（人）〔كس〕呀！你們還不醒悔嗎？你們代熱（在）〔در〕此處幹什麼？你們還不把你們的坦恩（身體）〔تن〕臥（與）〔و〕命費用代熱（在）〔در〕胡大〔خداى〕的拉海（路）〔راه〕道裡邊。胡大〔خداى〕的拉海（路）〔راه〕道艾斯特（是）〔است〕至高的，但凡你們曼阿（同）〔مع〕著胡大〔خداى〕做夥兒，代熱（在）〔در〕阿黑熱提（後世）〔آخرة〕裡邊胡大〔خداي〕把哲乃提（天堂）〔جنت〕回奉給你們。但凡維（他）〔وى〕有瑪裡（錢財）〔مال〕的坎斯（人）

〔كس〕，維（他）〔وى〕費用代熱（在）〔در〕胡大〔خداى〕的拉海（路）〔راه〕道裡邊，祈望胡大〔خداي〕把哲乃提（天堂）〔جنت〕代熱（在）〔در〕維（他）〔وى〕巴拉（上）〔بالا〕成就。」

印（這個）〔اين〕皇王聽見印（這）〔اين〕蘇罕（話）〔سخن〕，他很動怒。維（他）〔وى〕差坎斯（人）〔كس〕很多的拿住了只熱只斯〔جرجس〕。他們把只熱只斯〔جرجس〕綁起來，他們拿著鐵爪鉤，[2]叫一些坎斯（人）〔كس〕把只熱只斯〔جرجس〕的坦恩（身）〔تن〕巴拉（上）〔بالا〕的肉抓下來，把維（他）〔وى〕絆代熱（在）〔در〕納熱（火）〔نار〕裡邊。只熱只斯〔جرجس〕高聲贊胡大〔خداى〕。一些卡非爾（外教人）〔كافر〕他們拿了一個鐵鉤子，丟代熱（在）〔در〕納熱（火）〔نار〕裡邊燒紅，打

---

① 「錢」表示「前」的音。
② 此處衍「把」字，未錄。

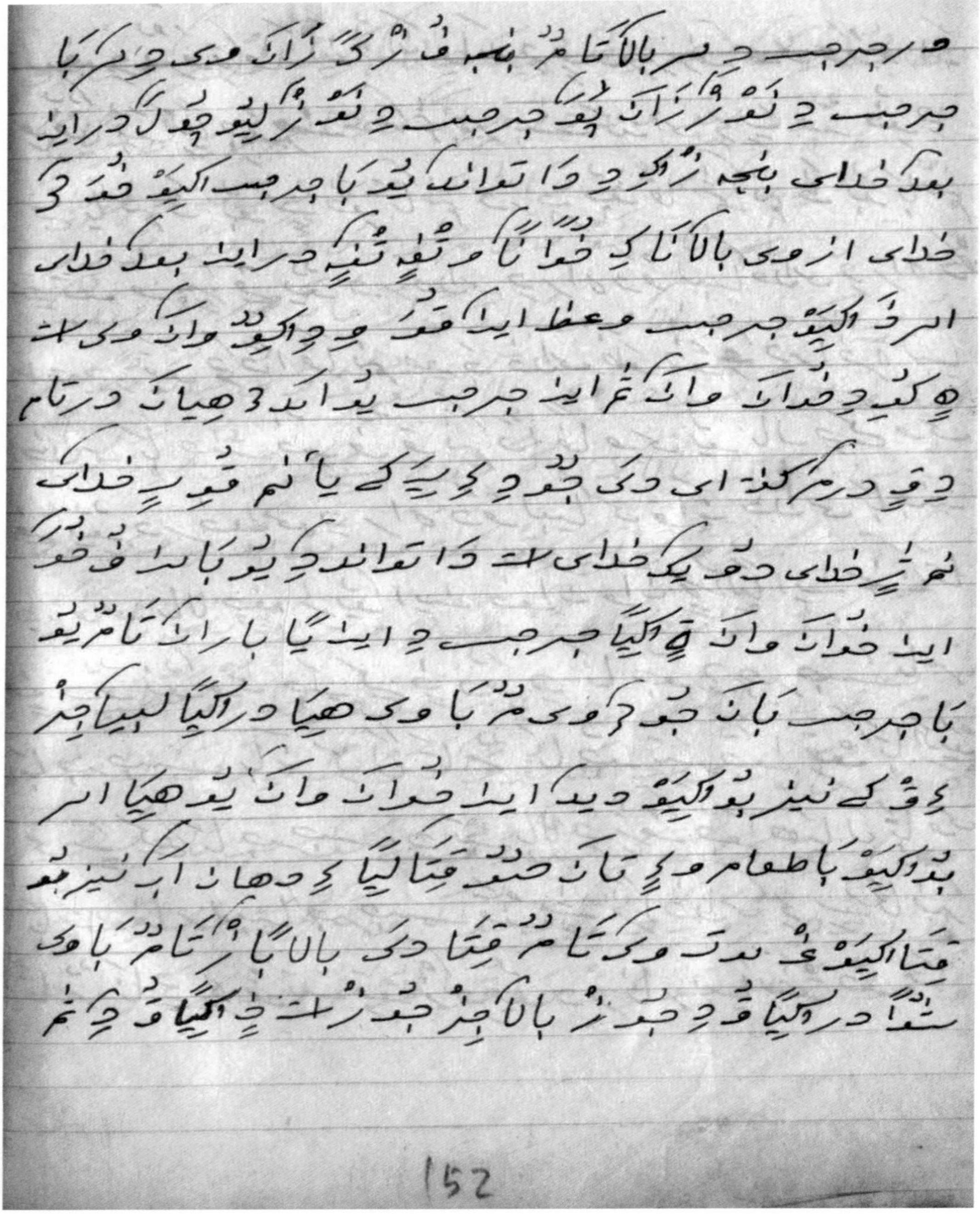

152

代熱（在）〔در〕只熱只斯〔جرجس〕的薩熱（頭）〔سر〕巴拉（上）〔بالا〕，他們憑著斧子砍砸維（他）〔وى〕的薩熱（頭）〔سر〕，把只熱只斯〔جرجس〕的腦子砸破，只熱只斯〔جرجس〕的腦子流出來。

代熱（在）〔در〕印（這）〔اين〕班爾代（之後）〔بعد〕，胡大〔خداي〕憑著自己的大吐窪德（能）〔تواند〕又把只熱只斯〔جرجس〕叫活了。胡大〔خداي〕艾孜（從）〔ز〕維（他）〔وى〕巴拉（上）〔بالا〕拿起患難臥（與）〔و〕疼痛。代熱（在）〔در〕印（這）〔اين〕班爾代（之後）〔بعد〕，胡大〔خداي〕艾目熱（命令）〔امر〕還叫只熱只斯〔جرجس〕臥爾茲（勸）〔وعظ〕印（這個）〔اين〕過為的君王，維（他）〔وى〕艾斯特（是）〔است〕行虧的皇王。

笋買（然後）〔ثم〕印（這位）〔اين〕只熱只斯〔جرجس〕又阿曼德（來）〔آمد〕了，像①代熱（在）〔در〕他們的跟丹熱目（錢）〔درم〕②古夫特（說）〔گفت〕：「哎！呆蠢的一些坎斯（人）〔كس〕呀！你們歸信胡大〔خداي〕，你們認胡大〔خداي〕獨耶克（一）〔يك〕，胡大〔خداي〕艾斯特（是）〔است〕大吐窪德（能）〔تواند〕的，又把曼（我）〔من〕復活。」

印（這個）〔اين〕皇王聽見只熱只斯〔جرجس〕的印（這個）〔اين〕言巴拉恩（雨）〔باران〕③，他們又把只熱只斯〔جرجس〕綁住了，維（他）〔وى〕們把維（他）〔وى〕下代熱（在）〔در〕監裡邊，直至一個坎斯（人）〔كس〕尼孜（也）〔نيز〕不叫迪德（見）〔ديد〕。印（這個）〔اين〕皇王又下艾目熱（令）〔امر〕不叫把托阿姆（飯）〔طعام〕臥（與）〔و〕飲湯送給他，連一達航（口）〔دهان〕阿布（水）〔آب〕尼孜（也）〔نيز〕不給他，叫餓毛提（無常）〔موت〕維（他）〔وى〕。他們給維（他）〔وى〕戴巴拉（上）〔بالا〕板子，他們把維（他）〔وى〕拴代熱（在）〔در〕堅固的柱子巴拉（上）〔بالا〕，直至柱子艾斯特（是）〔است〕很堅固的。

笋買（然後）〔ثم〕

---

① 「像」應為「顯」的筆誤，未改。
② 「錢」表示「前」的音。
③ 「雨」表示「語」的音。

只熱只斯〔جرجس〕贊胡大〔خدای〕。端代熱（在）〔در〕晚夕有了，胡大〔خداي〕又艾目熱（命令）〔امر〕天仙把托阿姆〔食物〕〔طعام〕臥（與）〔و〕飲湯送給只熱只斯〔جرجس〕吃臥（和）〔و〕飲。天仙解開了只熱只斯〔جرجس〕的達斯提（手）〔دست〕，維（他）〔وی〕拜胡大〔خدای〕。

　　白遙目（日）〔يوم〕有了，維（他）〔وی〕阿曼德（來）〔آمد〕代熱（在）〔در〕贊熱（金）〔زر〕鑾殿巴拉（上）〔بالا〕，維（他）〔وی〕站代熱（在）〔در〕皇王的跟丹熱目（錢）〔درم〕①，高聲贊胡大〔خدای〕。

　　維（他）〔وی〕古夫特（說）〔گفت〕：「哎！王子啊！圖（你）〔تو〕歸信曼（我）〔من〕的胡大〔خدای〕吧！圖（你）〔تو〕承領曼（我）〔من〕的臥爾茲（勸）〔وعظ〕化，艾甘熱（要是）〔اگر〕圖（你）〔تو〕不歸信的沃格提（時候）〔وقت〕，一定胡大〔خداي〕要爾雜布（罪）〔عذاب〕刑圖（你）〔تو〕，圖（你）〔تو〕不吐窪德（能）〔تواند〕得脫離。」

　　筍買（然後）〔ثم〕皇王古夫特（說）〔گفت〕：「哎！只熱只斯〔جرجس〕啊！曼（我）〔من〕把圖（你）〔تو〕交給看監的坎斯（人）〔كس〕，叫他們給圖（你）〔تو〕戴巴拉（上）〔بالا〕板子，昂（那個）〔آن〕板子艾斯特（是）〔است〕堅固的，何坎斯（人）〔كس〕把圖（你）〔تو〕解開了？何坎斯（人）〔كس〕把圖（你）〔تو〕艾孜（從）〔از〕監裡邊救出來？」

　　筍買（然後）〔ثم〕只熱只斯〔جرجس〕古夫特（說）〔گفت〕：「哎！君王啊！圖（你）〔تو〕艾孜（從）〔از〕曼（我）〔من〕巴拉（上）〔بالا〕還不拿坦凡克熱（參悟）〔تفكر〕嗎？圖（你）〔تو〕代熱（在）〔در〕曼（我）〔من〕巴拉（上）〔بالا〕行那瑙阿（樣）〔نوعة〕的罪刑，叫鐵鉤子抓下曼（我）〔من〕的肉，用鐵斧子把曼（我）〔من〕的薩熱（頭）〔سر〕砍開，叫曼（我）〔من〕的腦子流代熱（在）〔در〕贊米尼（地）〔زمين〕下。圖（你）〔تو〕叫曼（我）〔من〕受那瑙阿（樣）〔نوعة〕的刑罰，還把曼（我）〔من〕下代熱（在）〔در〕監裡邊，又給曼（我）〔من〕帶巴拉（上）〔بالا〕板子艾斯特（是）〔است〕堅固的。

---

① 「錢」表示「前」的音。

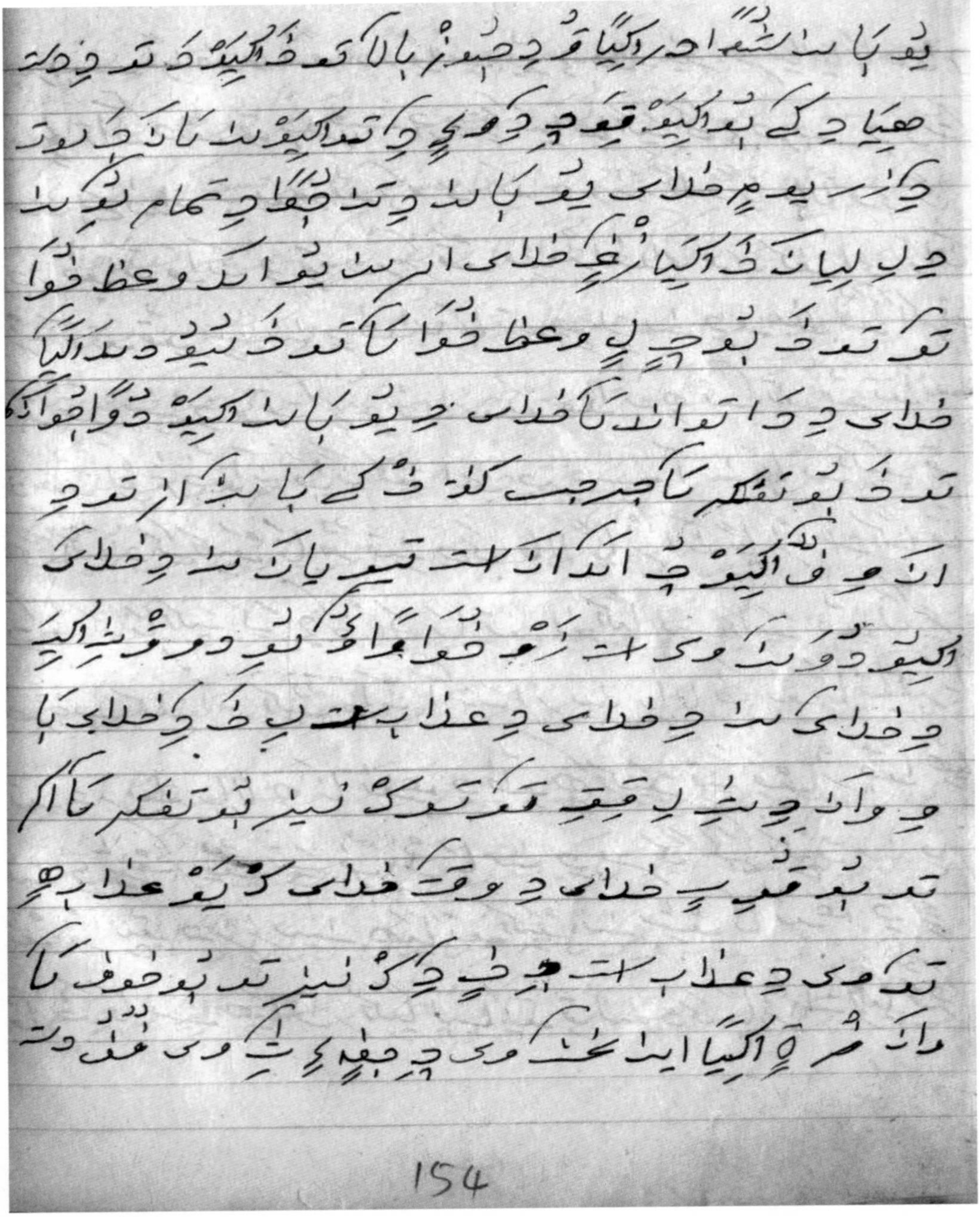

又把曼（我）〔من〕栓代熱（在）〔در〕堅固的柱子巴拉（上）〔بالا〕。圖（你）〔تو〕還叫的圖（你）〔تو〕的達斯提（手）〔دست〕下的坎斯（人）〔كس〕，不叫給曼（我）〔من〕吃的、飲的，圖（你）〔تو〕叫曼（我）〔من〕忙著毛提（無常）〔موت〕的。贊熱（金）〔زر〕[1]遙目（日）〔يوم〕胡大〔خداي〕又把曼（我）〔من〕的坦恩（身子）〔تن〕轉的坦瑪且（全）〔تمام〕美〔تمام〕，曼（我）〔من〕的力量還加增。胡大〔خداي〕艾目熱（命令）〔امر〕曼（我）〔من〕又阿曼德（來）〔آمد〕臥爾茲（勸）〔وعظ〕化圖（你）〔تو〕，圖（你）〔تو〕還不承領臥爾茲（勸）〔وعظ〕化嗎？圖（你）〔تو〕還沒有迪德（看）〔ديد〕見胡大〔خداي〕的大吐窪德（能）〔تواند〕嗎？胡大〔خداي〕的又把曼（我）〔من〕叫端莊，圖（你）〔تو〕還不參悟〔تفكر〕嗎？」

只熱只斯〔جرجس〕古夫特（說）〔گفت〕：「何坎斯（人）〔كس〕把曼（我）〔من〕艾孜（從）〔از〕圖（你）〔تو〕的昂（那個）〔آن〕位份救出阿曼德（來）〔آمد〕，昂（那個）〔آن〕艾斯特（是）〔است〕調養曼（我）〔من〕的胡大〔خداى〕救度曼（我）〔من〕，維（他）〔وى〕艾斯特（是）〔است〕造化萬物每功（兩）〔دو〕個世界[2]的胡大〔خداى〕。曼（我）〔من〕的胡大〔خداى〕的爾雜布（懲罰）〔عذاب〕艾斯特（是）〔است〕厲害的。胡大〔خداي〕把為王的勢力給給圖（你）〔تو〕，圖（你）〔تو〕可尼孜（也）〔نيز〕不坦凡克熱（參悟）〔تفكر〕嗎？艾甘熱（要是）〔اگر〕圖（你）〔تو〕不歸信胡大〔خداى〕的沃格提（時候）〔وقت〕，胡大〔خداي〕可要爾雜布（罪）〔عذاب〕刑圖（你）〔تو〕，維（他）〔وى〕的爾雜布（懲罰）〔عذاب〕艾斯特（是）〔است〕至狠的，可尼孜（也）〔نيز〕圖（你）〔تو〕[3]不嗁夫（害怕）〔خوف〕嗎？」

王子聽見印（這）〔اين〕蘇罕（話）〔سخن〕，維（他）〔وى〕吃忙一時，維（他）〔وى〕吩咐達斯提（手）〔دست〕

---

① 「金」表示「今」的音。
② 杜藏本無「每兩個世界」四字。
③ 根據文意應為「你也」，未改。

هيا دركي ع مسر بار مع و تبير جمعه نا ايك نم بارك جدوى بارتبه
جمعه فاك در مسد در مى بارا با مح جمعه جيد دو بارع و
در مرسد هيا كليو نش ربا مح رن مع لبيو كار در رو تبا
د مك د هيا مرى د د دست هيا دركي ع د ومك دار ربا
درحب بارك كي ك با تبه جمعه فاك در درحب در بارا
با درحب جمعه جبو دو بارع با در رسد هيا كليو نش
چر د مى د رن د تبا د مك د هيا مسى مد مه در تام
ماك ع لبيا فو در ا ميو د مسى مد د مى تنو كليو
ما ى ند بحبه رك د ا تو الد بقو جعو د درحب تا
د تد فو ت نو انعه تمام نو جبا كى خلاصه نو ار
تبا سيا با تبا طعام رتبا ع تا مع بيو د وقيا طعام قيق
درحب جبى د تبا سيا كنت اى درحب آ خلاص د عدا
ا مو زر ما خلاى با تد د حل كليو ند با تد د تد كليو دو

155

下的坎斯（人）〔کس〕：「你們把一個鐵哲穆阿（聚）〔جمعة〕①拿阿曼德（來）〔آمد〕，你們綁住維（他）〔وى〕，把鐵哲穆阿（聚）〔جمعة〕②放代熱（在）〔در〕維（他）〔وى〕的薩熱（頭）〔سر〕巴拉（上）〔بالا〕，把維（他）〔وى〕哲穆阿（聚）〔جمعة〕③成叨（兩）〔دو〕半兒，擱代熱（在）〔در〕贊米尼（地）〔زمين〕下叫獅子把維（他）〔وى〕吃了。吃了維（他）〔وى〕的肉，舔了維（他）〔وى〕的血。」

維（他）〔وى〕的達斯提（手）〔دست〕下的坎斯（人）〔کس〕聽了維（他）〔وى〕的艾目熱（命令）〔امر〕，把只熱只斯〔جرجس〕綁起來，把鐵哲穆阿（聚）〔جمعة〕④放代熱（在）〔در〕只熱只斯〔جرجس〕的薩熱（頭）〔سر〕巴拉（上）〔بالا〕，把只熱只斯哲穆阿（聚）〔جمعة〕⑤成叨（兩）〔دو〕半兒，絆⑥代熱（在）〔در〕贊米尼（地）〔زمين〕下叫獅子吃了維（他）〔وى〕的肉，舔了維（他）〔وى〕的血。維（他）〔وى〕們行代熱（在）〔در〕他們房子裡邊。

端代熱（在）〔در〕晚夕有了，維（他）〔وى〕們都睡覺，胡大〔خداي〕又憑著自己的大吐窪德（能）〔تواند〕，又復活了只熱只斯〔جرجس〕。他的坦恩（身體）〔تن〕還艾斯特（是）〔است〕原壩阿（樣）〔نوعة〕坦瑪目（全）〔تمام〕美著站起來。胡大〔خداي〕又艾目熱（命令）〔امر〕天仙把仙托阿姆（飯）〔طعام〕仙飲湯，很有滋味的仙托阿姆（飯）〔طعام〕給給只熱只斯〔جرجس〕吃飲。天仙古夫特（說）〔گفت〕：「哎！只熱只斯〔جرجس〕啊！胡大〔خداي〕的聖人爾來伊黑賽倆目〔عم〕啊！如贊熱（金）〔زر〕⑦番胡大〔خداي〕把圖（你）〔تو〕的迪麗（心）〔دل〕叫美，把圖（你）〔تو〕的坦恩（身）〔تن〕叫端

---

① 「聚」表示「鋸」的音。
② 「聚」表示「鋸」的音。
③ 「聚」表示「鋸」的音。
④ 「聚」表示「鋸」的音。
⑤ 「聚」表示「鋸」的音。
⑥ 「絆」意為「摔」。
⑦ 「金」表示「今」的音。

156

吐窪德（能）〔تواند〕代熱（在）〔در〕①活了。」他們把銅牛往贊米尼（地）〔زمین〕下一摔，他們一總都阿曼德（來）〔آمد〕看。銅牛燒成灰了，他們很高興。他們叫廚子做幾塂阿（樣）〔نوعة〕很好的托阿姆（食物）〔طعام〕，他們一同坐代熱（在）〔در〕一起，他們吃。

　　他們正代熱（在）〔در〕高興的沃格提（時候）〔وقت〕，胡大〔خدای〕艾目熱（命令）〔امر〕艾孜（從）〔از〕阿斯瑪尼（天）〔آسمان〕下來阿斯瑪尼（天）〔آسمان〕納熱（火）〔نار〕，下來一個天仙，把昂（那個）〔آن〕銅牛的灰抓代熱（在）〔در〕阿斯瑪尼（天）〔آسمان〕巴拉（上）〔بالا〕，筍買（然後）〔ثم〕維（他）〔وی〕又絆下來，昂（那個）〔آن〕摔的聲音像了炸雷。代熱（在）〔در〕昂（那個）〔آن〕毛米里〔مومل〕的贊米尼（地方）〔زمین〕都阿曼德（來）〔آمد〕代熱（在）〔در〕晃動裡邊。艾熱兌（地面）〔ارض〕動的驚恐，臥（與）〔و〕代熱（在）〔در〕毛米里〔مومل〕的贊米尼（地方）〔زمین〕一些坎斯（人）〔کس〕巴拉（上）〔بالا〕，艾孜（從）〔از〕昂（那個）〔آن〕驚恐巴拉（上）〔بالا〕哕夫（害怕）〔خوف〕。

　　印（這個）〔این〕行虧的王子臥（與）〔و〕維（他）〔وی〕的一些臣子正代熱（在）〔در〕一起吃好托阿姆（食物）〔طعام〕的沃格提（時候）〔وقت〕臥（與）〔و〕②見印（這種）〔این〕驚恐，維（他）〔وی〕們正代熱（在）〔در〕哕夫（害怕）〔خوف〕的沃格提（時候）〔وقت〕，只熱只斯〔جرجس〕艾孜（從）〔از〕阿斯瑪尼（天）〔آسمان〕巴拉（上）〔بالا〕下阿曼德（來）〔آمد〕，維（他）〔وی〕站代熱（在）〔در〕印（這個）〔این〕王子的丹熱目（錢）〔درم〕③邊，維（他）〔وی〕高聲念安拉乎艾克白爾（真主至大）〔الله اكبر〕，證胡大〔خدای〕至大。維（他）〔وی〕贊胡大〔خدای〕，

① 「在」表示「再」的音。
② 「與」表示「遇」的音。
③ 「錢」表示「前」的音。

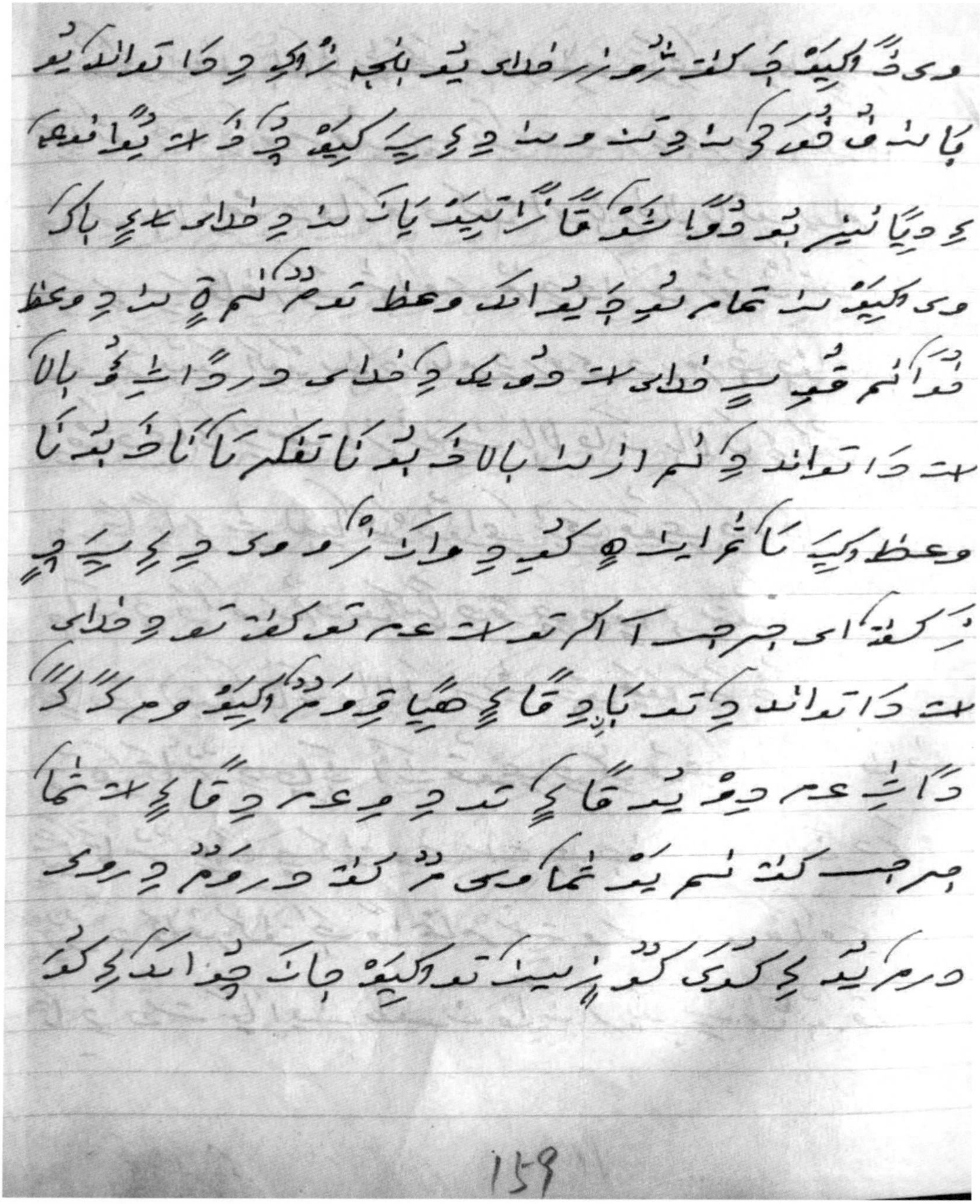

維（他）〔وى〕喊叫著古夫特（說）〔گفت〕：「如贊热（金）〔زر〕①胡大〔خداي〕又憑著自己的大吐窪德（能）〔تواند〕，又把曼（我）〔من〕復活了，曼（我）〔من〕的坦恩（身體）〔تن〕臥（與）〔و〕曼（我）〔من〕的一些骸處還艾斯特（是）〔است〕原塯阿（樣）〔نوعة〕兒，一點尼孜（也）〔نيز〕不短少。感贊調養曼（我）〔من〕的胡大〔خداي〕清龐克（淨）〔پاک〕，維（他）〔وى〕叫曼（我）〔من〕坦瑪目（全）〔تمام〕美著又阿曼德（來）〔آمد〕臥爾茲（勸）〔وعظ〕圖（你）〔تو〕們。你們聽曼（我）〔من〕的臥爾茲（勸）〔وعظ〕化，你們歸信胡大〔خداى〕艾斯特（是）〔است〕獨耶克（一）〔یک〕的。胡大〔خداى〕代热（在）〔در〕但是物巴拉（上）〔بالا〕艾斯特（是）〔است〕大吐窪德（能）〔تواند〕的。你們艾孜（從）〔از〕曼（我）〔من〕巴拉（上）〔بالا〕還不拿坦凡克热（參悟）〔تفکر〕嗎？②還不拿臥爾茲（勸）〔وعظ〕解嗎？」

筍買（然後）〔ثم〕印（這）〔این〕行虧的王子臥（與）〔و〕維（他）〔وى〕的一些臣子古夫特（說）〔گفت〕：「哎！只热只斯〔جرجس〕啊！艾甘热（要是）〔اگر〕圖（你）〔تو〕艾斯特（是）〔است〕聖人爾來伊黑賽倆目〔عم〕，圖（你）〔تو〕古夫特（說）〔گفت〕圖（你）〔تو〕的胡大〔خداى〕艾斯特（是）〔است〕大吐窪德（能）〔تواند〕的，圖（你）〔تو〕把你的感應顯給我們，叫我們看看。但是聖人爾來伊黑賽倆目〔عم〕都有感應，圖（你）〔تو〕的為聖人爾來伊黑賽倆目〔عم〕的感應艾斯特（是）〔است〕什麼呀！」

只热只斯〔جرجس〕古夫特（說）〔گفت〕：「你們要什麼」？

維（他）〔وى〕們古夫特（說）〔گفت〕：「代热（在）〔در〕我們的茹奕（面）〔روى〕丹热目（錢）〔درم〕③有一塊空贊米尼（地）〔زمین〕，圖（你）〔تو〕叫長出阿曼德（來）〔آمد〕一棵

① 「金」表示「今」的音。
② 此處衍「那和」二字，未錄。
③ 「錢」表示「前」的音。

樹，代熱（在）〔در〕樹巴拉（上）〔بالا〕及時開花結果兒。我們親眼看見圖（你）〔تو〕的感應，我們歸信圖（你）〔تو〕艾斯特（是）〔است〕聖人爾來伊黑賽倆目〔عـم〕。」

筍買（然後）〔ثم〕只熱只斯〔جرجس〕古夫特（說）〔گفت〕：「曼（我）〔من〕往胡大〔خدای〕巴拉（上）〔بالا〕做杜阿（祈禱）〔دعاء〕。」維（他）〔وی〕古夫特（說）〔گفت〕：「哎！巴熱胡大〔بارخدای〕呀！圖（你）〔تو〕耶阿來目（知）〔یعلم〕道這一些卡非爾（外教人）〔كافر〕要什麼，維（他）〔وی〕們的迪麗（心）〔دل〕艾斯特（是）〔است〕如何，圖（你）〔تو〕顯給維（他）們，不要叫曼（我）〔من〕代熱（在）〔در〕他們的面〔روی〕丹熱目（錢）〔درم〕①出醜。」

只熱只斯〔جرجس〕做罷杜阿（祈禱）〔دعاء〕，及時艾孜（從）〔از〕贊米尼（地）〔زمین〕巴拉（上）〔بالا〕長巴拉（上）〔بالا〕來一棵樹，代熱（在）〔در〕眨眼一時裡邊開花兒結果兒，代熱（在）〔در〕眨眼一時迪拉孜（長）〔دراز〕②的大。維（他）〔وی〕們迪德（看）〔دید〕見都吃怔了。樹代熱（在）〔در〕眨眼一時裡邊長巴拉（上）〔بالا〕來，及時出葉、開花兒、結果兒。他們一嘗，昂（那個）〔آن〕果兒的氣味很香很甜，他們一半的③古夫特（說）〔گفت〕：「維（他）〔وی〕艾斯特（是）〔است〕真正的聖人爾來伊黑賽倆目〔عـم〕。」

昂（那個）〔آن〕歹命運的卡非爾（外教人）〔كافر〕古夫特（說）〔گفت〕：「這完坦瑪目（全）〔تمام〕艾斯特（是）〔است〕維（他）〔وی〕的術法，維（他）〔وی〕露維（他）〔وی〕的達斯提（手）〔دست〕眼。」

印（這）〔این〕麥裡歐尼（惡魔）〔ملعون〕王子不信服，他不歸信。

---

① 「錢」表示「前」的音。
② 此處「長」讀音「zháng」。
③ 此處應脫「人」字，未補。

تم خدای دا شو نه جری بیاعو جیم هید پاد قنا اکر جداکر

آماں اکر شوای پے کہ دو انہ د ضوف لبیا آکیو کنہ لبیا

وی مر لاؤ قی بیی کو کو کہ اند بلالت دکی می یہ جہ قلاند

ند بد قوی یہ جری دشقر حالت ومر جی دو ر اند

کام درعا دی لبیا دو نوع کنہ خا وی د جر خدای ام

جو نوع د لجو د و پاد قنا د جہ نوع خوف ایہ قنا م

داکیہ دہ واکہ کنہ ایہ لی نو د پاد حالت جر جہ داکیو ای

یہ جنہ پی مدی بالت عمر دشقر مدی یہ اکیہ ای پای

نا جر جہ بنجہ کیک دو کہ جیقا ای کوی عا ای کدی نعہ

کہ نا جر جہ در ند یہ اکیہ شہ ر جہ نہ ر بعہ ر جہ

شہ نز بعلم دف حکمت دی می شہ ز دیہ اکیا ات ز نہ

یہ د کا بعہ جر جہ د رند جہ دی یہ کافہ قام قنای قعہ

د خدای یق بنجہ ز اکر د کا تعالا نا جر جہ جیا دعہ

161

笥買（然後）〔ثم〕胡大〔خداي〕打怒惱的一面兒，差凶巴德（風）〔باد〕刮起來了，幾阿斯瑪尼（天）〔آسمان〕幾少布（晚夕）〔شب〕。一些坎斯（人）〔كس〕都阿曼德（來）〔آمد〕代熱（在）〔در〕嗰夫（害怕）〔خوف〕裡邊、驚恐裡邊。維（他）〔وی〕們一個給別一個古夫特（說）〔گفت〕：「印（這）〔اين〕白倆（災難）〔بلاء〕艾斯特（是）〔است〕歹命運的王子不歸信只熱只斯〔جرجس〕的殊迷（黴運）〔شوم〕，這艾斯特（是）〔است〕我們猜度的印（這）〔اين〕。」他們代熱（在）〔در〕暗地裡邊的這〔اين〕堝阿（樣）〔نوعة〕古夫特（說）〔گفت〕法：「維（他）〔وی〕的真胡大〔خداي〕艾目熱（命令）〔امر〕這堝阿（樣）〔نوعة〕的厲害的巴德（風）〔باد〕，刮的這堝阿（樣）〔نوعة〕嗰夫（害怕）〔خوف〕。」

印（這）〔اين〕過為的君王古夫特（說）〔گفت〕：「印（這）〔اين〕厲害的巴德（風）〔باد〕艾斯特（是）〔است〕只熱只斯〔جرجس〕，叫一些召認維（他）〔وی〕艾斯特（是）〔است〕聖人爾來伊黑賽倆目〔عم〕的殊迷（黴運）〔شوم〕。」維（他）〔وی〕又叫一些坎斯（人）〔كس〕把只熱只斯〔جرجس〕憑著快刀砍成一塊兒一塊兒的，把只熱只斯〔جرجس〕的肉又叫獅子吃。獅子不吃，獅子耶阿來目（知）〔يعلم〕道黑克買提（智慧）〔حكمة〕的機密，獅子迪德（看）〔ديد〕見，獅子逃跑了。獅子不吃只熱只斯〔جرجس〕的肉，這一些卡非爾（外教人）〔كافر〕他們歸回了。

胡大〔خداي〕又憑著自己的大吐窪德（能）〔تواند〕，把只熱只斯〔جرجس〕轉的活[①]，

درویش فقط بیک خدای نوم لار جرجس وعظ خوا لیس

بلعوت دک جریود د اکید وان خداوس کفتا ای جرجس ا

تقدر رفت وعظط خوا س دا ایلک ما فتر تقا س د فوا

هیع کله قینا اکر وس بد ملعب س س یک با یع جر طرید

عذاب ظهید و یک نم جرجس براى رح خداى درار

یود رفت وعظط خوا وسی ایلد دک جر یود د اکد وان

ایلا جرجس کفتا احد جر ییع جر راه و کسی کانم قانو

جر د کنم قید س خداى لت د فر یک و لت د لا توان

د و لا ت ر کفت اى جرجس آبلا لر تعم جر کیا لخار

اکر تعد قانو جر د و قت لا قید س تعمت نال یعلم

دو ک تعد لت عمر جرجس کفتا تعد یک شما و کفتا

تعد تا لند با لت د کد ریک لبیا د جر یع و لا ک فم جر گیا

کی اکیید فم خفا جنت نام ییع و لا فم د کی نام ظفد جمع

162

代熱（在）〔در〕維（他）〔وى〕復活班爾代（後）〔بعد〕，胡大〔خداي〕又艾目熱（命令）〔امر〕只熱只斯〔جرجس〕臥爾茲（勸）〔وعظ〕化印（這個）〔اين〕麥裡歐尼（惡魔）〔ملعون〕歹命運的君王。胡大〔خداي〕古夫特（說）〔گفت〕：「哎！只熱只斯〔جرجس〕啊！圖（你）〔تو〕還熱夫特（去）〔رفت〕臥爾茲（勸）〔وعظ〕化曼（我）〔من〕的印（這個）〔اين〕卡非爾（外教人）〔كافر〕，圖（你）〔تو〕把曼（我）〔من〕的話學古夫特（說）〔گفت〕給維（他）〔وى〕，艾甘熱（要是）〔اگر〕維（他）〔وى〕不歸信，曼（我）〔من〕要憑著至狠的爾雜布（懲罰）〔عذاب〕罪刑維（他）〔وى〕。」

筍買（然後）〔ثم〕只熱只斯〔جرجس〕班拉依（因為）〔براى〕遵胡大〔خداي〕的艾目熱（命令）〔امر〕又熱夫特（去）〔رفت〕臥爾茲（勸）〔وعظ〕化維（他）〔وى〕印（這個）〔اين〕歹命運的君王。印（這個）〔اين〕只熱只斯〔جرجس〕古夫特（說）〔گفت〕：「哎！一些迷拉海（路）〔راه〕的坎斯（人）〔كس〕哪！你們幹如此的，你們歸信胡大〔خداي〕艾斯特（是）〔است〕獨耶克（一）〔يك〕的，艾斯特（是）〔است〕大吐窪德（能）〔تواند〕的。」

王子古夫特（說）〔گفت〕：「哎！只熱只斯〔جرجس〕啊！曼（我）〔من〕艾目熱（命令）〔امر〕圖（你）〔تو〕一件卡熱（事情）〔كار〕，艾甘熱（要是）〔اگر〕圖（你）〔تو〕幹如此的沃格提（時候）〔وقت〕，曼（我）〔من〕歸信圖（你）〔تو〕，曼（我）〔من〕瑪裡（財）〔مال〕①耶阿來目（知）〔يعلم〕道圖（你）〔تو〕艾斯特（是）〔است〕聖人爾來伊黑賽倆目〔عـم〕。」

只熱只斯〔جرجس〕古夫特（說）〔گفت〕：「圖（你）〔تو〕要什麼？」

維（他）〔وى〕古夫特（說）〔گفت〕：「圖（你）〔تو〕吐窪德（能）〔تواند〕把曼（我）〔من〕的古熱（墳）〔گور〕院裡邊的一些亡故的先坎斯（人）〔كس〕叫復活，直至那一些亡故的坎斯（人）〔كس〕他們作證

---

① 「財」表示「才」的音。

تولت عمر كانت بال جين نی تولت عمر لد قوم بی تد "
صر جب کفت لله هر ان خلاس بالا زوف دعای کلیف گ جر جب
پی کی دست لک زوف دعای ومی وان خدای بالا کیف گ ومی کفت
ای بار خلا یا تد نت توان نه ی توان ه قود و خدای سلت دی "
توان نه و خدای اید و تمن ییت تما تد قتا نیف کلیف سد دی
می ی ومک در رکم جتم خدای جقم جین جر جب دکیم
گ اید دک می ید و ان پار جر جب لک در وک وکم
ییفا لبیا جر جب گا دو قمبر بسر بالا می وان خدای
بالا زوف دعای کلیف می کفت ای بار خلا یا تد کلیف دتمن
دی ی جا تد ست وا توان ه و خدای زیش می دکم
جا کی ده هفت فی جو اند ه هفت و کی می متر ی جا کی
وان قد و شیا کی ست نه فی تا کی دقی زا ست فو وان "
نام ار کد سنیم لبیا جعل نای ما تد قد دک کفت ای وان

圖（你）〔تو〕<u>艾斯特</u>（是）〔است〕聖人<u>爾來伊黑賽倆目</u>〔عم〕，那曼（我）〔من〕<u>瑪裡</u>（財）〔مال〕[1]承認圖（你）〔تو〕<u>艾斯特</u>（是）〔است〕聖人<u>爾來伊黑賽倆目</u>〔عم〕，曼（我）〔من〕歸信圖（你）〔تو〕。」

<u>只熱只斯</u>〔جرجس〕<u>古夫特</u>（說）〔گفت〕：「曼（我）〔من〕往<u>胡大</u>〔خدای〕<u>巴拉</u>（上）〔بالا〕做<u>杜阿</u>（祈禱）〔دعاء〕求祈。」

<u>只熱只斯</u>〔جرجس〕捧起<u>達斯提</u>（手）〔دست〕來做<u>杜阿</u>（祈禱）〔دعاء〕，維（他）〔وی〕往<u>胡大</u>〔خدای〕<u>巴拉</u>（上）〔بالا〕求祈，維（他）〔وی〕<u>古夫特</u>（說）〔گفت〕：「哎！<u>巴熱胡大</u>(بارخدای)呀！圖（你）〔تو〕<u>艾斯特</u>（是）〔است〕<u>吐窪德</u>（能）〔تواند〕聽<u>吐窪德</u>（能）〔تواند〕觀的<u>胡大</u>〔خدای〕，<u>艾斯特</u>（是）〔است〕大<u>吐窪德</u>（能）〔تواند〕的<u>胡大</u>，印（這個）〔این〕<u>杜氏曼</u>（敵人）〔دشمن〕要什麼，圖（你）〔تو〕給維（他）〔وی〕，莫要叫曼（我）〔من〕<u>代熱</u>（在）〔در〕維（他）〔وی〕的<u>茹奕</u>（面）〔روی〕<u>丹熱目</u>（錢）〔درم〕[2]出醜。」

<u>筍買</u>（然後）〔ثم〕<u>胡大</u>〔خدای〕准承<u>只熱只斯</u>〔جرجس〕的求祈，印（這個）〔این〕歹命運的王子把<u>只熱只斯</u>〔جرجس〕領<u>代熱</u>（在）〔در〕維（他）〔وی〕的<u>古熱</u>（墳）〔گور〕院裡邊，<u>只熱只斯</u>〔جرجس〕站<u>代熱</u>（在）〔در〕<u>格布熱</u>（墳）〔قبر〕<u>薩熱</u>（頭）〔سر〕<u>巴拉</u>（上）〔بالا〕，維（他）〔وی〕往<u>胡大巴拉</u>（上）〔بالا〕做<u>杜阿</u>（祈禱）〔دعاء〕求祈，維（他）〔وی〕<u>古夫特</u>（說）〔گفت〕：「哎！<u>巴熱胡大</u>〔بارخدای〕呀！圖（你）〔تو〕叫<u>杜氏曼</u>（敵人）〔دشمن〕得意著，圖（你）〔تو〕<u>艾斯特</u>（是）〔است〕大<u>吐窪德</u>（能）〔تواند〕的<u>胡大</u>〔خدای〕。」

及時維（他）〔وی〕的<u>古熱</u>（墳）〔گور〕炸開了<u>單</u>（十）〔ده〕<u>哈夫特</u>（七）〔هفت〕個，出<u>阿曼德</u>（來）〔آمد〕<u>單</u>（十）〔ده〕<u>哈夫特</u>（七）〔هفت〕個<u>坎斯</u>（人）〔کس〕。維（他）〔وی〕們的這一些亡故的先<u>坎斯</u>（人）〔کس〕<u>艾斯特</u>（是）〔است〕九個男<u>坎斯</u>（人）〔کس〕，五個<u>贊恩</u>（女人）〔زن〕，三個玩童。他們<u>艾孜</u>（從）〔از〕<u>古熱</u>（墳）〔گور〕坑裡邊出來，那一[3]亡故的<u>坎斯</u>（人）〔کس〕<u>古夫特</u>（說）〔گفت〕：「哎！王

---

① 「財」表示「才」的音。
② 「錢」表示「前」的音。
③ 此處脫「些」字，未補。

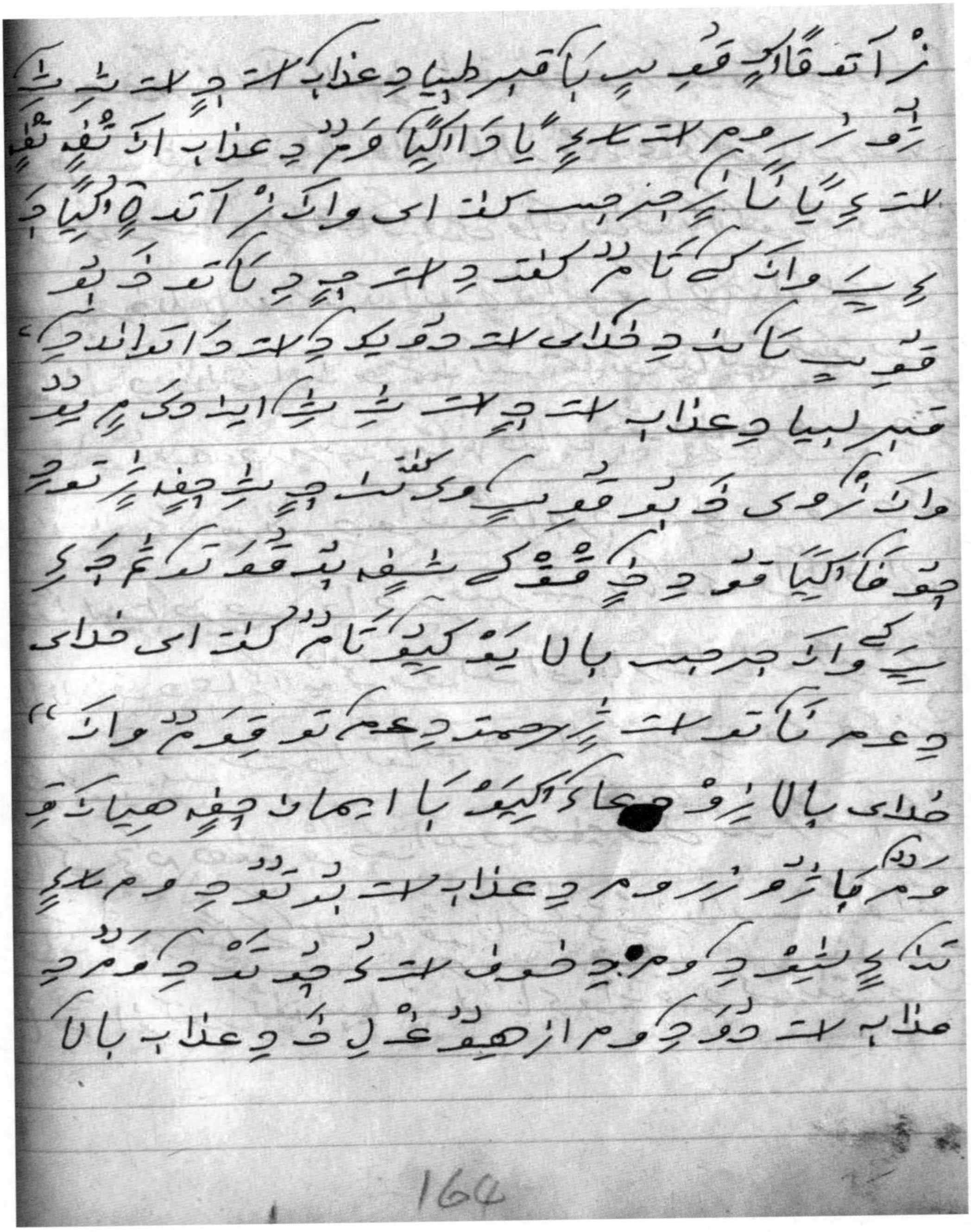
164

子啊！圖（你）〔تو〕趕緊歸信吧，格布熱（墳）〔قبر〕裡邊的爾雜布（懲罰）〔عذاب〕艾斯特（是）〔است〕真艾斯特（是）〔ست〕事實，如贊熱（金）〔زر〕①我們艾斯特（是）〔است〕親眼大見，我們的爾雜布（懲罰）〔عذاب〕昂（那個）〔آن〕疼痛艾斯特（是）〔است〕一言難盡。」

只熱只斯〔جرجس〕古夫特（說）〔گفت〕：「哎！王子啊！圖（你）〔تو〕聽見這一些亡人他們古夫特（說）〔گفت〕的艾斯特（是）〔است〕真的嗎？圖（你）〔تو〕還不歸信嗎？曼（我）〔من〕的胡大〔خدای〕艾斯特（是）〔است〕獨耶克（一）〔یک〕，艾斯特（是）〔است〕大吐窪德（能）〔تواند〕的，格布熱（墳坑）〔قبر〕裡邊的爾雜布（懲罰）〔عذاب〕艾斯特（是）〔است〕真，艾斯特（是）〔است〕事實。」

印（這）〔این〕歹命運的王子維（他）〔وی〕還不歸信，維（他）〔وی〕古夫特（說）〔گفت〕：「曼（我）〔من〕真是承認圖（你）〔تو〕的術法堅固得很，各個坎斯（人）〔کس〕勝不過圖（你）〔تو〕。」

筍買（然後）〔ثم〕印（這）〔این〕一些坎斯（人）〔کس〕往只熱只斯〔جرجس〕巴拉（上）〔بالا〕要求，他們古夫特（說）〔گفت〕：「哎！胡大〔خدای〕的聖人爾來伊黑賽倆目〔عم〕哪！圖（你）〔تو〕艾斯特（是）〔است〕仁熱合曼提（慈）〔رحمة〕的聖人爾來伊黑賽倆目〔عم〕，圖（你）〔تو〕給我們往胡大巴拉（上）〔بالا〕做杜阿（祈禱）〔دعاء〕，叫把伊瑪尼（信仰）〔ایمان〕呈現給我們吧。如贊熱（金）〔زر〕②我們的爾雜布（懲罰）〔عذاب〕艾斯特（是）〔است〕不同的。我們親坦恩（身）〔تن〕因達斯提（手）〔دست〕③的，我們的嗚夫（害怕）〔خوف〕艾斯特（是）〔است〕無處逃的，我們的爾雜布（懲罰）〔عذاب〕艾斯特（是）〔است〕多的。我們艾孜（從）〔از〕兇惡厲害的爾雜布（懲罰）〔عذاب〕巴拉（上）〔بالا〕

---

① 「金」表示「今」的音。
② 「金」表示「今」的音。
③ 「手」表示「受」的音。

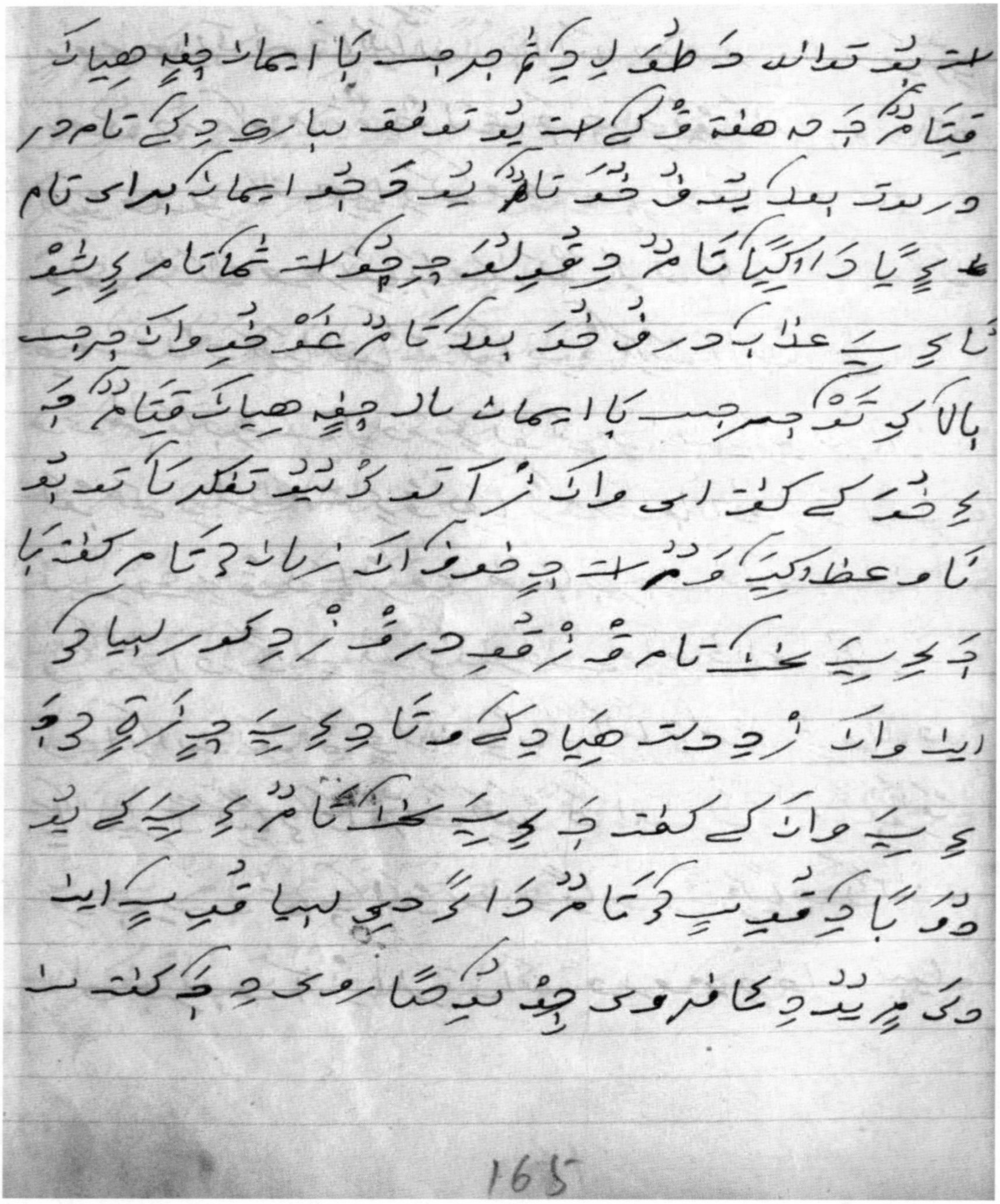

艾斯特（是）〔است〕不吐窪德（能）〔تواند〕得脫離的。」

笓買（然後）〔ثم〕只熱只斯〔جرجس〕把伊瑪尼（信仰）〔ایمان〕呈現給他們，這單（十）〔ده〕哈夫特（七）〔هفت〕個坎斯（人）〔كس〕艾斯特（是）〔است〕有陶菲給（順利）〔توفیق〕、穆巴熱克（吉慶）〔مبارك〕的坎斯（人）〔كس〕，他們代熱（在）〔در〕①毛提（無常）〔موت〕班爾代（後）〔بعد〕又復活他們，又得著伊瑪尼（信仰）〔ایمان〕。班拉依（因為）〔برای〕他們親眼大見他們歸落之處艾斯特（是）〔است〕什麼？他們因達斯提（手）〔دست〕②那一些爾雜布（懲罰）〔عذاب〕，代熱（在）〔در〕復活班爾代（後）〔بعد〕他們懺悔，往只熱只斯〔جرجس〕巴拉（上）〔بالا〕祈討，只熱只斯〔جرجس〕把伊瑪尼（信仰）〔ایمان〕瑪裡（財）〔مال〕③呈現給他們。

這一夥坎斯（人）〔كس〕古夫特（說）〔گفت〕：「哎！王子啊！圖（你）〔تو〕可沒有坦凡克熱（參悟）〔تفكر〕嗎？你不拿臥爾茲（勸）〔وعظ〕解嗎？我們艾斯特（是）〔است〕真嗃夫（害怕）〔خوف〕昂（那個）〔آن〕贊瑪尼（光陰）〔زمان〕了。」他們古夫特（說）〔گفت〕罷印（這）〔این〕一些蘇罕（話）〔سخن〕，他們各自歸代熱（在）〔در〕各自的古熱（墳）〔گور〕裡邊了。印（這個）〔این〕王子的達斯提（手）〔دست〕下的坎斯（人）〔كس〕臥（與）〔و〕他的一些臣子聽了這一些亡人古夫特（說）〔گفت〕這一些蘇罕（話）〔سخن〕，他們一些坎斯（人）〔كس〕有多半的歸信了，他們打暗地裡邊歸信。

印（這個）〔این〕歹命運的卡非爾（外教人）〔كافر〕維（他）〔وی〕愁眉酸茹奕（臉）〔روی〕地著古夫特（說）〔گفت〕：「曼（我）〔من〕

---

① 此處衍「在」字，未錄。
② 「手」表示「受」的音。
③ 「財」表示「才」的音。

روحی حیات تم دا اکیا اینا بلا امد د دہ م پاک د دہ رم جح
رو کی د درم رم م رؤ ٹ لیجم کجر د ییؤ تار نح مو ی یؤ
ولیؤ مو ی د دت ہیا د کے مح ی ی رؤ قتیا از از قا یح
مح م کنٹ حو م رشیا پا مو کنٹ کی کا پا مو ی لا د حؤ
ف مسکندکو دکیا لپیا بعد قتیا جہ ز ولیؤ پا مو ی ٹ دہ د ت
مدہ م پا جر جہ لا د رح لؤ کے حہ ز ت دکیا لپیا لپیا
لؤ تے د ز ت لاہ ت کرؤ ہیا ز د رکا پان یؤ کرؤ ولت
نییر ہ ت کرؤ ہیا ز مدہ م پا جر جہ ت قان د راک م
ف حدوا د رؤاس یؤ جر جہ ولا ک خدای پالا از ؤ
دعا ے ایلا لؤ تے د ز ت ذ یا گ ادکیا ز مو ی حو ولد حہ
یا نییر ک ادکیا کام ز ادکیؤ ز ایلا لؤ ز ت ی کیؤ
قر جر جہ نماح لکؤ ز ت ز یا د ر گ ادکیا بعد کنٹ
اس جر جہ از از تدا ک د د رم و قان لپیا

茹奕（面）〔روى〕向你們大家，看印（這個）〔این〕白倆（災難）〔بلاء〕阿曼德（來）〔آمد〕代熱（在）〔در〕我們巴拉（上）〔بالا〕，代熱（在）〔در〕我們的茹奕（面）〔روى〕丹熱且（錢）〔درم〕①，我們如何塴阿（樣）〔نوعة〕著指調他來？」

筍買（然後）〔ثم〕維（他）〔وى〕又叫維（他）〔وى〕的達斯提（手）〔دست〕下的坎斯（人）〔كس〕臥（與）〔و〕一些臣子給維（他）〔وى〕繁迪（生）〔زاد〕法兒。維（他）〔وى〕們古夫特（說）〔گفت〕：「我們先把維（他）〔وى〕捆起來，把維（他）〔وى〕領代熱（在）〔در〕一個很米斯開尼（窮）〔مسكين〕坎斯（人）〔كس〕的家裡邊，不給維（他）〔وى〕吃喝，叫把維（他）〔وى〕餓毛提（無常）〔موت〕。」

維（他）〔وى〕們把只熱只斯〔جرجس〕領代熱（在）〔در〕一老邁的贊恩（婦人）〔زن〕的家裡邊，印（這個）〔این〕老邁的贊恩（婦人）〔زن〕艾斯特（是）〔است〕一個瞎子，代熱（在）〔در〕她巴拉（上）〔بالا〕有一個沃來子（兒子）〔ولد〕尼孜（也）〔نيز〕艾斯特（是）〔است〕一個瞎子，維（他）〔وى〕們把只熱只斯〔جرجس〕放代熱（在）〔در〕昂（那個）〔آن〕位份。

端代熱（在）〔در〕晚夕有了，只熱只斯〔جرجس〕往胡大巴拉（上）〔بالا〕做杜阿（祈禱）〔دعاء〕，印（這個）〔این〕老邁的贊恩（婦人）〔زن〕的眼看見了，她的沃來子（兒子）〔ولد〕的眼尼孜（也）〔نيز〕看見了，他們還叫得印（這個）〔این〕老贊恩（婦人）〔زن〕不叫給只熱只斯〔جرجس〕什麼吃。

老贊恩（婦人）〔زن〕的眼代熱（在）〔در〕看見班爾代（後）〔بعد〕古夫特（說）〔گفت〕：「哎！只熱只斯〔جرجس〕啊！自艾孜（從）〔از〕圖（你）〔تو〕阿曼德（來）〔آمد〕代熱（在）〔در〕我們的哈納（家）〔خانه〕②裡邊

---

① 「錢」表示「前」的音。
② 原稿「خان」為筆誤，應為「خانه」，

167

班爾代（後）〔بعد〕，我母子杜（二）〔دو〕坎斯（人）〔كس〕的眼看見了。」

只熱只斯〔جرجس〕古夫特（說）〔گفت〕：「艾甘熱（要是）〔اگر〕你們認胡大〔خدای〕獨耶克（一）〔یک〕，求胡大〔خدای〕熱哈曼提（慈憫）〔رحمة〕給你們，還叫你們富貴」。

筍買（然後）〔ثم〕老邁的贊恩（婦人）〔زن〕人古夫特（說）〔گفت〕：「我們歸信胡大〔خدای〕，我們認圖（你）〔تو〕艾斯特（是）〔است〕聖人爾來伊黑賽倆目〔ع-م〕」。

筍買（然後）〔ثم〕只熱只斯〔جرجس〕往胡大巴拉（上）〔بالا〕做杜阿（祈禱）〔دعاء〕，代熱（在）〔در〕印（這）〔این〕凡給熱（窮）〔فقیر〕的老婦人的家裡邊，代熱（在）〔در〕她的院子裡邊長巴拉（上）〔بالا〕來一棵樹，艾斯特（是）〔است〕綠翠的樹。代熱（在）〔در〕昂（那個）〔آن〕樹巴拉（上）〔بالا〕結了一百塯阿（樣）〔نوعة〕果品，代熱（在）〔در〕頓亞（今世）〔دنیا〕巴拉（上）〔بالا〕有什麼果品，代熱（在）〔در〕昂（那個）〔آن〕樹巴拉（上）〔بالا〕都有，他們三個坎斯（人）〔كس〕迪德（看）〔دید〕①阿斯瑪尼（天）〔آسمان〕吃不同的果品。

有坎斯（人）〔كس〕後來給他們的一些坎斯（人）〔كس〕臥（和）〔و〕他們的王子古夫特（說）〔گفت〕了。「你們把昂（那個）〔آن〕坎斯（人）〔كس〕捆住，放代熱（在）〔در〕昂（那個）〔آن〕米斯開尼（窮）〔مسكین〕坎斯（人）〔كس〕的家裡邊，叫餓毛提（無常）〔موت〕他。代熱（在）〔در〕昂（那個）〔آن〕家裡邊有一棵樹，代熱（在）〔در〕昂（那個）〔آن〕樹巴拉（上）〔بالا〕每遙目（日）〔یوم〕結那不同塯阿（樣）〔نوعة〕的好果兒，他們三個吃了尼孜（也）〔نیز〕不饑尼孜（也）〔نیز〕不渴。」

印（這個）〔این〕王子不拿坦凡客熱（參悟）〔تفكر〕，印（這個）〔این〕

---

① 手稿筆誤，「看」應為「每」，未改。

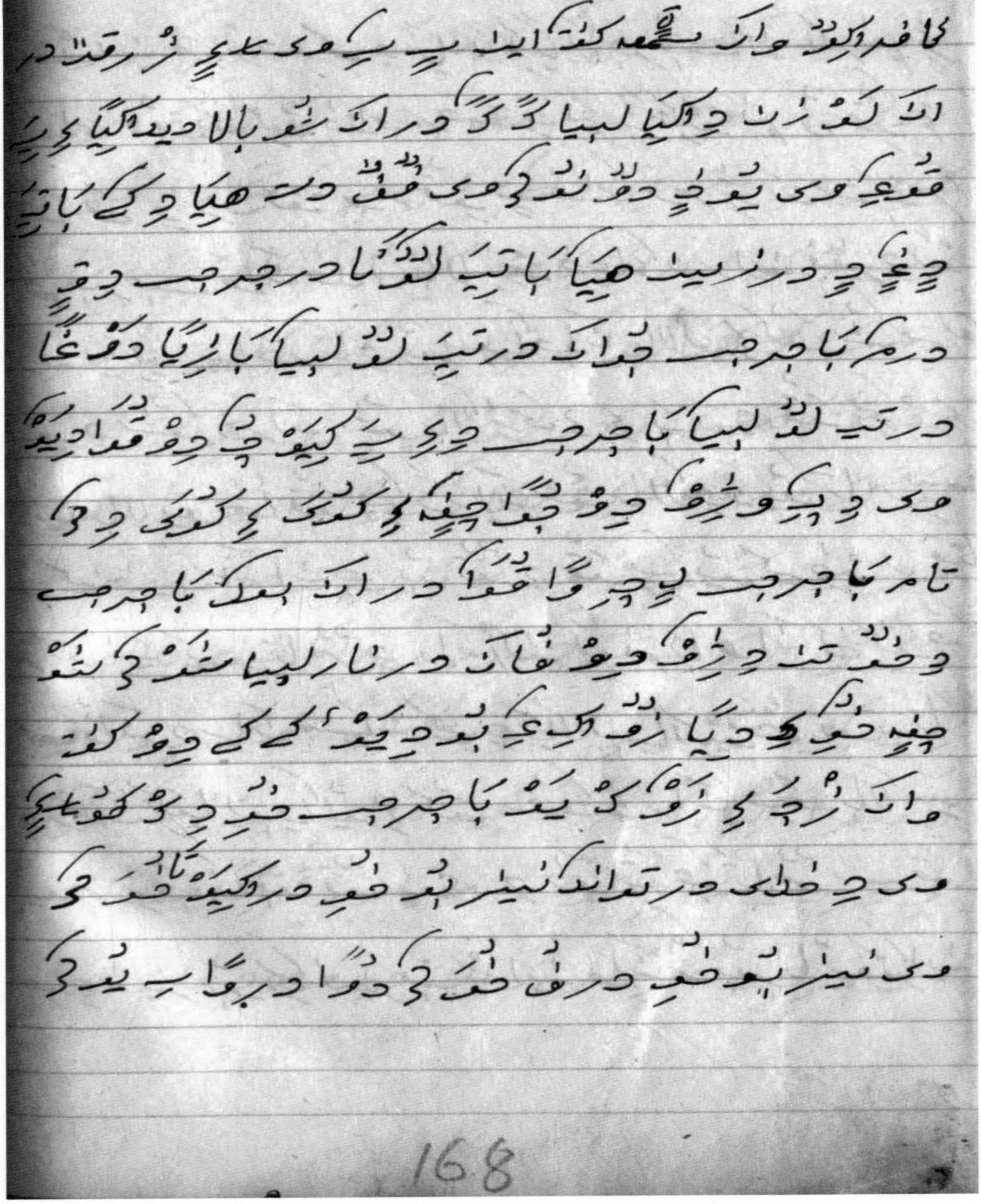

168

卡非爾（外教人）〔كافر〕君王賽米爾（聽）〔سمعة〕古夫特（說）〔گفت〕印（這個）〔این〕信息，維（他）〔وی〕親自熱夫特（去）〔رفت〕代熱（在）〔در〕昂（那個）〔آن〕老贊恩（婦人）〔زن〕的家裡邊看看。代熱（在）〔در〕昂（那個）〔آن〕樹巴拉（上）〔بالا〕迪德（看）〔دید〕見一些果兒，維（他）〔وی〕又很動怒。維（他）〔وی〕吩咐達斯提（手）〔دست〕下的坎斯（人）〔کس〕把鐵釘兒釘代熱（在）〔در〕贊米尼（地）〔زمین〕下，把鐵籠拿代熱（在）〔در〕只熱只斯〔جرجس〕的跟丹熱目（錢）〔درم〕①，把只熱只斯〔جرجس〕裝代熱（在）〔در〕鐵籠裡邊，把剪刀安代熱（在）〔در〕鐵籠裡邊，把只熱只斯〔جرجس〕的一些竅處都刮掉。維（他）〔وی〕的皮臥（與）〔و〕肉都轉成一塊一塊的了。他們把只熱只斯〔جرجس〕淩遲萬剮。代熱（在）〔در〕昂（那）〔آن〕班爾代（之後）〔بعد〕，把只熱只斯〔جرجس〕的渾坦恩（身）〔تن〕的肉都放代熱（在）〔در〕納熱（火）〔نار〕裡邊燒了，燒成灰，一點蹤跡兒不掉。坎斯（人）〔کس〕坎斯（人）〔کس〕都古夫特（說）〔گفت〕：「王子印（這）〔این〕一遭可要把只熱只斯〔جرجس〕毀的可苦情，維（他）〔وی〕的胡大〔خدای〕代熱（在）〔در〕②吐窪德（能）〔تواند〕尼孜（也）〔نیز〕不會代熱（在）〔در〕③叫他活了。維（他）〔وی〕尼孜（也）〔نیز〕不會代熱（在）〔در〕④復活了。」

　　端代熱（在）〔در〕晚夕有了，

---

① 「錢」表示「前」的音。
② 「在」表示「再」的音。
③ 「在」表示「再」的音。
④ 「在」表示「再」的音。

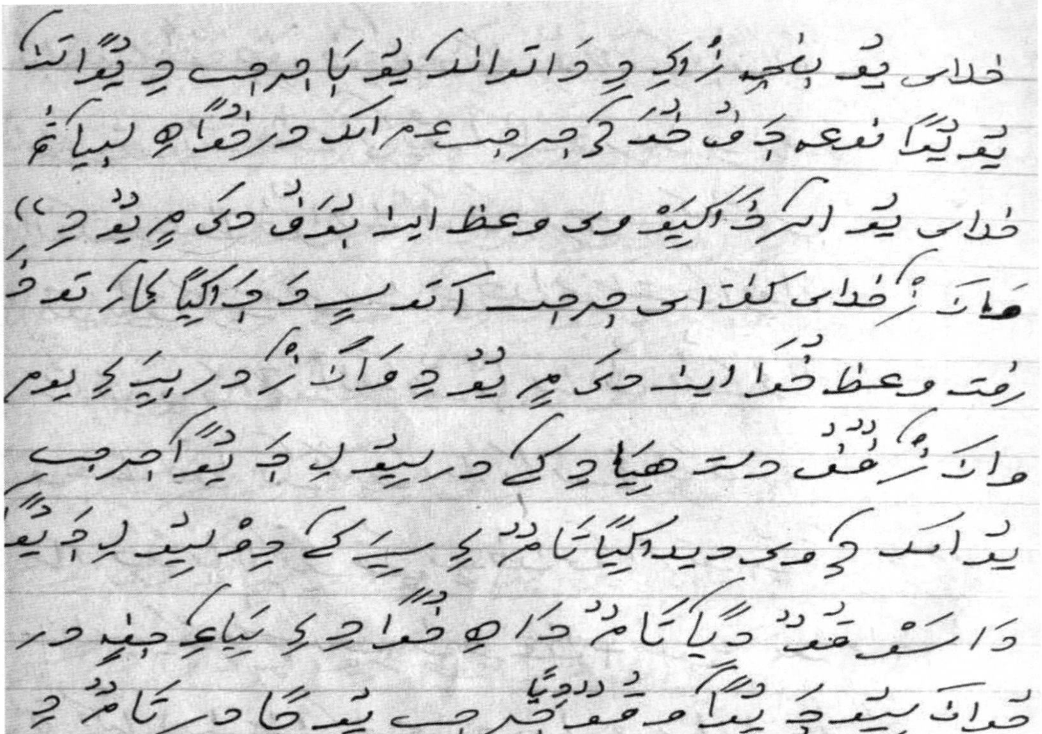

169

胡大〔خداي〕又憑著自己的大吐窪德（能）〔تواند〕，又把只熱只斯〔جرجس〕的原坦恩（身）〔تن〕又原墭阿（樣）〔نوعة〕著復活了。只熱只斯〔جرجس〕聖人爾來伊黑賽倆目〔عم〕阿曼德（來）〔آمد〕代熱（在）〔در〕歡喜裡邊。

笥買（然後）〔ثم〕胡大〔خداي〕又艾目熱（命令）〔امر〕還叫維（他）〔وى〕臥爾茲（勸）〔وعظ〕印（這個）〔اين〕薄福歹命運的王子。胡大〔خداي〕古夫特（說）〔گفت〕；「哎！只熱只斯〔جرجس〕啊！圖（你）〔تو〕醒得這件卡熱（事情）〔كار〕，圖（你）〔تو〕還熱夫特（去）〔رفت〕臥爾茲（勸）〔وعظ〕化印（這）〔اين〕歹命運的王子。」

代熱（在）〔در〕別一遙目（日）〔يوم〕，王子吩咐達斯提（手）〔دست〕下的坎斯（人）〔كس〕代熱（在）〔در〕修理宅院，只熱只斯〔جرجس〕又阿曼德（來）〔آمد〕了，維（他）〔وى〕迪德（看）〔ديد〕見他們一些坎斯（人）〔كس〕都修理宅院，打掃宮殿，他們打喜歡的一面兒，正代熱（在）〔در〕裝修宅院臥（與）〔و〕宮殿。只熱只斯〔جرجس〕又站代熱（在）〔در〕他們的丹熱目（錢）〔درم〕①邊，維（他）〔وى〕古夫特（說）〔گفت〕：「哎！王子啊！曼（我）〔من〕又平安著阿曼德（來）〔آمد〕了。」

印（這個）〔اين〕行虧的王子正代熱（在）〔در〕高興的沃格提（時候）〔وقت〕，維（他）〔وى〕猛然又迪德（看）〔ديد〕見只熱只斯〔جرجس〕阿曼德（來）〔آمد〕代熱（在）〔در〕維（他）〔وى〕的茹奕（面）〔روى〕丹熱目（錢）〔درم〕②，維（他）〔وى〕古夫特（說）〔گفت〕：「曼（我）〔من〕叫達斯提（手）〔دست〕下的坎斯（人）〔كس〕淩遲刀剮圖（你）〔تو〕了，叫他們

① 「錢」表示「前」的音。
② 「錢」表示「前」的音。

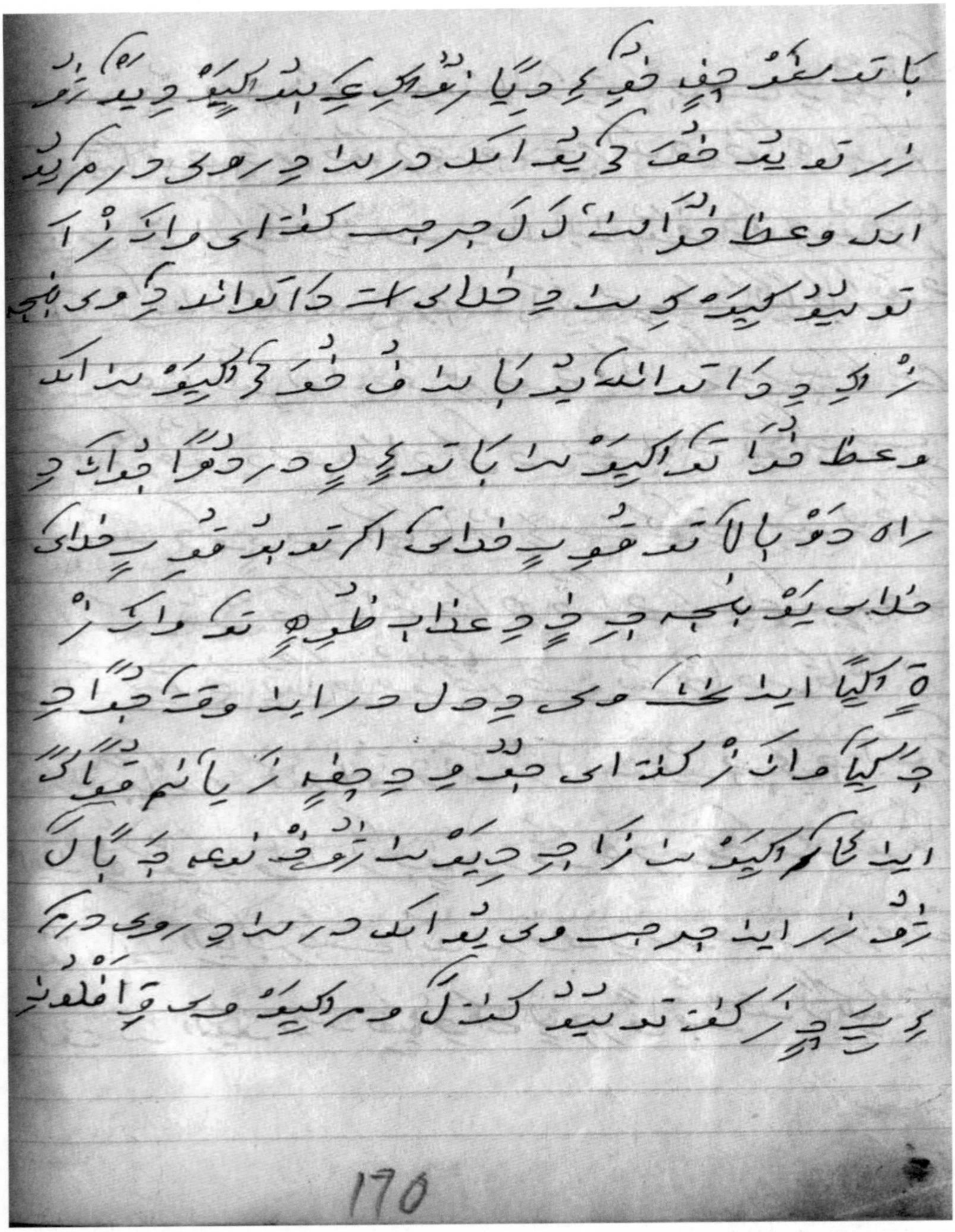

170

把圖（你）〔تو〕燒成灰，一點蹤跡兒不叫掉。如贊熱（金）〔زر〕①圖（你）〔تو〕又活了，又阿曼德（來）〔آمد〕代熱（在）〔در〕曼（我）〔من〕的茹奕（面）〔روى〕丹熱目（錢）〔درم〕②，又阿曼德（來）〔آمد〕臥爾茲（勸）〔وعظ〕化曼（我）〔من〕來了。」

只熱只斯〔جرجس〕古夫特（說）〔گفت〕：「哎！王子啊！圖（你）〔تو〕莫要蹲蹊，曼（我）〔من〕的胡大〔خداى〕艾斯特（是）〔است〕大吐窪德（能）〔تواند〕的，維（他）〔وى〕憑著自己的大吐窪德（能）〔تواند〕又把曼（我）〔من〕復活了，叫曼（我）〔من〕阿曼德（來）〔آمد〕臥爾茲（勸）〔وعظ〕化圖（你）〔تو〕，叫曼（我）〔من〕把圖（你）〔تو〕引領代熱（在）〔در〕端莊的拉海（路）〔راه〕道巴拉（上）〔بالا〕。圖（你）〔تو〕歸信胡大〔خداى〕，艾甘熱（要是）〔اگر〕圖（你）〔تو〕不歸信胡大〔خداى〕，胡大〔خداى〕憑著至狠的爾雜布（懲罰）〔عذاب〕罪刑圖（你）〔تو〕。」

王子聽見印（這）〔اين〕蘇罕（話）〔سخن〕，維（他）〔وى〕的迪麗（心）〔دل〕代熱（在）〔در〕印（這個）〔اين〕沃格提（時候）〔وقت〕轉的窄狹③。王子古夫特（說）〔گفت〕：「哎！眾位的臣子呀！你們觀看印（這）〔اين〕件卡熱（事情）〔كار〕，叫曼（我）〔من〕咋指調？曼（我）〔من〕如何塯阿（樣）〔نوعة〕著辦來？如贊熱（金）〔زر〕④印（這個）〔اين〕只熱只斯〔جرجس〕維（他）〔وى〕又阿曼德（來）〔آمد〕代熱（在）〔در〕曼（我）〔من〕的茹奕（面）〔روى〕丹熱目（錢）〔درم〕⑤。」

一些臣子古夫特（說）〔گفت〕：「圖（你）〔تو〕莫要古夫特（說）〔گفت〕了，我們叫維（他）〔وى〕給艾夫魯尼（佛像）〔افلون〕

---

① 「金」表示「今」的音。
② 「錢」表示「前」的音。
③ 「狹」在此處讀「qiā」的音。
④ 「金」表示「今」的音。
⑤ 「錢」表示「前」的音。

یغف سر تنا یئف کنہ در وصر قف ـــ مدی جردجب یئف جب گلیا کا روی
ذہ وآت میا ت با ایلا دکہ مر بیف دہ وا ک نر یہی طب وگیئف در ایمان
بالا ایلا دکہ مر بیف دہ طوگ وا ک نر اگیئف می و دت ھیاد
کی با می مر فہ میات جیا ت کہ رگ تمام نرا مئتا قف بالا
جب فہ دکی با لا قوا ئئف می مر کفت طوا گنا مر آ نف در
مم با لا جردجب مر وم دہ فہ میا ت کہ و فہ نام با بیف
فہ میات ممات در دا فہ میا ت دہ دہ پنیا جہ می بیلاد
دت ھیاد کی نا اک حکف طعام اگیئف جہ دہ وا در شب
دجد گلیا جردجب کہ آ می نیا انجل دہ کتا بہ ایلا وا ک
رہ دہ رن پہ گلیا دہ جردجب نیا دنیا دہ پہ می فہ قف مر
می کہ گ دہ قہ در جردجب دہ قہ در مر اگیئف جردجب
با ایمان جقہ مئتا از می دہ قہ نیا لبیا در درے کلندگ

١٧١

叫<u>薩熱</u>（頭）〔سر〕，他要叫<u>薩熱</u>（頭）〔سر〕，我們歸信<u>維</u>（他）〔وى〕。」

　　<u>只熱只斯</u>〔جرجس〕要這件<u>卡熱</u>（事情）〔كار〕，<u>維</u>（他）〔وى〕還望想把<u>印</u>（這個）〔این〕歹命運的王子引領叫<u>代熱</u>（在）〔در〕<u>伊瑪尼</u>（信仰）〔إیمان〕<u>巴拉</u>（上）〔بالا〕。這歹命運的壞王子，叫<u>維</u>（他）〔وى〕的<u>達斯提</u>（手）〔دست〕下的<u>坎斯</u>（人）〔كس〕把<u>維</u>（他）〔وى〕們①佛像裝起來，<u>坦瑪目</u>（全）〔تمام〕然給他穿<u>巴拉</u>（上）〔بالا〕衣服，戴<u>巴拉</u>（上）〔بالا〕官帽。<u>維</u>（他）〔وى〕們<u>古夫特</u>（說）〔گفت〕：「好<u>卡熱</u>（事情）〔كار〕<u>阿曼德</u>（來）〔آمد〕<u>代熱</u>（在）〔در〕我們<u>巴拉</u>（上）〔بالا〕。<u>只熱只斯</u>〔جرجس〕給我們的佛像叫<u>薩熱</u>（頭）〔سر〕。」

　　他們把小佛像放<u>代熱</u>（在）〔در〕大佛像的<u>叨</u>（兩）〔دو〕邊兒。<u>維</u>（他）〔وى〕又<u>艾目熱</u>（命令）〔امر〕<u>達斯提</u>（手）〔دست〕下的<u>坎斯</u>（人）〔كس〕拿<u>阿曼德</u>（來）〔آمد〕好<u>托阿姆</u>（食物）〔طعام〕叫吃。

　　<u>端代熱</u>（在）〔در〕<u>沙布</u>（晚夕）〔شب〕的中間，<u>只熱只斯</u>〔جرجس〕起來，<u>維</u>（他）〔وى〕念<u>引智力</u>（《新約》）〔انجیل〕的<u>克塔布</u>（經典）〔كتاب〕，<u>印</u>（這個）〔این〕王子的<u>贊恩</u>（女人）〔زن〕聽見了<u>只熱只斯</u>〔جرجس〕念的聲音，<u>維</u>（她）〔وى〕很高興，<u>維</u>（她）〔وى〕起來到<u>代熱</u>（在）〔در〕<u>只熱只斯</u>〔جرجس〕的跟<u>丹熱目</u>（錢）〔درم〕②，叫<u>只熱只斯</u>〔جرجس〕把<u>伊瑪尼</u>（信仰）〔إیمان〕呈給她。<u>代熱</u>（在）〔در〕<u>維</u>（她）〔وى〕的宮院裡邊的一些<u>坎坎尼贊克</u>（丫鬟）〔كنیزک〕

---

①　此處脫「的」字，未補。
②　「錢」表示「前」的音。

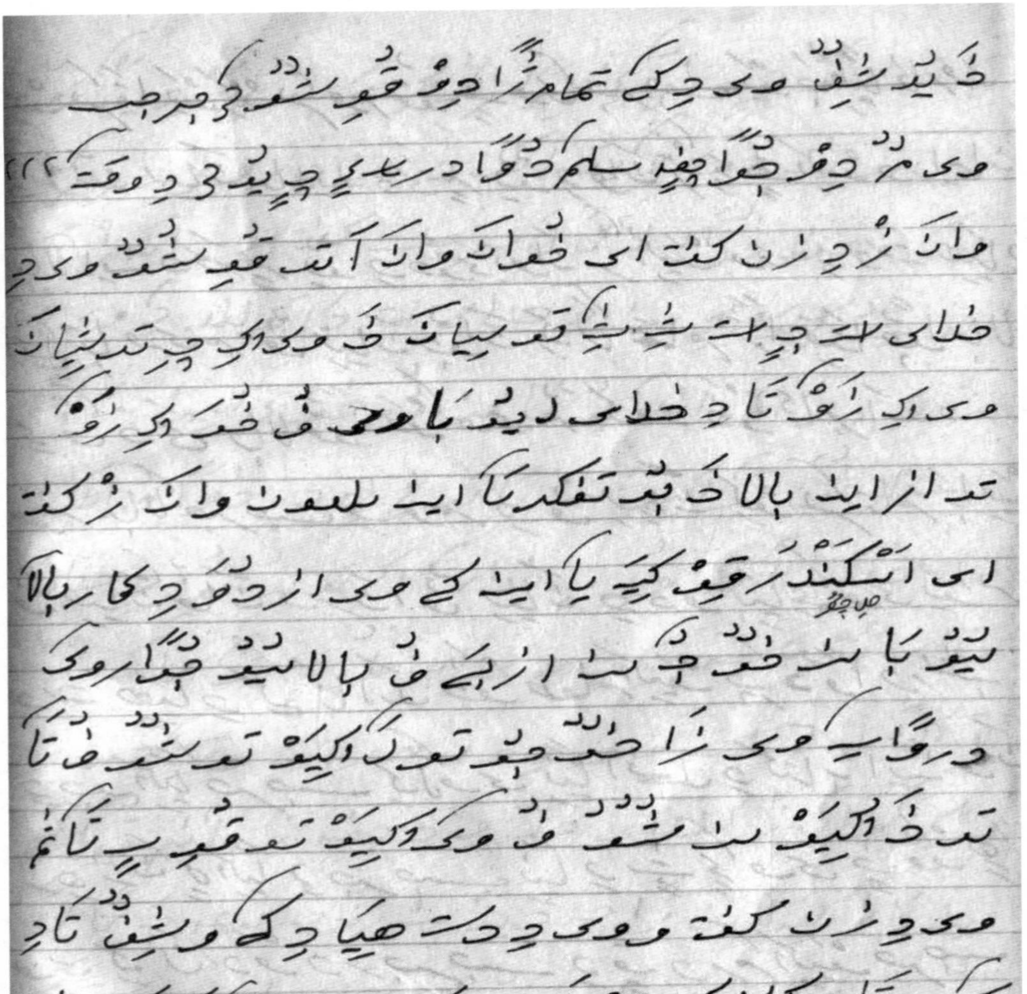

還有侍奉維（她）〔وی〕的坎斯（人）〔کس〕坦瑪目（全）〔تمام〕然都歸順了只熱只斯〔جرجس〕，維（他）〔وی〕們都轉成穆斯林〔مسلم〕。

端代熱（在）〔در〕清晨有了的沃格提（時候）〔وقت〕，王子的贊恩（女人）〔زن〕古夫特（說）〔گفت〕：「哎！皇王啊！圖（你）〔تو〕歸順維（他）〔وی〕的胡大〔خدای〕艾斯特（是）〔است〕真艾斯特（是）〔است〕事實。圖（你）〔تو〕想害維（他）〔وی〕幾次，圖（你）〔تو〕傷維（他）〔وی〕幾遭，他的胡大〔خدای〕來又把維（他）〔وی〕復活幾遭，圖（你）〔تو〕艾孜（從）〔از〕印（這）〔این〕巴拉（上）〔بالا〕還不坦凡克熱（參悟）〔تفکر〕嗎？」

印（這個）〔این〕麥裡歐尼（惡魔）〔ملعون〕王子古夫特（說）〔گفت〕：「哎！艾斯坎丹熱〔أسکندر〕狗妻呀！印（這）〔این〕坎斯（人）〔کس〕維（他）〔وی〕艾孜（從）〔از〕多的卡熱（事情）〔کار〕巴拉（上）〔بالا〕沒有把曼（我）〔من〕哄住，曼（我）〔من〕艾孜（從）〔از〕拜佛巴拉（上）〔بالا〕沒有轉茹奕（臉）〔روی〕，代熱（在）〔در〕晚夕維（他）〔وی〕咋哄住圖（你）〔تو〕了？叫圖（你）〔تو〕順服維（他）〔وی〕，圖（你）〔تو〕還叫曼（我）〔من〕順服維（他）〔وی〕，叫圖（你）〔تو〕歸信維（他）〔وی〕。」

筍買（然後）〔ثم〕維（他）〔وی〕的贊恩（女人）〔زن〕古夫特（說）〔گفت〕，臥（與）〔و〕維（她）〔وی〕的達斯提（手）〔دست〕下的坎斯（人）〔کس〕，臥（與）〔و〕侍奉維（她）〔وی〕的坎斯（人）〔کس〕，臥（與）〔و〕維（她）〔وی〕的坎尼贊克（丫鬟）〔کنیزک〕都來代熱（在）〔در〕他的跟丹熱目（錢）〔درم〕①。

他古夫特（說）〔گفت〕：「你們都歸順了？」

這一些坎斯（人）〔کس〕古夫特（說）〔گفت〕：「我們坦瑪目（全）〔تمام〕然歸信。」

---

① 「錢」表示「前」的音。

ایت بلعدت ماك نرچو چوم شو مى یى ار مى دىشت صیا د

كى با تیے دغ كاك با مى مر قندمیے دى كى دوو دغ كو ك دو

صغ سدت كاكام چى كى یے قدمیے اسلام دى كى دو ك شھد

در بدت بعد كط ك لى كى د دنیا بال شیع مى دططلو حم دى)

درد وچم سدت دى در اآخرۃ لبیا ر طلاب دى حق غو ق ر)

دچت ایت بلعدت ماك نر ومى كى بغ كیے دچ مى كى یى

ذى

ملى مى دى دشت صیا دى كى دیا جگ خى ك واح با كشتى

در كام در اك وقت ى كلیق مى دى دشت صیا دى كى با

مى دلق جقاك تى چى كى مى كط در لق جقاك بال كا

یى كلیق كام با مى دى داك سیا كى تى چى كلیق كام

با ایت ملق دى خاك دى مى دى لق جقاك ى درم

بیا با دى پچھ قدتا دى ف سیا ت جقا بال با بیعت ف سیا ت

173

印（這個）〔این〕麥裡歐尼（惡魔）〔ملعون〕王子很動怒，維（他）〔وی〕又艾目熱（命令）〔امر〕維（他）〔وی〕的達斯提（手）〔دست〕下的坎斯（人〔كس〕把鐵釘兒拿來，把維（他）〔وی〕們歸信的坎斯（人）〔كس〕都釘起來，都釘毛提（無常）〔موت〕了。他們這一些歸信伊斯倆目（伊斯蘭教）〔اسلام〕的坎斯（人）〔كس〕都得箍黑迪（烈士）〔شهید〕，代熱（在）〔در〕毛提（無常）〔موت〕班爾代（後）〔بعد〕得脫離，代熱（在）〔در〕頓亞（今世）〔دنیا〕巴拉（上）〔بالا〕受維（他）〔وی〕的罪刑的，代熱（在）〔در〕得疼①著毛提（無常）〔موت〕了。代熱（在）〔در〕阿黑熱提（後世）〔آخرة〕裡邊，進胡大〔خدای〕的重恩樂然的哲乃提（天堂）〔جنت〕。

印（這個）〔این〕麥裡歐尼（惡魔）〔ملعون〕王子，維（他）〔وی〕還不解恨，維（他）〔وی〕又吩咐維（他）〔وی〕的達斯提（手）〔دست〕下的坎斯（人）〔كس〕，點著很大的納熱（火）〔نار〕燒了他們。代熱（在）〔در〕昂（那個）〔آن〕沃格提（時候）〔وقت〕，維（他）〔وی〕叫維（他）〔وی〕的達斯提（手）〔دست〕下的坎斯（人）〔كس〕把維（他）〔وی〕的龍床抬出來，維（他）〔وی〕坐代熱（在）〔در〕龍床巴拉（上）〔بالا〕。他又叫他們把維（他）〔وی〕的大佛像抬出來，叫他們把印（這個）〔این〕艾夫魯尼（佛像）〔افلون〕放代熱（在）〔در〕維（他）〔وی〕的龍床的丹熱目（錢）〔درم〕②邊，把龍袍給維（他）〔وی〕的佛像穿巴拉（上）〔بالا〕，把小佛像

---

① 疑似手稿筆誤。杜藏本為「疼痛」。
② 「錢」表示「前」的音。

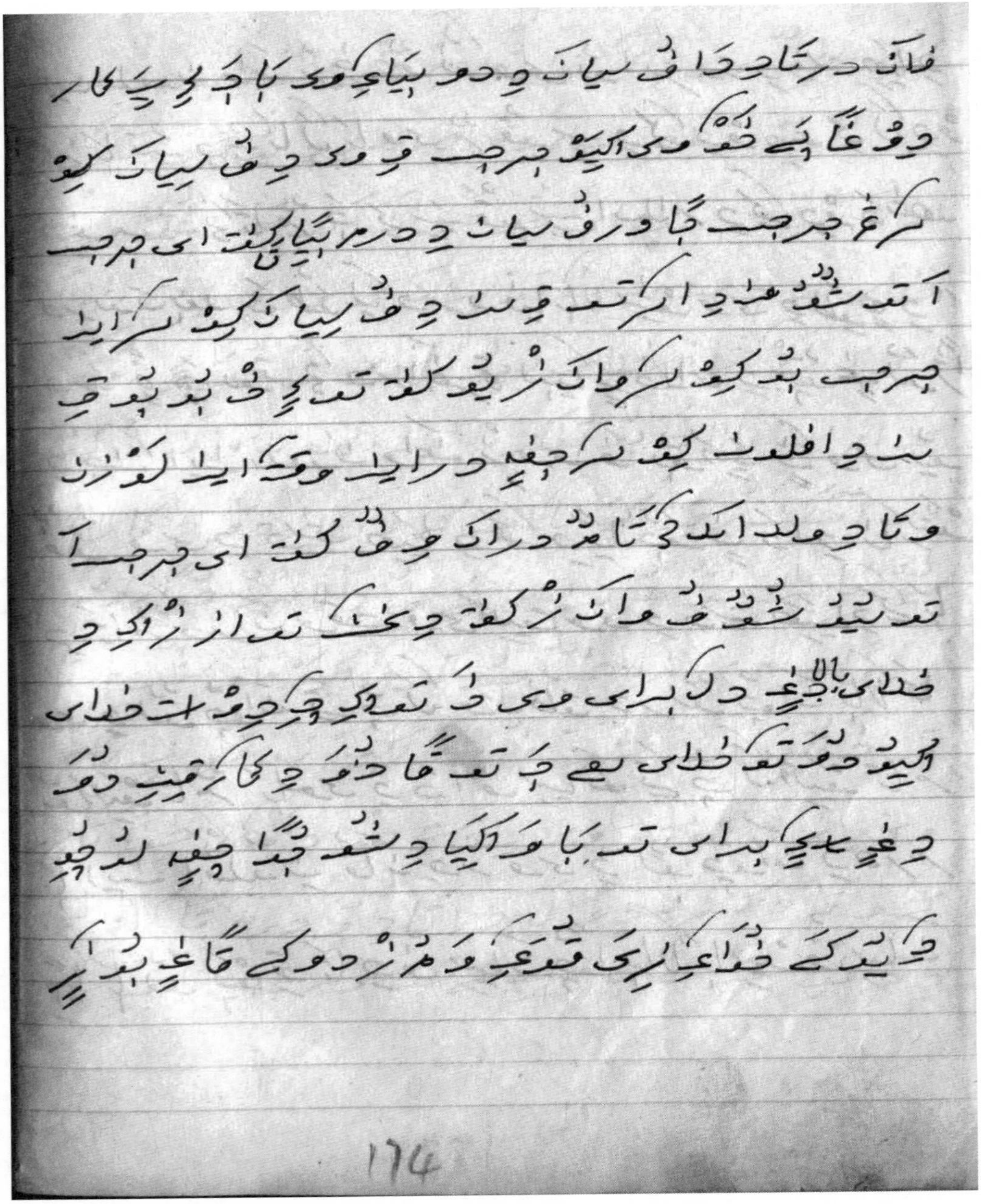
174

放代熱（在）〔در〕大佛像的叨（兩）〔دو〕邊兒。

維（他）〔وی〕把這一些卡熱（事情）〔کار〕都安排好，維（他）〔وی〕叫只熱只斯〔جرجس〕給維（他）〔وی〕的佛像叩薩熱（頭）〔سر〕。筍買（然後）〔ثم〕只熱只斯〔جرجس〕站代熱（在）〔در〕佛像的丹熱目（錢）〔درم〕①邊。他古夫特（說）〔گفت〕：「哎！只熱只斯〔جرجس〕啊！圖（你）〔تو〕順曼（我）〔من〕的艾目熱（命令）〔امر〕，圖（你）〔تو〕給曼（我）〔من〕的佛像叩薩熱（頭）〔سر〕。」

只熱只斯〔جرجس〕不叩薩熱（頭）〔سر〕。王子又古夫特（說）〔گفت〕：「圖（你）〔تو〕因何不給曼（我）〔من〕的艾夫魯尼（佛像）〔افلون〕叩薩熱（頭）〔سر〕？」

正代熱（在）〔در〕印（這個）〔این〕沃格提（時候）〔وقت〕，印（這個）〔این〕老贊恩（婦人）〔زن〕臥（和）〔و〕她的沃來子（兒子）〔ولد〕阿曼德（來）〔آمد〕了，他們代熱（在）〔در〕昂（那個）〔آن〕位份古夫特（說）〔گفت〕：「哎！只熱只斯〔جرجس〕啊！圖（你）〔تو〕莫要順服王子古夫特（說）〔گفت〕的蘇罕（話）〔سخن〕，圖（你）〔تو〕艾孜（從）〔از〕自己的胡大〔خدای〕巴拉（上）〔بالا〕誠迪麗（心）〔دل〕，班拉依（因為）〔برای〕維（他）〔وی〕害圖（你）〔تو〕幾次，都艾斯特（是）〔است〕胡大〔خدای〕救度圖（你）〔تو〕。胡大〔خدای〕曼阿（同）〔مع〕著圖（你）〔تو〕幹多的卡熱（事情）〔کار〕，給你多的恩情。班拉依（因為）〔برای〕圖（你）〔تو〕把我家的樹轉成綠翠的，又開花兒結果兒，我母子杜（二）〔دو〕坎斯（人）〔کس〕感恩不盡。

---

① 「錢」表示「前」的音。

يـﻪ ﺑـﺎﻋـﻪ ﺯ ﻭ ﻭ ﺳـﻰ ﺩ ﻳﺎ ﺍﻛﻴـﺘﻪ ﻛ ﺍﻛﻴﺎ ﺍﻳﺲ ﻛﻰ ﺑـﺪ ﺳـﺖ ﺧﻼﺳﻰ ﺩ
ﻛﺎ ﺗﻌﺎﻧﺪ ﺗﺎ ﻡ ﺭﻓﺘﻜﻰ ﺩ ﻗـﺪ ﺩ ﺭﻡ ﻛﻴـﻪ ﺍﻛﻴﻪ ﺩ ﻭ ﺯ ﺟﻔﻪ ﺳﺖ ﺗﻴﻪ
ﻳﺎﻥ ﻭ ﻡ ﺩ ﺧﻼﺱ ﺗﻌﺎﻧﺪ ﺍﻛﻴﻪ ﺩ ﻭ ﻭ ﻡ ﻏﻢ ﺟﺮ ﺟﺲ ﺩ ﻝ ﻟﻴﺎ
ﻛﻴﭗ ﺧﻼﺱ ﺩ ﺳﻴﺎﻙ ﺟﻊ ﻭ ﻯ ﭘﺎ ﺍ ﻛﻰ ﺩ ﻟﻰ ﺟﺮ ﺑﺎﻳﺖ ﺩ ﻭ ﺩ ﺭ ﺭﺳﺘﻪ
ﺩ ﺭﺳﻴﺖ ﺑﺎ ﻛﺎﻙ ﻣﻠﻌﻮﻧﺖ ﺩ ﺭ ﺩ ﺍﻑ ﺳﻴﺎﻙ ﺩ ﺩ ﺩ ﺭﻡ ﺑﻴﺎ ﻭ ﻯ ﻭ ﺍﻙ
ﺗﺎ ﺩ ﺣﺎ ﻑ ﺳﻴﺎﻥ ﺑﺎ ﻛﻴﭗ ﺍﻛﻴﻪ ﺩ ﻭ ﻛﻴﭗ ﺳﻴﺎﻙ ﺟﻊ ﺑﻤﻠﻚ
ﺑﺮﺍﻯ ﻭ ﻯ ﺍﻧﺖ ﺍﺑﻠﻴﺲ ﻭ ﻯ ﺯ ﺍ ﻗﻮ ﺍﻛﻴﻪ ﺩ ﻭ ﻭ ﻯ ﺟﺮ ﺟﺲ ﺟﻔﻪ
ﺟﻴﺎﻥ ﺩ ﻭ ﺩ ﺳﺖ ﺟﻮﺍ ﺟﻊ ﻭ ﻯ ﺩ ﻭ ﻑ ﺳﻴﺎﻥ ﺑﺎ ﻭ ﻯ ﺷﻨﻜﻰ ﺩ ﺭ
ﺩ ﺭﺳﻴﺖ ﻫﻨﺎ ﻭ ﻯ ﻛﺖ ﺗﻌﻜﻴﺖ ﺗﺎ ﻡ ﺭﺍﻩ ﻏﻢ ﻭ ﺍﻙ ﺯ ﺩ ﺳﺖ ﻓﻴﺎ
ﺩ ﻛﻰ ﺩ ﻭ ﺧﻮﻑ ﺩ ﻯ ﻭ ﺩ ﻡ ﺩ ﻭ ﻑ ﻳﺘﻪ ﺗﻘﻪ ﭘﻨﻪ ﺯ ﺑﻴﻒ ﺩ ﺭ ﺍﻳﺎ
ﺣﺎﻟﻪ ﺟﺮ ﺟﺲ ﺭ ﻭ ﻯ ﺻﻴﺎﺕ ﺍﻣﺎﻥ ﻭ ﻯ ﻭ ﺍﺕ ﺧﻼﺱ ﺑﺎ ﻛﻴﻪ
ﻛﻰ ﺍﺯ ﻑ ﺩ ﻋﺎ ﻭ ﻯ ﻛﺖ ﺍﻯ ﺑﺎ ﺭ ﺧﻼ ﻳﺎ ﺟﻰ ﺟﻰ ﻳﭗ ﻛﺎ ﻓﺪ
ﻭ ﻡ ﻡ ﺷﺎ ﺳﻨﺎ ﺍﻛﻰ ﺩ ﺳﺖ ﻣﻌﻪ ﻛ ﺟﺐ ﺍﻛﻴﺎ ﻛﺎ ﺭ ﺗﻌﺎ ﺧﻼﺱ ﺩ ﺭ

又把我母子杜（二）〔دو〕坎斯（人）〔کس〕的眼叫看見，印（這）〔این〕豈不艾斯特（是）〔است〕胡大〔خدای〕的大吐窪德（能）〔تواند〕嗎？我們熱夫特（去）〔رفت〕坎斯（人）〔کس〕的跟丹熱目（錢）〔درم〕①求救度，只除非艾斯特（是）〔است〕調養我們的胡大〔خدای〕吐窪德（能）〔تواند〕救度我們。」

　　筍買（然後）〔ثم〕只熱只斯〔جرجس〕迪麗（心）〔دل〕裡邊求胡大〔خدای〕的襄助，維（他）〔وی〕把自己的一隻耙（腳）〔پای〕跺代熱（在）〔در〕贊米尼（地）〔زمین〕巴拉（上）〔بالا〕。昂（那個）〔آن〕麥裡歐尼（惡魔）〔ملعون〕代熱（在）〔در〕大佛像的丹熱目（錢）〔درم〕②邊，維（他）〔وی〕往維他的大佛像巴拉（上）〔بالا〕求救度，求襄助。班拉依（因為）〔برای〕維（他）〔وی〕艾斯特（是）〔است〕伊布裡斯（魔鬼）〔ابلیس〕，維（他）〔وی〕咋會救度維（他）〔وی〕！只熱只斯〔جرجس〕展長了達斯提（手）〔دست〕，抓住維（他）〔وی〕的佛像，把維（他）〔وی〕摔代熱（在）〔در〕贊米尼（地）〔زمین〕下。維（他）〔وی〕古夫特（說）〔گفت〕：「圖（你）〔تو〕叫他們迷拉海（路）〔راه〕。」

　　筍買（然後）〔ثم〕王子達斯提（手）〔دست〕下的坎斯（人）〔کس〕都呺夫（害怕）〔خوف〕了，維（他）〔وی〕們都要逃跑，就代熱（在）〔در〕印（這個）〔این〕哈裡（時境）〔حال〕，只熱只斯〔جرجس〕茹奕（面）〔روی〕向阿斯瑪尼（天空）〔اسمان〕，維（他）〔وی〕往胡大〔خدای〕巴拉（上）〔بالا〕求祈，做杜阿（祈禱）〔دعاء〕。維（他）〔وی〕古夫特（說）〔گفت〕：「哎！巴熱胡大〔بار خدای〕呀！這一些卡非爾（外教人）〔کافر〕維（他）〔وی〕們殺曼（我）〔من〕幾次，曼（我）〔من〕觀看這件卡熱（事情）〔کار〕，圖（你）〔تو〕胡大〔خدای〕代熱（在）〔در〕

---

① 「錢」表示「前」的音。
② 「錢」表示「前」的音。

維（他）〔وى〕們的份中如何塴阿（樣）〔نوعة〕著幹卡熱（事情）〔كار〕。」

筥買（然後）〔ثم〕胡大〔خداي〕瑪裡（財）〔مال〕①命令阿曼德（來）〔آمد〕了：「哎！只熱只斯〔جرجس〕啊！圖（你）〔تو〕觀看曼（我）〔من〕的大吐窪德（能）〔تواند〕，他們的哈裡（時境）〔حل〕艾斯特（是）〔است〕如何？」

及時胡大〔خداي〕艾目熱（命令）〔امر〕艾孜（從）〔ز〕阿斯瑪尼（天）〔آسمان〕巴拉（上）〔بالا〕下來的納熱（火）〔نار〕，把印（這個）〔اين〕不歸信胡大〔خداى〕的卡非爾（外教人）〔كافر〕的皇王臥（與）〔و〕維（他）〔وى〕的那些②順服維（他）〔وى〕的一些坎斯（人）〔كس〕都燒毛提（無常）〔موت〕了。信是不歸信的坎斯（人）〔كس〕都燒毛提（無常）〔موت〕完了，信是歸信的坎斯（人）〔كس〕都得脫離。他們不歸信的坎斯（人）〔كس〕，惹胡大〔خداى〕的怒惱，他們一個尼孜（也）〔نيز〕不巴給（留）〔باقى〕。胡大降屬害兇惡的爾雜布（懲罰）〔عذاب〕罪刑維（他）〔وى〕們。把維（他）〔وى〕們都燒毛提（無常）〔موت〕。這一些歸信的坎斯（人）〔كس〕，代熱（在）〔در〕頓亞（今世）〔دنيا〕巴拉（上）〔بالا〕受些微的苦處疼痛，代熱（在）〔در〕後世〔اخرت〕裡邊因達斯提（手）〔دست〕③哲乃提（天堂）〔جنت〕裡邊的永諾乎（九）〔نه〕④長〔دراز〕存的尼阿麥提（恩典）〔نعمة〕。

印（這）〔اين〕艾斯特（是）〔است〕只熱只斯〔جرجس〕的根薩（典故）〔قصة〕，曼（我）〔من〕解明完了。

你們聽了遵了。

坦瑪目（完）〔تمام〕。

---

① 「財」表示「才」的音。
② 此處「那些」和「一些」重複，整理時保留了「那些」。
③ 「手」表示「受」的音。
④ 「九」表示「久」的音。

波斯語、阿拉伯語、經堂語詞彙分類、轉寫及簡明釋義

1.名詞（427 個）

（1）宗教術語（121 個）

阿熱世〔عرش〕	庫熱西〔كرسي〕
黑克買提（智慧）〔حكمة〕	篩黑迪（烈士）〔شهيد〕
束海達依（烈士們）〔شهداء〕	陶菲給（順利、機遇）〔توفيق〕
米阿拉只（登霄）〔معراج〕	伊斯倆目（伊斯蘭教）〔اسلام〕
伊瑪目（領拜者、阿訇）〔إمام〕	呼圖白（演講）〔خطب〕
敏拜爾（演講台）〔منبر〕	瓦直布（當然）〔واجب〕
賽倆目〔سلام〕	賽倆麥提（安寧）〔سلامة〕
舍凡阿提（說情）〔شفاعة〕	蘇哈熱（大殿）〔سحرا〕
紮黑迪（修行者）〔زاهد〕	迪妖（鬼怪）〔ديو〕
伊布裡斯（魔鬼）〔ابليس〕	賽義德（聖裔）〔سيدى〕
阿蘭（世界）〔عالم〕	爾林（宗教學者）〔عالم〕
歐萊瑪依（宗教學者）〔علماء〕	坦格迪熱（定然）〔تقدير〕
魯哈（靈魂）〔روح〕	赫萊格（受造物）〔خلق〕
買赫錄給（被造物）〔مخلوق〕	爾雜布（懲罰）〔عذاب〕
雷孜給（給養）〔رزق〕	哲乃提（天堂）〔جنت〕
給亞買提（複生）〔قيامت〕	賽瓦布（回賜）〔ثواب〕
勞號〔仙牌〕〔لوح〕	勞號曼號夫足〔仙牌〕〔لوح محفظ〕
舍熱爾提（教乘）〔شرعة〕	克塔布（經典）〔كتاب〕
杜阿（祈禱）〔دعاء〕	古熱阿尼（《古蘭經》）〔قرآن〕
法提哈（開端章）〔فاتحة〕	蘇熱（章）〔سورة〕
麥爾尼（意思）〔معنى〕	班代（僕人）〔بنده〕
爾巴代提（功課）〔عبادة〕	哲瓦布（回答）〔جواب〕
安瑪尼（平安）〔امان〕	臥爾茲（勸化、勸解）〔وعظ〕
坦凡克熱（參悟）〔تفكر〕	給亞斯（對比、比較）〔قياس〕
泰斯比哈（贊詞）〔تسبيح〕	泰海利裡（念誦「萬物非主唯有真主」）〔تهليل〕
熱哈曼提（慈憫）〔رحمة〕	曼熱坦班（品級）〔مرتب〕
雖凡提（本質、屬性）〔صفة〕	穆納菲格（偽信者）〔منافق〕
鎮尼（精靈）〔جن〕	盤熱亞（精靈、神）〔پريا〕

盤蕾（仙女）〔پری〕	篩依託尼（魔鬼）〔شیطان〕
尼阿麥提（恩、恩典）〔نعمة〕	古爾巴尼（獻牲）〔قربان〕
哈志（朝觀者）〔حاج〕	哈志（朝觀）〔حج〕
白倆（災難）〔بلاء〕	阿布代斯（小淨）〔آبدست〕
烏蘇裡（大淨）〔غسل〕	穆斯林〔مسلم〕
高目（民眾）〔قوم〕	穩麥提（教生）〔أمت〕
毛提（無常、死亡）〔موت〕	爾麥裡（功修、行為）〔عمل〕
古那海（罪）〔گناه〕	穆民（信士）〔مؤمن〕
熱買雜乃（齋月、九月）〔رمضان〕	阿格裡（理智）〔عقل〕
頓亞（今世）〔دنیا〕	阿黑熱提（後世）〔آخرة〕
比德爾提（新生、異端）〔بدعت〕	伊瑪尼（信仰）〔ایمان〕
哈迪斯（聖訓）〔حدیث〕	泰斯米（奉名詞）〔تسمیة〕
曼斯只孜（清真寺）〔مسجد〕	一倆西（我的主）〔الهی〕
若齋（齋戒）〔روزه〕	迪尼（教門）〔دین〕
克爾白（天房）〔كعبة〕	穆熱賽裡（使者）〔مرسل〕
乃比依（先知）〔نبی〕	熱蘇裡（欽差）〔رسول〕
臥哈依（啟示）〔وحی〕	伊赫提亞熱（受揀選的）〔اختیار〕
者納茲（殯禮）〔جنازة〕	埋體（亡人）〔میت〕
穆安津（宣禮員）〔مؤذن〕	邦克（宣禮詞）〔بانگ〕
乃麻子（禮拜）〔نماز〕	邦達（晨禮）〔بامداد〕
撒什尼（晌禮）〔پیشین〕	底格爾（晡禮）〔دیگر〕
沙目（昏禮）〔شام〕	海推布（演講者）〔خطیب〕
呼圖白（演講）〔خطبة〕	哈拉目（非法）〔حرام〕
哈給（責任）〔حقّ〕	考賽熱（仙池）〔كوثر〕
庫夫熱（背信）〔كفر〕	卡非爾（外教人）〔كافر〕
討黑德（認主獨一）〔توحید〕	紫體（本質）〔ذات〕
班熱克提（吉慶）〔بركة〕	給布萊（禮拜朝向）〔قبلة〕
阿耶提（經文）〔آیة〕	阿米乃〔آمین〕
熱蘇倫拉黑（真主的使者）〔رسول الله〕	凱裡曼妥依班（清真言）〔كلمة طیبة〕
安拉乎艾克白爾（真主至大）〔الله اكبر〕	臥領倆黑裡哈目都（讚美歸於真主）〔ولله الحمد〕
熱兌耶拉乎（願真主喜悅他）〔رضي الله〕	萬拉乎艾阿來目（胡大至知）〔والله اعلم〕
蘇不罕乃冉比耶裡艾爾倆（贊調養我的胡大清高）〔سبحان ربي الاعلى〕	

| 賴爾難拉乎（願真主怒惱他）〔لعن الله 〕 | 嘎蘭拉乎泰爾倆（偉大的真主說）〔قال الله تعالى 〕 |

（2）地名（65 個）

滿克（麥加）〔مكة 〕	麥迪那〔مدينة 〕
阿拉法特〔عرفات 〕	麥斯只德哈蘭（禁寺）〔مسجد حرام 〕
拜依圖裡目格代斯（遠寺）〔بيت المقدس 〕	拜依圖裡麥阿目熱〔بيت المعمور 〕
阿熱比（阿拉伯）〔عربى 〕	印度斯坦〔هندستان 〕
呼羅珊〔خراسان 〕	尼裡（尼羅河）〔نيل 〕
哇地亞尼〔واديان 〕	密蘇爾（埃及）〔مصر 〕
拜蘇爾〔بصر 〕	奇拉買提〔كرامت 〕
艾瑪熱〔عمار 〕	耶曼（葉門）〔يمن 〕
庫法〔كوفى 〕	大馬士革〔دمشق 〕
麥哇伊尼〔مواين 〕	伊拉克〔عراق 〕
臥拉格迪〔وراقد 〕	內沙布爾〔نشابور 〕
西塔尼〔ستانى 〕	圖熱克〔طرك 〕
赫哇裡〔خوارى 〕	白沙瓦〔بشاور 〕
赫紫尼耶〔خزانى 〕	爾拉亞尼〔عرايانى 〕
白勒黑〔بلخ 〕	米卡尼〔مكانى 〕
烏圖拉〔أترا 〕	漢托布〔خطاب 〕
歐優尼〔عيونى 〕	布哈拉〔بخارى 〕
者乎尼〔جخونى 〕	烏米盧〔أمرو 〕
鄂蘇尼亞〔غثونيا 〕	泰孜杜〔تذيد 〕
志法尼〔جفانى 〕	赫斯拉尼〔خسرانى 〕
者朱尼〔ججونى 〕	尤納尼（希臘）〔يونانى 〕
哲載尼〔جزين 〕	白夫拉提〔بفراتى 〕
西絷只〔سجاج 〕	爾孜萊格〔عزلق 〕
撒馬爾罕〔سمرقند 〕	托拉給〔طراق 〕
烏提亞雷〔أتيارى 〕	坦納凱耶〔تناكى 〕
卡史費爾〔كاشفر 〕	赫提乃〔ختين 〕
托拉給〔طراق 〕	艾熱占迪〔أرجند 〕
爾孜給熱〔عزقر 〕	撒吳乃〔ساغون 〕
卡什爾熱〔كاشعر 〕	海熱瓦尼〔هروانى 〕

赫只納尼〔خجنانی﹞	薩吾提〔ساغوتی﹞
圖熱西納（西奈山）〔طور سیناء﹞	圖熱西乃〔ترسین﹞
巴勒斯坦〔فلسطین﹞	毛米里〔مومل﹞
卡義裡〔کایل﹞	

（3）其他普通名詞（52 個）

篩海（長老）〔شیخ﹞	杜氏曼（敵人）〔دشمن﹞
朵斯提（朋友）〔دوست﹞	牙熱（朋友、夥伴）〔یار﹞
卡熱（事情）〔کار﹞	堖阿（樣、種）〔نوعة﹞
高海熱（寶貝）〔گوهر﹞	納目（名字）〔نام﹞
艾夫魯尼（佛像）〔افلون﹞	巴給（存、留）〔باقی﹞
幹蘭（筆）〔قلم﹞	賽白布（因由）〔سبب﹞
別麻爾（病）〔بیمار﹞	昆錄（所有）〔کل﹞
巴布（門）〔باب﹞	哲穆阿（聚、一總）〔جمعة﹞
瑪裡（財、財帛）〔مال﹞	赫瓦布（夢）〔خواب﹞
萊夫孜（言辭）〔لفظ﹞	掃熱（宴會）〔سور﹞
掃提（聲音）〔صوت﹞	安志裡（壽數）〔اجل﹞
赫班熱（訊息）〔خبر﹞	查海（井）〔چاه﹞
古熱（墳坑）〔گور﹞	賴爾乃提（詛咒）〔لعنت﹞
嗩兒（號）〔صور﹞	希拉只（燈）〔سراج﹞
艾瑪乃提（信託）〔أمانت﹞	托阿姆（食物）〔طعام﹞
買格蘇德（目的）〔مقصود﹞	阿薩（拐杖、棍）〔عصا﹞
哈熱夫（字）〔حرف﹞	雷哇耶提（傳說）〔روایت﹞
黑卡耶提（故事）〔حکایت﹞	根薩（典故）〔قصة﹞
贊熱（金）〔زر﹞	米魯哈（鹽）〔ملح﹞
耶阿尼（即）〔یعنی﹞	蘇罕（話、言）〔سخن﹞
穆熱臥提（禮物）〔مروة﹞	格布熱（墳）〔قبر﹞
凱倆目（語言）〔کلام﹞	法熱西（波斯語）〔پارس﹞
賊納（奸）〔زنا﹞	賴挖脫（雞奸）〔لواط﹞
哈裡（時境）〔حال﹞	隨拉推（道路）〔صراط﹞
江（生命）〔جان﹞	哈納（房子）〔خانه﹞
縶驛（地方）〔جای﹞	瓦給爾（遇到、出現）〔واقع﹞

（4）人名（48 個）

阿德〔عاد〕	賽裡瑪台〔سلمات〕
目噶提來〔مقاتل〕	哈瑪乃〔هامان〕
努哈〔نوح〕	艾布蘇夫揚〔أبوسفيان〕
海目宰〔همز〕	艾乃斯〔أنس〕
好哇〔حوا〕	阿丹〔آدم〕
耶厄朱者〔يأجوج〕	曼厄朱者〔مأجوج〕
朱胡迪（猶太人）〔جهود〕	麥裡歐尼（受詛咒的人、惡魔）〔ملعون〕
艾斯坎丹熱〔أسكندر〕	阿布頓拉希〔عبدالله〕
施世〔شيش〕	伊德雷斯〔إدريس〕
伊布拉黑麥〔إبراهيم〕	穆薩〔موسي〕
舒爾布〔شعيب〕	爾薩〔عيسى〕
達烏德〔داود〕	蘇萊曼〔سليمان〕
班尼伊斯拉依裡（以色列的子孫）〔بني إسرائيل〕	哈魯乃〔هارون〕
伊斯瑪依裡〔إسماعيل〕	穆罕默德〔محمّد〕
費熱歐乃（法老）〔فرعون〕	艾布胡熱依熱〔أبوهرير〕
尤努斯〔يونس〕	有舍爾〔يشع〕
薩里哈〔صالح〕	哈哲爾〔هاجر〕
目難比海〔منبه〕	瓦哈布〔وهاب〕
斡海布〔وهب〕	穆阿希熱〔معسر〕
只熱只斯〔جرجس〕	伊瑪目麥海迪〔إمام مهدية〕
安巴斯〔عباس〕	曼蘇爾〔منصر〕
艾瑪熱〔عمار〕	哲阿凡熱薩迪格〔جعفرصادق〕
亞福斯〔يافوس〕	努尼〔نون〕
白倆依〔بلاء〕	爾旦〔عاد〕

（5）動物名（27 個）

哈瓦尼（動物）〔حيوان〕	冒黑（魚）〔ماهى〕
安散德（獅子）〔أسد〕	阿斯伯（馬）〔اسب〕
海紮熱（畫眉鳥）〔هزار〕	古熱尤（鵪鶉）〔قريو〕
黑哇熱克（鴛鴦）〔خوارك〕	開布台爾（鴿子）〔كبوتر〕

法赫提（斑鳩）〔فاخت〕	巴足爾（鴨子）〔بازور〕
鄂哇布（老鴇）〔غواب〕	胡肉斯（公雞）〔خروس〕
托吳斯（鳳凰）〔طاووس〕	坎熱凱斯（座山雕、禿鷲）〔كركس〕
歐尕布（黃鷹）〔عقاب〕	達熱志（鷯子）〔دارج〕
代雷提罕（水雞）〔درتح〕	白推（鴨子）〔بط〕
胡的胡的（戴勝鳥）〔هدهد〕	比弗迪（山雞）〔بفدى〕
主埃目（鸚哥）〔جعم〕	尕吾（牛）〔گاو〕
麻熱（蟒）〔مار〕	坎裡布（狗）〔كلب〕
丹紫裡（怪獸）〔دجال〕	黑麻熱（驢）〔حمار〕
狠宰熱（豬）〔خنزير〕	

（6）專屬名詞（24 個）

胡大〔خداى〕	巴熱胡大〔بار خداى〕
阿拉乎〔الله〕	聖人爾來伊黑賽倆目〔ع ـ م〕
討拉提（《舊約》）〔تورات〕	引智力（《新約》）〔إنجيل〕
載布爾〔زبور〕	巴德沙（皇上、國王）〔پادشاه〕
布拉格〔براق〕	圖巴〔طوبا〕
卡米里〔كامل〕	賽里爾菲力〔سلع فل〕
蘇給裡哲納尼〔سق الجنانى〕	餓阿獅〔غاشى〕
爾裡尼〔عليين〕	辛只尼〔سجين〕
哈盧紫尼〔خالوجانى〕	古布熱〔قبر〕
拉對爾〔راضع〕	賽布哈尼〔سبهان〕
巴亞伊目替孜〔بايا إمتيز〕	嘎夫〔قاف〕
凡台罕圖裡掃提〔فتحت الصوت〕	菲熱道斯〔فردوس〕

（7）天仙名（16 個）

馬利克〔مالك〕	哲布熱依裡〔جبرئيل〕
米卡依裡〔مكائيل〕	爾茲拉依裡〔عزرائيل〕
伊斯拉菲裡〔إسرافيل〕	赫熱尕依萊〔خرقائل〕
麥萊庫裡毛提（取命天仙）〔ملك الموت〕	門克熱〔منكر〕
乃克熱〔نكر〕	熱埃迪〔رعد〕
哈比布〔حبيب〕	卡依裡〔كايل〕

陶亞依裡〔تويائل〕	艾哈托阿耶德〔أحطايد〕
魯阿依德〔رعائد〕	西亞尼〔سياني〕

（8）身體部位（14 個）

薩熱（頭）〔سر〕	茹奕（面、面容、臉）〔روى〕
古世（耳）〔گوش〕	達航（口、嘴、關口）〔دهان〕
贊巴尼（舌）〔زبان〕	迪麗（心）〔دل〕
達斯提（手）〔دست〕	耙（腳）〔پاى〕
尕來布（身體）〔قالب〕	坦尼（身）〔تن〕
丹當尼（牙）〔دندان〕	渾（血）〔خون〕
紮堖（膝蓋）〔زانو〕	蘇熱提（樣子）〔صورت〕

（9）時間與星期名（12 個）

贊瑪尼（光陰）〔زمان〕	沃格提（時候）〔وقت〕
遙目（日）〔يوم〕	麻海（月）〔ماه〕
沙布（晚夕）〔شب〕	杜閃白（星期一）〔دوشنبه〕
斜閃白（星期二）〔سهشنبه〕	查閃白（星期三）〔چهارشنبه〕
盤閃白（星期四）〔پنجشنبه〕	主麻（星期五、聚禮）〔جمعة〕
閃白（星期六）〔شنبه〕	耶克閃白（星期天）〔يك شب〕

（10）婚姻家庭（10 個）

坎斯（人）〔كس〕	排達熱（父）〔پدر〕
瑪達熱（母）〔مادر〕	沃來子（兒子）〔ولد〕
贊尼（妻子、女人）〔زن〕	杜合坦熱（女孩、女兒）〔دختر〕
安宏（弟兄）〔أخ〕	舒海熱（丈夫）〔شوهر〕
哈倆裡（妻）〔حلال〕	坎尼贊克（丫鬟、婢女）〔كنيزك〕

（11）自然地理（10 個）

阿斯瑪尼（天）〔آسمان〕	艾熱兒（地面）〔أرض〕
贊米尼（地）〔زمين〕	拉海（路）〔راه〕
達熱亞（海）〔دريا〕	巴拉恩（雨）〔باران〕
阿布（水）〔آب〕	巴德（風）〔باد〕

努爾（光亮）〔نور〕	納熱（火）〔نار〕

（12）地獄名（8個）

多災海（火獄）〔دوزخ〕	哈威耶〔هاوى〕
賽埃熱〔سعير〕	侯托買提〔حطمة〕
賽格熱〔سقر〕	倆足〔لظى〕
餓煙〔غيّا〕	哲翰難曼（火獄）〔جهنم〕

（13）天堂名（8個）

達魯賽倆目〔دار السلام〕	達魯蓋拉勒〔دار القرار〕
達魯乎裡迪〔دار الخلد〕	占納圖裡買厄瓦〔جنات المؤوى〕
占納圖裡阿德尼〔جنات العدن〕	占納圖裡乃爾目〔جنات النعم〕
占納圖裡斐熱道斯〔جنات الفردوس〕	占納圖里爾裡尼〔جنات العلين〕

（14）天空名（7個）

耶勒乎尼〔يلهون〕	給亞斯〔قياس〕
艾夫魯尼〔افلون〕	甘優目〔قيّوم〕
亞烏西〔ياغوث〕	戴裡威〔دلوى〕
拉伊德〔رائد〕	

（15）地的名字（5個）

班托〔بطا〕	班推哈〔بطيحا〕
歐目拉〔عمرا〕	蘭尤薩〔ليسا〕
薩溫〔صاء〕	

2.動詞（21個）

艾斯特（是）〔است〕	白到乃凱（你應當知道）〔بدانكه〕
吐窪德（能）〔تواند〕	古夫特（說）〔گفت〕
艾目熱（命令）〔أمر〕	哴夫（害怕）〔خوف〕
熱夫特（去）〔رفت〕	阿曼德（來）〔آمد〕
迪德（見）〔ديد〕	格薩熱（拘住、圍住）〔قصر〕

蘇甘德（發誓）〔سوگند〕	紮迪（生）〔زاد〕
革特裡（殺）〔قتل〕	賽米爾（聽）〔سمعة〕
宰辦哈（宰）〔ذبح〕	脫阿提（順從）〔طاعت〕
阿旦（轉回）〔عاد〕	耶阿來目（知道）〔يعلم〕
艾乃阿目（回賞）〔أنعام〕	格布雜（取、抓住）〔قبض〕
代熱（在）〔در〕	

3.數詞（18 個）

艾臥裡（第一）〔أول〕	耶克（一）〔یک〕
杜（二）〔دو〕	叼目（第二）〔دوم〕
掃目（第三）〔سوم〕	車哈熱（四）〔چهار〕
盤志（五）〔پنج〕	哈夫特（七）〔هفت〕
什朔目（第六）〔ششم〕	罕世特（八）〔هشت〕
罕世吐目（第八）〔هشتم〕	諾乎（九）〔نه〕
諾乎目（第九）〔نهم〕	單（十）〔ده〕
旦胡目（第十）〔دهم〕	丫孜旦胡目（第十一）〔یازدهم〕
達幹孜旦胡目（第十二）〔دوازدهم〕	車哈熱旦胡目（第十四）〔چهار دهم〕

4.形容詞（17 個）

賽亞黑（黑）〔سیاه〕	蘇熱合（紅）〔سرخ〕
賽皮迪（白）〔سپید〕	龐克（淨）〔پاک〕
尼克（好）〔نیک〕	者瑪裡（俊美）〔جمال〕
阿黑熱（臨尾、最後）〔اخر〕	迪拉孜（長）〔دراز〕
米斯開尼（窮、窮人）〔مسكين〕	凡給熱（窮、貧）〔فقير〕
坦巴黑（壞）〔تباه〕	筍迪給（誠實）〔صدیق〕
爾宰提（偉大）〔عزت〕	哲倆裡（崇高）〔جلال〕
巴推尼（內、內部）〔باطن〕	穆巴熱克（吉慶）〔مبارك〕
殊迷（黴運、倒楣）〔شوم〕	

5.連詞（9 個）

臥（和、與）〔و〕	牙（或是）〔یا〕
尼孜（也是）〔نیز〕	班拉依（因為、為了）〔برای〕

曼阿（同著、同）〔مع〕	阿甘熱（要是、如果、雖然）〔اگر〕
筍買（然後）〔ثم〕	耶阿尼（即）〔یعنی〕
坎瑪（就像）〔کم〕	

6.代詞（5 個）

曼（我）〔من〕	圖（你）〔تو〕
維（他）〔وی〕	印（這、這個）〔این〕
昂（那、那個）〔آن〕	

7.介詞（3 個）

| 代熱（在）〔در〕 | 艾孜（從、自）〔از〕 |
| 塔（直到）〔تا〕 | |

8.方位詞（2 個）

| 巴拉（上）〔بالا〕 | 班爾代（後）〔بعد〕 |

9.量詞（2 個）

| 丹熱目（錢）〔درم〕 | 費熱賽恩格〔فرسنگ〕 |

10. 副詞（1 個）

坦瑪目（全、完）〔تمام〕

11.經堂語造詞（63 個）

暗昧著：秘密的、悄悄的、隱藏著。	表說：表達解說。
不計：不論、不管。	不具：不管、任何。
長調：漫長。	承領：接受。
吃怔：吃驚、驚恐。	搭伴：搭夥、做夥伴。
路徑：里程、路程。	叫名：叫作、稱作。
但是：只要是、凡是、任何。	得勝：強過、佔領。
的實：真的、確實。	端在：正在、就在。
端莊：正確、公道、莊重。	官長：官員。

古有長存：自古存在。	歸落：結果、結局。
過為：過分。	護苦：保護。
堅固：厲害、有力。	警化：驚醒和教化。
救度：救拔並使脫離苦難。	渴亢：口渴。
落憐：可憐、悲慘。	羅量：範圍、限度、大小、尺寸。
落魄：落後、落敗。指情緒沮喪、崩潰。	拿參悟：反思、思考。
怒惱：惱怒、煩惱。	蹺蹊：稀奇。
祈討：祈求討要。	求祈：祈求。
全然：全部。	如常：時常、時刻。
折本：虧折本身。	時境：情況。
受易明：清楚、明顯、重要。	恕饒：饒恕。
所為：所作所為、行為。	索尋：找尋、尋求、求索。
提說：提及、說起。	脫離：得救、拯救、救贖。
望想：希望、渴求。	位份：位置、地方。
務忙：忙於營務、從事。	降管：降服、管理。
信是：只要是、任何、也許是。	醒得：懂得、理解。
行虧：幹虧心事。	醒令：提醒命令。
學說：轉達、闡述、闡明。	要為：意願、意欲。
一般：一樣。	疑難：困難、艱難。
因受：因襲、接受。	造化：創造。
眨眼一時：一眨眼間。	爭競：競爭、比賽。
爭名：爭名位、爭名分。	指調：指揮。
莊灘：村莊。	裝修：裝飾，指以宗教功修進行武裝。
罪刑：判刑、懲罰。	

國家圖書館出版品預行編目資料

心靈的明燈─中國化漢阿波多語料文獻轉寫、翻譯與校注Sirāj al-Qulūb:
Transliteration, Translation and Annotation of Sinicized Chinese, Arabic and Persian
Multi-language Corpuses Literature/馬強Ma Qiang、郭景芳Guo Jingfang 整理
--初版-- 臺北市：蘭臺出版社：2021.05
ISBN：978-986-99507-8-7（平裝）

811.7   110003116

漢阿波多語料文獻整理與研究系列之一

心靈的明燈─中國化漢阿波多語料文獻轉寫、翻譯與校注

作　　者：馬強Ma Qiang、郭景芳Guo Jingfang整理
主　　編：張加君
編　　輯：楊容容
美　　編：楊容容
封面設計：塗宇樵
出 版 者：蘭臺出版社
發　　行：蘭臺出版社
地　　址：台北市中正區重慶南路1段121號8樓之14
電　　話：(02)2331-1675或(02)2331-1691
傳　　真：(02)2382-6225
E—MAIL：books5w@gmail.com或books5w@yahoo.com.tw
網路書店：http://5w.com.tw/
　　　　　https://www.pcstore.com.tw/yesbooks/
　　　　　https://shopee.tw/books5w
　　　　　博客來網路書店、博客思網路書店
　　　　　三民書局、金石堂書店
經　　銷：聯合發行股份有限公司
電　　話：(02) 2917-8022　　傳　真：(02) 2915-7212
劃撥戶名：蘭臺出版社　帳號：18995335
香港代理：香港聯合零售有限公司
電　　話：(852)2150-2100　　傳真：(852)2356-0735
出版日期：2021年5月 初版
定　　價：新臺幣800元整（平裝）
ISBN：978-986-99507-8-7